Egon Erwin Kisch

Briefe an

Jarmila

Egon Erwin Kisch

Briefe an Jarmila

… Jarmilka
Jarmilinka
Jarminilinka
Jarmilatsch
Jarmilaci
Jarmilatschku

Herausgegeben
und mit einem Vorwort
versehen
von
Klaus Haupt

Das Neue Berlin

ISBN 3-359-00856-1

1. Auflage

Rosa-Luxemburg-Str. 16
10178 Berlin

Buchgestaltung und Umschlagentwurf:
Hans-Joachim Schauß
Lektorat: Ingrid Kirschey-Feix
Druck und Bindung: Druckerei
zu Altenburg

Für Jarmila
in memoriam

Jarmilas Leidenschaft war Literatur, waren Bücher, das geschriebene, gedruckte Wort. Wann immer ich sie in Prag besuchte in der Rooseveltová 49, in ihrem Wohnzimmer mit dem schönen Blick weit über die ‹Goldene Stadt›, gab es nirgendwo einen freien Platz. Auf dem Tisch, dem Sofa, den Stühlen, auf dem Flügel, überall lagen Bücher über Bücher aus ihrer reichhaltigen Bibliothek. Goethe und Schiller in alten Ausgaben, Heine, Balzac, Stendhal, Diderot, Shakespeare, Wilde, Tolstoi, Gorki, Bände aus dem Malik Verlag, Jack Londons Werke mit Kischs Vorworten, Paul Wieglers ‹Geschichte der Weltliteratur› ...

Jarmila konnte nie genug lesen. Bücher waren für sie sogar ein Heilmittel. Litt sie an Seelenschmerz, verkroch sie sich in ein geliebtes Buch und stieg erst wieder heraus, wenn sich die düsteren Wolken verzogen hatten. Zwischen den Büchern lagen Zeitungen, Zeitschriften, Blätter mit ihren Notizen. Für einen Sitzplatz oder das Kaffeegedeck mußte erst zusammengeräumt werden. In einer erlesenen Vitrine bewahrte sie die bibliophilen Schätze: Kisch-Erstausgaben samt und sonders mit Widmungen des Autors.

Zum Kreis ihrer Freunde, Weggefährten und Bekannten gehörten viele Frauen und Männer der Feder: Milena Jesenská, Ivan Olbracht, Anna Seghers, Leonhard Frank ... Die erste Ehe schloß sie mit einem tschechischen Dichter – Josef Reiner. Der zweite Ehemann war ein deutscher Autor und Literaturkritiker – Willy Haas. Der dritte, mit ihm bis zu seinem Tode mehr als drei Jahrzehnte verheiratet, war ein in seiner Heimat bekannter und beliebter tschechischer Journalist – Vincenz Nečas.

Als junge Frau muß sie eine ungewöhnliche Ausstrahlung gehabt haben. Ähnlich, wie das bei Milena Jesenská, Alma Mahler, Claire Goll und anderen berühmten Frauen ihrer Zeit gewesen sein mag. Dabei war sie von Natur eher schüchtern und scheu, auch geplagt von Selbstzweifeln an ihren Fähigkeiten. Ja, sie wurde verlegen, wenn sie mit herausragenden Persönlichkeiten zusammentraf, mit Maxim Gorki etwa, den sie mit Kisch in Bad Saarow besuchte. Auch Männer, jünger als sie, waren von ihr fasziniert, wie der Australier John Fisher. Kisch hatte den jungen Berufskollegen an Bord der ‹Strathaird› kennengelernt und ihm den ‹heißen Tip› vom bevorstehenden Sprung auf den fünften Kontinent und somit die Nachricht des Tages geliefert. John Fisher – Sohn des australischen Premierministers Andrew Fisher, der zwischen 1908 und 1915 an der Spitze von Labor-Regierungen stand – begleitete dann Kisch, den er verehrte, auf der Heimreise nach Europa, lernte Jarmila kennen und verliebte sich in sie. Jarmila war eine begehrte Frau.

Ich hatte sie in Prag auf den Spuren von Kisch kennengelernt. Sie führte mich rund um den Altstädter Ring, um mir Sehenswürdigkeiten und Zusammenhänge so zu zeigen und zu erklären, wie es einst Kisch mit ihr getan hatte. Mit Vincek, ihrem Mann, einem Bär von Gestalt und einem überaus freundlichen Gemüt, habe ich so manchen Prager Streifzug unternommen. Aus einer journalistischen Bekanntschaft wurde im Laufe der Zeit eine enge Freundschaft.

Nachdem mein mehrjähriger Korrespondenten-Aufenthalt in der Stadt an der Moldau beendet und ich nach Berlin zurückgekehrt war, besuchte ich Jarmila – allein oder mit der Familie – regelmäßig. Zwischendurch standen wir brieflich in Kontakt. In den letzten Jahren, nach dem Tode Vinceks, endeten ihre Briefe oft mit den Worten: ‹Schreibe bald, es ist meine einzige Freude.› Eines Tages erhielt ich ein Telegramm: ‹Bin krank – kannst kommen›. Ich kannte sie gut genug, um zu wissen, daß ich sofort nach Prag mußte. Ihr Gesundheitszustand hatte sich rapide verschlechtert. In dieser Situation wollte sie die Gewißheit haben, daß die Briefe, die Kisch ihr geschrieben hat, sowie die ihr vom Autor gewidmeten deutschsprachigen Ausgaben seiner Bücher ‹in gute Hände kommen›. Sie schenkte mir Bücher und Briefe. Glücklicherweise erholte sich Jarmila und lebte noch etliche Jahre. So erlebte sie denn in geistiger Frische das große Vergnügen der verschiedenen Publikationen zum 100. Geburtstag von Egon Erwin Kisch, in denen auch ihr Werk gewürdigt worden ist.

Am 30. August 1990 ist Jarmila 94jährig in einem Seniorenheim in Dobříš bei Prag verstorben. Die letzte Ruhe hat sie in ihrer Heimatstadt gefunden. Ihrem Wunsche entsprechend neben Josef Reiner (1897-1920) und Vincenz Nečas (1903-1972).

Jarmila Ambrožová stammt aus einer patriotischen tschechischen Familie. Die Mutter ist verwandt mit Antonín Slaviček, einem der bedeutendsten tschechischen Maler. Der Vater, ein Beamter, ist Mitglied eines Komitees, das sich für die Errichtung eines repräsentativen Denkmals zu Ehren von Jan Hus einsetzt. Im Jahre 1915, zur 500. Wiederkehr des Tages, an dem der tschechische Reformator in Konstanz verbrannt worden ist, wird es auf dem Altstädter Ring in Prag eingeweiht. Aber kurz nach der Jahrhundertwende, als sie – geboren am 11. Februar 1896 – noch ein kleines Mädchen ist, wird Jarmila Zeugin, wie sich die Obrigkeit entschieden gegen eine Ehrung des revolutionären tschechischen Gottesmannes stemmt. Als Franz Joseph I. im Sommer des Jahres 1902 Prag besucht, will er keinen Hus sehen. Da kommt dann die Polizei ins Haus der Familie Ambrož und beschlagnahmt eine Büste des Magisters. Jarmilas Vater hatte sie, umrahmt von bunten Lampions und Kerzen, demonstrativ außen vor das Wohnzimmerfenster gestellt. Es ist der attraktivste Blickpunkt in jenem Haus auf der Insel Kampa, das der Karlsbrücke – über die der Kaiser seinen Spaziergang macht – am nächsten steht. Dort, heutzutage ein beliebtes Fotomotiv für Touristen aus aller Welt, ist Jarmila aufgewachsen.

Die prägende Schulbildung erhält sie ab September 1907 auf dem Mädchengymnasium ‹Minerva›. Es ist das erste Mädchengymnasium in Österreich-Ungarn, eine bereits traditionsreiche Bildungsanstalt, deren Gründung im Jahre 1890 mit dem Kampf der tschechischen Patrioten um Emanzipation des tschechischen Volkes verknüpft ist. Die ‹Minervistinnen› sind selbstbewußte junge Damen. Zu ihnen gehört auch Milena Jesenská, die später durch ihre Beziehung zu Franz Kafka berühmt werden wird. Milena und Jarmila sind während der Zeit auf dem ‹Minerva›-Gymnasium eng befreundet.

Mit ihr und Staša Procházková als Dritte im Bunde kommen sie wegen unkonventionellen Verhaltens in den Ruf von ‹Skandalistinnen›: In modischen pastellfarbenen Kleidern, mit offenem Haar, strumpflos die Füße in Sandalen überschreiten sie eine geradezu heilige Prager Grenze am unteren Ende des Wenzelsplatzes. Sie verlassen die Promeniermeile der Tschechen hin zum Moldauufer (heute 28. řina und Národní třída), und paradieren über den Graben (Na příkopě), die belebte Geschäftsstraße auf der anderen Seite Richtung Pulverturm, die seit eh und je für die Deutschen als Korso reserviert ist.

Dieses Verhalten gibt Gesprächsstoff in Prag. Obendrein suchen die jungen Damen Kontakt und Diskussionen mit Künstlern in den Caféhäusern. Sie besuchen gar das Café Arco in der Hybernská und faszinieren mit ihrer Schönheit, Klugheit und Weltoffenheit Franz Werfel, Max Brod, Ernst Polak, Willy Haas, Franz Kafka und andere junge deutsche jüdische Intellektuelle, die sich hier, unweit vom Masaryk Bahnhof, treffen.

Nach der Matura, dem österreichischen Abitur, im Frühjahr 1915 nimmt Jarmila – wie übrigens auch Milena Jesenská – in Prag ein Studium an der Medizinischen Fakultät auf. Auch das ist in jener Zeit ein ungewöhnlicher emanzipatorischer Schritt. Gleichberechtigung ist an den Fakultäten längst nicht Alltag. Bei ihrem Entschluß hat sie allerdings nicht bedacht, daß sie kein Blut sehen kann, den Geruch in der Anatomie und das Sezieren von Leichen nicht erträgt. Obendrein der Anblick der Verwundeten und Verstümmelten, die von der Front nach Prag gebracht werden. Nach fünf Semestern gibt sie auf, um einen anderen Weg zu suchen.

Mit Josef Reiner, der zunächst ebenfalls Medizin studiert, dann als Redakteur der Tageszeitung ‹Tribuna› arbeitet und erfolgversprechend dichterischen Ambitionen nachgeht, schließt sie sich Gleichgesinnten auf dem linken Flügel der politischen Szene an. Gemeinsam übersetzen Reiner und Jarmila wesentliche Teile der Leninschen Schrift ‹Staat und Revolution› ins Tschechische. Die Arbeit erscheint im Jahre 1920, hat für die damalige revolutionäre Bewegung in der Tschechoslowakei Neuwert – und ist Jarmilas erste Leistung als Übersetzerin.

Dann trifft sie ein schwerer Schlag: Josef Reiner, gerade 22jährig, vergiftet sich mit Arsen. Er fühlt sich ungeliebt, davon überzeugt, daß Jarmila eine Affaire mit Willy Haas habe, die bis zu diesem Zeitpunkt wohl rein platonisch ist. Nach dieser Tragödie setzt sie Reiner ein kleines literarisches Denkmal und stellt ein Bändchen mit seinen Werken – ‹Gedichte–Prosa–Kritiken–Aphorismen› – zusammen. Das ist Jarmilas erste selbständige Buchtat. Aber dieser Selbstmord hat sie tief und dauerhaft erschüttert. Tag für Tag sitzt sie an Reiners Grab und weint bittere Tränen – ‹bis mich der Willy Haas da weggeholt hat›. Heimlich heiraten sie Ende März 1921, nachdem das Trauerjahr vorüber ist. Und Willy Haas nimmt sie dann mit nach Berlin. Das ist im Frühjahr 1921. Just jene Zeit, in der mehrere namhafte Prager Journalisten, Schriftsteller und Dichter nach Deutschland übersiedeln. Manche von der Moldau an die Spree. Auch Egon Erwin Kisch.

Kisch mangelt es nicht an Amouren und Romancen. Schon die Karolina Rosenthal, die Hebamme, hat das prophezeit, gleich, nachdem sie ihm am 29. April 1885 im Haus ‹Zu den zwei goldenen Bären› auf die Welt verholfen hat. ‹Du hättest ein Grübchen im Nabel, Du wirst ein Herzganeff sein›, habe sie ihr gesagt, schreibt die Mutter später einmal ihrem Lieblingssohn. Er hat sich daran gehalten. Auch ein Herzensbrecher ist er geworden. Er liebt die Frauen, und sie lieben ihn.

In seinen jungen Jahren als Lokalreporter der ‹Bohemia› ist er einer der Flottesten unter den Prager Bohemiens. Mit seinen Freunden Jaroslav Hašek und Arne Laurin, mit Max Brod und anderen Genossen der Geselligkeit verbringt er ungezählte Nächte im Montmartre. Das berühmte Künstler-Café befindet sich im Kettengäßchen (Řetězová) gleich um die Ecke vom Annahof in der Altstadt, wo die ‹Bohemia›, bei der Kisch angestellt ist, ihren Sitz hat. Nach Redaktionsschluß stürzt er sich dort ins Nachtleben. ‹Was mich anlangt›, schreibt er im Frühjahr 1910 seinem Bruder Paul, ‹so läuft mein Leben im ewigen Wechsel der Zeitungsmache und der Weiber dahin›.

Kisch ist ein berühmter Nachtschwärmer. Sein Zeitgenosse Karl Kreibich, damals ein noch wenig bekannter Journalist bei der sozialdemokratischen Arbeiterpresse in Nordböhmen, erinnert sich später, daß Kisch Besuchern aus der Provinz als ‹Sehenswürdigkeit des Prager Nachtlebens› vorgestellt wird. Für Josef Waltner aber, den allseits beliebten Montmartre-Besitzer und seine Gäste, die Literaten, Journalisten, Schauspieler und Musiker, ist der junge Lokalpatriot mit ersten internationalen Erfahrungen als ‹Patriot aller Lokale auf dieser Erde›, wie er sich später einmal bezeichnet, ‹unser Kisch, der Egonek›.

Im Montmartre macht Kisch auch eine äußerst attraktive Eroberung: ‹Emča Revoluce›, die ‹Revolution›. Sie ist eine berühmte Tänzerin, heißt mit bürgerlichem Namen Anna Čacká und ist weit und breit die Schönste. Vielleicht ein leichtes, aber kein gewöhnliches Mädchen. Sondern, um noch einmal den neidlosen Zeitzeugen Karl Kreibich zu zitieren, ‹sozusagen die Königin des Prager Nachtlebens›. Kisch genießt ihre Gunst. Auf dem Parkett beim Šlapák, dem volkstümlichen Prager Tango, brilliert er mit ihr. Stolz, denn ‹ganz Prag beneidete mich um sie›, erinnert er sich kurz vor seinem Tode. Bei der Trauerfeier für Kisch erblickt Karl Kreibich, inzwischen ein angesehener Parlamentarier und Politiker, abseits der offiziellen Trauergäste die Anna Čacká und hört, wie sie sagt: ‹Egonek, du warst der einzige, der ein Herz für uns gehabt hat.›

Jahrzehnte später kann ich Bedřich Kisch, den jüngsten der fünf Brüder, in seiner Prager Wohnung interviewen. Als ich ihn nach seinem berühmten Bruder befrage, möchte ich auch wissen, ob Kisch – der Berichterstatter im Magdalenenheim für gefallene Mädchen, einem der Glanzstücke in seinem autobiographischen ‹Marktplatz der Sensationen› – wohl wirklich Bordellgast gewesen ist, oder ob er in der berühmten Reportage seine ‹Bekanntschaften› nur des Effektes wegen vorgespiegelt habe. Da versucht Bedřich Kischs Frau abzuwiegeln. Sie steht vor dem von Kischs

Großmutter handgewebten Wandteppich – einer wertvollen Familienreliquie – und erklärt, als gehe es darum, den guten Ruf der Familie zu wahren, mit ernster Miene: ‹Natürlich, aber nur studienhalber.› Sie ist dem ‹rasenden Reporter› nur einmal in ihrem Leben für einen kurzen Augenblick begegnet und weiß wenig von seinen Wegen. Bedřich Kisch jedoch kennt seinen Bruder genau, winkt ab und entgegnet, keinen Widerspruch duldend: ‹Natürlich nicht nur studienhalber.›

Zu den unveröffentlichten Stories, die Kisch über seinen Aufenthalt im ‹Paradies Amerika› zu erzählen hat, gehört auch die von einer für ihn ungeheuer imagefördernden Damenwahl. Nach einem geselligen Abend hatte ein schönes Mädchen zwischen ihm, Kisch, und einem zweiten Begleiter zu entscheiden: Wer bringt sie nach Hause? Die Gunst der Schönen fiel auf Kisch. Niemals hat sie erfahren, wen sie abgewiesen hat, frohlockte der Mann aus Prag. Der Verschmähte war Charlie Chaplin.

Die frappierendste Geschichte über Kischs sexuelles Temperament hat die in Australien gebürtige Reisejournalistin Ella Winter in ihrer Autobiographie zum besten gegeben: Sie ist eine vollblütige Zeitgenossin der ‹wilden zwanziger Jahre›, hat in England studiert, ist dort zunächst jahrelang in der Labour Party aktiv, stark an sozialen Reformen interessiert, schreibt für verschiedene Zeitungen, ist Chefredakteurin von Zeitschriften und läßt sich später in den USA nieder. Als sie im Sommer 1930 auf dem Wege nach Rußland in Berlin Station macht, trifft sie im Hotel Kisch. In ihren Erinnerungen ist er für sie eine Verkörperung der deutschen Boheme jener Zeit, die sie als fröhlich-verrückt beschreibt.

Ella Winter ist, als die Begegnung mit Kisch stattfindet, gerade knapp über Dreißig, eine dunkeläugige, dunkelhaarige Schönheit. Noch in den ersten zehn Minuten ihrer Begegnung habe Kisch ihr

Im Romanischen Café. Zwanzig Minuten vor dem Aufbruch zur Amerika-Reise Mitte Oktober 1928.

Der ‹rasende Reporter› war auch ein ‹rasender Raucher›: Die Zigarette im linken Mundwinkel …

… oder zwischen Zeige- und Mittelfinger der rechten Hand gehörte zu seinen Markenzeichen.

Kisch in Mexiko 1945.

An Bord des Passagierdampfers ‹Strathaird› – noch ahnte Kisch nichts von seiner dramatischen ‹Landung in Australien› am 13. November 1934 in Port Phillip, dem Hafen von Melbourne. Sie brachte ihm unter anderem einen gebrochenen Fuß, Verhaftung, ein strapaziöses Gerichtsverfahren, die Verurteilung zu sechs Monaten Zwangsarbeit – und die Sympathien vieler Australier, bevor er am 11. März 1935 Australien wieder verließ.

Aus Jarmilas Fotoschatz:
Kisch vermutlich nach der
Heimkehr aus dem Exil.

angetragen, mit ihr zu schlafen: ‹Wir haben nicht viel Zeit, jedes Mädchen geht mit mir ins Bett, du bist das Mädchen, hier ist der Diwan.› – ‹Jetzt, sofort?› – ‹Ja, jetzt sofort, warum nicht?›

Als er älter geworden ist, flunkert er manchmal: Er habe viele Frauen gekannt, aber nur eine Dame. Nämlich Gisl – Gisela Lyner, deren Bekanntschaft er während seiner Wiener Zeit geschlossen hatte. Zunächst schreibt sie seine Manuskripte, ist seine Sekretärin, später die Lebensgefährtin und treue Seele an seiner Seite. Warum er Gisl denn nicht endlich heirate, fragt ihn die Schauspielerin Steffi Spira einmal. Kisch darauf: ‹Die Frau kenn ich zu gut, ist mir unsympathisch.› Das ist echt kischisch. Doch schließlich schließt er mit ihr, 53jährig, am 29. Oktober 1938 in Versailles den Bund der Ehe. Die Wahrheit aber ist: Kisch hat außer Gisl in seinem Leben eine andere große Liebe. Jarmila.

Standesgemäß ist der Ort, an dem sich Kisch und Jarmila kennenlernen. ‹Wo soll es schon gewesen sein›, entgegnet sie lachend mit ihrer etwas rauhen Stimme, als ich danach frage. ‹Im Romanischen Café natürlich.› Das Romanische Café vis-à-vis der Gedächtniskirche ist in den 20er Jahren und in den ersten 30ern, bis der braune Terror beginnt, ein dominanter Künstlertreffpunkt Berlins. Es ist eine Institution. Hier gehen sie ein und aus, die schon namhaften oder später berühmt werdenden Schriftsteller, Journalisten, Dichter, Schauspieler, Regisseure, Film- und Theaterkritiker, Musiker, Komponisten, Maler, Architekten. Hier treffen sie sich, um zu plaudern, zu diskutieren, zu streiten, Ideen auszubreiten: Alfred Polgar, Walter Hasenclever, Ernst Toller, Anton Kuh, Franz Werfel, Else Lasker-Schüler, Alfred Kerr vom ‹Berliner Tageblatt›, Herbert Ihering vom ‹Berliner Börsen-Courier›, der junge Konrad Wachsmann, der später in den USA als Architekt bekannt wird, der junge Billy Wilder, der im Romanischen Café die Idee zu seinem ersten Film ‹Menschen am Sonntag› entwickelt und den Jarmila ‹Billy Baldower› nennt – und natürlich Egon Erwin Kisch.

Kisch ist einer der Gäste, die die Atmosphäre beeinflussen. Zu seinen Gepflogenheiten gehört es, von Tisch zu Tisch zu gehen, sich mit jedermann zu unterhalten. Ihn interessiert einfach alles. Wer immer in seinen Memoiren oder Erinnerungen über diese Zeit das Romanische Café erwähnt, Kisch kommt darin vor, der geistvolle Gesprächspartner, der unterhaltsame Plauderer, der talentierte Anekdotenerzähler. Das Caféhaus als Institution – ob in Prag oder Wien oder nun in Berlin – ist für Kisch ein zweites Zuhause.

Und so räumt er seinem Berliner Stamm-Café selbst als Trauerstätte einen bevorzugten Platz ein. Als die von Willy Haas herausgegebene ‹Literarische Welt› im Jahre 1927 eine Rundfrage ‹Wie soll ihr Nekrolog aussehen?› veranstaltet, da antwortet der Mann aus Prag mit schwarzem Humor: ‹Heute, drei Uhr nachmittags, während die Leiche des Stammgastes, Herrn Kischs, in die Erde gesenkt wird, tritt im «Romanischen Café» eine Arbeitsruhe von drei Minuten ein, innerhalb welcher Zeit nicht serviert wird.›

Das also ist der Ort, an dem Jarmila im Herbst 1921 Kisch, der gerade frisch aus Prag in Berlin eingetroffen ist, kennenlernt. Ihre Erinnerung ist, wie sie im Buche steht: ‹Ich saß da, und er kam an meinen Tisch. Als er hörte, daß ich eine Pragerin bin, war er ganz hingerissen›, erzählt sie und erlebt diesen Augenblick noch einmal. ‹Prag war das Band, das unsere Freundschaft knüpfte. Als ob er ein Stück Liebe zu Prag auf eine Pragerin übertragen hätte. Wir beide waren in Prag geboren. Er in der Altstadt, ich auf der Kleinseite. Er Ecke Melantrichgasse und Ledergäßchen, ich auf der Insel Kampa. Unter seinen Fenstern lärmte oftmals das Nachtleben von Prag, unter meinen brauste das Altstädter Wehr und rauschte die Moldau. Erst in Berlin, aus seinen Erzählungen und aus dem Roman «Der Mädchenhirt», dessen Schauplatz die Kampa ist, erfuhr ich Dinge über Prag, die mir in meiner Schulzeit, als ich dort wohnte, nicht bekannt waren.›

Jarmila erfüllt in den Jahren und Jahrzehnten als Übersetzerin und Journalistin viele interessante und wichtige Aufgaben. In der Anfangszeit ihres Aufenthaltes in Berlin ist sie zunächst mit Übertragungen aus dem Tschechischen ins Deutsche befaßt. Für deutsche Zeitungen übersetzt sie Erzählungen von Jaroslav Hašek, der zu jener Zeit noch nicht die Weltberühmtheit genießt wie nach dem Erscheinen des ‹Braven Soldaten Schwejk›. Sie weiß diesen Weltliteraten frühzeitig zu schätzen, dessen Bedeutung Hašeks Freund Kisch als einer der ersten erkannt und eingeordnet hat. Später überträgt sie Werke namhafter deutscher Autoren ins Tschechische. Arthur Holitscher gehört dazu, Max Zimmering und Leonhard Frank. Sie übersetzt die Erzählung ‹Der Aufstand der Fischer von St. Barbara›, mit der sich die junge Anna Seghers auf der literarischen Bühne ihren ersten Beifall sowie den begehrten Kleist-Preis holt, und trägt so dazu bei, sie auch in der Tschechoslowakei bekannt zu machen.

Bis Anfang 1933 wohnt Jarmila, abgesehen von wiederholten längeren Prager Zwischenaufenthalten, in Berlin. Sie trägt inzwischen den Namen Haasová, de facto ist sie etwa ein Jahr mit Willy Haas verheiratet. Nach der faschistischen Machtübernahme in Deutschland hält sie sich zeitweise in Frankreich auf. Dann übernimmt sie in Prag die Kulturredaktion der populären Frauenzeitschrift ‹Rozsévačka›. Sie arbeitet zeitweilig bei der ‹Tvorba›, einer Zeitschrift für Literatur, Politik und Kunst, die von Julius Fučík geleitet wird, schreibt für die kommunistische Tageszeitung ‹Rudé právo› und andere Publikationen.

Nach dem Kriege übernimmt Jarmila verschiedene Aufgaben bei Prager Periodika. Sie ist Redakteurin der Frauenzeitschrift ‹Československá žena›, Chefredakteurin der für einige Jahre wiedergegründeten ‹Rozsévačka› und dann bis zur Pensionierung im Jahre 1959 Leiterin des Kulturressorts der Illustrierten ‹Květy› (‹Blüten›). Und natürlich betreut und bearbeitet sie alle tschechischen Neuauflagen und Neuausgaben von Kischs Werken.

Als im Vorfeld des Münchner Abkommens und während des spanischen Freiheitskrieges ein Bertolt Brecht von den renommierten tschechischen Bühnen verbannt ist, übersetzt sie die ‹Gewehre der Frau Carrar›, damit das Stück vom kommunistischen Arbeiterlaientheaterbund DDOC aufgeführt werden kann. Die Hauptrolle des Pedro spielt Erwin Geschonneck. ‹Ich war sogar bei Brecht, er hat hier im Hotel «Europa» gewohnt, um mir die Autorisierung für die Übersetzung persönlich geben zu lassen›, erinnert sie sich. In der Tschechoslowakei, in der sich nach 1933 bekanntlich viele deutsche Emigranten aufhalten, hat sie manche Arbeit ‹aus Solidarität übersetzt, damit es hier erscheinen konnte. Ich habe nicht des Geldes wegen übersetzt. Damit war doch nicht viel zu verdienen. Ich habe es getan, wegen der Publizität wichtiger Werke.›

Mit Vincenz Nečas – den sie kurz vor dem Einmarsch der Hitler-Truppen in Prag heiratet – hilft sie deutschen Emigranten in der Tschechoslowakei Fuß zu fassen, sich eine neue Existenz aufzubauen und die antifaschistische Tätigkeit fortzusetzen. Vincenz ist es, der schnell dafür sorgt, daß die populäre ‹Arbeiter-Illustrierte Zeitung› in Prag unverzüglich weitergedruckt werden kann, nachdem ihr Erscheinen in Berlin angesichts der faschistischen Machtübernahme eingestellt werden mußte. In ihrer Wohnung in der Rooseveltová geht so mancher deutsche Emigrant ein und aus. Der Fotomonteur John Heartfield, der nach seiner abenteuerlichen Flucht über die deutsch-tschechoslowakische Grenze einige Häuser weiter eine Unterkunft gefunden hat, ist sonntags morgens häufiger Frühstücksgast bei Jarmila und Vincenz.

Die Bekanntschaft mit Kisch aber, im Herbst 1921 im Romanischen Café geschlossen, gibt ihrer Arbeit und ihrem Leben den entscheidenden Sinn. Der erste Text, den Egonek ihr zur Übersetzung ins Tschechische anträgt, ist ein Auszug aus seinem Kriegstagebuch ‹Soldat im Prager Korps›. Es handelt sich um den ‹Übergang über die Drina›, eine ungeheuer dramatische Passage. Jarmila weigert sich zunächst, diesen Text zu übersetzen, weil sie keine Kriegserfahrung hat. Aber Kisch besteht darauf.

Kisch, der das Tschechische zwar wie eine zweite Muttersprache beherrscht, aber seine journalistischen und literarischen Texte ausschließlich in deutscher Sprache verfaßt, ist mit dem Ergebnis ihrer Arbeit höchst zufrieden. Jarmila wird die von ihm autorisierte Übersetzerin aller seiner Werke ins Tschechische. Ihr Wirken für Kisch aber besteht nicht allein im Übertragen seiner Werke ins Tschechische. Jarmila ist in beider Vaterstadt auch Kischs zuverlässige Stütze bei der Herausgabe seiner Bücher. Sie hilft bei der Auswahl der Reportagen für die tschechischen Sammelbände, macht Korrekturen, unterbreitet Vorschläge für Buchtitel, gibt inhaltliche Ratschläge, verhandelt mit Verlegern, vertritt vehement Kischs Interessen als Autor. ‹Es war nicht nur Übersetzerei, sondern wirkliche Zusammenarbeit. Und das war das Schöne daran›, schwärmt sie in Erinnerung. Wann immer möglich, trägt sie mit Veröffentlichungen dazu bei, Kischs Popularität zu fördern. Denn nicht zu allen Zeiten läuten die Prager Glocken für ihn. Glanzstück ihrer Veröffentlichungen über Kisch ist der Biographie-Band ‹Prager Journalist – Egon Erwin Kisch›, den sie zusammen mit Vincenz Nečas verfaßt.

Kischs Briefe an Jarmila umfassen einen Zeitraum von mehr als zwei Jahrzehnten. Wann immer er unterwegs ist, wo immer er sich aufhält, wenn es irgendwie geht: Jarmila bekommt Post. In manchen Zeiten ist die Folge dichter, in anderen Jahren sind die Abstände größer. Dafür gibt es unterschiedliche Gründe. Es kann die Situation sein, in der sich Kisch befindet, die Stimmung, der Arbeitsdruck. Aber stets öffnen seine Zeilen dem Leser Blicke in wichtige Lebensabschnitte.

Die ersten Briefe datieren aus der Zeit, da die beiden offenbar frisch verliebt sind. Für Kisch ist es zugleich jene Periode, die verbunden ist mit seinem Wechsel nach Berlin und eine ziemliche Zäsur in seinem Leben bedeutet. Immerhin ist er 36, fast elf Jahre älter als Jarmila, und hinter ihm liegen bereits ereignisreiche und dramatische Lebensabschnitte: Die Praxis als Reporter auf heimatlichem Boden in Prag, wo er jeden und alles kennt, das Terrain und sein Metier beherrscht; die Jahre des Krieges mit den furchtbaren Erlebnissen an der Front, die ihn noch lange verfolgen; die revolutionären Ereignisse in Wien, die er als Kommandant der Roten Garde und Vorsitzender des revolutionären Soldatenrates durchlebt, samt all den bitteren Enttäuschungen und zerstörten Hoffnungen.

Und nun steht er in Berlin gewissermaßen vor einem Neubeginn, muß sich eine neue Existenz aufbauen und möchte sich auch hier einen Namen machen. Erfreut berichtet er Jarmila, daß ihn die große ‹Berliner Volkszeitung› einen ‹König der Journalisten› nennt. Dann wieder offenbart er: ‹Was mich betrifft, so habe ich viel Ruhm, aber wenig Geld, so wenig, wie ich vielleicht noch niemals in meinem Leben hatte. Aber das kann mir auch nichts anhaben.› Daß er Geldmangel leidet, vertraut er Jarmila öfter an. In Reichtum ist er nie geschwommen.

Der letzte Brief kommt aus New York. Kisch kündigt Jarmila die Rückkehr an. Mit dem Wunsch, ‹daß Du mir mit Hilfe irgendeines Amtes eine Wohnung beschaffst, möglichst im alten Haus›. Zwischen dem ersten Brief aus Brno (Brünn) im Oktober 1923 und dem letzten aus New York im Februar 1946 liegen Welten und Werke: Moskau und Nanking, Kyoto und Versailles, Breedene an der Nordsee und Sanary-sur-Mer an der Cote d'Azur, die Fronten des spanischen Freiheitskrieges gegen den Putschisten Franco und das Exil in Mexiko, ‹Der rasende Reporter› und ‹Wagnisse in aller Welt›, ‹Zaren, Popen, Bolschewiken› und ‹China geheim›, das ‹Paradies Amerika› und die ‹Landung in Australien›.

Als er aus dem ‹Paradies Amerika› heimgekehrt ist, drängt er Jarmila, zu ihm in die Teufelsmühle zu kommen, wohin er sich mit Gisl zurückgezogen hat, um in Ruhe sein Buch zu schreiben. Aus Sanary-sur-Mer teilt er mit, daß er in Berlin ‹wirklich miese Verhältnisse zurückgelassen zu haben› scheint, denn großen Ärger ‹haben wir mit unserer Hausfrau›; sogar ein Prozeß drohe ihm. Aus Usbekistan berichtet er, daß er weder Post erhalten hat noch schreiben kann, denn es gebe ‹keine Karten, keine Briefmarken, keine Briefkästen, nur Berge, Wildnis›, und er fragt: Was machen wohl ‹unsere Bekannten in Berlin, das «Tagebuch», das Romanische ...› In Nanking, im Sommer 1932, beschäftigt ihn die Frage: ‹Was willst Du zu Weihnachten herausgeben? «Asien gründlich verändert» habe ich auch noch nicht gesehen.›

Nachdem Kisch aus Frankreich über die Vereinigten Staaten in Mexiko angelangt ist, kann er für Jahre keine Post mehr nach Prag senden. Die Tschechoslowakei ist von den Deutschen okkupiert. Briefe von Egon Erwin Kisch, den die Nazis unmittelbar nach dem Reichstagsbrand in Berlin verhaftet und nur aufgrund starker Proteste freigelassen und in die Tschechoslowakei abgeschoben haben, würden Jarmila – die bis zur Okkupation unter dem Namen Haasová in linken und liberalen Publikationen publizierte – zusätzlich in Gefahr bringen.

Die Briefe an Jarmila offenbaren einen Kisch, wie man ihn weniger oder überhaupt nicht kennt. Hier hat der berühmte Reporter eben nicht für die Öffentlichkeit geschrieben. Und natürlich sind die Briefe auch von anderer Art, als die Briefe an den Bruder Paul und die Mutter, die von enger familiärer Bindung diktiert sind. Zwischen Kisch und Jarmila finden Liebe und schöpferische Zusammenarbeit eine glückliche Symbiose. Kisch hat Jarmila unglaublich viele Vertraulichkeiten und intime Informationen über sich und seine Umwelt mitgeteilt, wie man sie in dieser Art bislang nirgendwo anders von ihm erfahren hat: Was er gerade fühlt und woran er denkt, woran er arbeitet und wie er vorankommt, was er erlebt und wie er finanziell steht, wen er getroffen und worüber man gesprochen hat, seine Meinung zu wichtigen politischen Ereignissen wie zu kleinen Begebenheiten des Alltags und auch Klatsch.

Man kann nachfühlen, wie schwer er arbeitet und dennoch häufig bittere Geldnot leidet. Nebenbei erfährt man, daß er ein Haarspalter ist, wenn es die Präzision der Arbeit betrifft, daß zu seinen Lieblingsspeisen Kartoffeln und Soße gehören und daß er abergläubisch ist. Die zahlreichen Personen, die er erwähnt und deren Identität vielfach wohl kaum noch zu erkunden ist, vermitteln auf neue Art Einblicke in seinen weitgefächerten Freundes- und Bekanntenkreis.

Und dann sind da natürlich die unglaublich interessanten Details bezüglich seiner Bücher, Reportagen, Artikel und Schriften, ihrer Übertragung ins Tschechische, ihrer Herausgabe und Veröffentlichung in Prag.

Aufschlußreich sind die berühmten ‹Fragebogen›, um die Kisch Jarmila immer dringend gebeten hat. Es geht darum, seine Arbeiten kritisch zu beurteilen, stets die richtige Formulierung zu finden, das beste Wort für die tschechische Fassung. Kisch sucht Kritik mehr als Lob. Und Jarmilas Wertungen und Vorschläge sind für ihn – nicht nur für die tschechischen Fassungen, sondern auch für die deutschen Erstausgaben – von besonderem Wert.
‹Die Hauptsache ist, wenn Du mir schreibst, was Dir von den Details am «Case» gefällt und was Dir nicht gefällt›, schreibt er ihr im März 1936 aus Versailles, während er an seinem Buch ‹Landung in Australien› arbeitet. ‹Wenn Du jeden Satz übersetzt, so hast Du doch die beste Kritik darüber, und Du weißt, wie dankbar ich für jede tadelnde Kritik bin, wenn ich natürlich auch nicht immer alles akzeptiere. Also schreib mir, was Dir unklar oder blöd vorkommt. Am besten, Du legst Dir einen Zettel auf den Schreibtisch und notierst Dir gleich, was Dir unliebsam auffällt. Es ist zum erstenmal, daß Du ein ungedrucktes Buch von mir übersetzt, und deshalb kann man alle Anregungen noch in die deutsche Originalausgabe hineinarbeiten.›

Während Kisch dankbar ist für jede Kritik, schätzt er jederzeit die Sorgfalt, die Jarmila seinen Arbeiten widmet, würdigt er ihre wahrlich meisterhaften Übersetzungen. ‹Aber noch viel herzlicher muß ich Dir dafür danken, wie Du die Übersetzung von «Paradies Amerika» durchgeführt hast›, schreibt er am 3. Januar 1931. ‹Ich habe es von A–Z gelesen, es ist Dein Meisterstück, und eine tierische Arbeit steckt darin ... die Übersetzung ist wirklich großartig.›

Gisl Kisch spielt in diesem Brief-Stück ebenfalls eine Hauptrolle. Sie schreibt in späteren Jahren, als sie bereits mit Egonek zusammenlebt, seine Briefe an Jarmila in die Maschine, wenn er aus Zeitgründen diktiert, anstatt selbst zur Feder zu greifen. Mitunter ergänzt sie seine Zeilen mit eigenen Mitteilungen. In Zeiten, da Kisch nicht in der Lage ist, Jarmila direkt zu schreiben, übernimmt sie es, mit Jarmila den Kontakt zu halten, sie von Egoneks Schritten und Intentionen zu unterrichten, notwendige und wissenswerte Informationen mitzuteilen. Auch über den eigenen Alltag berichtet Gisl ausgiebig. So erhält ihre Persönlichkeit neue und schärfere Konturen. Gisl Kisch tritt heraus aus der Rolle der liebenswürdigen Gastgeberin, der es lediglich obliegt, immer wieder ihren ausgezeichneten Kaffee zu kochen, den die zahlreichen Freunde und Bekannten Kischs so nachhaltig loben und wovon viele Erinnerungen an sie vordergründig geprägt sind.

Gisl ist die unermüdliche, fleißige rechte Hand Kischs. Zeile für Zeile, Seite für Seite und Buch für Buch werden von ihr über den Zeitraum von einem Vierteljahrhundert ‹in die Maschine geklopt›. Viele Texte mehrfach, weil Kisch, der die Reportage in den Rang der Literatur hebt, immer wieder überarbeitet, mitunter mehrere Neufassungen schreibt, bevor der Text seinen Qualitätsansprüchen gerecht wird.

Und Gisl korrigiert die Manuskripte, überträgt die Änderungen, arbeitet oftmals bis an die Grenze ihrer gesundheitlichen Möglichkeiten. Ja, mitunter drohen ihr gar die Augen den Dienst zu versagen. Aus ihren Briefen an Jarmila, die Kischs Briefe auf interessante Weise ergänzen, ist zu entnehmen, welchen Rückhalt sie Kisch gibt.

Jarmila und Gisl verbindet eine außergewöhnliche Freundschaft und Zuneigung, bestimmt durch beider Verhältnis zu Kisch und seinem Werk, in deren Dienst sie sich selbstlos stellen. Dieses Verhältnis hat gewiß unterschiedliche Stimmungen und Gefühle zu überstehen. Sie wissen natürlich von Anfang an voneinander, von ihrem Platz im Herzen Kischs. Und die persönliche Nähe der einen oder anderen zu Kisch unterliegt im Laufe der Jahre Wandlungen. Während in der ersten Hälfte der zwanziger Jahre ‹das Fräulein Liner›, wie Kisch der Mutter gelegentlich mitteilt, fleißig für ihn Manuskripte schreibt, nimmt ‹Frau Jarmila› in seinem Leben einen gänzlich anderen Platz ein. Jarmila scheint häufig seelische Schmerzen zu leiden, die sie krank machen. Über ihr steht auch der Schatten eines Selbstmords aus unglücklicher Liebe. Als dann nach Jahren die Entscheidung endgültig zugunsten von Gisl gefallen ist, geht Jarmila nach wie vor im ‹Haus zu den zwei goldenen Bären› ein und aus. Sie muß Egonek über sein Zuhause berichten und der Mutter über Egonek.

Egonek und Jarmila bewahren sich nach der Zeit der leidenschaftlichen Liebe eine tiefe Zuneigung und herzliche Freundschaft. Und in der Stunde des Abschieds zur letzten Reise des ‹rasenden Reporters› vereinen sich 1948 in der ersten Reihe des Trauerzuges durch Prag hinter dem Sarge jene drei Menschen, die von allen noch Lebenden Egon Erwin Kisch am nächsten standen: Gisl, der Bruder Bedřich und Jarmila.

Berlin, im Februar 1998 *Klaus Haupt*

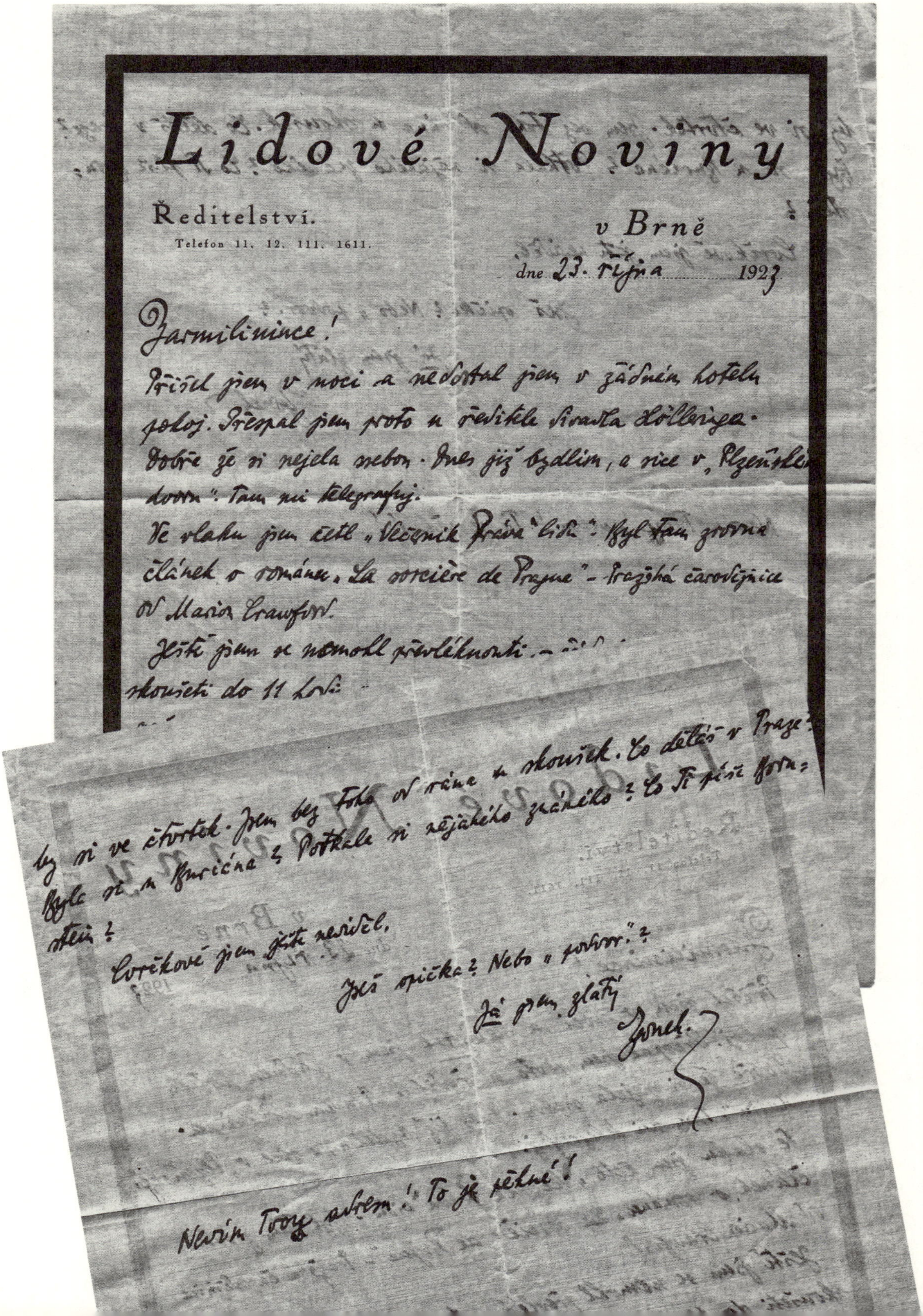

Lidové Noviny

Ředitelství.

Telefon 11, 12, 111, 1611.

v Brně

dne 23. října 1923

Jarmilinince!

Přišel jsem v noci a nedostal jsem v žádném hotelu pokoj. Přespal jsem proto u ředitele Strnadla Lölleringa. Dobře že jsi nejela sebou. Dnes již bydlím, a sice v „Plzeňském domě". Tam mi telegrafuj.

Ve vlaku jsem četl „Večerník Práva lidu". Byl tam zrovna článek o románu „La sorcière de Prague" – Pražská čarodějnice od Marion Crawford.

Ještě jsem se nemohl převléknouti ...

zkoušeti do 11 hodin.

... by jsi ve čtvrtek. Jsem bez toho od rána u zkoušek. Co děláš v Praze? Byla jsi u Juricína? Potkala jsi nějakého známého? Co Ti píše Horn=stein?

Lorečkové jsem ještě neviděl.

Jsi opička? Nebo „potvor."?

Já jsem zlatý

Jonek.

Nevím Tvou adresu! To je pěkné!

In der Sommerfrische mit ihrer Freundin Gisela Lyner (rechts im Bild), Kischs späterer Frau – Jarmila notierte auf der Rückseite des Fotos: ‹Neu-Strehlitz 1925›.

Ahrenshoop an der Ostsee 1926: Jarmila mit dem Schriftsteller Leonhard Frank (links im Bild) und anderen Freunden.

Jarmila 1931.

Der Journalist Joseph Bornstein, Jarmila und der Dichter Imre Forbath (von links) am Ufer der Moldau.

Mit Imre Forbath – Mai 1925 in Prag.

In Saarow-Pieskow am Scharmützelsee.

Ahrenshoop 1926.

Hiddensee 1927.

Sommer 1928 auf der Letná in Prag – von Vincenz fotografiert.

Seite an Seite: Jarmila und Vincenz 1928 in Berlin.

Kuraufenthalt 1931 in Františkovy Lázně nach schwerer Operation, über die sich Kisch in mehreren Briefen an Jarmila sehr besorgt äußerte. Am 3. Mai 1931 schrieb er aus Moskau: ‹Es war schrecklich. Du kannst Dir meine Situation gar nicht vorstellen, ich war nicht zu erkennen, fast fremde Leute riefen mich an, ob ich nicht Nachricht über Dich habe … Seit Deinem Telegramm, daß an meinem Geburtstagsmorgen kam, bin ich wieder der alte … Jetzt ist alles gut, mein dummer Jarmilatsch, hoffentlich, hoffentlich.›

23. Oktober 1923
Brno

Jarmilinince!

Ich bin in der Nacht angekommen und habe in keinem Hotel ein Zimmer gefunden. Ich habe deshalb bei Theaterdirektor Höllering übernachtet. Gut, daß Du nicht mitgekommen bist. Seit heute habe ich nun eine Unterkunft, und zwar im Hotel ‹Plzeňzký Dvůr›. Dorthin telegrafiere mir.

Im Zug habe ich ‹Večerník Práva lidu› gelesen. Dort gab es gerade einen Artikel über den Roman ‹Die Prager Zauberin› von Marion Crawford.

Ich konnte mich noch nicht einmal umziehen – keine Zeit. Heute habe ich bis 11 Uhr abends Probe. In der ‹Lidovkách› war ich gestern zweimal (ich lege es Dir bei), und außerdem war im Mittagsblatt dieser Witz. Im ‹Tagesboten› wurde mein Telegramm veröffentlicht, daß ich heute ankomme. Danach kannst Du beurteilen, wieviel Einladungen ich schon bekommen habe.

Sonst gibt es nichts Neues. Ich glaube, es reicht, wenn Du am Donnerstag kämst. Ich bin ohnehin von frühmorgens an bei den Proben. Was machst Du in Prag? Warst Du bei Burian? Hast Du jemanden Bekannten getroffen? Was schreibt Bornstein?

Loreks habe ich noch nicht angetroffen.

Bist Du ein Äffchen? Oder ein ‹Biest›?

Ich bin der goldene Egonek

Ich weiß Deine Adresse nicht! Na das ist wunderbar!

Theaterdirektor Höllering – Kisch hat mehrere Theaterstücke geschrieben, in Brno (Brünn) ist im Jahre 1923 das Stück ‹Tonka Šibenice› (Titel der deutschen Originalfassung: ‹Die Himmelfahrt der Galgentoni›) aufgeführt worden.

‹Večerník Práva lidu› – Abendblatt der sozialdemokratischen Tageszeitung ‹Právo lidu› (tschech.) ‹Volksrecht›.

‹Lidovkách› – volkstümliche Bezeichnung für die in Brno erscheinende Zeitung ‹Lidové noviny› (tschech.) ‹Volkszeitung›.

Burian – Vlastimil Burian, genannt Vlasta, tschechischer Schauspieler; spielte in den Theaterstücken von Kisch auf Prager Bühnen tragende Rollen.

Bornstein – Joseph Bornstein, langjähriger Freund Kischs.

15. März 1924
Berlin

Jarmilininko, genannt Affe,

sieh mal, was für ein Goldjunge ich doch bin, ich schreibe Dir sofort, obwohl ich Deinen Brief gerade vor einer halben Stunde erhalten habe, obwohl ich heute auf der Generalprobe von ‹Ihre

Pastorin› in der Staatsoper gehockt und für die ‹Lidovych› ein gewaltiges musikalisches Referat durchgegeben habe (es hat 5,– Mark gekostet) und Du kannst es Sonntag in der ‹Lid. N.› lesen, – nun, obwohl ich mit Arbeit überhäuft bin, trotzdem, Jarmilinince, schreibe Dir einen Brief. Wie bin ich?

Aber wie bist Du? Dumm! Und warum? Weil Du krank bist. Das solltest Du nicht machen, wenn das Deine Frau Thomas in der Mommsenstraße erführe, – die würde sich darüber nur freuen. Da werde lieber gesund! Ich kann mir zwar nicht vorstellen, daß Du überhaupt nicht rauchst, aber ich hoffe, daß Du wenigstens vernünftig bist und auf Dich acht gibst. Ja? Wenn nicht, dann setzt es etwas.

Neues gibt es nichts in Berlin. Gestern war ich mit Bornstein zur Premiere von Griffiths Film ‹A broken flower› (Eine Blüte gebrochen) im Tauentzienpalast, Willy war auch da, (mit Rosen) der total begeistert war. Mir war es zu rührselig ... Ansonsten sitzen wir in Collins Café, Dr. Levi mit seiner Ballenberger – alles, wie es war. Am Mittwoch früh fahre ich nach Kopenhagen. Vorgestern habe ich Bornstein auf seine Bitte ‹Salzburg ...› erzählt; (er kannte es noch nicht!) er brüllte geradezu vor Lachen über die ganze Straße. Deine Bücher sind vollkommen in Ordnung. Dein Hans Krasa ist hier, er hat eine Darmkrankheit und wird in einem Sanatorium behandelt. Inge Schönberg ist die einzige Frau im Café, die mir gefällt.

Daß Du das Theater nicht gefunden hast, ist schon ein starkes Stück. Du bist ins Hvězda gegangen, anstelle in die benachbarte Lucerna. Ich wünschte Dir, daß Du ‹Redl› überhaupt nicht siehst, weil Du dort nicht hingefunden hast, was psychoanalytisch hochinteressant ist.

Ich werde mit der Bearbeitung meines Prager Buches fertig,

‹Lidovych›/‹Lid.N.› – ‹Lidové noviny›.

Frau Thomas – Jarmilas Zimmerwirtin.

Willy – Willy Haas, Publizist, Essayist, Kritiker, Drehbuchautor, Herausgeber; war der zweite Ehemann von Jarmila.

‹Salzburg ...› – gemeint ist eine Episode aus Kischs autobiografischem Buch ‹Marktplatz der Sensationen›.

Hans Krasa – Komponist; gehörte zum Kreis der Künstler, die im Prager Café ‹Continental› ihr Domizil hatten, das auch Jarmila besucht hat.

Hvězda – (tschech.) Stern; Kleinbühne am Wenzelsplatz in Prag .

Lucerna – (tschech.) Laterne; renommiertes, großzügig und elegant angelegtes Theater- und Ballhaus am Prager Wenzelsplatz.

‹Redl› – gemeint ist Kischs Theaterstück ‹Der Fall des Generalstabschefs Redl›.

mein Prager Buch – möglicherweise das Buch ‹Die Abenteuer in Prag›, das in 1. Auflage 1920 im Verlag Ed. Strache Wien Prag Leipzig erschienen ist.

sonst weiß ich auch nicht, was ich Dir Interessantes schreiben sollte. Svrčkové hat mir nicht geschrieben. Von Wiegler erschien bei Rowohlt die Novelle ‹Drei Frauen› (Grigia, Tonka, Die Portugiesin). Schwarzschild und Grossmann werden eine Tageszeitung herausgeben. Bei ‹Schmiede› erscheint in deutsch Marcel Proust. Kürzlich war Ivan Goll aus Paris hier und schickte Devětsil eine Ansichtskarte. Geh zu ihnen ins Caféhaus und grüße sie von mir, und frage sie, ob sie nichts von mir brauchen. Aus Kopenhagen werde ich Dir schreiben.

Werde bald gesund, Jarmilinko, und schreibe mir nichts von dem Geheimnis, das Du mir im letzten Brief angedeutet hast, und korrigiere meine Schreibfehler (ich schreibe heute besonders schnell), und küsse mich im Andenken an Deinen Dich küssenden Egonek.

Devětsil – Bezeichnung einer unter dem Einfluß der russischen Oktoberrevolution im Jahre 1920 in der Tschechoslowakei gegründeten losen Vereinigung linker, avantgardistischer Künstler.

18. September 1924

Berlin

Liebe Jarmilinko,

bitte sei mir nicht böse! Ich weiß, wie unangenehm es ist, einsam zu sein und auf Post von seinen Freunden zu warten – und nichts kommt.

Aber ehrlich, Jarmilininko, ich weiß nicht, wo mir der Kopf steht, ich arbeite wie ein Verrückter, nur um das Buch endlich loszuwerden. Zweimal mußte ich es schon umarbeiten.

Ich schicke hier eine größere und ziemlich dicke Novelle an Peroutka, – ich weiß allerdings nicht, ob er in ‹Přítomnost› belletristische Arbeiten veröffentlicht. Mir wäre es lieb, wenn sie nicht in Fortsetzungen erschiene, sondern in einer Nummer. Das Wort ‹Reporter› könntest Du im Titel mit ‹zpravodaj› übersetzen, im Text abwechselnd novinář, reportér, zpravodaj. Schreib mir, wie Dir diese Sache in Prosa gefällt.

das Buch – gemeint ist offensichtlich ‹Der rasende Reporter›.

‹Přítomnost› – (tschech.) ‹Die Gegenwart›, renommierte liberaldemokratische Prager Wochenschrift, die unter Chefredakteur Ferdinand Peroutka zu besonderem Ansehen gelangte.

zpravodaj – (tschech.) Berichterstatter.

novinář – (tschech.) Journalist.

reportér – (tschech.) Reporter.

Warum schreiben Longens nicht? Hast Du jemanden von unseren Bekannten getroffen? Hier ist nichts los: Schlesinger, Lanias, Schulz, Marku – alles beim alten. Popper und Baby auch. Oft treffe ich Bornstein. Katzes habe ich nur einmal gesehen. Willy überhaupt nicht, er hat ein kleines Programmheft zum Film ‹Michael› geschrieben, wo er den Vortrag Hermann Banges in Prag sehr schön beschreibt. Das ist eine rein literarische Widerspiegelung seiner Jugend, was ich ihm vollkommen glaube. Was schreibt Dir Dein Kapitän aller Kapitäne? Ma-Fa schrieb in der ‹Lidovych› einen offenen Brief an meine Adresse, in dem er mich – aber sehr symphatisch – verspottet, weil ich bisher noch nicht das Museum der Kuriositäten in den Prager Schlachthöfen entdeckt habe. ‹Ätsch, Egon Erwin Kisch›, schreibt er, ‹davon haben Sie alter Aufstöberer noch nichts gewußt?› Das ist für meine Stellung in der ‹Lidovkách› eine große Stärkung.

Und was ist mit Dir, Jarmilinko? Mutter schrieb mir, daß sie sich an Deinen Blumen sehr freut. Ich würde mich freuen, wenn Bornstein nach Prag fahren könnte, er könnte bei uns übernachten.

Es küßt Dich, Jarmilinko, Dein alter und guter Freund Egonek.

Liebe Jarmila, ich hätte Dir schon längst geschrieben, aber ich hab noch immer schrecklich viel zu tun; ich freu mich sehr, daß es Dir gut geht und Du gut aussiehst. Wann kommst Du her? Ich grüß Dich herzlich! Gisl

Longens – Emil Artur Longen und seine Frau Xena.

Schlesinger – er gehörte zum weitläufigen Bekanntenkreis von Kisch.

Lanias – Leo Lania, Journalisten-Kollege und Freund von Kisch und dessen Frau Lucie.

Schulz – vermutlich Franz Schulz, der mit Kisch im letzten Jahr des ersten Weltkrieges im Kriegspressequartier in Wien gedient hat.

Popper – Ernst Popper, Journalisten-Kollege von Kisch, der zeitweise als freier Mitarbeiter für ‹Lidové noviny› in Brno schrieb.

Katzes – Otto Katz, tschechischer Journalist und Schriftsteller, langjähriger Freund von Kisch.

‹Lidovkách› – ‹Lidové noviny›.

Gisl – Gisl (Gisela) Lyner zunächst Kischs Sekretärin, dann Lebensgefährtin und später Ehefrau.

9. November 1924

Berlin

Liebe Jarmilininko,

daß Du Gold bist, pures Gold, muß ich Dir nicht bestätigen. Ich muß Dir für so viele liebenswerte Briefe danken, daß ich gar nicht weiß, wo ich damit anfangen soll. Wenn Du ‹Tonka› oder den ‹Reporter› übersetzen möchtest, dann stelle ich Dir den gesamten Inhalt natürlich mit Freuden zusammen, aber das wichtigste ist, einen Verleger zu haben. Vielleicht können Dir Laurin oder Staša einen Verleger vermitteln?

Mit wem warst Du auf der ‹Senzace žurnalisty›? Davon hast Du mir gar nichts geschrieben. Die Kritik hat mich insgesamt gut verstanden, am besten allerdings Max Brod im ‹Prager Tagblatt› vom Freitag, am gleichen Tag brachte auch ‹Lidové Noviny› eine kurze Nachricht. Daß mich Kodicek totgeschwiegen hat, lag wahrscheinlich daran, daß ich ihm das Buch nicht geschickt habe, aber jetzt hat er es sicher, der Verlag hatte es liegen gelassen. Diese Dinge machen mich keinesfalls heiß. Heute schreibt die ‹Berliner Volkszeitung› (C. F. Klötzel), daß ich der König der Journalisten bin und daß es neben mir keine Literatur von Wert gibt; das ist eine der größten Zeitungen, Auflage 85 000, und dabei kenne ich Klötzel nicht einmal persönlich. Ich schicke Dir das Feuilleton. Alle sind von meinem Buch begeistert.

Gestern war Willy im Café, – er bedankte sich, daß ich ihm das Buch geschickt habe. Wir haben über Dich gesprochen, – Du weißt, daß ich ein Loblied auf Dich gesungen habe. Während wir sprachen, klingelte das Telefon: Bornstein machte mich telefonisch aufmerksam, daß ich im Buch eine große Blamage habe: Ich habe da geschrieben, daß es ‹verschiedene mementa mori› gebe; weil ‹Mementa mori› vokativ ist, darum kann man das nicht im Plural anwenden. Er hat recht, – aber so schlimm ist das nicht. Willy sagte, er glaube, daß Ihr schon geschieden seid.

Berliner Nachrichten: Popper ist schon lange nicht mehr mit Baby zusammen, aber immer noch geht es ihm schrecklich gut, er hat kein Hemd, große und dumme Schulden, keine Arbeit usw.

‹Tonka› – gemeint ist die Komödie von der ‹Tonka Šibenice›.

‹Reporter› – gemeint ist der Sammelband ‹Der rasende Reporter›. Kisch hat Jarmila das Buch mit einer Widmung vom 28. Oktober 1924 aus Berlin geschickt.

Laurin – Arne Laurin, Journalist und Theaterkritiker; enger Freund von Kisch.

Staša – wahrscheinlich Staša Procházková; sie bildete mit Jarmila und Milena Jesenská das Freundschaftstrio auf dem Mädchengymnasium ‹Minerva› in Prag und war dann später wie ihre Jugendfreundinnen als Journalistin tätig.

‹Senzace žurnalisty› – (tschech.) ‹Sensation eines Journalisten›; Theaterstück von Kisch.

‹Prager Tagblatt› – eine der beiden deutschsprachigen Prager Tageszeitungen jener Zeit.

‹Berliner Volkszeitung› – linksbürgerlich-demokratische Tageszeitung.

mementa mori – memento mori (lat.) gedenke des Todes.

Jäger und Hedwig Schönemann haben wahrscheinlich schon geheiratet, – oder die Hochzeit ist nächste Woche. Weihnachten wird es ein Jahr, daß ich Jäger nicht gesehen habe. Katz (der Dich liebt) geht es gut, Fröschls auch. Lilly Popper ist auch hier, Dr. Blau ist in Leipzig Chefredakteur eines Unternehmens, das dem ‹Prager Tagblatt› gehört, Lanias Sohn ist ganz hübsch, leider hat er die Nase seines Vaters (Lania), bei Marku habe ich die Ansichtskarte von Dir gesehen, die Du mit ‹Deine Jarmila› unterschrieben hast, – und ich habe mich erinnert, daß Du in Brno auf das Wort ‹Deine› so ein Gewicht gelegt hast. Franz Schulz geht es sehr schlecht, vor allem materiell, aber auch seelisch, es schmerzt ihn, daß er ohne Zehen an den Füßen ist und daß die Berliner Kritik sein Stück in wirklich roher und niedriger Art und Weise total verrissen hat. Gisl schreibt für viele Literaten, die ihr das Honorar schuldig bleiben, Bibiana kommt jeden Tag ins Café, sie ist nach wie vor verrückt und lädt uns alle zu sich ein, Roth hat zwei Romane in der Schmiede herausgegeben, wo auch der ‹Hungerkünstler› von Kafka und ‹Továrna na absolutno› (Die Gottesfabrik) von Karl Čapek erschienen sind, – ich habe alle diese Bücher, willst Du eines? Was mich betrifft, so habe ich viel Ruhm, aber wenig Geld, so wenig, wie ich vielleicht noch niemals in meinem Leben hatte. Aber das kann mir auch nichts anhaben.

So, liebe Jarmilininko, Jarmilkovic, das ist alles. Ich hoffe, Du bist mit meinem Brief zufrieden, grüße Laurin und Laurinka, die eine sehr symphatische Dame ist, und alle Bekannten und laß Dich herzlich küssen von Deinem Egonek.

Was war das für eine Intrige, von der Du gesprochen hast? Ach, sollen sie Dir doch alle …

Jäger – er gehörte zum weitläufigen Bekanntenkreis von Kisch.

Schmiede – der Verlag Die Schmiede Berlin.

4. Februar 1925
Berlin

Liebe Jarmilko,

Deine Übersetzungen sind wirklich köstlich, – einige Witze und Ausdrücke habe ich noch weiter ausgeführt und denke, daß das Buch Erfolg haben und Deine Arbeit allgemeine Anerkennung finden wird.

Warst Du schon bei Balcar wegen der Fotografien (6 mal 6 Fotos)?

Und hast Du mir schon das Plakat aus der Universitätsbibliothek abgeschrieben?

Es küßt Dich, Äffchen, Dein Egonek

28. Februar 1925
am letzten Februartag

Lieber Affe,

ich schreibe Dir auf dem ersten Blatt von meinem neuen Papier.

Und ich danke Dir herzlich für Deinen Brief, auf den Du mich allerdings ungewöhnlich lange warten ließest.

Auf meinen Brief hat mir Synek geantwortet, daß unsere Übersetzung Herrn Mayer nicht gefallen hat, ‹daß sie keinen Witz hat (!) und er einer Frau, die nicht im Krieg war, nicht vertraut und einen anderen Übersetzer empfiehlt, den er auch einen Teil des ‹Schwejk› hat übersetzen lassen. Zwischen diesen beiden Übersetzungen wird von mir (Synek) und den Hinterbliebenen Hašeks (!) entschieden, welche Übersetzung die bessere ist und wem dann die ganze Arbeit übergeben wird. Ich versichere Ihnen, daß ich das größte Interesse daran habe, daß das wirklich eine hervorragende Sache wird, und wenn es möglich ist (!), daß die Arbeit an Frau Haas geht, die mich wirklich für sich eingenommen hat, und was in meiner Macht liegt, werde ich tun. Sehr ungern würde ich Ihre Hilfe verlieren, die Sie mir versprochen

Synek – Karel Synek, Prager Verleger, gleichnamiger Verlag.

Hašek – es handelt sich dabei um die Vergabe der Übersetzungsrechte von Jaroslav Hašeks Roman ‹Die Abenteuer des braven Soldaten Schwejk› ins Deutsche. Kisch hatte dafür Jarmila vorgeschlagen, nachdem er selbst das Angebot nicht angenommen hatte.

haben. Der Mitteilung von Herrn Mayer zufolge, hätte er keine Einwände für den Fall, daß Sie sich verpflichteten, den ‹Schwejk› selbst zu übersetzen, aber Sie haben dazu leider keine Lust und keine Zeit. Ich hoffe, daß über die Vergabe der Übersetzung in nächster Zeit entschieden wird, worüber ich Sie sofort informieren werde.

Ich habe natürlich nicht geantwortet, nur Laurins habe ich geschrieben, damit sie Synek eventuell sagen, welche Schweinerei die Erben mit Hašeks Werk vorhaben. (Synek hat mir am Anfang seines Briefes geschrieben, daß ihm Deine Übersetzung gefällt.)

Damit ist diese Sache vorerst abgeschlossen.

Und auf meine Anfrage bei Fredy Stransky, was mit meiner Sache bei Borový ist, habe ich bis jetzt leider keine Antwort.

Den Rilke, den Du nicht mehr brauchst, habe ich gar nicht. Der Zerfall in der Partei interessiert mich sehr und jegliche private Nachrichten. Obwohl Du eine alte Linke bist, glaube ich trotzdem, daß Du erkennst, daß es nicht um verschiedene Ansichten geht, sondern um persönliche Dinge, um den Einfluß Béla Kuns, um Seidler und andere ungarische Liebediener, über die uns bereits in Krč einige Dinge angedeutet wurden. Welche Position nimmt Olbracht ein? Hast Du mit ihm gesprochen? Wenn Du mit ihm flirtest, sei vorsichtig, er ist ein großer Liebhaber, und entweder müßtest Du ihn beleidigen, oder es würde wie mit Marku enden, – ich schreibe Dir diese meine Meinung nur, weil Du mich gefragt hast, und ich bitte Dich, darüber, auch im Scherz, niemals zu reden.

Etwas anderes: in der ‹Lidovych Nov.› kommt jede Woche mein ‹Mestek› in Prosa, und in der ‹Lid.› hatte ich außerdem einen ungeheuer radikalen Artikel über die deutsche ‹Tscheka›, da habe ich mich gewundert, daß sie das gedruckt haben. Es kam auch

Borový – František Borový, Prager Verleger.

‹Mestek› – Ferda Mestek de Podskal, Prager Original; Kisch hat über ihn ein Theaterstück und in Prosa unter der Überschrift ‹Dramaturgie des Flohtheaters› geschrieben.

in ‹M. M.› (anonym) und ‹Rote Fahne› und die gesamte kommunistische Presse hat es abgedruckt. Sonst hatte ich in der ‹Lidovkach› nur den Artikel über ‹Kriminalistische Literatur in Deutschland›, – apropos, ‹Redl› hat größeren Erfolg und mehr Kritiken als ‹Rasender Reporter›! Das ärgert mich ein bißchen, mir wäre es lieber, wenn der ‹Reporter› nicht bei 10 Tausend völlig stehenbliebe.

In Berlin war ich einmal bei Ungar, der für Hans Gerke ein Abschiedssouper gegeben hat,– Gerke ist nach Prag versetzt und soll schon in Na Valech sein. Gestern war ich bei Fröschl, – Bornstein war auch eingeladen, ist aber nicht gekommen. Lania und Katz (mit Frauen) waren dort. Auf dem Reimann-Ball habe ich mich gelangweilt und bin geflohen. So ein völlig verrückter Musikant vom Devětsil, Genosse Miroslav Ponc, ein junger Bursche, kommt oft zu mir.

Morgen fahre ich nach Leipzig und lese abends als Gast der Zeitschrift ‹Der Drache›. Ich habe keine Lust dazu und weiß auch noch nicht, was ich lesen werde. Lesungen sind eine schrecklich langweilige Sache. Und außerdem habe ich noch eine journalistische Aufgabe übernommen, die mich dort ungefähr 14 Tage festhalten wird und vor der ich mich auch fürchte. Vorerst möchte ich davon nichts schreiben, aber ich teile es Dir rechtzeitig mit. Bis jetzt habe ich noch keine Leipziger Adresse (die Hotels sind überfüllt, weil Messe ist), aber wenn Du mir etwas sehr Dringendes schreiben mußt, dann schreib an Dr. Blau, Leipzig, Hotel Hauffe.

Jarmilininko, ich denke, daß Du mit diesem Brief zufrieden sein und mir nicht vorhalten wirst, daß ich Dich vernachlässige. Eigentlich ist es ein Skandal, ich verbrenne mir hier den Mund, daß man Dir in Prag Unrecht tut, ich schreibe Synek, Laurins

‹M. M.› – ‹Der Montag-Morgen›, Wochenzeitung.

‹Rote Fahne› – ‹Die Rote Fahne›, Zentralorgan der KPD.

Ungar – Dr. Ungar, ein Freund des Kisch-Bruders Arnold.

Fröschls – Dr. Fröschl war zeitweise Redakteur bei der ‹B.Z. am Mittag›, er gehörte mit seiner Frau Else zum Bekanntenkreis Kischs.

und L. S., und Du dummes Äffchen hältst mir noch vor, daß ich nicht lieb genug bin. Da hat Dir schon lange keiner in den ... getreten, nicht wahr? Soll ich mal?

Ich tue es nicht! Ich küsse Dich. Sorg dafür, daß der Buchhändler die Bücher bringt, grüße Xena, Burian, Longen, Olbracht, Goodway,

sei lieb und vergiß nicht Deinen kleinen Egonek.

Frag in der Buchhandlung ‹Čech› nach der Ritualbroschüre über die heiligen Handlungen! Herzlichen Gruß Bornstein

19. März 1925
Berlin

Lieber Affe,

ich danke Dir herzlich für Deinen Brief, – eigentlich für zwei Briefe, die ich, Schwein, unbeantwortet gelassen habe. Allerdings habe ich viel zu tun, – aber eigentlich nicht für mich, für lauter fremde Leute, einer vom Devětsil, der schon zwei Jahre in Berlin ist und nicht ein Wort deutsch kann, belästigt mich mit seiner atonalen Musik, Gustl Wolf bekommt ein Kind, hat aber keinen Platz (Unterkunft, Stellung), auch kein Geld und weiß nicht die Adresse der Firma Lewy-Ballenberg (kannst Du die nicht herauskriegen) und täglich etwa 10 solcher Geschäftchen. Ich schreibe auch an meinem ‹Pitaval›, aber diese Kompilation langweilt mich schrecklich und ich möchte das alles schon hinter mir haben. Von Bornstein weißt Du ansonsten alles. Ich denke, es ist gut für ihn, daß er in der ‹Welt a. A.› ist, – alle Zeitschriften der Partei sind verboten, so kann er die Aufmerksamkeit auf sich lenken. Morgen kommt im ‹Tagebuch› ein neuer großer Artikel von mir über die ‹Tscheka›, – Du bekommst ihn.

Ich danke Dir herzlich für die Informationen über meine

‹Pitaval› – gemeint ist die Sammlung außergewöhnlicher Gerichtsfälle, die allerdings erst 1931 im Erich Reiss Verlag, Berlin, unter dem Titel ‹Prager Pitaval› erschienen ist.

‹Welt a. A.› – ‹Die Welt am Abend›; Abendzeitung, die von 1922 bis 1933 im Münzenberg-Konzern in Berlin herausgegeben wurde und zu deren Autoren Schriftsteller mit linksbürgerlichen und sozialistischen Positionen gehörten.

‹Tagebuch›/Tscheka – gemeint ist der sogenannte Tscheka-Prozeß, der vom 10. Februar bis 22. April 1925 vor dem Leipziger Reichsgericht (Staatsgerichtshof) stattfand.

Bücher, – aber diesen Sauer, den Du mir gekauft hast (Der Umsturz der ‹Mariensäule›), habe ich schon. Das ärgert Dich, nicht wahr. Nach Eurer gemeinsamen Mitteilung zum Programm von ‹Ferda Mestek› war die Premiere nicht berauschend. Schau es Dir noch einmal an, vielleicht am Sonnabend, – ich denke, es muß doch besser ankommen als solche ‹Piccavry› usw. Wie war Noll, wie Xena? Xenas Rolle ist doch dankbar. Warum wollten sie mich nicht anhören, als ich ihnen unter 6 Augen vorlesen wollte. Schick mir die Kritiken!

Synek habe ich auf seine sehr demütige Bitte, daß ich die Übersetzung machen möge, nicht geantwortet. Er müßte die Hašková so beschimpfen, daß es ein Skandal wäre. Borový habe ich heute noch einmal geschrieben, was mit den Übersetzungen ist, – da sich einige Übersetzer bei der Schmiede um den ‹Redl› beworben haben, will ich, daß er mit mir schnell den Vertrag macht, in dem ich Dich als Übersetzerin aller Werke vorschlage.

Jarmilinko, Du schreibst wenig über Dich. Hast Du irgendeinen Liebhaber. Und wie geht es Dir sonst? Ich hoffe das Beste. Grüße alle bekannten Ungarn, Tschechen, Juden, Deutschen, Russen, Linke und Rechte und laß Dich auf das herzlichste küssen von Deinem Spitzbuben Egon.

‹Piccavry› – Hinweis auf Kischs Komödie ‹Piccaver im Salon Goldschmied›, von Emil Artur Longen Ende 1923 im Prager Rokoko-Theater inszeniert.

Schmiede – der Verlag Die Schmiede Berlin brachte 1924 als Band zwei der von Rudolf Leonhard herausgegebenen Reihe ‹Außenseiter der Gesellschaft – Die Verbrechen der Gegenwart› das Buch ‹Der Fall des Generalstabschef Redl› heraus.

19. Oktober 1925

Berlin

Du häßlicher affiger ‹Affe›,

sehr schön ist das nicht von Dir, daß Du mir nicht schreibst, denn dazu hast Du keinen Grund, auch wenn ich vielleicht gesagt habe, daß ich manchmal keine Zeit habe, sofort zu antworten. Na, aber wenn Du schon so ein Dickkopf bist, fang ich zu schreiben an. Obwohl ich nicht weiß, womit ich beginnen soll, – alle Neuigkeiten von unserer Clique meldet Dir Dein ständiger

Berichterstatter sicher zuverlässig. Dales haben wir alle,– obwohl Sonja einen neuen Karakul-Pelzmantel für angeblich 1800 Mark auf Raten bekommen hat und Schlesinger als Gerichtsberichterstatter des ‹Berliner Tageblattes› mehr verdient als wir alle zusammen. Willy war sehr beleidigt, weil ich für sein Blatt bisher nichts geschrieben habe, aber ich habe auch keinen Grund dazu, denn das ist keine Zeitung, eher etwas wie die ‹Neue Rundschau› in einem anderen Format; gestern habe ich mit ihm bei Barfuss zu Abend gegessen, er fragte auch nach Dir, und ich habe ein Loblied auf Dich gesungen, daß er mich ganz verdächtig angesehen hat, ob ich nicht etwa in Dich verliebt bin. Der kleine Popper hat noch immer keinen Hut (meiner ist ihm zu klein), und er verdient durch den Bücherverkauf nur etwa drei Mark täglich. Franz Schulz hat Ernst Popper einen gerichtlichen ‹Zahlungsbefehl› geschickt. Daß ich meine zwei Bücher zu einem zusammengefügt und etwa 20 Artikel weggelassen habe, das weißt Du vielleicht schon. Es wird schon gedruckt, – aber ich habe noch immer keinen Titel dafür. Keiner von meinen Vorschlägen gefällt Reiss. Polgar ist in Berlin, ich habe mit ihm und Direktor Robert und zwei wunderschönen Mädchen seinen 50. Geburtstag gefeiert. Marku hat ein Buch beim Elena Gottschalk Verlag und eins bei Reiss, – beide kommen vor Weihnachten heraus, das wird ein Fest. Auch Lania, dem Gefängnis droht, wenn er die Quellen für seine ‹Gewehre auf Reisen› nicht angibt, hat damit eine schöne Reklame. Gestern abend waren wir, Fröschls, Ottes mit Landau, Katz mit Sonja, Willy mit Rosen, Dr. Lewinsohn (Moorus) mit irgendeinem Mädchen bei Schwannecke und haben Bornsteins Namenstag gefeiert, als ob er Hindenburg wäre. Dem Ärmsten war das sehr unangenehm und er hat sich geschämt.

‹Neue Rundschau› – literarische Monatshefte, die in Berlin herausgegeben wurden.

Reiss – Erich Reiss (1887-1951), Verleger. Im Erich Reiss Verlag (auch: Reiß), Berlin, ist im Jahre 1914 Kischs einziger Roman, ‹Der Mädchenhirt›, verlegt worden; seitdem war Kisch, auch vertraglich, mit Reiss verbunden.

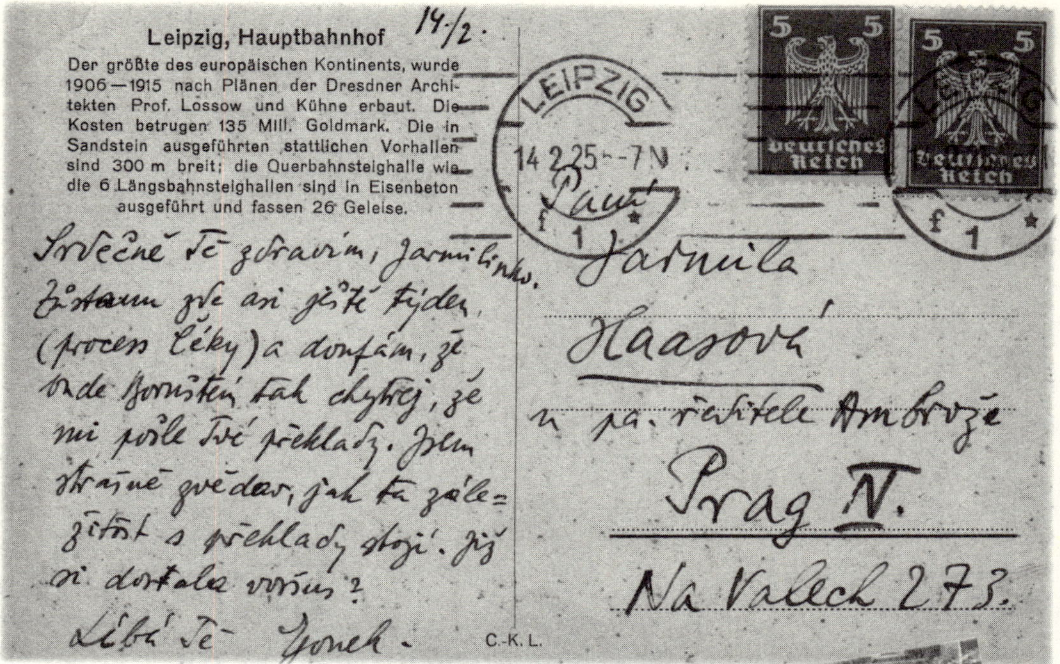

14/2.

Leipzig, Hauptbahnhof

Der größte des europäischen Kontinents, wurde 1906—1915 nach Plänen der Dresdner Architekten Prof. Lossow und Kühne erbaut. Die Kosten betrugen 135 Mill. Goldmark. Die in Sandstein ausgeführten stattlichen Vorhallen sind 300 m breit; die Querbahnsteighalle wie die 6 Längsbahnsteighallen sind in Eisenbeton ausgeführt und fassen 26 Geleise.

Srdečně Tě zdravím, Jarmilinko. Zůstanu zde asi ještě týden (procesy léky) a doufám, že bude Hornstein tak chytrej, že mi pošle Tvé překlady. Jsem strašně zvědav, jak ta záležitost s překlady stojí. Již si dostala vorsus??

Líbá Tě Jonek.

C.-K. L.

Deutsches Reich 5 — Deutsches Reich 5

LEIPZIG 14.2.25 -7 N f 1

Jarmila Haasová

u p. ředitele Ambrože

Prag II.

Na Valech 273.

Milá Jarmilinko,
děkuji Ti tisíckrát za Tvé cigarety a také za Tvůj list, – ačkoliv byl bohužel trpký!
Zítra jedeme (Keller, Firl a já) zpět do Berlína. Já zde minulý týden měl přednášku u studentů, bylo to pěkné, mně se to alespoň líbilo. (Kellerovi ale také.) Dnes jsem si nechal tetovovati na rameno krásného černocha, abych měl věčnou památku na Kodaň. Ať tedy zase budeš Ty v Berlíně, Jarmilko.
Na zdar, Nanučka!
Tvůj Jonek.
Viele Grüße!
[illegible]

Paní
Jarmila Haasová
u pa. řed. Ambrože
Praha IV.
Tschechoslov. Na valech 273

Mehr weiß ich von uns nicht, Jarmilinko. Dir geht es angeblich nicht besonders, Du weißt, daß ich Dich zutiefst bedaure, aber mach Dir nichts daraus. Nimm solche kleinen Unannehmlichkeiten nicht so ernst. Ich weiß, daß es im Paramé und vielleicht im Neustrelitzer Wald, ja, sogar auf dem Balkon besser wäre, wenn die Sonne schiene. Aber sie wird wieder scheinen, alle Wolken verfliegen – da staunst Du, was ich für ein Lyriker sein kann, nicht wahr? Aber wirklich, sei nicht dumm, ewig bleibst Du auch nicht in diesem Prag, und dann wird es wieder schön.

Siehst Du Laurin, Olbracht oder einen anderen von unseren Bekannten, was macht Goodway, wohin gehst Du, hast Du Longen gesehen? In diesem Brief sind viele Fehler, und welcher ist der größte? Grüße Forbath herzlich und laß Dich auf beide Wangen und Deine hübschen Ohren küssen (auf den Mund hast Du es ja nicht gern) und schreib mir sofort einen liebenswürdigen und fröhlichen Brief, damit ich nicht zu Dir kommen und Dich im Berliner Zoo für den Affenkäfig mit der Aufschrift abgeben muß ‹Geschenk des Herrn Egon Erwin Kisch›.

Jarmilininko! Jarmilouše! Jarmiláče! Dein Egon.

Forbath – Imre Forbath, der ungarische Dichter war mit Jarmila befreundet.

29. November 1925

Berlin

Liebe Jarmilininko,

schon mindestens drei Wochen hatte ich keine Feder in der Hand, – mir ist nicht danach, irgend jemandem einen Brief zu schreiben oder schließlich einen Artikel – ich weiß eigentlich nicht warum, – ich bin in einer schlechten Verfassung, Dales, Mißerfolge – aber trotzdem antworte ich auf Deinen Brief sofort. Und das, obwohl er mich sehr bedrückt hat. Insbesondere, weil Du mir teilweise die Schuld an Deinem Schicksal gibst, daß Du

Dales – (neuhebr.) Dalles – Geldmangel.

mir nicht sagst, warum Du eigentlich nicht geschrieben hast. Ich habe nicht die mindeste Ahnung, worin ich mich schuldig gemacht habe, ich glaube im Gegenteil, daß ich mich Dir gegenüber hier sehr freundschaftlich verhalten habe und daß wir uns in Neu-Strehlitz als beste Freunde verabschiedet haben – auch wenn uns der Zug so dumm abgefahren ist.

Weiter verstehe ich nicht, wer Dich in Prag – außer zu Hause – ärgern kann, nein, ich weiß absolut nicht, an wen Du denkst. Aber ich will nicht in Dich dringen, sprechen wir lieber von anderen Dingen. Ich weiß allerdings nicht, wo beginnen. Heute mittag habe ich mit Schaffgotschen gesprochen, der mir gesagt hat, daß Du gut aussiehst und daß er Dich recht oft sieht. Ich habe mich gefreut, – oder sind sie es, die Dich kränken? Horn schreibt mir aus Paris einen sentimentalen Brief, er bittet um Antwort, aber ich hatte noch keine Lust dazu. Diese Woche war vollkommen Lunatscharski gewidmet, ich war auf seinem Presseempfang in der Botschaft und zu seinem Vortrag in der Philharmonie (ich habe auf demselben Platz gesessen, wie in dem Mahler-Konzert neben Dir) und in seinem Stück, das mir gefallen hat, weil es von Lunatscharski war. Überhaupt stehe ich mich mit den Russen sehr gut und fahre vielleicht noch in diesem Monat nach Moskau, ich freue mich darauf so sehr, daß ich Angst habe, daß daraus nichts wird. Ich lebe von diesen schrecklichen Dummheiten in der ‹Montagspost›, lauter alte Feuilletons, – so schlecht ist es mir in Berlin noch nie gegangen und deshalb sehne ich mich so sehr nach der Fremde. Mein Buch heißt ‹Hetzjagd durch die Zeit› – ich habe schon Deine Adresse aufgeschrieben, aber ich glaube, daß sie es von Leipzig aus verschicken, so daß ich Dir keine Widmung einschreiben kann. Aber wenn Du großen Wert darauf legst, lasse ich Dir aus Berlin noch

Schaffgotschen – gemeint ist Franz Xaver Graf Schaffgotsch; er war zeitweilig der Geliebte von Milena Jesenská.

‹Montagspost› – die ‹Berliner Montagspost› gehörte zu den bürgerlichen deutschen Zeitungen, für die Kisch schrieb.

ein Exemplar zukommen. Das Buch wird keinen sehr großen Erfolg haben, weil es sehr tschechisch, jüdisch und pragerisch ist, – wer soll in Deutschland schon verstehen, was Tonka Šibenice in ihrem Jargon spricht oder dieses Schwadronieren ‹im Nebel›. Das ist mir aber egal. Meine Mutter ist in Meran und fährt von dort über Venedig und Triest nach Hause. Die ‹Literarische Welt› wird mit jeder Nummer schlechter, dort schreiben Marku, Lisl Rühle-Gerstl, Gina Kaus, Otto Kaus, Paul Medina (zwei Artikel in einer Nummer!) und völlig unbekannte Leute über völlig unwichtige Dinge. Wozu soll das gut sein? Willy wird wahrscheinlich auf mich zornig sein, weil ich noch nichts geschrieben habe, aber wozu soll ich das tun? Ungar hat 8 lange Spalten über die Handschriften von Thomas Mann geschrieben, Byzantinismus! Weiss lobte Hindenburg! Jeder schimpft. Zur Tschechoslowakischen Botschaft habe ich keine guten Beziehungen, weil Kamil Hoffmann (zu Unrecht) meint, ich hätte die Angriffe auf seinen Standpunkt im Krieg in der Korrespondenz Paul Levis und im ‹Tagebuch› inspiriert. Ich habe ihm übermitteln lassen, er solle mir den Buckel runterrutschen.

Was gibt's in Prag? Wo treten Longens auf? Und was spielen sie? Ich habe von ihnen kein Wort gehört, auch von Burian nichts. Und keiner spielt mehr meine Stücke, um die sie sich so geprügelt haben. Was macht Forbath? Grüße ihn herzlich von mir. In welches Café gehst Du? Und wen triffst Du? Es würde mich freuen, Jarmila, wenn Du auf fröhlichere Gedanken kämst, und wenn Du Deinem Egonek wieder fröhlichere Briefe schriebest.

Ich küsse Dich unter der Bedingung, daß Du mein alter Affe bist und ich Dein Egonek.

50 Mal danke ich Dir für die Zigaretten, ich habe sie geraucht, als ich diesen Brief geschrieben habe. Sonst rauche ich oft unsere Pfeife! Und reinige den Kamm mit Deiner Bürste!

17. Dezember 1925
Berlin

Liebe Jarmiláče,

ich wollte am Dienstag abreisen, aber da ich höre, daß Du am Freitag kommst, verlege ich meine Reise auf Montag, damit ich Dich Affe noch sehen kann. Ich schreibe Dir das, damit Du Deinen Termin nicht veränderst.

Hast Du mein Buch mit der Widmung erhalten?

Ich küsse Dich, altes Biest, wünsche Dir frohe Weihnachten, gute Reise nach Berlin und viel, viel Glück im neuen Jahr.

Dein alter Egonek.

In Eile!

14. März 1927
Berlin

Liebe Jarmiláku,

ich schreibe Dir in großer Eile, – ich kann Bornstein nicht fassen, weil heute die Gerichtsverhandlung Paul Levis gegen den ‹Völkischen Beobachter› ist. Ich muß abfahren, ich habe eine eilige Arbeit, drei Bücher bis zum 15. April, ich weiß nicht, wo mir der Kopf steht, deshalb will ich mich irgendwo außerhalb von Berlin niederlassen. Ich würde am Mittwoch abfahren, fürchte aber, daß Du am gleichen oder am nächsten Tag ankommst, und wir beide, Du und ich, würden es bedauern, daß wir uns verpaßt haben. Deshalb bitte ich Dich, mir zu telegrafieren, ob Du am Donnerstag kommst. Länger kann ich nicht warten, – Du müßtest mich, wenn Du bis Donnerstag nicht hier bist, draußen besuchen. Meine Adresse werde ich bei Schornstein lassen.

Schornstein – Kisch verballhornte auf diese Weise den Namen seines Freundes und Berufskollegen Joseph Bornstein.

Ich danke Dir für Deine wunderbaren Briefe, Du weißt sicher, daß ich mich hier vor Arbeit und Affären zerreißen könnte und daß ich nicht dazu komme, zu antworten. Max, die ungarischen Affären, die Rote Hilfe und außerdem schrieb ich dämliche Artikel über meine Reisen, auf denen mich die Filmgesellschaft so behinderte, daß ich nicht zur Arbeit gekommen bin.

Daß Fred Stransky (von ‹Lidové Noviny›) gestorben ist, weißt Du vielleicht.

Sonst ist alles beim alten, Stefa Bernhard bummelt durch Berlin, Anton Kuh ist in Paris, Fröschl ist bei der Illustrierten und nicht mehr bei der ‹B. Z.›, Bornstein hat den Ungarn (Seidler) versprochen, daß er einen Artikel über die Horthy-Machenschaften schreibt, über mich erzählt man in Prag, daß ich in Hollywood beim Film engagiert bin, meine Mutter glaubt das auch, aber es geht dabei nur um die simple Frage einer Gesellschaft, ob ich eventuell zu ihnen käme.

Das ist alles, mein Affe, ich küsse Dich tausendmal, grüße Forbath, und bin Dein Egonek.

31. März 1927

Buckow,
(Märk. Schweiz)
‹Weiße Taube›

Affe, Äffchen,

ich danke Dir herzlich – und schnell, nicht wahr? – für Deinen lieben Brief. Ich denke, Du übertreibst es mit dieser Arbeit so, wie Du früher das Faulenzen übertrieben hast. Vorerst hast Du genug getan, – die Partei kennt Dich, das hast Du Dir doch am meisten gewünscht, Mitarbeiterin beim ‹R. Právo› zu sein, einen ganzen Monat sind Deine Sachen gekommen, da ist es absolut unnötig, daß Du davon krank wirst. Komm nach Berlin, – daß heißt nach Buckow.

‹R. Právo› – ‹Rudé právo›, (tschech.) ‹Rotes Recht›; Zentralorgan der KP der Tschechoslowakei, die erste Ausgabe erschien am 21. September 1920.

Und schreib mir sofort, wann das sein wird. Nächste Woche mußt Du den Brief von Max Hoelz haben, damit die Genossen vom ‹Rudé Právo› ihn in die Nummer vom 15. April aufnehmen (nicht weil Ostern ist, sondern weil sie dann drei Tage nicht herauskommen). Aber wenn sie das lieber zum 1. Mai hätten, dann brauchst Du ihn auch bald. Das ist eine großartige Sache, für die Geschichte des Sozialismus in der Tschechoslowakei wichtig.

Wenn Du bis zum 10. April nach Berlin kommst, müßtest Du mir von meiner Mutter eine Mappe mitbringen (die Rote Garde-Mappe), wenn Du länger dort bleibst, bitte meine Mutter, daß sie aus dem Ordner alles herausnimmt, es schön einpackt und mir sofort per Einschreiben nach Buckow schickt. Ich mache daraus vielleicht ein Kapitel des Buches für Münzenberg.

Sonst weiß ich nichts Neues. Bornstein schreibt weder für die Öffentlichkeit noch mir. (Aber ich, Schwein, habe ihm allerdings auch nicht geschrieben.) Pully war am Sonntag hier, sonst schreibt mir niemand, auch nicht Katz, Fröschl, Spann, Rabold, und ich habe keinerlei Sehnsucht danach.

‹Rote Garde-Mappe› – Kisch wurde am 2. November 1918 während der Revolution in Wien zum Kommandeur der Roten Garde und dann am 21. November zum Vorsitzenden des Soldatenrates der Roten Garde gewählt.

Ich küsse Dich, Jarmilininko Jarmilinkovic, wenn Du hier wärst, würde ich Dich immerfort in die Sonne jagen: ‹Marsch auf den Balkon!› Egonek.

31. März 1927

Buckow

Liebste Jarmila,

so einfach ist das nicht, hier einen Brief zu schreiben. Seit zehn Tagen sind wir hier, und gestern abend bin ich erst mit den Korrekturen zu dem Rußlandbuch fertig geworden; wir haben die ganze Zeit ununterbrochen daran gearbeitet, ich weiß nicht einmal wie Buckow aussieht, weil ich noch nicht einmal eine halbe Stunde spazieren war.

Rußlandbuch – gemeint ist ‹Zaren,Popen, Bolschewiken›.

‹Die alten Fehler mit den Brüdern habe ich Dir schon gesagt. Wer sie alle (bis auf Wolfgang, der zu früh gefallen ist) gekannt hat, muß lachen über den Arnold und Paul, ihr Visier spricht doch über sich selbst.› Das schrieb mir Jarmila zu diesem Foto. Durch eine ursprünglich erfolgte falsche Angabe, von dem selbst das von ihr zusammen mit Ehemann Vincenz Nečas verfaßte Buch über Kisch nicht verschont geblieben ist, wurden in vielen Veröffentlichungen Paul und Arnold immer wieder verwechselt. Hier nun die Kisch-Brüder von links nach rechts in der richtigen Reihenfolge: Arnold, Paul, Wolfgang, Egon und Bedřich.

Mit Bruder Bedřich in Prag – am Graben, Ecke Wenzelsplatz.

Einjährigfreiwilliger Kisch 1904.

In der Kaserne des Prager Hausregiments im Stadtbezirk Smíchov.

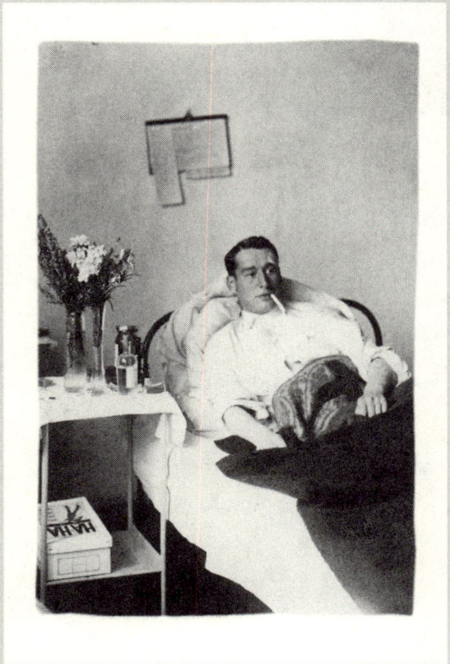

Verwundet zurück von der Ostfront – Reserve-Spital in Prag-Karolinenthal.

Leutnant Kisch im Herbst 1915 in einem Prager Fotoatelier – die Rückseite des Fotos enthält den Stempel: ‹Zensuriert K.u.k. Ersatzbataillon Nr. 11›.

Lokalreporter bei der Prager deutschen Zeitung Bohemia – auf der Prager Rennbahn Chuchle mit einer Freundin: ‹Verkäuferin in einem Smíchover Kurzwarenladen›, schreibt er im ‹Marktplatz der Sensationen› über sie, ‹ein bescheidenes Mädchen›. Durch sie soll Kisch auf die Spur des Mörders Litera – behandelt in ‹Tötet der Buchstabe› – gekommen sein.

Jetzt fangen wir mit dem Buch für Münzenberg an, aber der Egonek weiß noch nicht, was er hineingeben soll, dabei eilt die Sache sehr, denn es muß unbedingt am 15. April fix und fertig sein, er hat alle Ehrenwörter gegeben, außerdem soll bis dahin auch noch das Max H.-Buch fertig sein, mindestens hundert schrecklich lange Briefe sind dafür abzuschreiben, durchzusehen und eine Einleitung muß der Egonek dazu machen. Ich werde schon verrückt, wenn ich nur an all die Sachen denke, weil ich mir nicht vorstellen kann, daß wir damit fertig werden.

Zu all dem habe ich noch gestern einen Brief vom Universum Verlag, (das ist der von Münzenberg) bekommen, sie wollen jetzt auch gleich den ‹Vorfrühling› herausbringen, dabei haben die Schweine den ganzen dritten Teil (150 Schreibmaschinenseiten) verloren, das soll ich also auch noch abschreiben, und selbstverständlich müßte ich das ganze Buch noch einmal durcharbeiten, aber ich weiß bei Gott nicht, wie ich es machen soll. Am Abend seh ich gar nichts mehr, weil meine Augen so überanstrengt sind, Zeitung kann ich fast überhaupt nicht mehr lesen, weil sie so klein gedruckt sind. Mit einem Wort, ich bin ein vollständiger Krüppel.

Und dabei bin ich noch in einer Pechsträhne, die nicht zu beschreiben ist. Hat Dir der Bornstein nicht geschrieben, wie ich einem Schwindler hereingefallen bin? Zwei Tage lang habe ich mich schon gefreut und geglaubt, daß ich endlich eine Wohnung haben werde, da hat sich herausgestellt, daß der ganze schöne Wohnungsschein gefälscht war. Wenn dieser Ärger wenigstens kein Geld gekostet hätte!

Jetzt aber Schluß, immerfort jammer ich Dir meine Sorgen vor, arme Jarmilka, sei nicht bös!

Du arbeitest so viel! Möchtest Du nicht schon endlich herkom-

Max H. – Max Hoelz (1889-1933); revolutionärer Arbeiterführer; Kisch gab dessen ‹Briefe aus dem Zuchthaus› heraus.

Universum Verlag – der Buchclub ‹Universum-Bücherei für Alle› war ein Verlagsunternehmen der Internationalen Arbeiterhilfe, die 1921 gegründet worden war.

men? Du wirst Dich noch so überanstrengen, daß Du ganz krank werden wirst und schlecht aussehen! Und schließlich könntest Du doch ebensogut in Berlin arbeiten, wo Ihr doch jetzt eine so nette Wohnung habt! Und wenn Du auf ein paar Tage hier nach Buckow herauskämest, würdest Du Dich glänzend erholen und hättest ‹neue Kraft leicht geschafft›, wie der kleine Zigeuner Beglow!

Daß Du der Sejfullina ähnlich sein sollst, kann ich nicht finden; der Egonek sagt, daß sie häßlich ist, mir gefällt sie aber sehr gut, sie ist so klein und herzig und hat ein ausgesprochenes Kindergesicht, sie könnte die Schwester vom Ausreißer sein! Wie wirst Du Dich mit ihr verständigen, wenn sie nach Prag kommt? Sie spricht nur russisch, französisch kann sie fast gar nichts, da versteht sie noch mehr deutsch!

Von unserer lieben Gesellschaft weiß ich schon sehr lange nichts, außer daß der Schwarzschild nächste Woche heiratet, er hat am Semmering eine Wienerin kennengelernt, die sehr reich und auch schön und jung sein soll, und sich sehr bald mit ihr verlobt. Die Hilde Jennings ist inzwischen ein großer Filmstar geworden, wenigstens tut sie so, weil sie jetzt mit der Asta Nielsen zusammen gefilmt hat. Die Lissy Höllering ist unglücklich, weil der Franz so viel arbeitet, und ihr nicht erlaubt, ein Engagement anzunehmen. Die Sonja macht sich jede Woche vier neue Toiletten, eine mieser als die andere, und die Elschen führt ein ganz großes Haus! Das ist alles, was ich weiß! Ich würde Dir ja gern den Rest vom Rußlandbuch schicken, aber dann arbeitest Du noch mehr, und so warte ich damit, bis Du hier bist, obwohl ich sehr gern gewußt hätte, wie es Dir als ganzes Buch gefällt. Die wichtigen Sachen schreibt Dir der Egonek, also bleibt für mich eigentlich nichts mehr zu sagen übrig als noch einmal, daß Du schon endlich Deine Sachen zusammenpackst und herkommst! Und so bin ich mit sehr viel allerherzlichsten Grüßen Deine Gisl

20. November 1927
Berlin

Liebe Jarmilininko,

ich danke Dir herzlich für das Hanus-Buch und den schönen Brief. Ich habe Dir lange nicht geschrieben, aber dafür ist es vielleicht der erste Brief, den ich in diesem Jahr überhaupt jemandem schreibe. (Auch nach Hause habe ich das Jahr über nicht geschrieben.)

In dieser Woche war hier die Prager Typografie, d. h. ihr Chor, und hat hier ein Konzert gegeben, ich war nicht dort, habe aber Josef Hora und Marka Majerová zu Piscator, zu den blauen Blusen, ins Romanische Eldorado (schwules Lokal in der Lutherstraße) geführt. Selbstverständlich habe ich viel von Dir gesprochen, sie haben versprochen, sich um Dich zu kümmern, sie wären glücklich, wenn sie einige von meinen Sachen für das ‹R. Pr.› bekämen – jeden Sonntag. Besuche Hora!

Heute hat mir das Burian-Theater telefonisch mitgeteilt, daß es eine Woche lang ‹Von Prag nach Bratislava ...› spielen wird. Na gut. – Was macht Prag? Forbath? Er soll für eine Woche herkommen! Er kann sehr gut bei mir übernachten und vor Hunger wird er auch nicht sterben.

In Rußland bin ich nicht gewesen, – ich hatte auch nicht einen Augenblick die Absicht, dorthin zu fahren. Du hast mir Unrecht getan, wie immer. Höllering war dort, er ist angeblich total begeistert, ich habe noch nicht mit ihm gesprochen. Rabold ist noch dort, aber schrieb Lobgesänge und wird angeblich nach seiner Rückkehr jeden ohrfeigen, der etwas gegen Rußland sagen wird; er ist zur Erholung in den Kaukasus gefahren.

Prager Typografie – offensichtlich die tschechische Druckergewerkschaft.

Burian-Theater/Von Prag nach Bratislava ... – gemeint ist eine Aufführung des Theaterstückes, das Kisch zusammen mit Jaroslav Hašek geschrieben hat.

In der ‹Roten Fahne› hatte ich am vergangenen Sonntag ‹Die Waggonvilla›, heute ist dort das ‹Leichenschauhaus›. Ansonsten halten mich die Leute auf, so daß ich nicht arbeiten kann, auch der ‹Prager Pitaval› ist noch nicht fertig. Beendet habe ich das Vorwort zu John Reed, dessen ‹10 Tage› zugleich mit dem Eisenstein-Film im Verlag für Literatur und Politik wiedererscheinen.

Bornstein sehe ich sehr selten, er geht wahrscheinlich nirgendwo hin, vor 14 Tagen haben wir uns wieder die halbe Nacht gestritten. Auch Grossmann und Schwarzschild sehe ich nicht.

Der Maler Schrötter ist in Berlin, er hat mir eine Einladung zu seiner Ausstellung im Romanischen Café geschickt, natürlich bin ich nicht hingegangen und habe ihn nicht gesehen. Aber Dein Bild steht in meinem Arbeitszimmer auf meinem Schrank, es erinnert mich immer an Dich, jeder Besucher fragt, wer das ist oder was Du machst. Na ja, hast Du halt ein Denkmal!

Marku hat ein Buch über Lenin geschrieben. Die ‹Rote Fahne› hat ihn deshalb gründlich angegriffen, im großen und ganzen hatte sie recht, aber es ist trotzdem ein interessantes Buch, es ist nicht revolutionsfeindlich, und die Tatsachen über Lenins Leben bleiben immer etwas Gewaltiges.

Lania ist bei Piscator, eine Art Hausdramatiker, er trat aus dem ‹Börsen-Courier› aus, dorthin kam Billy Wilder, von Jarmila genannt ‹Billy Baldower›. Kurt und Anka Viková waren einigemale mit Bonck hier, Fröschls auch, Sonja Bogs sehe ich Gott sei Dank niemals, Katz selten. (Er ist ein großer Herr.) Olga Ossipowna ist aus Rußland zurück – ‹Banditen› – und sehr glücklich.

Hoelz geht's miserabel, sie wollen die Gerichtsverhandlung gegen Friel (der bekam einen Sohn und hat ihm meinen Namen gegeben ‹Egon Erwin›) und Hoelz nicht führen. Sie wollen kein

‹Prager Pitaval› – Kischs Buch ‹Prager Pitaval› – eine Sammlung abenteuerlicher Schicksale und Gerichtsfälle aus seiner Vaterstadt Prag.

John Reed/‹10 Tage› – für das Buch ‹Zehn Tage, die die Welt erschütterten› des amerikanischen Journalisten John Reed, das 1927 im Verlag für Literatur und Politik, Wien-Berlin, erschien, hat Kisch ein Vorwort geschrieben.

Wiederaufnahmeverfahren. Nächsten Sonntag wird auf Piscators Bühne eine Protestversammlung sein, auf der ich reden werde.

Morgen abend fahre ich nach Danzig, um dort eine Reportage zu machen. Ich werde dort Onkel Rosenberg von Dir grüßen.

Gisl ist nicht zu Hause, sie ist bei Halpern und will sich mit ihr über die Übersetzung von ‹Zeromski› beraten (die Halpern versteht polnisch). Sie soll die Übersetzung morgen abgeben und hat den Kopf voll, weil es da nur so von Fehlern wimmelt.

Willy sehe ich niemals, er äußert sich nicht über meine Bücher. Ich bitte ihn auch nicht darum.

Du schreibst mir, daß Du Dich erinnert hast, wie wir Alfred Klaar gesehen haben. Wo war das? Auf der Premiere der ‹Periferie›?

Was macht Holitschers Übersetzung? Ist sie fertig? Ich war sehr traurig, daß Du klagst, daß Dir die Augen weh tun. Schone Dich, es lohnt nicht.

Ich küsse Dich, liebes Äffchen und liebes Schielauge in alter unveränderter Freundschaft! Komm bald! Werde gesund! Čest! Und ich bin Dein Egonek!

Onkel Rosenberg – vermutlich eine ironische Anspielung auf den faschistischen Politiker Alfred Rosenberg.

die Halpern – Olga Halpern

Holitschers Übersetzung – Jarmila übersetzte Arthur Holitschers Buch ‹Das unruhige Asien›.

Čest! – (tschech.) ‹Ehre!›, Abkürzung des kommunistischen Parteigrußes ‹Čest

1. Oktober 1928

Berlin

Liebe Jarmilininko,

ich antworte Dir schnell auf Deine zwei Briefe, damit ich Dir die Anweisung für mein Honorar beilegen kann.

Für Nečas sieht es schlecht aus, wenn er wegen solcher Dummheiten für 18 Monate in den Knast müßte. Ich hoffe, daß alles gut ausgeht.

Ich bin neugierig, was Kaplický mit Dir zu besprechen hat. Ich werde ihm nicht mehr wegen einer Fristverlängerung schreiben, wo er doch schon das erstemal so gewütet hat. Aber

Nečas – Vincenz Nečas, tschechischer Journalist; langjähriger Freund von Kisch, Vincenz war der dritte Ehemann von Jarmila.

wie ich das bis zum 15. Dezember fertigkriegen soll (gedruckt), das weiß ich nicht. Hast Du schon angefangen? Schick mir, was Du übersetzt hast.

Meinen Rummel kannst Du Dir nicht vorstellen: vorgestern habe ich am Schönhauser Tor über Tolstoi gesprochen, gestern habe ich im Radio mit Musik Tretmüllers ‹Eliptüden› gelesen (Alfred Kerr hat eröffnet), morgen lese ich über Dzierzynsky an der Marxistischen Arbeiterschule, am Sonnabend im Volksfilmverband über den Russischen Film von ‹Polikusky› bis nach ‹Schanghai›. Außerdem ist vorgestern mein Bruder Arnold angekommen und wohnt bei mir.

Im vorletzten Brief hast Du mich gefragt, was ich dazu sage, daß mein Vorwort gedruckt worden ist. Wo? In der ‹Literarischen Umschau›? Ich weiß von nichts und habe nichts gesehen. Gestern habe ich die Zeitschrift ‹Der Zeitgeist› bekommen, in der 12 Spalten von Pavel Altschul sind. (Guter Artikel.) Er übersetzt dort den Titel ‹Der rasende Reporter› mit ‹Reporter in wilder Eile›. Wie gefällt Dir das? Wie wäre es mit ‹Die Leidenschaft des Reporters›?

Daß Dir mein Zeichenkunstwerk ‹Denkmal Jarmila Haasovás am Pulverturm› gefallen hat, erzählte mir Bornstein schon; Hanna ist wieder bei Haas, es scheint so, daß alles in Butter ist.

Wann die Premiere der ‹Galgentoni› sein wird, – das weiß ich nicht. Machs gut, Jarmiláči, ich wünsche Dir, daß alles gut ausgeht.

Ich küsse Dich und bin Dein Egonek.

Während ich das hier schreibe, malt mich der Münchner Maler Schad, – er kommt schon über eine Woche hierher.

Marxistische Arbeiterschule – die Marxistische Arbeiterschule in Berlin (MASCH) galt als Hochschule der Werktätigen.

Münchner Maler Schad – Christian Schad malte Kisch mit freiem Oberkörper und Tätowierungen.

Rechte Seite: ‹Daß Dir mein Zeichenkunstwerk «Denkmal Jarmila Haasovás am Pulverturm» gefallen hat, erzählte mir Bornstein schon›, schrieb Kisch am 1. Oktober zu dieser Zeichnung, die er am 20. September 1928 angefertigt und Jarmila herzlich gewidmet hat.

KNIHKUPECTVÍ
PRAŠNÁ BRÁNA
POMNÍK
JARMILY HAASOVÉ
NEČAS
Srdečně věnováno
od

Spisy
Egona Erwina Kische

31. Okt. 1928
Berlin

Liebe Jarmila,

es ist jetzt vier Uhr nachmittags (Mittwoch) und ich habe noch gar keine Nachricht vom Egonek. Im Reisebüro sagte man mir, daß sie auch noch keine Nachricht haben, ob der Dampfer gelandet ist, er war gestern fällig, und sie erwarten im Laufe des heutigen Tages ein Kabel. Trotzdem bin ich sehr nervös, kannst Dir denken. Ich habe schon drei Tage nicht geschrieben aus lauter Unruhe.

Für Dich ist nur ein Brief da, den ich beilege. Gestern war Rost hier und hat das Forum für Dich dagelassen. Er war sehr erstaunt, daß Du weggefahren bist, ohne ihn anzurufen.

Gestern abend war ich in der Partei-Arbeiterkonferenz, die von sieben Uhr abends bis 1 Uhr nachts gedauert hat, und wo mehr als 800 Leute anwesend waren. Es war unerhört interessant. Morgen haben wir Zelle, leider haben Dich einige Leute am Sonntag gesehen, so daß ich nicht sagen kann, Du wärest noch in Prag. Weiß Gott, wie lange es morgen abend dauern wird, um neun Uhr beginnt nämlich das Kabarett der Komiker, und der Robitschek konnte mir bis jetzt nicht sagen, ob die ‹Galgentoni› am Anfang oder am Ende gespielt wird, so daß ich vielleicht noch die Premiere versäumen werde.

Mir ist schon sehr mies, das muß ich sagen. Aber ich will Dich nicht damit anstecken. Schreib mir, wann Du kommst, damit ich zu Haus bin oder ruf an.

Strejcek war schon drei Tage nicht hier, vielleicht ist er auf mich bös! Am Sonntag bin ich bei der Käthe, der Schnuck hat Geburtstag. Ich grüß Dich herzlichst. Deine Gisl

Kabarett der Komiker – führende deutsche Kleinkunstbühne in Berlin, 1924 gegründet.

Linke Seite:
Titelseite einer Werbeschrift des Prager Verlages Pokrok aus dem Jahre 1928 für eine von Jarmila ins Tschechische übertragene achtbändige Ausgabe der Werke von Egon Erwin Kisch. Der erste Band hatte den Titel ‹Prašná brána› (‹Pulverturm›).

8. Dezember 1928
Berlin

Liebe Jarmila,

eben kommt Dein Brief, und ich beantworte ihn sofort!

Ich bin am Montag nicht weggefahren, sondern der Max wohnt und arbeitet hier mit mir, ich darf die Tür nicht öffnen, wenn es klingelt und auch nicht zum Telefon gehn, weil niemand wissen darf, daß wir hier arbeiten, sonst würden wir gestört. Heute ist er nach Sachsen gefahren zu einer Kundgebung, und kommt morgen mittag zurück, so daß ich die Zeit für mich verwenden kann; leider nur zur Arbeit statt zum Ausschlafen. Ich arbeite nämlich, ohne Übertreibung! täglich von 9 Uhr früh bis 2 Uhr nachts, davon nur mittags und abends eine halbe Stunde zum Essen setze ich aus, und am Mittwoch haben wir sogar die ganze Nacht durchgearbeitet, ohne überhaupt zu Bett zu gehen. – Leider werden wir nicht, wie ich glaubte, nur eine Woche arbeiten, sondern drei Wochen. Hoffentlich halte ich das bei diesem Tempo aus!

Daß Du solches Pech mit den Sachen hast, ist blöd! Nachdem die Sachen, die verlorengegangen sind, aber im ‹R. Pr.› und ‹Lidové› erschienen sind, könntest Du ja vielleicht in der Redaktion die Exemplare neu bekommen? Das ist doch jedenfalls eine kleinere Arbeit, als neu zu übersetzen!

Die Adresse von Egonek ist: Mrs. E. P. Betz, 77 Eastern Parkway, Brooklyn, N. Y. (USA). Ich weiß nicht, wie lange er noch in New York bleibt, er will, glaube ich, in den nächsten Tagen noch andere Städte aufsuchen. Ich soll ihm aber an die Adresse der Irma weiter schreiben, weil es zu lange dauern würde, mir immer die neue Adresse mitzuteilen; Telegramme sind teuer, außerdem würden ihn die Briefe auch dann nicht mehr in der Stadt erreichen, wo er war. Mit New York aber ist es leichter für ihn in Verbindung zu bleiben, also bleibt vorläufig diese Adresse.

Max – gemeint ist vermutlich Max Hoelz.

Irma – Irma Otte, Freundin von Gisl aus der Wiener Zeit, die dann in die USA ging; Jarmila lernte sie in Berlin kennen.

Ich wünsche Dir, daß Du mit dem ‹Zuřivý rep.› keine Schwierigkeiten mehr hast, und ohne zu grosse Abhetzerei fertig wirst, damit Du Dich dann erholen kannst; und jetzt mache ich Schluß, weil ich noch viel zu erledigen habe, und um 7 Uhr beginnt der 1. Abend des Zirkels vom 6. Weltkongr., zu dem ich gehn muß.

Laß Dir's gut gehn und sei herzlichst gegrüßt! Deine Gisl

‹Zuřivý rep.› – ‹Zuřivý reportér›, (tschech.) ‹Rasender Reporter›.

9. April 1929

Berlin

Liebste Jarmila,

Du hast mir doch einen ausführlichen Brief versprochen?

Es hat mir so leid getan, daß ich am Bahnhof gar nicht mit Dir sprechen konnte! Wenn Kühnes Eltern nur die Hälfte der Ratschläge für ihn mitgegeben hätten, wäre auch genug. – Und früher konnte ich nicht schreiben, ich habe nämlich einen Rummel hier, von dem Du Dir keine Vorstellung machen kannst! Nämlich, ich habe das Vorzimmer malen und die Küchenmöbel streichen und das Zimmer für den Egonek umstellen lassen; also, ich habe nicht gedacht, daß das so eine Arbeit sein wird; ich dachte, zwei höchstens 3 Tage! Und jetzt ist es schon über 8 Tage, und ich werde froh sein müssen, wenn ich am Ende dieser Woche mit allem fertig bin. Dabei wohnen noch Kurt und Anka bei mir, was die Situation natürlich etwas erschwert. Na, hoffentlich ist es bald vorbei!

Vor einigen Wochen hat Pokrok 5 gebundene und 5 broschierte Exemplare vom ‹Zuřivý reportér› geschickt; sehr schade, daß ich's nicht lesen kann!

Und jetzt zur Hauptsache! Der Egonek fährt am 13. aus New York ab, und ich treffe mich am 20. mit ihm in Southampton. (Das heißt, ich weiß noch nicht, ob sein Schiff nicht schon am 19. ankommt, ich muß mich erst erkundigen.) Was sagst Du, daß

Pokrok – Nakladatelstvi Pokrok (tschech.) Verlag Fortschritt, Prager Verlag in der Malá Štěpánská ulice; er brachte Kischs Bücher – ab 1928 eine achtbändige Ausgabe – heraus.

er, der so abergläubisch ist, am 13. fährt? Jedenfalls freue ich mich schon sehr, ein halbes Jahr ist doch länger als man glaubt! In Berlin sind allerhand miese Sachen, da Du den ‹M. M.› kriegst, wirst Du ja schon gelesen haben!

Sonst weiß ich nichts Neues, weil ich buchstäblich, seit ich aus Wien zurück bin, noch nicht an der Luft war. (Nur ein paar geschäftliche Wege), leider habe ich auch mit dem ‹Tagebuch› keine großen Freuden, sie werden ewig mit dem Drucken nicht fertig und heute haben sie mir noch 3 Artikel zurückgeschickt. Na!

Wie geht es Dir, Jarmila? Konntest Du wenigstens ein bißl ausruhen? Und hat sich der Kaplický endlich wegen des nächsten Buches beruhigt?

Vor ein paar Tagen hörte ich, daß die Milena so schwer erkrankt sein soll! Ist es eine Kinderlähmung?

Jarmila, könntest Du mir nicht jetzt, wo Du in Prag bist, den Artikel aus dem ‹Pestrý týden› (ich glaube es war diese Zeitschrift!) verschaffen, von dem der Nečas Dir damals schrieb? (Weißt Du, die Tätowierung!) Und vielleicht auch den Artikel vom Nečas, der mit den Matrosenbildern erschien; ich weiß nicht, wie die Zeitung heißt.

Vorgestern verlangte der Sinaiberger von mir das Bild vom Egonek, wo er mit Chaplin und dem Jannings photographiert sein soll. Ich habe aber keine Ahnung, was das sein soll! Hast Du von einem solchen Bild was gehört?

Was ist mit Deiner Prager Wohnung? Da muß doch schon die Verlosung gewesen sein. Und wann kommst Du wieder nach Berlin, Jarmila? Ich hoffe, jetzt doch sehr bald?

Ich würde mich schrecklich freuen, wenn ich noch vor meiner Abreise etwas von Dir hören würde, wenn Du nicht sehr viel zu tun hast, schreib mir bitte ausführlich! Vor allem, wie es Dir ge-

Kaplický – Václav Kaplický, Verlagsredakteur, der für verschiedene Verlage tätig war.

Milena – gemeint ist vermutlich Milena Jesenská.

‹Pestrý týden› – (tschech.) ‹Bunte Woche›, eine anspruchsvolle Illustrierte, bei der in der Anfangszeit auch Milena Jesenská tonangebend tätig war.

Sinaiberger – Hugo Sinaiberger gehörte zu Kischs Freunden; er war Chefredakteur der Prager Filmzeitschrift ‹Internationale Filmschau›, für die auch Kisch schrieb.

Chaplin – Kisch besuchte ihn während seines Aufenthaltes im ‹Paradies Amerika› in Hollywood.

Jannings – Emil Jannings lebte von 1926-1929 in Hollywood; Kisch war Gast eines Abendessens im Hause von Jannings.

sundheitlich und sonst geht! Ich wünsche Dir alles Gute und bin mit vielen herzlichen Grüßen Deine Gisl

16. April 1929

Berlin

Liebste Jarmila,

ich fahre übermorgen mittags, und bin Freitag früh in London; nachmittags fahre ich nach Southampton, und am Samstag kommt der Dampfer vom Egonek an; ich freue mich schon so darauf, daß ich kaum mehr etwas tun kann vor Aufregung; der Egonek hat mir geschrieben, daß wir nur ein paar Tage in London bleiben werden, weil er schon sehr reisemüde ist; also glaube ich, daß wir so am 26. spätestens wieder in Berlin sind; außerdem will die Mutter Kisch am 28. herkommen. Wegen des Amerikabuches werden wir wahrscheinlich doch irgendwohin fahren müssen, aber ich glaube erst Ende Mai oder Anfang Juni. Wenn Du also nach Berlin kommst im Mai, sind wir bestimmt hier. Nur mit dem Wohnen! So lange die Mutter vom Egonek hier ist, wird es schwer gehn, weil ich nicht genug Betten habe; aber irgendwo wird man Dich schließlich schon unterbringen können; schreib mir also jedenfalls, wann Du kommst.

Ich hab noch viel zu tun, seit ich aus Wien zurück bin, war ich noch nicht ein einziges Mal weg, die ganzen Abende sitze ich zu Haus und schufte; zum Teil auch, weil ich nicht genug Geld habe und gespart hab, um nach London fahren zu können. Ich hoffe, liebe Jarmila, daß wir uns bald sehen, und wünsche, daß Du mir baldigst bessere Nachricht geben kannst als heute. Sei allerherzlichst gegrüßt! Deine Gisl

24. Mai 1929

Teufelsmühle bei Königsberg an der Eger

Lieber Jarmiláč,

direkt aus New York kommend, habe ich mich in den hintersten Winkel verkrochen, in die Teufelsmühle bei Kynšperk an der Ohře!

Ich wollte nach Böhmen, damit meine Mutter mich besuchen kann, ohne den schrecklichen Rummel zu erleben, der in Berlin um mich gemacht wurde. Gestern habe ich Mutter geschrieben, und heute schreibe ich Dir. Wie bin ich?

Frank hat uns mit nach Františkovy Lázně genommen, und dort haben wir nach dem verlassensten Winkel gefragt und so die Teufelsmühle gefunden. Es kostet hier 30 Kronen pro Person und Tag, und das Essen ist nicht berauschend, so daß wir noch nicht wissen, ob wir hierbleiben. Der Vorteil ist, wir sind hier direkt im Wald und weit und breit ist kein Haus.

Ich weiß nicht, wie Deine Reiseprojekte in der nächsten Zeit aussehen. Wenn Du nicht die Absicht hast, nach Berlin zu fahren und noch keine Sommerwohnung gemietet hast, könntest Du doch so um den 1. Juni mit Herrn Nečas hier vorbeikommen. Der Weg ist nicht sehr kompliziert.

7.25 Abfahrt vom Masaryk Bahnhof;

12.08 Ankunft in Falknově (Falkenau).

Dort mußt Du etwa eine Stunde auf den Personenzug nach Königsberg warten, wo Du gegen 2 Uhr ankommst, wo ich Dich – weil ich Dein Telegramm bekommen habe – mit einem amerikanischen Küßchen begrüßen würde.

Kleider brauchst Du hier keine, weil hier keine Menschen sind. Telefon auch nicht.

Na also, ich freue mich, daß ich Dich wiedersehe und küsse Dich Dein Egonek.

Františkovy Lázně – Franzensbad

Falkenau – Sokolov

Masaryk Bahnhof – Prager Fernbahnhof im Zentrum der Stadt.

Liebe Jarmila,

hier ist es wildromantisch, ruhig und langweilig, so daß ich wenigstens zur Arbeit komme. In Berlin hatten wir Pfingsten ein Irrenhaus. Von Polgar über Sinaiberger bis zum ultralinken Frigo waren alle politischen Schattierungen vertreten. Ich würde mich sehr freuen, wenn Du herkämst. Sei allerherzlichst gegrüßt, grüß auch den Nečas! Deine Gisl

Frigo – Autor eines Werkes mit dem Titel ‹Letzte Stunden›.

14. Juni 1929

Teufelsmühle im Libautal

Dummerchen,

es tut mir leid, daß Du sakramentpotztausend solches Pech hast! Aber es wird alles. Das Wichtigste ist, daß das mit Nečas blinder Alarm war. Wenigstens sagt meine Mutter, daß er vollkommen gesund ist. Die täglichen Sorgen sind alle für die Katz, – es lohnt nicht, sich aufzuregen.

Mutter ist von der hiesigen Natur total begeistert. Wir haben aber auch herrliches Wetter, und es wäre schön, wenn Du bald hier wärest, auch mit geschwollenem Gesicht. Hier ist kein Mensch!

Am besten fährst Du so: Wilson Bahnhof 11.15 Uhr (Schnellzug Prag–Paris) aber bis Paris fährst Du nicht, sondern steigst etwas früher aus, und zwar in Cheb (Eger) 15.40 Uhr. Hier steigst Du in den Zug nach Kynšperk (Königsberg) um, der 15.53 Uhr abfährt und 16.19 Uhr in Kynšperk ist. Dort steht nicht nur der Autobus zum Libautal, sondern auch Egonek, allerdings nur, wenn er einen Tag vorher Dein Telegramm hat.

Na wird's! Dein Egonek.

Wenn Du kein Geld für die Reise hast, telegrafiere. Und Nečas bringst Du natürlich mit.

25. Juni 1929

Teufelsmühle

Lieber Jarmiláč,

ich bitte Dich, mach Dir meinetwegen keinen schweren Kopf. Du hast andere Sorgen, und auch wenn ich Sehnsucht nach Dir habe, bin ich doch nicht so ein Blödmann, Dich zu bedrängen.

Wenn Du ohnehin nach Prag zurück mußt, dann komm schnell zu mir, – und zwar in Deinem Interesse – weil Du Dich hier seelisch und körperlich schnell erholen würdest.

Aber nur wegen der Teufelsmühle und wegen mir von Berlin nach Böhmen zu reisen wäre dumm.

Meine Mutter fährt am Donnerstag nach Prag und kommt in ein paar Tagen, etwa in einer Woche, zu mir zurück.

Das zweite Honorar für ‹Prašná brána› gehört Dir, denn Du mußtest neue Veränderungen und Korrekturen vornehmen, ich wollte Dir das nicht schreiben, denn ich dachte, daß ich Dir das am nächsten Tag selber sagen kann.

Na, Jarmilinko, komm schnell, aber ‹übereil Dich nicht›, wenn Du etwas Wichtigeres zu tun hast.

Ich küsse Dich (in Eile) und bin Dein Egonek.

‹Prašna brána› – unter diesem Titel, (tschech.) ‹Pulverturm›, war im Verlag Pokrok Band I einer achtbändigen Kisch-Ausgabe in der Übersetzung von Jarmila erschienen.

7. Juli 1929

Teufelsmühle b. Königsberg a. d. Eger

Dummerchen,

in aller Eile diktiere ich Dir einen Begleitbrief zu beiliegendem Schreiben und Telegramm von Bornstein. An Schornstein habe ich ein Antworttelegramm geschickt, daß ich seit drei Wochen keinen Ton von Dir gehört habe.

Ich hätte Dir bereits vor vier Tagen den Brief schicken können, aber ich mußte doch aus seinem Erhalt schließen, daß Du unterwegs zu mir seiest.

Und nun glaubte ich, daß Du wenigstens an den drei Feiertagen hier sein würdest. Aber ich seh schon, Du bist ein unverbes-

serliches Dummerchen, weshalb ich Dich nicht mehr einlade, ohne damit sagen zu wollen, daß ich mich nicht sehr freuen würde, wenn Du kämest. Dreiviertel Jahre haben wir uns schon nicht gesehen!

Ich bleibe noch mindestens zehn Tage hier.

Ich grüße und küsse Dich herzlichst und bin immer

Dein Egonek.

Liebe Jarmila,

es ist mir vollkommen rätselhaft, was mit Dir los ist! Daß Du nicht einmal schreibst! – Jetzt sind wir schon über sechs Wochen hier, und so lange warten wir schon auf Dich. Dabei sind es von Prag nur 4 Stunden! Also bitt Dich, melde Dich sofort! Ich grüße Dich herzlichst! Deine Gisl

Habe Dir vor 10 Tagen einen Brief nach Berlin geschickt, der zurückgekommen ist (‹Adressat verreist, unbekannt wohin›), so habe ich ihn Dir gleich an Deine Prager Adresse geschickt. Eingegangen? E.

16. September 1929
Berlin

Lieber Jarmiláč,

erst heute schicke ich Dir die beiliegende Korrespondenz, obwohl ich sie bereits vor fünf Tagen Bornstein gezeigt habe und er Dir vielleicht schon davon erzählt hat. Ich konnte nicht früher – die Korrekturen sollen am Donnerstag fertig sein (viele Veränderungen), der Zahnarzt quält mich jeden Tag unerträglich, die Affäre aus der ‹Bücherschau› zieht Kreise (das ‹Tageblatt› hat mich einfach angegriffen, die ‹Frankfurter› verteidigt mich, Bornstein wollte auf mich losgehen, die Angriffe von Gottfried

Benn und Heinrich Mann sind schon in der Redaktion der ‹Bücherschau›, und ich habe auch einen langen Artikel für die ‹Bücherschau› geschrieben), und außerdem Vorträge und Besuche à la Kühne.

Den ‹Plan› habe ich erhalten. Herzlichen Dank!

Staša hat nicht geantwortet.

In Berlin gibt es nichts Neues, Fröschl wird eine Premiere in Bratislava haben, Höllering kriegt in drei Wochen ein Kind, Kurt hat noch nichts, mein Buch heißt: ‹Egon Erwin Kisch beehrt sich darzubieten: Paradies Amerika.› Heute hat mir Mutter aus Prag geschrieben, daß die kleine Edith gesund, aber sehr geschwächt ist.

Ich bin neugierig, was Du zu Kaplickýs Brief und meiner Antwort sagst. Ich denke (oder hoffe), daß Du von meinem Brief begeistert sein wirst. Aber ich halte es für ratsam, daß Du den Artikel über die Schwierigkeiten der Übersetzung von Kischs Büchern möglichst schnell schreibst!

Bei Piscator war ich noch nicht, sie haben mir die Karten für die Premiere verweigert. Spann und Bornstein behaupten, daß er bald Bankrott ist, daß das Defizit bei ausverkauftem Haus täglich 1000 Mark ausmacht, und dabei ist der Besuch so schlecht wie nie zuvor. Mehrings Stück ist angeblich außergewöhnlich dumm, und ein neues suchen sie bisher vergeblich.

Dieser Rapport über Piscator ist gleichzeitig die Antwort auf Deinen Brief. Was möchtest Du vertreten? Bornstein hat mir auch in diesem Sinne geantwortet, als ich ihm von Deinem Brief erzählt habe. Er war mit Spann bei mir. Das einzige, was Du übersetzen könntest, wäre Piscators Buch. Aber angeblich haben alle Verlage das Manuskript zurückgegeben, weil es langweilig ist, und ein Auszug in der ‹Bücherschau› bestätigt dieses Urteil.

kleine Edith – Kischs Nichte Edith Ruth, geboren am 3. Juli 1928, war der erste weibliche Sproß der Kisch-Familie, nach Herbert, dem Sohn von Egoneks Bruder Arnold. In einem Brief an seine Mutter erkundigte sich Egonek nach dem Mädchen: ‹Ist sie blond oder schwarz, Kischischer als Herbertl?›

Bei Schwannecke war ich noch nicht (bin völlig zahnlos, aber bekomme eine Brücke), nur einmal im Roma ...

Gerade ist Weiskopf gekommen, angeblich in einer wichtigen Angelegenheit, deshalb mache ich Schluß (ich hätte auch so Schluß gemacht), ich küsse Dich, vergiß Wohlschläger und Butzbach nicht, die Ausschnitte habe ich erhalten.

Es küßt Dich Dein Egonek und grüße Vincek

Vincek – Vincenz Nečas.

September 192[9]

Berlin, Freitag [Poststempel 28. September 1929]

Lieber Jarmiláč,

ich sitze in der Sitzung des Schriftstellerverbandes, gerade habe ich gegen die Erhöhung der Mitgliedsbeiträge gesprochen, und jetzt – jeder guckt, was ich hier schreibe – antworte ich Dir auf zwei Briefe.

Ich bin sehr froh, daß Du mit meinem Brief an Kaplický zufrieden warst, er war es sicher weniger. Deinen Brief habe ich mit einem herzlichen Hinweis auf Deine unschätzbaren Eigenschaften und Deine Freundschaft an Piscator gesandt, wahrscheinlich wird er Dir direkt antworten, oder mir. Mit Bornstein werde ich sprechen.

Für den Auszug aus meinem Brief an Longens danke ich Dir herzlich, auch für die Übermittlung der Nachrichten, die über mich und meine Blondine in Prag kreisen. Hast Du gelesen, wie feierlich sich der ‹Tramp› auf mich beruft gegen die ‹Národní Politika› usw.

Was Deine Frage betrifft, ob der ‹Soldat› noch vor Weihnachten herauskommen soll, meine ich, daß meine Entscheidung überflüssig ist, weil das allein von Dir abhängt, ob Du ihn fertig bekommst, und vom Verlag, ob er ihn bis zu dieser Zeit herausgeben kann.

‹Soldat› – gemeint ist Kischs Kriegstagebuch ‹Soldat im Prager Korps›, das erstmals 1920 erschienen war und 1930 unter dem Titel ‹Schreib das auf, Kisch!› eine Neuauflage erlebte.

Auf alle Fälle fange ich morgen mit den Veränderungen am ‹Soldaten› an und schicke sie Dir möglichst schnell. Große Änderungen werden es nicht, so daß Du mit der Übersetzung auch beginnen kannst, bevor Du meine Vorschläge erhältst.

Zeit hatte ich bisher nicht. So wie jetzt habe ich noch nie in meinem Leben gearbeitet, ich war nur einmal im Café und bei Schwannecke überhaupt nicht. Nur Korrekturen, seitenweise Titel, der Zahnarzt, ein Referat vor Lesern der ‹Weltbühne›, ein schwerer Kursus bei Piscator (ein 8-Monate-Kursus mit 78 Teilnehmern) und in der Marxistischen Schule und ähnliche Dinge. Die Teufelsmühle hat schon der Teufel geholt, und Berlin hat mich in seinen Klauen ...

Gerade streitet Arnold Zweig mit Becher, Jakob Schaffner regt sich auf, Rudolf Olden spielt den Hochnäsigen, und ich schreibe Jarmila.

Neulich hat mir Waltner, der ehemalige Besitzer des ‹Montmarte› und jetzt ein armer Kellner, geschrieben, ob ich ihm nicht eine Einleitung zu irgendeinem Erinnerungsbuch schreiben könnte. Ich schicke es Dir, wenn Du es allerdings umsonst übersetzen willst, denn bezahlen kann er nichts, es sind nur ein paar Seiten. Dasselbe habe ich auch Longen gesagt, der mich angerufen hat, ob ich ihm ein Stück schreiben kann, wenn er Dich nicht sieht; er unterbrach das Gespräch, aber natürlich übersetzt Du alles, was ich für das Rokoko schreibe, und Du mußt es Dir bezahlen lassen.

Na, das ist alles. Grüße Vincek herzlich und ich küsse Dich Dein Egonek.

Waltner – Josef Waltner, tschechischer Kabarettist, Texter und Sänger. Inhaber des Prager Nachtcafés Montmartre, in dem sich die Prager Boheme traf, Kisch und Hašek mit ihren Freunden.

P. S. Daß mein Buch ‹Egon Erwin Kisch beehrt sich darzubieten: Paradies Amerika› heißt, habe ich Dir sicher schon geschrieben.

Es kommt wahrscheinlich am 15. Oktober heraus. Auf die erste Ankündigung im ‹Börsenblatt des deutschen Buchhandels› wurden 2 000 Exemplare bestellt, was sehr viel ist, denn das Buch kostet 6 Mark.

Das ist alles. Noch einmal Dein Egonek.

30. September 1929

Berlin

Liebe Jarmilko,

ich habe mir gestern den ‹Soldaten› angesehen. Verschiedene Kleinigkeiten habe ich gefunden, zum Beispiel das Wort ‹Spekulationen› anstelle von ‹Schlüsse› (Seite 6) oder ‹Volkshymne› anstelle ‹Kaiserhymne› usw., was Du sicher ohnehin korrigierst. Überhaupt kann ich alles mit der Ruhe eines Engländers Dir überlassen, denn da Du Dich sowieso gründlich damit befassen mußt, findest Du alle Geschmacklosigkeiten leichter als ich, der dieses Buch noch heute immer nicht ruhig lesen kann.

Gestern habe ich Deine Ausschnitte aus der Zeitung bekommen. Herzlichen Dank. Meinen vorgestrigen großen Brief hast Du bekommen? Mit Bornstein habe ich noch nicht gesprochen. Mit Haas auch nicht. […]

Heute und gestern hat Zápotocký bei mir übernachtet, ein sehr symphatischer Mensch. Hat Dir Piscator schon geantwortet?

Bandy mit Olga und Becher fliegen morgen nach Moskau. Am 26. November habe ich eine Lesung in der großen Halle der Lucerna in Prag, dort gehen 15 000 Menschen rein, allerdings wenn sie dort reingehen wollen. Vorgestern abend kam Dr. Frankel von der ‹Urania› und hat das mit mir ausgehandelt. Er ersuchte mich, zwei Tage vor der Lesung den deutschen und tschechischen Zeitungen je ein unterschiedliches Feuilleton mit dem

15 000 – Kisch irrte sich hier, die Halle hatte etwa 5 000 Plätze.

Dr. Frankel – Prof. Dr. Frankel war Vorsitzender der URANIA.

Hinweis auf die Lesung zur Verfügung zu stellen. Wie sollte man das machen? In Deinem Namen?

Wann kommst Du nach Berlin? Hast Du Kola wiedergesehen? Ich sehne mich nach ihm.

Grüße Onkel Šipra (Schipper) und sei lieb geküßt von Deinem Egonek.

1. Oktober 1929
Berlin

Lieber Jarmiláč,

mein Brief an Dich ist unterwegs. Heute ist Dein Brief bei mir und meiner wahrscheinlich bei Dir angekommen.

1. ‹Singing Jailbirds›. Die deutsche Übersetzung ‹Singende Galgenvögel› ist dumm, denn damit sind nicht schöne Vögel gemeint, sondern ‹Singende Vögel im Kerker›.

2. Patterson ist eine Weberstadt im Staat New York.

3. ‹Regalieren› ist: ‹bewirten›, ‹reichlich beschenken›. (pohostiti?)

4. Eine gesamte Ausgabe von ‹Paradies Amerika› habe ich nicht. Ich schicke Dir, was hier ist.

5. Was ist los, daß die ‹Zaren› noch nicht heraus sind? Will Kaplický sie vielleicht für den Weihnachtsmarkt lassen?

Willst Du nicht den Artikel ‹Über die Übersetzungen von K.› schreiben?

Ich küsse Dich schnell und herzlich Dein Egonek Egonovic.

Mit gleicher Post schicke ich Dir den Umbruch außer Blatt 17 und 18, in denen der ‹Chaplin› ist. Die habe ich nicht. Aber wenn Du sie brauchst, schicke ich sie Dir im Manuskript! E.

‹Singing Jailbirds› – es handelt sich hier um ein bedeutendes frühes Drama von Upton Sinclair, das in Deutschland 1927 unter dem Titel ‹Singende Galgenvögel› erschien.

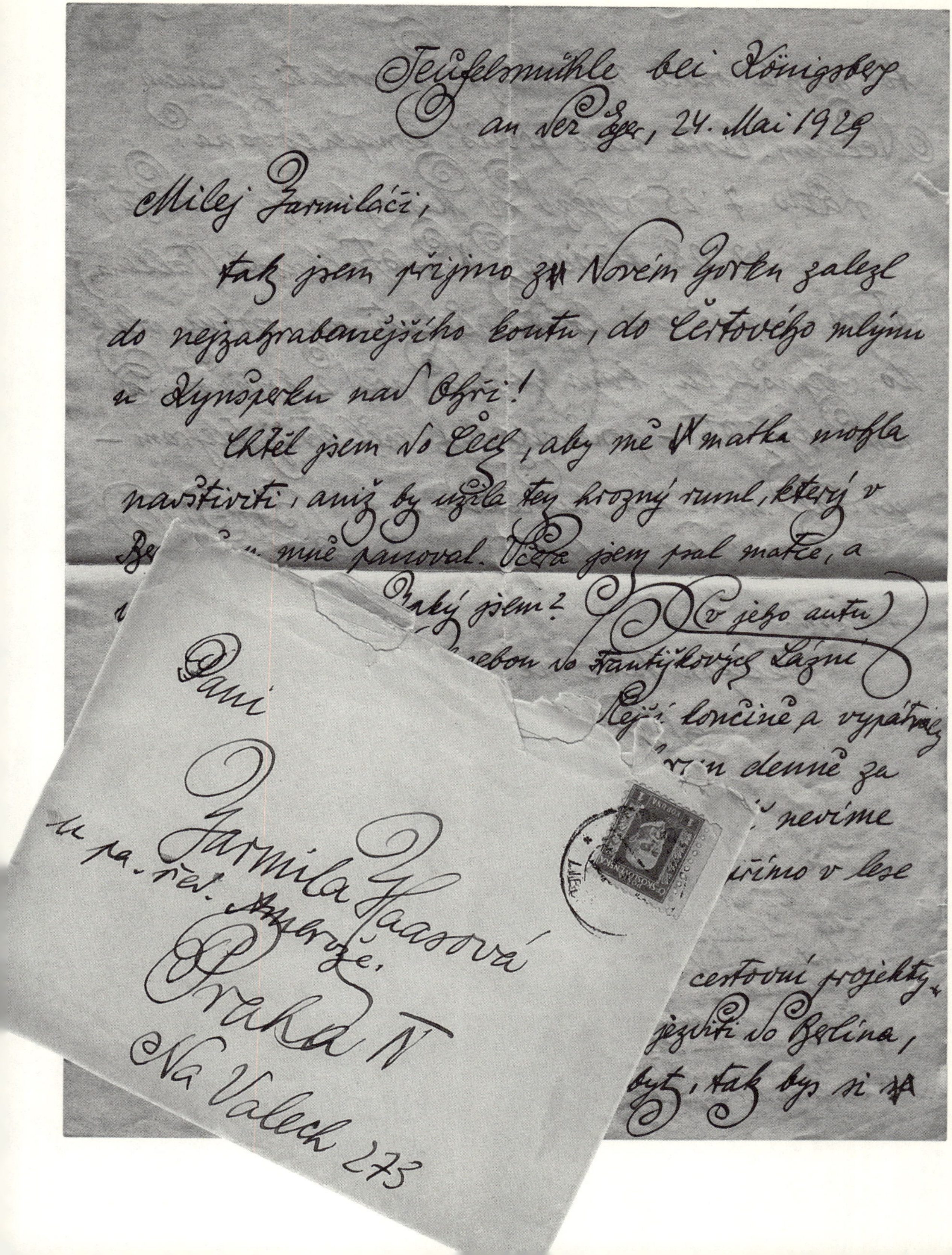
Teufelsmühle bei Königsberg
an der Eger, 24. Mai 1929

Milej Jarmiláči,

tak jsem přijmo z Novém Yorku zalezl do nejzahrabanějšího koutu, do Čertového mlýnu u Kynšperku nad Ohří!

Chtěl jsem do Čech, aby mě matka mohla navštíviti, aniž by užila ten hrozný ruml, který v Be… mně panoval. Včera jsem psal matce, a

… Jaký jsem? (v jeho autu)
… sebou do Františkovy Lázně
… Ještě konečně a vypátrej
… denně za
… nevíme
… přijmo v lese

… cestovní projekty.
… jezditi do Berlína,
… byt, tak bys si

Paní
Jarmila Haasová
u pa. řed. Angerže.
Praha V
Na Valech 273

to mohla okolo 1. června zde vomrkati z panem Nečasem. Cesta není příliš komplikovaná:

ráno 7·25 odjezd od Masarykového nádraží;

12·08 příjezd v Falknově (Falkenau)

Tam musíš asi hodinu čekati na osobní vlak do Kynšberku, kam přijedeš před 2 hodinou, kde bych Tě – poněvadž bych měl Tvůj telegram – uvítal americkou hubičkou.

Šaty nepotřebuješ poněvadž zde lidé nejsou.

Telefon také ne.

No tak, těším se, že Tě zase uvidím

a líbám Tě.

Tvůj

Jonek.

Liebe Jarmila,

hier ist es wildromantisch, ruhig und langweilig, sodass ich wenigstens zur Arbeit komme. In Berlin hatten wir Pfingsten ein Irrenhaus. Von Polgar über Schnaiberger bis zum ultralinken Frigo waren alle politischen Schattierungen vertreten.

Ich würde mich sehr freuen, wenn Du herkämest. Sei allerherzlichst gegrüsst, grüss auch den Nečas!

Deine Gisl

Liebe Jarmiláčku, *14. Oktober 1929*

Berlin

den beiliegenden Brief schicke ich heute Kaplický. Ist das gut so? Bitte schick mir die Kopie zurück. Vielleicht wird daraus eine Korrespondenz.

Zu Deinen Fragen zum Inez:

‹bestellt› = určen

Straße der Missionare, Konquistadoren usw. – das sind keine Straßennamen (Singular; alle sind diese gleiche Straße entlang gegangen.)

Die Zeichen für das Wort ‹plus› und ‹minus› heißen Vorzeichen: + und –. Wenn jemand 3000 Mark besitzt und ein anderer 3000 Mark Schulden hat, dann haben beide 3000 Mark, allerdings ‹mit umgekehrtem Vorzeichen›! Im Tschechischen gibt es dafür kein Wort.

Die Autorenexemplare des ‹Zaren› habe ich heute früh bekommen. Es sieht sehr schön aus. Meinst Du nicht?

Vorgestern war Laurin bei mir, er hat sich bitter beklagt, daß Du Dich nicht um ihn kümmerst.

Bornstein habe ich überhaupt nicht gesehen. Gestern war ich bei Willy draußen. Es geht ihm nicht sehr gut, er müht sich und macht sich wenig daraus. Wenn er nicht irgendein Filmmanuskript hat, kann er nicht leben. Im Garten hat er ein Auto stehen, aber er fährt nicht, weil das angeblich zu teuer ist.

Ernst Polak war auch dort. Er wohnt bei ihm, fährt aber in vier Tagen wieder nach Wien.

Höllerings ist ein reizender Junge geboren, ein kleiner betam Gojiček. (Gisl ist auch in anderen Umständen, aber sprich nicht darüber.)

Lania hat große Liebesaffären, angeblich sind das große Frauen aus dem Lutz.

‹Zaren› – gemeint ist das Buch ‹Zaren, Popen, Bolschewiken›.

betam Gojiček – Kisch hat hier umgangssprachliches Jiddisch mit Tschechisch vermischt, in dem er das Wort Goj (Nichtjude) in die tschechische Diminutivform brachte; betam entspricht vermutlich dem umgangssprachlichen betamt (gutgelungen, wohlgeraten). Es handelt sich also um einen wohlgeratenen kleinen Nichtjuden.

Mit Wiegler habe ich gesprochen. Er hat die Rede selbst darauf gebracht, daß er soviel Arbeit hat, daß er bisher nicht antworten konnte.

Sonst weiß ich aus Berlin nichts Besonderes zu melden.

Jarmiláčku, mach Dir keinen schweren Kopf mit den Prager Dummheiten, Du kennst meine Meinung, daß alles vorübergeht, wir sind doch Dialektiker. Das Wichtigste ist, daß es auf der Welt Menschen gibt, die Dich gern haben.

Ich küsse Dich, Jarmilinko, und bin Dein alter Egonek.

22. November 1929
Berlin

Lieber Jarmiláč,

ich komme am Montag 15.30 Uhr d. h. 1/2 4 nachmittags auf dem Masaryk Bahnhof an. Ich schreibe Dir das, weil ich nicht weiß, ob mich diese Wucherer vom Film irgendwohin in ein Atelier oder zum Tee zerren. Das wird ein schrecklicher Rummel in Prag, ich fürchte mich davor, aber ich hoffe, daß wir uns zu einem freundschaftlichen Gespräch ganz unter uns irgendwo treffen können, damit ich Dir die Berliner Neuigkeiten (auch wenn sie nicht bedeutsam sind) referieren kann.

Ich freue mich auf das Wiedersehen und küsse Dich, Äffchen, Dein alter Egonek.

13. Dezember 1929
Berlin

Liebe Jarmila,

Gott sei Dank bin ich wieder in Berlin; Bornstein habe ich angerufen und von Deiner Wohnung und Deinem Wohlbefinden berichtet.

Teplitz – Teplice, Stadt in Nordböhmen.

Wie war die Rückfahrt aus Teplitz? Hat Dir Herr Kahn noch den Hof gemacht? Alle waren sehr verliebt in Dich.

Hat sich in Prag der Widerspruch schon verstärkt? Schick mir alles, was erschienen ist, auch die Kritiken, die ich schon gesehen habe. ‹Tvorba› habe ich bereits gelesen.

Um zwei Sensationen wirst Du mich sehr beneiden: vorgestern war der Kola den ganzen Nachmittag bei mir und gestern der Tylie, der noch hübscher geworden ist. Der Kola hat alles im Gedächtnis behalten, sogar den Onkel Schippa. Gewachsen aber und dicker geworden ist er nicht. Er ist wie ein Floh. Tante Schwandt läßt Dich um die Photos bitten.

Von Frigo kommt ein Buch heraus: ‹Letzte Stunden› in einer syndikalistischen Buchgemeinschaft.

Rost wird wahrscheinlich ein Sammelbuch aus Kisch holländisch zusammenstellen.

Hast Du Kaplický den Vorschlag eines Sonderdruckes der ‹Tonka Šibenice› gemacht?

Laß Dir's gut gehn, liebe Jarmilka, und sei herzlichst gegrüßt und geküßt von Deinem old Egonek.

Tylie – Sohn von Nico Rost.

14. Mai 1930

Sanary

Lieber Jarmilatsch!

Du wirst schon recht haben, wenn Du behauptest, daß wir Dir unseren Aufenthalt in grauen Farben geschildert haben. Aber das geschah natürlich, damit Du nicht allzusehr bedauerst, nicht hierherkommen zu können. Wir waren damals so ziemlich ohne Pfennig, und ohne rechte Hoffnung, welches zu bekommen. Jetzt hat sich die Sache so weit gebessert, daß ich, wenn alles rechtzeitig eintrifft, doch noch drei bis vier Wochen wegbleiben kann.

Das mit den Moskitos stimmt leider, aber wir sind ja nicht an der Riviera, sondern bei Marseille. Die Riviera will ich mir nur auf zwei Tage ansehen, und sofort nach Corsica fahren.

In Berlin scheine ich wirklich miese Verhältnisse zurückgelassen zu haben. Eine große Affäre haben wir mit unserer Hausfrau, die behauptet, daß sich alle über uns beschweren; wahrscheinlich wird es sogar zum Prozeß kommen. Elschen hatte Familiensorgen, weil ihr Schwager einen Herzkollaps bekommen hat. Ob Kurt schon ganz gesund ist, weiß ich nicht, er hat mir erst jetzt geschrieben und behauptet es. Rost hat mir ein paar Ausschnitte geschickt, wie weit er mit der Übersetzung ist, weiß ich nicht. Wenn das tschechische Buch erscheint, schickst Du es mir doch sicherlich sofort zu.

Besten Dank für den Artikel von Döblin, der selber ein Quatschkopf ist, und mutig gegen die ‹Linkskurve›. Gegen die ‹Neue Rundschau› oder das kleinste Blättchen von bürgerlicher Seite würde er sich nicht trauen, allerdings fände er auch kein Forum.

Wenn mir jemand gesagt hätte, daß es sogar wegen einer Redakteursstelle bei ‹Letem světem› Intrigen und Zeitungsangriffe setzen kann, so hätte ich geantwortet, so schlimm sei die Krähwinkelei doch nicht. Aber ich sehe, daß sie noch schlimmer ist. Wie fühlt sich der Vincek? Bleibt ihm noch Zeit für sich selbst? Er soll sich absolut nicht zu sehr anstrengen, man ist nur der Dumme, und es trägt nichts ein.

Wenn Kaplický wirklich wegen zu links herausgeschmissen werden sollte, wäre das schlimm, denn man weiß nicht, in welch reaktionärer Nachbarschaft man dann erschiene. Aber vielleicht wärest Du gegenüber einem neuen Mann im Vorteil. Du könntest ihm vor allem sagen, daß Du die miesen Auflagengeschichten nicht mitmachst.

Gretl Ettlinger hat mir schon geschrieben, sie möchte Empfehlungen an Upton Sinclair und Charly Chaplin. Na ja, das ist

‹Linkskurve› – ‹Die Linkskurve›, Publikation des Bundes proletarisch-revolutionärer Schriftsteller.

‹Letem světem› – (tschech.) ‹Im Fluge um die Welt›, nichtparteigebundene Bilderzeitung für Touristik und Fremdenwerbung. Vincenz Nečas, der Mann von Jarmila, arbeitete in dieser Redaktion zeitweilig als Chefredakteur.

nicht so einfach. Wie wenn man von Deinem Vater eine Empfehlung an Masaryk verlangen möchte.

Abziehbilder aus Prag kriegen wir leider nicht mehr, aber hoffentlich wird Dir Vincek sagen, wenn etwas in den Blättern ihm vor Augen kommt. Zwei Kinos spielen ‹Galgentoni› und ‹Mädchenhirt›. Benno Vigny ist in die Affäre eines verschwundenen Van Dyk-Bildes laut ‹Prager Tagblatt› verwickelt. Dr. Arne Dvořák wegen Verdacht von Assentierungsschwindel verhaftet.

Wenn Du mir schreiben willst, so tue es bitte nach: Nice (France) posterestante, ich werde mir von dort entweder nachsenden lassen oder bei der Rückreise aus Corsica beheben.

Ich grüße und küsse Dich herzlichst, lieber Jarmilatsch, und bin Dein alter Egonek.

Abziehbilder – das sind Zeitungs- und Zeitschriftenausschnitte mit Rezensionen und sonstigem Echo auf Bücher und andere Veröffentlichungen von Kisch, die von Gisl mit großer Sorgfalt gesammelt worden sind.

‹Galgentoni› und ‹Mädchenhirt› – Filme nach den Vorlagen von Kisch, ‹Die Himmelfahrt der Galgentoni› und des Romans ‹Der Mädchenhirt›.

3. Januar 1931
Berlin

Liebe Jarmila!

Chronologisch zuerst kommt mein herzlicher Dank für das Neujahrstelegramm von Dir und Vincek.

Aber noch viel herzlicher muß ich Dir dafür danken, wie Du die Übersetzung von ‹Paradies Amerika› durchgeführt hast. Ich habe es von A–Z gelesen, es ist Dein Meisterstück, und eine tierische Arbeit steckt darin. In den ganzen 326 Seiten ist kein einziger Fehler, – das heißt nur ein ganz kleiner winziger Fehler: der Capt. Mackenzie auf S. 78 ist kein ‹Steuermann›, sondern ein ‹Lotse›. Außerdem hätte ich die ‹Bank in Wallstreet› nicht aufgenommen, da sie schon im ‹Ras. Reporter› steht. Aber das ist gar nicht wichtig, die Übersetzung ist wirklich großartig.

Heute erhielt ich Deinen Brief, worin Du mir schreibst, daß Du vorläufig noch nicht kommst. Hätte ich das gewußt, so hätte ich Dir schon früher geschrieben.

‹Paradies Amerika› – ‹Egon Erwin Kisch beehrt sich darzubieten: Paradies Amerika› erschien November 1929 im Verlag Erich Reiss, Berlin.

Was Deinen Vorschlag anbelangt, dem Pokrok zu schreiben, warum er nicht inseriert, so widerspricht er meinem Prinzip, meinen ganzen Verkehr mit dem Verlag durch Dich abwickeln zu lassen. (Der Autor darf den Leuten nicht zeigen, daß ihm an ihnen liegt.) Schreib ihnen vielleicht folgendes:

Abschrift aus einem Brief E. E. K.'s an mich: ‹… Ich habe bis heute schon 10 Briefe über die tschechische Ausgabe von «Par. Amerika» bekommen, worin die Leute sich begeistert darüber aussprechen. Auffallend ist mir, daß fast alle schreiben, sie hätten das Buch nur zufällig gekauft, und zwei betonen sogar, daß die Reklame dafür viel zu gering ist. Ich glaube, daß bei guter Insertion spielend 20 000 Bände anzubringen wären.›

Was ‹Monte-Carlo› anbelangt, so bin ich der Meinung, daß Du ein Exemplar von ‹Berlin am Morgen›, welches Du hier gelesen hast, mitgenommen hast. Schau noch einmal nach, ob Du es nicht hast. Wenn nicht, telegrafier mir darum oder warte mit der Übersetzung, bis Du in Berlin bist. Solltest Du es jetzt übersetzen, so stecken wir es gleich ins ‹Kriminalistische Reisebuch›.

Die sonstigen Sachen, die ins ‹Krim. Reiseb.› hineinkommen, sind Dir ja ziemlich bekannt. Aus dem ‹Ras. Rep.›: der ‹Breitwieser›, ‹Referat eines Verbrechers über die Polizei-Ausstellung›, ‹Eines Scharfrichters Lebenslauf›, ‹Das ist das Haus der Opfer› und ‹Tote Matrosen vor Gericht›. (Nicht aber ‹Raubmord im Hotel Bristol›, wenigstens nicht in der bisherigen Fassung.)

Aus der ‹Hetzjagd› kommt hinein: ‹Verbrechen in den Hochalpen› und ‹Zürcher Zuchthaus›.

Aus ‹Wagnisse›: ‹Justiz gg. Eingeborene›, ‹Protest gegen eine Verurteilung›, ‹Polizeischikane in Sardinien› und ‹Politischer Kerker und eine Begegnung›.

Aus dem ‹Krim. Reiseb.›: ‹Eine Frau harrt des Mörders›, ‹Ver-

‹Kriminalistisches Reisebuch› – erschien 1927 im Verlag Die Schmiede, Berlin.

‹Ras. Reporter› – ‹Der rasende Reporter› erschien 1924 im Verlag Erich Reiss, Berlin.

‹Hetzjagd› – ‹Hetzjagd durch die Zeit› erschien Ende 1925 im Verlag Erich Reiss, Berlin.

‹Wagnisse› – ‹Wagnisse in aller Welt› erschien 1927 in der ‹Universum-Bücherei für Alle›, Berlin.

lies des Grafen v. Monte Christo›, ‹Einbruch i. d. Amsterdamer Diamantenbörse› und ‹Die Berliner Polizei und ihre Schaustücke›.

Solltest Du im Rußlandbuch etwas für das ‹Krim. Reiseb.› zurückgelassen haben, so kommt es hinein.

Man könnte in das Buch auch den ganzen ‹Redl› hineingeben, der jetzt in einer gekürzten Fassung im ‹Prager Pitaval› sein wird. Da nämlich das tschechische Buch gleichzeitig mit dem ‹Redl›-Film erscheinen wird, könnte das den Absatz sehr steigern, und Dir bleibt für den ‹Prager Pitaval› noch mehr als genug. Sollte das Buch immer noch zu klein sein, so habe ich noch einige hübsche Sachen aus Lyon und einige andere Kleinigkeiten im Manuskript.

Wenn Du dem Verlag schreibst, erwähne auch, daß sie mir von allen meinen Büchern, die bis jetzt erschienen sind, je 3 gebundene Exemplare schicken sollen, und bringe mir die Matrosenfotos und das Seemanns-Zeugnis nach Berlin mit.

Ich fahre wahrscheinlich erst Ende Februar nach Rußland, so daß wir uns jedenfalls noch in Berlin sehen werden, selbst wenn Du gemeinerweise Deine Herkunft noch so sehr verzögerst. Große Sehnsucht hat auch der Zahnarzt Dr. Landsberg nach Dir, der sagt, daß die ganze Arbeit nichts wert ist, wenn man sie nicht jedes Jahr kontrolliert. Er hat ausdrücklich nach Dir gefragt.

Ich grüße und küsse Dich, Jarmilatschku, und bin immer Dein Egonek.

‹Prager Pitaval› – das Buch erschien im Frühjahr 1931 im Verlag Erich Reiss, Berlin.

Liebste Jarmila,

Tylie und ich möchten, daß Du bald nach Berlin und Lehnitz kommst. Tylie ist gesund und fährt den ganzen Tag auf Deinem Schlitten. Viele Grüße von uns beiden

Nico – Nico Rost

Nico

7. Januar 1931

Berlin

Liebe Jarmila,

ich eile, Dir für Deinen Brief zu danken, da Du ja schon in 5 Tagen in Berlin auftauchen wirst. (Hoffentlich!)

Das Inhaltsverzeichnis vom ‹Krim. Reisebuch› habe ich aus dem Stegreif und eilig zusammengestellt. Einige Sachen hatte ich vergessen, wie z. Beispiel ‹Die Kasbah von Algier› und ‹Streifzug durch das dunkle London›; andere Sachen, wie die aus den ‹Abenteuern in Prag› habe ich nicht aufgezählt, weil ich glaubte, daß das Buch ohnedies dick genug sein wird. Aber da Du meine Auswahl nur auf 100 Seiten schätzt (ohne ‹Monte Carlo› und ‹Redl›-Drama), so muß natürlich noch massenhaft hinein. Ich habe noch einiges Material, z. Beisp. ein sehr schönes Interview mit dem Leiter des Kriminalistischen Laboratorium in Lyon, den Kachetiner Rotwein (oder hast Du ihn schon irgendwo eingereiht?) und andere Sachen.

Sollte es aber dann noch immer zu kurz sein, so bin ich froh, denn ich kann dann von dem riesigen ‹Prager Pitaval› noch einiges abstoßen.

Dein Vorschlag, das ‹Redl›-Drama ins ‹Krim. Reisebuch› zu nehmen, trotzdem im nächsten Band die Prosadarstellung sein soll, ist mir sehr angenehm. Ich wollte das schon in der deutschen Ausgabe machen, aber der Reiss war dagegen; da Du nun dieselbe Idee hast, wie ich sie hatte, so glaube ich wieder, daß sie richtig war, und wir wollen es machen. Daß im ‹Rudé Právo› ein Artikel aus dem Amerika-Buch war, habe ich gehört, weiß

‹Abenteuer in Prag› - das Buch war 1920 im Verlag Ed. Strache Wien Prag Leipzig erschienen.

Kisch diktiert in der Berliner Wohnung und Gisl ‹klopft es in die Maschine›.

Lokalreporter Kisch mit dem amerikanischen Erfinder Thomas Alva Edison, der am 14. September 1911 auf seiner Europa-Tour zu einer Stippvisite in Prag im Hotel de Saxe Quartier genommen hatte, wo ihn Kisch für die ‹Bohemia› sogleich interviewte. Vor seiner Weiterreise schenkte Edison Kisch ein silbernes Zigarettenetui mit Widmung.

Drei berühmte Männer ihrer Zeit – Schriftsteller Upton Sinclair, Schauspieler Charlie Chaplin und Weltreporter Egon Erwin Kisch in Hollywood im Frühjahr 1929.

Nach der Rückkehr aus den USA und der Vollendung seines Buches ‹Paradies Amerika› weilte Kisch von Ende November bis Anfang Dezember 1929 zu verschiedenen Veranstaltungen in Prag. Ein Vortrag in der Lucerna wurde von 5 000 Menschen besucht. Am 3. Dezember war er Gast der Studenten-Buchhandlung und gab drei Stunden Autogramme. Hinter Kisch steht Jarmila, links daneben der Verlagsredakteur Václav Kaplický (mit Pfeife); er arbeitete für die Prager Verlage Pokrok, Borový, Karel Synek und Melantrich, die auch Kisch verlegten bzw. mit denen Kisch in Kontakt stand.

aber nicht, welcher; hoffentlich bringt mir Onkel oder Likova das Blatt.

Die französische Übersetzung und Ausstattung ist leider schauderhaft, wie man mir aus Lyon schreibt, soll die Übersetzung von Fehlern strotzen. Schade!

Ich küsse Dich und bin herzlichst Dein Egonek.

28. Januar 1931
Moskau

Liebster Jarmilatschek,

Deinen Brief erhielt ich gestern mit einer Kaschauer Postkarte von Nico. Er schreibt, er kommt zu Dir; ich wollte Euch telegrafieren, aber dachte mir dann, es ist schon zu spät.

Ich freue mich, daß das ‹Krimi. Reisebuch› bald herauskommt, – ob der Plan von Breitwieser und die Roulette darin sind oder nicht, und ob der ‹Redl› unten auf der Seite anfängt, das sind keine Malheure. Den ‹Rettungsring› wollte ich unbedingt drin haben, wenn ich Dir das nicht gesagt habe, war es mein Fehler, und ich bin froh, daß Du selbst darauf gekommen bist. Wenn ich den ‹Tower› finde, so schicke ich Dir ihn mit diesem Brief mit, aber sehr wichtig ist das nicht. (Nicht verzögere deshalb das Buch!)

Besten Dank für die Prozeßberichte. Ich kannte nur die aus dem ‹Prager Tagbl.› und die Vejvara-Berichte in ‹Nár. Pol.› und ‹Nár. Listy›. Wenn ich den Prozeß verliere, werde ich tüchtig zahlen müssen! Auch das noch!

Hast Du Nico gesehen? Dem Jungen wird's auch wohl nicht zum besten gehen, aber für Tylie wird er doch zu essen herausschinden. Es muß in Berlin unbeschreiblich aussehen. Ich bekomme durchschnittlich fünf Briefe am Tag, wo mir die fremdesten und befreundesten Leute schreiben, daß sie hierher möch-

‹Prager Tagbl.› – ‹Prager Tagblatt›, auflagenstärkste deutschsprachige Tageszeitung.

‹Nár. Pol.› – ‹Národní Politika›, (tschech.) ‹Nationale Politik›, Prager Tageszeitung mit konservativ-liberaler Ausrichtung, Interessenvertreterin des tschechischen Kleinbürgertums.

‹Nár. Listy› – ‹Národní listy›, (tschech.) ‹Nationalzeitung›; führende liberale tschechische Tageszeitung, Sprachrohr der Nationaldemokratischen Partei, als Prager Renommierzeitung angesehen.

ten, Regisseure, Journalisten, Kaufleute, Schriftsteller, Ärzte, Maler etc. etc. Ich kann natürlich niemandem Wohnung verschaffen, das ist das. Zum Beispiel dem Peter Rosenbaum, dem Bildhauer, möchte ich so gerne helfen, aber wie?

Sind die Artikel über Lenins Sterbehaus und die Frau an der Seidenfront schon erschienen? Wenn ja, schicke es. Die ‹Rote Fahne› kündigt meine Serie noch nicht an, – vielleicht gefällt sie ihr nicht.

Nun zu Dir. Du bist also immer noch deprimiert. Und machst keine Diathermie, weil Du keine Lust für die Ärzte hast. Das ist sehr schön! Willst Du die Sache noch mal verschlampen, čort vezmi, wie die Russen sagen! (čort=čert) Ich glaube, die Diathermie ist eine gute Sache, logischer als Medikamente. Raffe Dich unbedingt auf, hinzugehen, damit Du bald zu mir kommen kannst. Frühling in Moskau! Im März und Anfang April war es noch sehr kalt und naß im vorigen Jahr, aber Mai! Sieh zu, daß Du kommst.

Die Gisl ist krank, sie geht zwar herum, aber hat eine verschlampte Grippe mit allen möglichen Begleiterscheinungen. Jetzt ist sie beim Essen, aber da ich nachher zu einem Mädel gehn muß, so würde der Brief heute nicht weggehen, wenn ich ihn nicht handschriftlich schriebe.

Mein Buch ist leider erst zur Hälfte fertig, es arbeitet sich zu schwer im Rummel. Aber wer weiß, ob es in Deutschland überhaupt noch erscheinen kann!

Nu, čort vezmi!

Also, die Gisl ist eben zurückgekommen und hat den ‹Tower› vergeblich gesucht. Hattest Du ihn handschriftlich oder mit Schreibmaschine abgeschrieben? Im ersten Falle wäre er für immer verloren. Dagegen hast Du beiliegend den Egonek auf dem

čort vezmi – (russ.) zum Teufel (in tschech. Transkription).

Dach der Welt, (ich schrieb das russisch: krija mira) auf dem Pamir. Ich verdrehe schon tschechisch und russisch.

Celuju tebja = ich küsse Dich und bin Dein alter Egonek.

Celuju tebja – (russ.) ich küsse Dich (in tschech. Transkription).

18. März 1931

Hotel Europa, Moskau, Neglinnaja

Lieber Jarmilatsch,

die erste Karte, die ich von hier sandte, war an Dich. (Dank für den Trinkbecher.) Auf Schritt und Tritt Bekannte, sogar die Kohnová ‹eroberte den Raum›. Wichtigere Dinge könntest Du mir telegrafieren, Fragebogen und Abziehbilder schick mir zu, ich erledige alles prompt. (Auch telegrafisch, wenn Du willst.)

Jarmilko, wenn Du mir die graphische Darstellung des Rouletts zuschicken könntest, die wir dem Vincek gegeben haben, oder wenigstens den Abdruck dieser Tabelle aus ‹Berlin am Morgen› oder ‹Letem Světem›. Ich bin schrecklich neugierig zu erfahren, wie es Dir geht, ob Du beim Kaspar warst oder bei einem anderen vernünftigen Arzt. Bitte, schreib mir bald. Auch was der ‹Krim. Cestopis› macht.

Ich fühle mich hier schrecklich glücklich! Hoffentlich bist Du auch bald da!!

Ich liebe Dich Dein treuer Egonek.

Kaspar – Bedřich (Friedrich) Kisch, genannt Kaspar, jüngster der Kisch-Brüder.

‹Krim. Cestopis› – ‹Kriminalistický cestopis› (tschech.) ‹Kriminalistisches Reisebuch›, Titel des Sammelbandes, der 1927 im Verlag Die Schmiede, Berlin, erschienen ist.

3. Mai 1931

Moskau

Liebster, liebster Jarmiláč,

wohin hab ich Dir schreiben sollen? Ich hoffte doch jeden Tag, daß Du herauskommen würdest, ich fürchtete doch jeden Tag … es war schrecklich. Du kannst Dir meine Situation gar nicht vorstellen, ich war nicht zu erkennen, fast fremde Leute riefen mich an, ob ich nicht Nachricht über Dich habe.

Und was hätte ich Dir schreiben sollen? Wußte ich, in welcher

Situation Dich meine Briefe finden würden? Seit Deinem Telegramm, daß an meinem Geburtstagsmorgen kam, bin ich wieder der alte und genieße Moskau, daß ich bis dahin nur gesehen hatte. Jetzt ist alles gut, mein dummer Jarmiláč, hoffentlich, hoffentlich.

Vorgestern war 1. Mai. Ich habe 7 Stunden lang am Roten Platz vor dem Mikrophon gestanden, und habe mit 1 Franzosen und 1 Engländer den Rundfunkhörern die Truppenparade und die Arbeiterdemonstration beschrieben. In der Nacht hielt ich noch ein einstündiges Schlußreferat vor dem Radio. Oft denke ich an Dich, wie Dir Moskau gefallen wird, Du wirst ja bald herkommen, es wird für Dich nicht schwer sein, ich habe ja festgestellt, daß Du hier viele Freunde hast, die Dir eine Schlafstätte verschaffen können, und das andere ist nicht schwer, da ich ja hier immer etwas Geld habe. Gut wäre, wenn Du in den tschechischen Bund für proletarische Literatur eintreten könntest, oder – wenn Du es für besser hältst – in den Berliner. Von Deinen Bekannten geht es allen gut, den Seidlers, dem Goodway, dem May (er wird Professor der Chemie, – Du weißt doch, der bei Dir in der Budapester Straße gewohnt hat), der Elli Eisler (Frau vom Gerhart), der Tochter vom Zápotocký, dem Otto Katz, dem Piscator, dem Becher ... Moskau ist viel besser, als es vor 4 Monaten (bei meiner Fahrt nach Charkow) war, es gibt keine Spur von Hunger, man baut viel und die geistige Situation der Massen ist: Begeisterung. Ich muß sehr viel für die Zeitungen schreiben (Begrüßungsartikel für den Pressetag, für den 1. Mai etc., – dem entgeht man nicht) und sehr viel öffentlich sprechen über Reportage, proletarische Literatur u. dgl. Ich habe sehr wenig für mich geschrieben, daran ist einerseits der Rummel schuld, andererseits und hauptsächlich war ich durch Deine

an meinem Geburtstag – das ist der 29. April 1931; Jarmila hatte eine schwere Operation durchzumachen.

Situation so gedrückt, daß ich mich nicht einmal zu einem Brief hinzusetzen vermochte. Aber das ist nun vorbei, und ich fahre aus Moskau weg, um mir die übrige Sowjetunion anzusehen und Zeit zum Schreiben zu finden. Wenn Du mir sofort schreibst, – wenigstens ein paar Zeilen, bitte Jarmilatschku – so werde ich den Brief wohl noch bekommen, aber lieber wäre mir, wenn Du ihn kopieren könntest, damit Du mir die Kopie nachschickst, wenn ich Dir eine neue Adresse telegrafieren kann. Von Elschen Fröschl haben wir einen Brief gehabt und von Pully, – alle waren sehr aufgeregt wegen Dir. Wenn ich nach Moskau zurückkomme, lade ich Dich hierher ein, aber ich weiß noch nicht, ob das im August oder im September oder noch später sein wird, – das hängt nicht von mir ab, ich werde abberufen. Jedenfalls freue ich mich, daß Du in Moskau sein wirst und gesund sein wirst und mit mir zusammen sein wirst.

Ich küsse Dich, blöder Jarmiláč, und bin Dein treuer Egonek.

3. Mai 1931
Moskau

Liebste Jarmilko,

der schönste Tag, seit ich in Moskau bin, war Egoneks Geburtstag, weil da Dein Telegramm kam, daß es Dir endlich besser geht, ich kann Dir nicht sagen, wie froh und glücklich ich jetzt bin. Sei nicht deprimiert, liebste Jarmilko, Du wirst sehn, jetzt wird es von Stunde zu Stunde besser, und hoffentlich kriegen wir bald eine Nachricht von Dir, daß Du schon ganz gesund und nicht mehr im Sanatorium bist.

Es waren schreckliche Tage, als Deine Telegramme über Deinen schlechten Gesundheitszustand kamen, noch schlimmer war es an den Tagen, wo wir gar keine Nachricht hatten, und nicht wußten, wie es Dir geht. Aber jetzt ist das alles ja vorbei und es ist herrlich, daß Du wieder gesund wirst. Und noch viel schöner wird es sein, wenn Du herkommst. Also sieh zu, daß Du Dich sehr schnell erholst.

Von uns läßt sich nicht viel sagen; der Betrieb hier im Hotel ist noch größer als in der Güntzelstrasse, es vergehen keine ruhigen zehn Minuten, ununterbrochen klingelt das Telefon und kommen Genossen, die wollen, daß der Egonek entweder etwas schreiben oder reden oder vorlesen oder alles zusammen soll. Und dann sind massenhaft Bekannte aus Deutschland, Tschechoslowakei und Österreich hier, und die russischen neuen Bekannten kommen dazu, also kannst Du Dir vorstellen, wie es zugeht. Es ist nur gut, daß wir doch in absehbarer Zeit hier wegfahren und dann endlich zum Arbeiten kommen.

Sonst ist natürlich alles wunderbar, was man hier sieht und erlebt. Im Theater war ich dreimal, einmal im Kreml, in einer Uhrenfabrik, bei einer Filmvorführung mit interessanter Diskussion, in Museen, und vorgestern bei der großen Maiparade, die das Imposanteste war, was man sich vorstellen kann.

Jarmila, jetzt sitz ich ungefähr seit 11 Uhr morgens an diesem Brief, jetzt ist unberufen halb acht abends. Aber ich möcht gern, daß der Brief noch heute weggeht. Man könnte noch so viel erzählen von hier, das würde aber allzulang dauern. Jedenfalls habe ich in den 7 Wochen, die ich hier bin, nur zwei wirkliche Schwierigkeiten gesehen: die Wohnungs- und die Verkehrsmittelnot. Aber das ist wahrscheinlich in Moskau besonders arg, weil hier die Bevölkerung von eineinhalb Millionen auf über drei gestiegen ist, und man mit dem Hausbauen und Bauen von Autobus und Straßenbahn nicht so rasch mitkommt. Und außerdem gibt es fast keine Taxis, ich glaube 100 im ganzen für den privaten Verkehr.

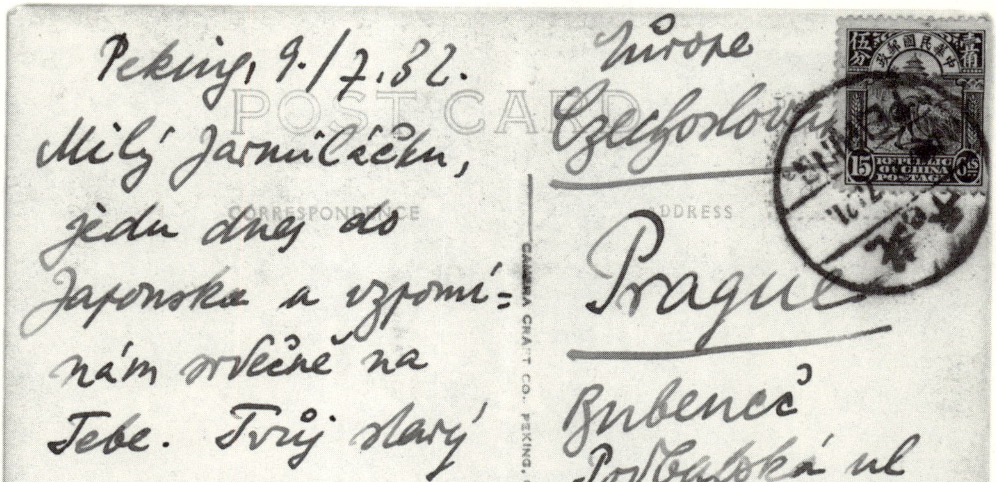
Peking, 9./7.32.
Milý Jarmiláčku,
jedu dnes do
Japonska a vzpomí=
nám věčně na
Tebe. Tvůj starý
Egonek.

POST CARD
CORRESPONDENCE
ADDRESS
CAMERA CRAFT CO., PEKING, CHINA.

Europe
Czechoslovakia
Prague
Bubeneč
Podbabská ul.
pí. Jarmila Haasová
858

REPUBLIC OF CHINA POSTAGE
15

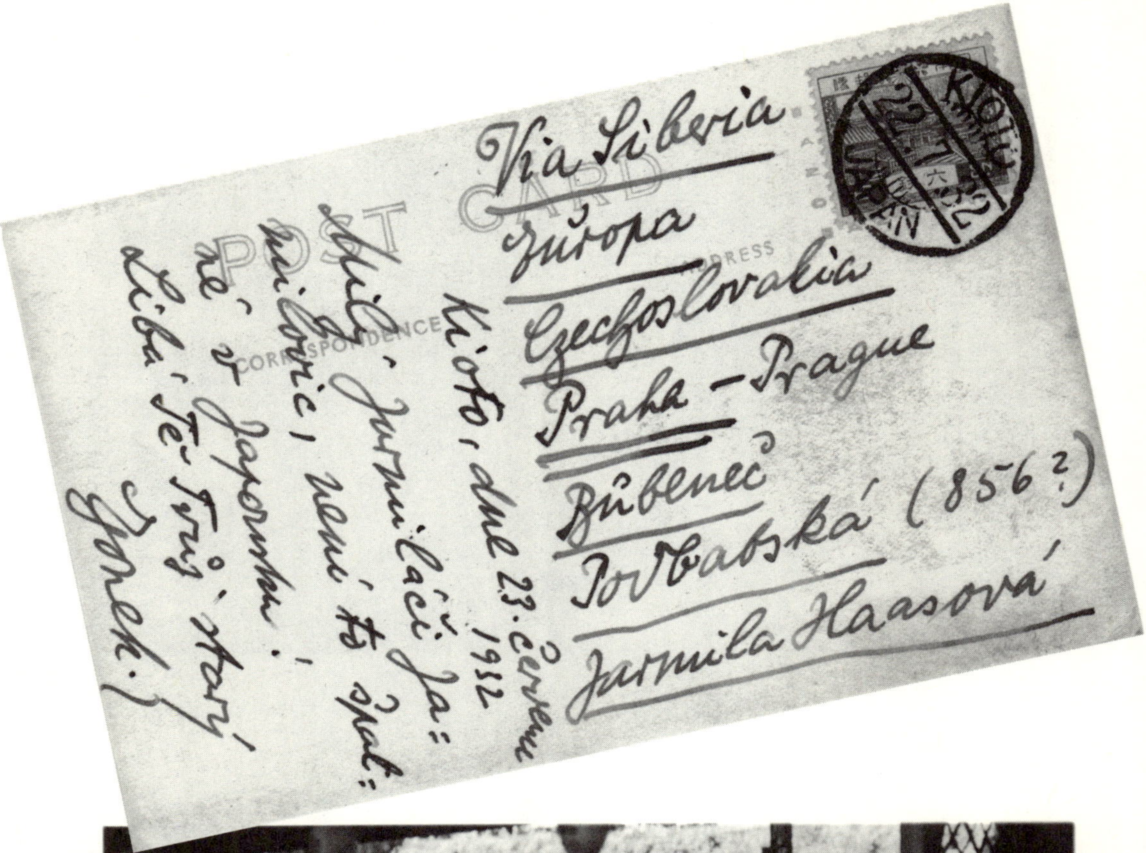
KIOTO
JAPAN
22.7.32
POST CARD
CORRESPONDENCE
ADDRESS
Via Siberia
Europa
Czechoslovakia
Praha – Prague
Bubeneč
Jarmila Haasová

Jarmila, nochmals: ich bin schrecklich, schrecklich glücklich, daß Du schon anfängst gesund zu werden. Ich küsse Dich allerherzlichst, liebste Jarmila, und schreib, sobald Du kannst. Deine Gisl

24. Juli 1931

Im Zug von Samarkand nach Chodschent

Liebster Jarmilatsch,

seit vielen Wochen bin ich von jeder Post abgeschnitten gewesen, nicht nur, daß ich seit 2 Monaten keine Post bekam, sondern man konnte auch nicht schreiben, keine Karten, keine Briefmarken, keine Briefkästen, nur Berge, Wildnis, – sogar im Dschungel war ich, in Afghanistan, auf Pferden und Kamelen. Zweimal hatte ich Gelegenheit, Leuten, die nach Taschkent flogen, ein kurzes Telegramm mitzugeben, das schickte ich nach Hause. (Deine Adresse war zu lang, nur 6 Worte konnte ich schreiben.)

Nun, abgesehen davon, daß es mich bedrückt, Dir kein Lebenszeichen schicken zu können, kannst Du Dir nicht vorstellen, in welcher Situation ich mich befinde, nichts davon zu wissen, wie es Dir geht, nachdem Dein letztes Telegramm vor 2 Monaten noch aus dem Sanatorium war … Ich kann nur hoffen, daß Deine furchtbar schwere Zeit endlich glücklich vorbei ist.

Was mich anbelangt, so habe ich wahnsinnig viel gesehen, Erstaunliches und Wunderbares, Neuartiges und Großartiges, Orient und Kommunismus, Pamir und Industrialisierung. Geschrieben habe ich in diesem Reiserummel fast gar nichts, ja, ich konnte nicht einmal meine Eindrücke im Gehirn ordnen, eine Impression verdrängt die andere, und so bin ich weder innerlich voll befriedigt, noch glaube ich, imstande zu sein, ein so interessantes Buch über Asien schreiben zu können, wie es dem Erlebten entsprechen würde. Von Reiss, dem ich ein Buch für Weih-

nachten versprach (über Europa), habe ich natürlich keine Nachricht, und weiß nicht, ob ich hier in Mittelasien noch eine Zeit bleiben kann, um nachzurecherchieren, oder ob ich nicht irgendwohin anders entsendet werde. Eine Adresse kann ich Dir noch nicht angeben, obwohl ich fieberhaft auf einen Brief von Dir warte, und unser Verkehr wird sich vorläufig noch telegrafisch abspielen müssen. Im Notfall schreibe an Otto Katz, Meschrabpom, Moskau, Twerskaja Jamskaja 3, ich glaube, er ist noch dort und ich werde ihn sehen.

ob ich nicht irgendwohin … – Kisch war mit einer internationalen Schriftstellerbrigade von Moskau aus nach Mittelasien gereist, besuchte u. a. Taschkent, Samarkand und Buchara, das Pamirgebirge sowie die afghanische Grenze und rechnete offenbar mit der Möglichkeit, mit seinen Berufskollegen auch noch andere Gebiete zu besuchen.

Nun, lieber Jarmilatsch, bleibe recht gesund, damit wir uns recht bald glücklich wiedersehen! Was mag Bornstein machen, Vincek, was unsere Bekannten in Berlin, das ‹Tagebuch›, das Romanische …?

Die Gisl will Dir noch daranschreiben. Laß Dir's gutgehen und sei 1000 mal geküßt von Deinem alten treuen Egonek.

Liebste Jarmila,

der Egonek hat Dir schon von unserer Reise geschrieben. Wir waren in Tadschikistan, das ist die 7. und jüngste Sowjetrepublik, erst seit 1929; vorher war es ‹autonome Republik› innerhalb Usbekistans. Jetzt sind wir auf dem Weg nach Chodschent, das ist eine Industriestadt, und von dort fahren wir nach Taschkent.

Mit allen Verkehrsmitteln, die es gibt, sind wir gefahren, über Flüsse mit Brettern, die auf einem Seil hängen, etc. etc. Es war zum Teil anstrengend, aber immer sehr schön. – Ich hatte leider zu wenig Filme mitgenommen, in der Union bekommt man keine, und so habe ich nicht sehr viele Bilder aufgenommen.

Ich weiß nicht, ob wir Dir geschrieben haben, daß wir als Brigade gefahren sind, mit fünf anderen Schriftstellern: Vaillant-

Couturier aus Frankreich, Otto Luin aus Norwegen, J. Kunitz und Louis Lozowick aus Amerika (von ‹New Masses›) und Bruno Jasieński aus Polen (Autor von ‹Pest über Paris›).

Aus Deutschland wissen wir gar nichts, wir haben wochenlang keine Zeitung gesehen, nur vorgestern in Buchara aus einer russischen Zeitung erfahren, daß in Berlin große Dinge vorgehen, Krach der Danat-Bank, etc. Auch von unseren Freunden haben wir nicht eine Zeile gehört.

Hoffentlich haben wir in Moskau einen ausführlichen Brief von Dir, in dem steht, daß Du schon ganz gesund bist. Wirst Du nicht irgendwohin fahren, um eine Erholungskur zu machen? Ich glaube, Du solltest das unbedingt tun, Jarmila, damit Du Dir Moskau gesund anschauen kannst.

Wann Dich dieser Brief erreichen wird, weiß ich nicht, aber aus Taschkent werden wir Dir ein Telegramm schicken, und diesmal hoffentlich gleich Antwort bekommen, vor 6 Wochen hast Du unser Taschkenter Telegramm nicht beantwortet.

Liebste Jarmila, ich wünsche Dir alles Gute, vor allem, daß Du ganz gesund bist, und bin mit vielen allerherzlichsten Grüßen Deine Gisl

Autor von – der erwähnte Roman war unter dem Titel ‹Ich brenne Paris nieder› erschienen.

8. September 1931
Gorki

Liebstes Jarmiláčku,

ich kann Dir gar nichts schreiben. Dein Brief sagt wieder so Trauriges aus, daß ich im Nu in die Stimmung gekommen bin, in die mich vor 4 Monaten Deine Briefe und Telegramme versetzt haben. Jarmiláčku, Jarmiláčku, was machst Du nur für Sachen. Aber ich hoffe diesmal doch, daß alles gut gehen muß.

Ich habe Dir einen großen Brief aus dem Eisenbahnzug geschrieben, auf der Fahrt von Tadschikistan, und einen zweiten von hier, ich weiß nicht, ob Du sie bekommen hast, ich sage darin, wie es mit meiner Arbeit geht. Nicht besonders. Ich müßte alles umarbeiten, und dazu ist wenig Zeit.

Am 15. läuft mein Sanatoriumsplatz ab, ich möchte ihn gerne verlängert haben, trotzdem es hier halt nur ungemütlich ist, denn ich soll schon an Anfang November Manuskript an Reiss liefern, und es ist nichts druckfertig.

Jarmilko, ich wollte Dir noch folgendes sagen: nach der Franzensbader Kur wird man sehr nervös und schwach, man muß sich also sehr im Zügel halten, um nicht die Geduld zu verlieren, und muß sich sehr schonen. Ich glaube schon, daß einem die Geduld reißen kann, wenn man sich nach Deinen Martern und nach so langer Bettlägerigkeit wieder ‹schonen› soll, aber das mußt Du machen, schon wegen der herzlichen Freundschaft Deines sich auf ein frohes Wiedersehen mit Jarmiláč freuenden Egonek.

28. April 1932
Moskau, Neglinnaja
Hotel Europa

Liebste Jarmila,

gestern abend habe ich Deinen lieben Brief bekommen mit der Beilage für den Egonek. Ich schreibe ihm nicht direkt, sondern schicke alles dem Reiss, der es weiterleitet, und ebenso bekomme ich alle Post von Reiss hierher, auch Telegramme gehen so, dadurch verzögert sich selbstverständlich alles sehr.

Gestern abend war ich wieder nach langer Zeit mit Mützchen zusammen, und auf dem Heimweg habe ich noch ein Geburtstagstelegramm an Egonek abgeschickt und auch Geburtstagswünsche von Dir hineingeschrieben, weil Dein Brief ja nicht mehr rechtzeitig ankommt. Heute früh, gerade als ich Deinen Brief abschicken wollte, erhielt ich Brief von Egonek, in welchem er schreibt:

nicht direkt – Kisch befand sich zu dieser Zeit noch auf seiner großen Asienreise.

1. daß er Dir geschrieben hat, aber nicht weiß, ob es ankommt, weil er die Hausnummer vergessen hat,

2. daß er am 21. April (der Brief ist vom 31.3.) oder eventuell sogar schon früher nach Peking oder in die Mandschurei fahren will.

Auf diese Weise wird ihn leider das gestrige Telegramm nicht mehr erreichen, und wer weiß, ob er überhaupt irgendeinen Brief von mir bekommen hat, weil ich doch erst Ende März oder Anfang April erfahren habe, wo er ist. Egonek schreibt ohnehin in seinem letzten Brief, daß er außer einem Telegramm noch gar keine Nachricht seit seiner Abreise hat. Dabei habe ich schon sechs Briefe und mindestens doppelt so viel Telegramme weggeschickt. In Schanghai war seine Adresse ‹Hotel Plaza›. Hoffentlich telegrafiert er wenigstens, falls er weggefahren ist, seine neue Adresse bald. Sobald ich eine bekomme, gebe ich Dir sie telegrafisch weiter, damit Du wenigstens auch telegrafieren kannst. Schrecklich, daß man so ganz ohne Verbindung ist, besonders jetzt, wo er in diese nicht sehr erfreulichen Gebiete fährt, wenn ich da wieder fast drei Wochen ohne Nachricht bleibe.

Natürlich kann ich nichts tun, als warten, aber es ist schon schwer. Hat Egoneks Mutter Nachricht? Er hat versprochen, daß er ihr oft schreiben wird.

Nun zu Dir, Jarmila; ich bin sehr unzufrieden mit Dir, weil Dein Brief so entsetztlich verzweifelt ist. Natürlich ist es nicht leicht für Dich, das sehe ich schon, aber endlich muß doch etwas geschehen, damit Du wieder die alte Jarmila wirst, gesund und froh. Könntest Du nicht bald Deine Kur machen und dann vielleicht herkommen? Das wäre doch sehr schön! Irgendwie wird sich schon die Schwierigkeit mit dem Wohnen überwinden las-

sen. Liebste Jarmila, sieh zu, daß Du bald kräftig genug bist, diese Reise zu machen, Du brauchst nur eine Fahrkarte bis an die Grenze zu lösen, dorthin könnte ich Dir dann Geld zur Weiterfahrt schicken. Ich würde mich schrecklich, schrecklich freuen, wenn Du kämest, besonders, weil ich glaube, daß es Dir hier gut gefallen wird.

Nämlich mit meiner Reise nach Berlin wird's doch nichts werden. Der Reiss hat mir einen langen Brief darüber geschrieben, aus dem ich entnommen habe, daß er sehr wenig Geld hat, und da ich einerseits auf ihn mit Geld in Deutschland angewiesen bin, andererseits die Artners mir neuerdings geschrieben haben, daß ich das Zimmer doch bis Oktober behalten kann, habe ich mich entschlossen, nicht zu fahren. Natürlich hätte ich Dich und noch ein paar Leute sehr gern gesehen, aber was soll man bei der Situation, wie sie jetzt in Deutschland ist, tun? Weiß Gott, wie das mit dem Geld sein wird, wenn wir schließlich doch einmal zurück müssen. Hoffentlich geht das neue Buch wenigstens, der Reiss schreibt, daß es wahrscheinlich in ungefähr drei Wochen schon erscheint. Gisl

Artners – es handelt sich offensichtlich um die Wirtsleute, bei denen Gisl ein Zimmer zur Untermiete hatte.

4. Juni 1932
Nanking

Liebe Jarmiláči,

ich habe hier Deinen ersten Brief erhalten und beeile mich, Dir schnell zu antworten, obwohl einige Wochen vergehen werden, bis Du meine Antwort erhältst.

Es ist wahr, ich habe schändlich wenig geschrieben, aber das hatte verschiedene Gründe, von denen ich Dir noch viel erzählen werde. Immer habe ich herzlich an Dich gedacht, aber schreiben konnte ich fast überhaupt nicht, Du kannst Dir denken, daß meine ganze Situation in Schanghai nicht sehr gemütlich war. Daß ich niemandem schreiben konnte, daß ich nach China fahren werde, ist wohl selbstverständlich. Na, erledigt.

Schade, daß ich die Reisebeschreibung von der Krim nicht so bald sehen und nichts davon hören kann, wie die Landsleute das aufgenommen haben. Was willst Du zu Weihnachten herausgeben? ‹Asien gründlich verändert› habe ich auch noch nicht gesehen. Man ist in Nanking doch ziemlich weit weg.

Neulich habe ich Rosi Gräfenberg getroffen, wir haben über Bornstein und die ganze Affäre gesprochen, ich habe von Dir geschwärmt, und sie klagte, daß sie vergeblich um Deine Gunst geworben hat. Du hattest recht.

Zu meinem Geburtstag habe ich ein Telegramm von Gisl bekommen, daß Du mir gratulierst. Ich danke Dir herzlich! Hier gefällt es mir unwahrscheinlich gut, ich würde am liebsten ein Jahr hierbleiben, aber das ist absolut unmöglich. Pläne, wohin ich fahren werde, habe ich noch nicht, aber ich hoffe, daß wir uns bald und gesund wiedersehen.

Es küßt Dich Dein Egonek.

Dein Brief ist vom 23. April, – im Juni hab ich ihn bekommen!

‹Asien gründlich verändert› – der Reportageband, in dem die Ergebnisse der Reportagefahrt mit der internationalen Schriftstellerbrigade durch Sowjet-Mittelasien enthalten sind, erschien 1932 im Erich Reiss Verlag, Berlin.

25. Juni 1932

Moskau, Hotel Europa Neglinnaja

Liebste Jarmilka,

soeben kommt Dein Flugpostbrief (vom 21.!!), auf Deinen letzten Brief habe ich noch nicht geantwortet, ich habe so viel Rückstände durch die Zeit, die ich wegen der Augen nicht arbeiten konnte, daß ich jetzt zum Briefschreiben noch weniger als sonst komme.

Ja also, mit Eg. Artikeln ist das so: das ‹Pr. Tagbl.› hat einen Vertrag, daß sie die Sachen aus China zuerst bekommen müssen.

wegen der Augen – Gisela Lyner hatte durch Überanstrengung öfter mit einem Augenleiden zu kämpfen, das ihr das Arbeiten zeitweise unmöglich machte.

Ich schicke ihnen also die Sachen immer gleich, wenn ich sie bekomme, und einen Durchschlag gebe ich einem Freund; der schickt dann, nachdem ich weggeschickt habe, die Sachen auch weg, wohin, weiß ich allerdings nicht genau. Es scheint so eine Art Feuilletonkorrespondenz zu sein. Nun habe ich, nachdem die ersten vier Sachen im ‹Pr. Tagbl.› erschienen waren, längere Zeit aus verschiedenen Gründen nichts weggeschickt, erst wieder vor ungefähr 10 oder 14 Tagen zwei Beiträge und jetzt, vor ein paar Tagen, wieder zwei. Und ich weiß nicht, warum sie bis jetzt noch nicht erschienen sind. Ich schreibe heute gleichzeitig an Blau und werde nachfragen. Bei der ‹Tvorba› mußt Du eben sagen, daß Du die alleinigen Übersetzerrechte ins Tschechische hast. Sie bekommen die Sachen, wenn sie auch direkt von hier sind, nur deutsch.

Mir fällt aber ein, vielleicht haben sie keine Feuilletons, sondern nur lange Telegramme, die bekomme ich nicht, die gehen direkt, und ich weiß auch gar nicht wohin und wo sie erscheinen.

Gestern hatte ich wieder Brief, die Antwort auf meinen Brief, der schon viele Wochen weg ist, und dem ich Deinen Geburtstagsbrief beigelegt hatte; Eg. dankt Dir herzlichst, er hat sich sehr gefreut. Und er schreibt auch, daß, wenn Reiss das neue Buch erst nach Weihnachten herausbringen will, bleibt er noch längere Zeit weg. Nun hat Reiss ihm aber schon ein Telegramm geschickt, daß er das Buch unbedingt schon im Oktober herausbringen will; danach rechne ich also, daß er doch jetzt bald zurückkommen wird. Ich bin schon sehr froh, obwohl es mir andererseits wieder für ihn leid tut, daß er nun doch nicht mehr nach Japan kann, wie er wollte.

Liebste Jarmila, ich schreibe Dir in den nächsten Tagen wieder ausführlich, schließe jetzt nur, weil ich den Brief noch heute aufgeben will, damit er noch mit dem Flugzeug mitkommt. Ich will mich auch noch hier erkundigen, warum und ob sie die Sachen weggeschickt haben, bevor sie im ‹Pr. Tgbl.› erschienen sind.

Laß Dir's gut gehen und erhole Dich sehr gut, überanstrenge Dich nicht zu sehr, damit Du endlich wieder ganz in Ordnung kommst. Ich habe dem Eg. geschrieben, daß es eine Schweinerei ist, daß er Dir nicht schreibt.

Ich grüße Dich sehr herzlich und bin Deine Gisl

10. August 1932
Wieder in Moskau

Liebster Jarmilatsch,

melde Dir, daß ich wieder in Europa bin. Das war eine Reise. Voller Aufregungen und Sensationen, ich bin ganz nervös zurückgekommen. Wochenlang hatte ich nicht geschlafen. Jetzt gehe ich in ein Sanatorium Marino bei Kursk, 10 Stunden von Moskau, aber auch dort darf ich mich nicht erholen, denn ich soll bis 1. Oktober ein großes China-Buch fertigmachen. In der Teufelsmühle habe ich das Amerika-Buch mit Mühe innerhalb 5 Monaten vollendet. Na, wir werden ja sehen!

Und Du? Es scheint Dir doch jetzt schon unvergleichlich besser zu gehen, und, so große Sorgen ich noch voriges Jahr hatte, glaube ich jetzt, daß Du bald ganz gesund und fußtüchtig sein wirst. Daß einem manchmal die Geduld durchgeht, wenn man ein Temperament ist, wie Du, kann ich verstehen, aber man muß vernünftig sein, sonst dauert es noch länger, und Egonek will Dich doch bald gesund wiedersehen.

Daß die … den Vincek zum Militärdienst geholt haben, sieht ihnen ähnlich. Und daß Du bei Deiner Kur noch arbeiten mußtest, ist auch scheußlich. Den ‹Kriminalistický cestopis› habe ich mir gleich angesehen, noch bevor ich die Post in die Hand nahm, die sich hier angehäuft hat. Das Titelblatt sieht sehr effektvoll aus, und ich habe sogar schon ein paar Kapitel (Schenk, Politisches Gefängnis und ein Treffen mit Kachlinski) gelesen. Tadellos, Jarmiláčku! Gibt es eine Wirkung (ein Echo) im Publikum? Der Boykott der Kritik wird wohl auch diesmal nicht durchbrochen werden, was mich allerdings wenig berührt.

Schick mir sofort Fragebogen wegen ‹Prager Pitaval›. Des trinkfesten Herzogs Prager Prozesse möchte ich nicht weglassen, alle drei Prozesse wurden ja in Prag verhandelt, und die Sache ist tschechisch noch nie behandelt worden, eher könnte man Sachen weglassen, die nicht in Prag spielen, wie die ‹Offiziere› oder ‹Die Räuber von Maria Kulm›. Für den Zuhälter, mit dem Du Deine Schinderei bald zu Ende führst, müssen wir Noten zu einem Lied ‹Pasácí, pasácí …› haben. Wer kann mir das schreiben? Auch Noten zu den Titelbildern! Welchen Buchtitel geben wir ‹Pasácí, pasácí …› Hast Du gelesen, was Rosi Gräfenberg (‹Prager Tagblatt›, 4. August) über den ‹großen kommunistischen Schriftsteller› in Peking geschrieben hat?

Ich küsse Dich, liebe Jarmiláčku, ich grüße Vincek und Bornstein und bin Dein alter Egonek.

‹Pasácí, pasácí› – (tschech.) ‹Ihr Hirten, Hirten Ihr!› So beginnt das Zuhälterlied zu Kischs Roman ‹Der Mädchenhirt›.

Karl Wagstein war hier, Weiskopf auch. Ich komme nach Prag.

21. August 1932
Moskau

Liebster Jarmiláč,

die Gisl ist nicht zu Hause, und ich will nicht warten, bis sie zurückkommt mit der Antwort auf Deinen Brief, der mich sehr traurig gemacht hat. Alle schreiben mir (Grete Jung, Kurt etc.) wie jung und hübsch Du aussiehst, und inzwischen soll das alles nur Fassade sein? Ich möchte Dich schon schrecklich gerne wiedersehen und mit Dir alles besprechen! Im Winter komme ich nach Prag, bestimmt, ich wollte unbedingt an Mutters 70. Geburtstag (9. Sept.) dort sein, aber ich muß bis 1. Okt. unbedingt das China-Buch fertigmachen, 30 Kapitel, und habe erst drei! Du kannst Dir denken, wie mich das ärgert, außerdem bin ich noch ganz kaputt von der Reise. Aber bald sehe ich Dich wieder, unbedingt, Jarmilinko, Jarmiláči Jarmilovic!!

Anbei die Fragebogen beantwortet retour, – beantwortet, so gut ich es vermochte. Wenn Du wieder schickst, gib die Seitenzahlen des deutschen Exemplars an! Die Kritiken von ‹Kriminalistický cestopis› habe ich nicht bekommen. Eben liest es Frida Strich, eine Tschechin, und ist ganz entzückt davon. Was sagen die anderen Leute, auch über ‹Asien gründlich verändert›? Insbesondere Tadel interessiert mich sehr. Hier ist jetzt Smeral mit Frau und Kind, Jarmila Wagsteinová und auch sonst viele Bekannte. Die meisten suchen hier Arbeit.

Es wäre viel zu schreiben, Jarmiláčku! Aber wo anfangen, wo aufhören! Katz fährt heute nach Amsterdam, dort ist ein Kongreß gegen Imperialistische Kriege, Maxim Gorki, Romain Rolland, Barbusse, Radek, Dreiser etc. Katz wird dort das Presse-Bureau leiten. Sonntag war ich bei Joscha und ihrem kleinen Sohn. Im übrigen schufte ich und komme kaum von der Stelle.

Wenn Du nur soweit gesund wärest, daß Du nach Moskau kommen kannst! Aber Du würdest Dir hier alles ansehen wollen, in der Kälte herumrennen, und das täte Dir nicht gut. Das ist meine einzige Befürchtung, kosten würde es Dich nur die kleine Reise zur Grenze. Vom 1. Oktober an hätte ich Zeit, Dich herumzuführen. Es wäre sehr schön. Aber andererseits habe ich doch Angst, daß es Dir nicht gut tut. (Du wirst es hoffentlich nicht so

China-Buch – ‹China geheim› erschien im Dezember 1932 im Erich Reiss Verlag, Berlin, mit der Jahresangabe 1933.

Fragebogen – fester Bestandteil im Briefwechsel zwischen Kisch und Jarmila; sie notierte alles, was ihr in Kischs deutschen Texten für die Übertragung in das Tschechische unklar war oder korrekturbedürftig erschien (Wörter, Begriffe, Formulierungen, Tatsachen usw.), und Kisch beantwortete dann die Fragen Jarmilas.

auffassen, wie die Moskitos an der Riviera, die Du auch nicht geglaubt hast.) Jedenfalls – so oder so – mein lieber Jarmiláč, sehe ich Dich noch in diesem Jahr wieder und freue mich sehr darauf.

Dein alter Egonek.

Schicke viel Fragebogen!

4. September 1932
Moskau

Liebste Jarmila,

in größter Eile schicke ich Dir sofort die Fragebogen rekommandiert nach Prag zu, obwohl Du bei Absendung des Briefes meine letzte Antwort noch nicht in Händen hattest. Deshalb werde ich Dir telegrafieren, daß ich Dir den zweiten Fragebogen heute nach Prag schicke.

Geheimnis: Wenn es halbwegs geht, will ich am 11. September am 70. Geburtstag meiner Mutter bei ihr sein, nur weiß ich noch nicht, ob sie in Prag oder in Spindelmühle sein wird. Ich bleibe nur anderthalb Tage, muß dann sofort zurück, will außer der Mischpoche nur Dich, Vincek und Sinaiberger sehen. Erkundige Dich am 10. (nicht früher) bei Arnold oder Sinaiberger, wo die Mutter ist, schärfe aber Sin. streng ein, niemandem von meiner Ankunft zu sagen.

Alles andere schriftlich zu sagen ist überflüssig, kannst Dir denken, wie froh ich bin, Dich wiederzusehen, alter Nummer, Jarmilatsch! Dein Egonek.

Spindelmühle – (tschech.: Špindlerův Mlýn), Ferienort im Riesengebirge.

Mischpoche – (jidd.) Familie, Verwandtschaft.

Arnold – gemeint ist Kischs Bruder Arnold.

29. September 1932
Moskau

Lieber Jarmiláčičku,

in aller Eile danke ich Dir für Deinen schönen Brief, für den Ausschnitt aus dem ‹R. P. Večerník› und dafür, daß Du trotz allem Rummel nicht krank geworden bist. Daß Du auf der Misse warst, Dein alter Wunsch, freut mich herzlich. Bis A. hierherkommt, werde ich alles verstärken. An Fröschls, die mir Mate-rial zu einem chin. Artikel aus dem Ullsteinhaus gesandt haben, habe ich gestern geschrieben, an Laurin und Škrach noch nicht. Hier war auch viel Aufregung über mein Telegramm, den Diebstahl betreffend. Gisl muß heute nacht noch ein Manuskript zuende schreiben (sie klopft neben mir auf der Maschine), wird Dir also nicht schreiben. Vielleicht fahren wir bald aufs Land (Nähe Moskaus), um das Buch fertigzumachen. Ob ich im November nach Prag komme, weiß ich noch nicht, aber infolge einer Vortragseinladung, die ich nach meiner Rückkehr bekommen habe, sieht es so aus. Schicke viele Fragebogen. Grüße Vincek und sei geküßt von Deinem alten Egonek.

‹R. P. Večerník› – ‹Rudé Právo Večerník›, (tschech.) ‹Rudé právo am Abend›, Abendausgabe der kommunistischen Tageszeitung ‹Rudé právo›.

Misse – (jidd.) Messe, jüdischer Gottesdienst.

15. Oktober 1932
Morozowka bei Moskau

Liebster Jarmiláč,

anbei Deine Fragebogen. In unbeschreiblicher Eile, – das Buch soll Anfang November erscheinen, wir haben schon Korrekturen vom Anfang und die wichtigsten Kapitel sind noch gar nicht fertig und verzweifelt schwer.

Dem Vincek halte ich Daumen mit beiden Händen.

Wegen der jüdischen Ausdrücke vom Apotheker Jakob setze Dich am besten mit Felix Kühne ins Einvernehmen. Schick ihm ein Telegramm oder eine Postkarte Národní třída 38 und bestelle ihn in ein Café. Sag ihm, daß er noch diese Woche einen Brief von mir bekommt, wegen seiner Mitwirkung am ‹Lanna›. Eine

das Buch – es geht um ‹China geheim›, das Ende 1932 im Verlag Erich Reiss, Berlin, erschien.

‹Lanna› – gemeint ist das Theaterstück ‹Die Reise um Europa in 365 Tagen›, das Kisch gemeinsam mit Jaroslav Hašek geschrieben hat.

wichtige Szene steht nämlich nicht im Manuskript, sie spielt in Holland, und er muß den jüdischen Radio-Soldaten Packedrager spielen; ich werde sie ihm schicken. Außerdem will ich den langweiligen Anfang des Stückes sensationell ändern, filmisch.

Was den Prozeß Sychrovsky–Stříbrný anbelangt, so stimmt das. Cohen-Portheim ist gestorben. Norbert Falk von der ‹B. Z.› auch.

Viel Glück für Vincek und auf baldiges Wiedersehen.

Ich liebe Dich, Jarmiláčku, und bin Dein alter Egonek.

Arme Jarmila, Du plagst Dich ja noch mehr als wir! Die russischen Übersetzer schimpfen auch auf den Egonek. – Ich freu mich schon aufs Wiedersehn mit Dir! Bis dahin alles Gute von Deiner Gisl

25. Oktober [1932]
[Moskau]

‹Ukradená Praha› – (tschech.) ‹ Gestohlenes Prag›, Titel eines Kisch-Buches.

In aller Eile (das Auto wartet, das nach Moskau zur Post fährt) bitte ich Dich, unbedingt den Titel ‹Ukradená Praha› zu nehmen. Glänzender Einfall.

Freue mich, daß die Arbeit so herrlich gelingt.

1000 Küsse Egonek

30. Januar 1933
Im Erich Reiss Verlag, (Fasanenstraße 44)

Liebster Jarmiláč,

eben gibt man mir Deinen Brief.

Auf der Straße wehen Nazi-Fahnen, denn Hitler ist erstanden, schön sehen wir aus!

Elschens Mutter ist heute auf Magenkrebs operiert worden, ihr Befinden ist schlecht.

Sache im Trocadero – vermutlich eine Provokation durch Nazis.

Die Sache im Trocadero war schlimm (weil sie gegen Dich ge-

richtet war) gedacht, aber ist gut ausgefallen. Vincek benahm sich anständig, und so hatte die Drecksau keinen Erfolg, – wahrscheinlich hat mein Erscheinen dazu beigetragen. Das Ganze war nicht wichtig, es zeigt nur, was für ein Pack uns gegenübersteht.

‹China› und ‹Mädchenhirt› lasse ich Dir heute schicken.

Fröschl hat ziemlichen Presse-Erfolg, nur ‹Rudé Právo› verreißt ihn nach Strich und Faden.

Wir haben noch keine Wohnung, schlafen uns bei Bekannten durch ... Ich warte ...

Lon ist schon weg, ich sprach sie am Abend meiner Ankunft. Liebe Jarmila, schau Dir das Deutsche Museum gut an, ich wollte schon längst hinfahren, es mir anzusehen. Sonst ist wohl außer Karl Valentin in München nichts Besonderes los.

In Eile (Reiss nimmt mir den Schreibtisch) küsse ich Dich herzlichst

Dein alter Egonek.

6. Juli 1933

Paris, VI.
2, rue St. Sulpice,
Hôtel de Grand Condé

Liebste Jarmila,

am Tag, an dem ich Dir zuletzt schrieb, bekam ich von Egonek die Nachricht, daß er aus London wieder herkommt, weil kein Mäzen zu finden war, der uns eingeladen hätte, einige Zeit auf seinem Landsitz zu verbringen. Egonek hat sich also entschlossen, unbedingt noch den 14. Juli hier zu verbringen, so daß wir nicht vor dem 15. oder 16. hier wegfahren werden. Wohin, ist allerdings noch fraglich, aber ich glaube, es wird vorläufig nichts mit einem Aufenthalt an der See, weil er vorher noch ein paar Reportagen machen muß, und zwar im Süden von Frankreich und in der Schweiz.

Ich möchte sehr gern wissen, wo Du jetzt bist, ob schon in Franzensbad, und was Du nachher tust. Ich habe gar keine Nachrichten, weder aus Prag noch aus Wien, allerdings habe ich auch niemandem geschrieben, weil ich nicht wußte, ob eine Antwort mich hier noch erreicht.

Französisch habe ich nichts zugelernt, weil ich fort mit Deutschen zusammen bin, arbeiten kann man fast gar nicht, weil die Hitze einen tötet, und so verbring ich meine kurzen Tage.

Jarmila, kannst Du mir schreiben, ob die Broschüre vom Egonek nun endlich erschienen ist? Ich glaube beinahe, die haben das schon aufgegeben, weil es ja beinahe schon vier Monate sind, daß sie das Manuskript haben.

Hörst Du was aus Berlin? Und was ist mit der neuen Zeitung? Haben die schon zu arbeiten angefangen und wird Georg mitmachen?

die Broschüre – gemeint ist die die Broschüre ‹Hitlerův zajatec› (‹Gefangener Hitlers›); Kisch berichtet darin über die Haft bei den Nazis, die ihn am frühen Morgen des 28. Februar 1933, dem Tag nach dem Reichstagsbrand, verhaftet und in das Zuchthaus Spandau eingeliefert hatten. Der Bericht ist in der ersten Hälfte des Jahres 1933 im Prager Verlag Levá fronta herausgebracht worden.

Ich mache jetzt Schluß, Egonek wird vielleicht noch dranschreiben. Er schläft jetzt, weil ihm zu heiß ist, und ich hoffe, daß ich sehr bald eine Antwort von Dir kriege, denn das ist schon der dritte Brief, den ich Dir schreibe, ohne daß du mir auch nur einen bestätigt hast.

Erhol Dich gut und laß es Dir gut gehn, und sei tausendmal sehr herzlich gegrüßt, liebste Jarmila. Deine Gisl

Liebe Jarmiláčku,

das ist ein Leben, pfui Teufel. Da fliege ich nach London, schwätze und muß wieder zurück. Und hier ist eine solche Hitze, daß der Mensch sich nicht einmal bewegen kann. Gestern war ich mit diesen lustigen Surrealisten zusammen, so daß ich ständig daran denken muß, wie gern sie den Vincek haben. Spielt der Junge noch Billard? Warum ich Dir nicht gleich am Anfang ge-

Im Erich Reiss Verlag, 30./1. 33
(Fasanenstraße 44)

Liebste Jarmilač,

eben gibt man mir Deinen Brief.

Auf der Straße wehen Nazi-Fahnen, denn Hitler ist erstanden, schön sehen wir aus!

Ilschens Mutter ist heute auf Magenkrebs operiert worden, ihr Befinden ist schlecht.

Die Sache im Trocadero war schlimm* (weil sie gegen Dich gerichtet war) gedacht, aber ist gut ausgefallen. Vinzenz benahm sich anständig, und so hatte die Drecksau keinen Erfolg, — wahrscheinlich hat mein Erscheinen dazu beigetragen. Das Ganze war nicht wichtig, es zeigt nur, was für ein Pack uns gegenübersteht.

„China" und „Mädchenhirt" lasse ich

Dir heute schicken.

Fröschel hat ziemlichen Presse-Erfolg, nur Rudé Právo verreißt ihn nach Strich und Faden.

Wir haben noch keine Wohnung, schlafen uns bei Bekannten durch... Ich warte...

Lou ist schon weg, ich sprach sie am Abend meiner Ankunft. Liebe Jarmila, schau Dir das Deutsche Museum gut an, ich wollte schon längst hinfahren, es mir anzusehen. Sonst ist wohl außer Carl Valentin in München nichts besonderes los.

In Eile (Kisch nimmt mir den Schreibtisch) küsse ich Dich herzlichst.

Dein alter

Jonek.

schrieben habe, hatte zwei Gründe, darüber alles ausführlich mündlich. Schade, daß ich Bornstein nicht sehe – ich sah ihn an dem Tag, als Rost ankam und ich nach London abfuhr. Ich hielt dort Reden in englisch, alle Zeitungen lobten, wie wunderbar es war.

Küsse, mein Äffchen, von Egonek.

6. August 1933

2, rue St. Sulpice [Paris]

Liebste Jarmila, zuerst diktiert der Egonek:

Wenn Du glaubst, daß Du nach Belieben krank sein wirst, und daß ich Dir dann immer solche Telegramme schicken werde, wie aus M., da irrst Du Dich aber sehr gewaltig. Du hast gesund zu sein, damit wir uns hier bald sehen können. Was ist wirklich mit Dir los? Ich hoffe, daß Du schon gesund bist.

Vor drei Wochen, als Dir B. schrieb, Du sollst jetzt nicht nach Paris kommen, war hier so irrsinnig heiß, daß die Hitzen, die ich voriges Jahr in den chinesischen und vor zwei Jahren in den südrussischen Tropen erlebte, nichts dagegen waren. Dann ist es wieder annehmbar geworden, und in den letzten drei Tagen kann man überhaupt nicht mehr das Fenster aufmachen, eine solche Hitzewelle schlägt einem sofort ins Gesicht. Man kann überhaupt nichts arbeiten und nirgends mehr hingehen.

Vierzehn Tage lang war Sinai hier, er ist Freitag, nachdem wir die Nacht in den Hallen verbracht haben, über Deutschland nach Prag geflogen; er wollte uns gleich schreiben, hat es aber bisher nicht getan. Gestern sprach mich hier ein junger Tscheche an, der mich von einem Vortrag kennt. Er hatte den Nečas in der Hand, das heißt, dessen Führer von Paris, und ich sagte ihm gleich, daß ich Nečas persönlich kenne. Es war übrigens ein Bekannter von Prokop, und er erzählte mir, daß von unserer Bro-

M. – Moskau.

B. – Bornstein.

Sinai – Sinaiberger.

die Nacht in den Hallen – gemeint sind die Pariser Markthallen, die Kisch zusammen mit seinem Freund Sinaiberger besucht hat.

schüre ‹Zajatec Hitlera› gleich in den ersten Tagen 2 000 Exemplare verkauft worden sind. Über den weiteren Verkauf weiß er nichts mehr, ich habe die Broschüre überhaupt nicht gesehen.

Gestern war ich zum erstenmal bei B. im Büro und habe einen Artikel abgeliefert. Bin sehr neugierig, wie er Dir gefällt.

Vielleicht ist Sinai in Karlsb., und Du kannst ihn via Penizek & Rainer einladen, Dich zu besuchen, damit er Dir über uns, Pliv., Roth, etc. Bericht erstattet. Wenn wir nur ein bißchen Geld hätten, möchten wir aufs Land fahren, aber da müßte man zuerst das Hotel bezahlen, Fahrkarten kaufen, Zahnarztrechnung, usw. und dann noch Geld für den Aufenthalt haben. Es sieht traurig aus.

Du wirst wahrscheinlich noch eine Nachkur machen müssen, bevor Du hierherkommst, sonst wirst Du Dich mit dem Anschauen von allem möglichen hier kaputt machen. Die Hauptsache aber ist, daß Du gesund bist. Ich hoffe, diese Tatsache bald von Dir bestätigt zu hören. Grüße Nečas, liebster Jarmilatsch, und sei allerherzlichst geküßt von

Deinem alten Egonek.

Pliv. – gemeint ist Theodor Plivier, später auch Plievier.

Liebste Jarmilko,

Du kannst Dir nicht denken, wie oft ich an Dich denke und Dir gern geschrieben hätte; wir haben uns entschlossen, vorläufig hierzubleiben oder nach dort und dort zu fahren oder überhaupt etwas. Statt dessen vergeht eine Woche nach der andern, man fällt um vor Hitze und ist ganz tot, man kann nicht arbeiten und muß es doch, und bis jetzt weiß ich noch nicht, ob wir nächste Woche noch hier sein werden oder für ein paar Tage ans Meer gehen oder eine Reportagereise machen. Außer den materiellen Dingen sind auch noch andere Sachen, die unsere Entscheidung beeinflussen, es ist aber jedenfalls so, daß wir vorläufig noch immer nichts wissen. Und ich wollte Dir endlich etwas Bestimmtes schreiben. Da sich aber diese Situation noch endlos hinziehen kann, habe ich das Hinauszögern aufgegeben.

Vor ein paar Tagen hatte Egonek einen Vortragsabend hier mit Weinert gemeinsam, der glänzend besucht war, besonders wenn man dazurechnet, daß es fast ganz ohne Ankündigung und mitten im August war. Ein französischer Schriftsteller Renaud de Jouvenel hat eingeleitet, und dem Publikum hat es ausgezeichnet gefallen. – Von Paris sehen wir sehr viel, davon kann Dir Sinai auch erzählen, nur Französisch kann ich noch immer nicht, und werde es wohl auch nicht erlernen, da wir immer viel mit Landsleuten zusammen sind und sogar ein Stammrestaurant haben, wo die Kellnerin Deutsch spricht.

Jarmilko, was hat Dir denn gefehlt, hat Dich die Kur so angestrengt? Und wo willst Du Dich erholen, in Franzensbad selbst oder woanders? Schön wäre es schon, wenn wir zusammen irgendwohin ans Meer fahren könnten, aber ich glaube, die endlos lange Eisenbahnfahrt würde Dich jetzt zu sehr anstrengen, und mit dem Flugzeug, das nur viereinhalb Stunden bis hierher braucht, wirst Du ja wohl nicht wollen.

Von Nico haben wir öfters Post, heute hat er uns seine Broschüre über Karpathorussl. geschickt; von Elschen habe ich auch einen Brief, sie wissen nicht, ob sie dort bleiben oder wegfahren soll. Pully ist schon bei ihrem Mann und sehr begeistert. Sie hat sofort Arbeit bekommen und sogar eine sehr schöne, die Arbeit, die Käthe vorher gemacht hat, die ist nämlich jetzt in der Ukraine.

Jarmila, schreib bald, und räche Dich nicht dafür, daß wir so lange nicht geschrieben haben, der Grund lag wirklich nur dar-

in, weil wir immer gehofft haben, Dir zu sagen, was wir vorhaben.

Werde bitte bald ganz gesund und sieh zu, daß wir uns bald sehen können. Ich grüße und küsse Dich allerherzlichst, grüße auch Dr. L. und den Nečas. Deine Gisl.

1. September 1933
2. rue St. Sulpice
[Paris]

Lieber Jarmilatsch!

Ich eile Dir zu antworten auf Deinen Flugpostbrief, weil Beantwortung wirklich dringend ist. Wir wollen nämlich am Mittwoch auf ein paar Tage wegfahren, eine Absicht, die wir schon immer hatten, die aber hoffentlich diesmal ernst sein wird. Nach 8 Tagen muß ich zurück sein, denn ich habe mir eine große Brücke aus dem Mund nehmen lassen und muß dann zur zahnärztlichen Behandlung zurück. Wenn das fertig ist, ungefähr um den 20. September herum, möchte ich aus Frankreich wegfahren zu einer Reportage für ein Buch. Am besten für uns wäre, Du kämest so um den 15. herum.

Nečas gratuliere ich herzlich zum 30. Geburtstag und zur Befreiung vom Dienst. Oft denke ich daran, wie schön es wäre, mit ihm eine Partie Billard zu spielen. Sage ihm, daß ich zwar seit der Zeit nicht mehr gespielt habe, aber daß ich ihn jede Partie schlagen würde, bis er sich nicht mehr rühren kann.

‹Letem Sv.›, das Du mit gleicher Post geschickt hast, habe ich noch nicht bekommen, ebensowenig die Broschüre ‹Zajatec H.›, die ich gleichfalls gern gesehen hätte. Auch die ‹Tvorba› mit dem Auszug meines Briefes über das Eiserne Kreuz hätte ich gern gehabt. Es wird am besten sein, wenn man ihnen nächstens direkt eine Übersetzung schickt, sonst wird mir die M. noch absichtlich schlechte Übersetzungen in das Blatt geben.

Was das Braunbuch anbelangt, so habe ich damit gar nichts zu tun. Es ist von einem großen Kollektiv eines Hilfskomitees gemacht worden. Es sind fast 400 riesige Seiten, die Übersetzung muß in allen Ländern von mehreren Leuten durchgeführt werden, da auch die anderssprachigen Ausgaben noch bis Oktober erscheinen sollen. […]

Was den Verlag Pokrok anbelangt, hast Du vollständig recht, wenn Du sagst, daß wir noch mit ihm verhandeln müssen. Am besten wäre, Du gehst hin und fragst, ob sie um den achten Band stehen, oder ob ich einen Vertrag mit einem neuen Verlag machen kann. Wenn sie das Buch wollen, müssen sie Dir gleich Vorschuß geben (ob Du den ‹Pasák› oder ‹Asien› geben willst, ist ganz egal), wenn sie nicht wollen, so wäre vielleicht am besten, wenn Nečas gleich mit einem anderen Verlag verhandeln würde.

Was das Übersetzungshonorar für ‹Zajatec H …› anbelangt, so widerstrebt es mir, jetzt von dieser Organisation Geld zu verlangen, wo sie jeden Heller brauchen. […]

Mit B. komme ich gar nicht zusammen, Paris ist so groß und zwischen Champs Elysées und dem Quartier Latin klafft eine ungeheure Kluft. Neulich war ich dort, aber traf nur Lania und Schwarzschild. Polgar habe ich zum Beispiel noch nicht ein einziges Mal gesehen.

In Prag wird jetzt bei Wieland Herzfelde eine große literarische Zeitschrift erscheinen, ‹Neue Deutsche Blätter›, ich bin auch unter den Mitarbeitern angeführt, obwohl ich noch gar nichts geschrieben habe. Das, was man hier für unsere Blätter arbeitet, wird nicht bezahlt, und mein Leben ist daher sehr ärmlich, was in Paris besonders wenig angenehm ist. Aber die Stadt ist so schön, und es gibt immer etwas Neues zu sehen, – wenn man nur mehr Zeit hätte.

‹Pasák› oder ‹Asien› – gemeint sind Kischs einziger Roman ‹Der Mädchenhirt› (‹Pasák›) und der Reportageband ‹Asien gründlich verändert›.

‹Neue Deutsche Blätter› – antifaschistische Monatsschrift für Literatur und Kritik, erschien 1933–1935 in Prag.

Lieber Jarmilatsch, ich würde mich herzlich freuen, wenn Du wirklich schon aus dem Bett definitiv aufgestanden wärest, und daß ich Dich bald ganz hergestellt, definitiv gesund, umarmen könnte.

Ich bin Dein Egonek.

6. Oktober 1933
San Sebastian

Liebste Jarmila,

nach verschiedenen Aufregungen, die wir wegen des Aufenthaltes in Paris hatten, sind wir also weggefahren. Ich will hier ein Buch fertig machen und dann zurück nach Paris, möglichst schnell. Ich schätze so Anfang November. Und auch so lange kann ich nur bleiben, wenn ich in Madrid ein Übersetzungsrecht verkaufen kann. Chance – minimal!

Liebe Jarmila, bitte antworte uns nach Madrid, Adresse: Gisl Lyner, Madrid, Lista de correos. Wir werden dort zwischen 15. und 17. Oktober sein. Du kannst Dir denken, wie gespannt wir auf Deine Antwort sind, wir haben ja keine Ahnung, wo Du steckst; vielleicht hast Du Deine aufgeschobene Absicht, nach Paris zu kommen, gerade in dem Zeitpunkt wahrgemacht, wo wir es verlassen haben.

Aber Du wirst Dich trotzdem gut unterhalten, die Stadt ist ja zauberhaft, man sieht auf Schritt und Tritt unendlich viel, allerdings der Dalles kommt einem nirgends so zum Bewußtsein wie in Paris.

Von Prag höre ich natürlich nichts, ich hatte gar keine Post, nur selten eine Zeitung. Jedes Wort, das Du mir also schreibst, werde ich mit der Goldwaage wägen. Zwei tschechische Briefe hatte ich übrigens kurioserweise über den Hitlerbrief in ‹Letem Světem›. Die Leser scheinen begeistert zu sein. Vergiß nicht, mir

ein Buch fertigmachen – gemeint ist vermutlich der Sammelband ‹Eintritt verboten›, der 1934 in Paris und Moskau erschien.

die Broschüre ‹Hitlerův Zajatec› aufzuheben. Deutsch ist sie wohl nicht erschienen?

Schreib mir jedenfalls, Jarmilatschku, daß Du gesund bist, grüße B. und V. und sei allerherzlichst gegrüßt und geküßt von

Deinem alten Egonek

Liebste Jarmila,

ich hätte Dir schon längst auf Deinen Brief geantwortet, wenn ich nur annähernd gewußt hätte, wann und wohin wir fahren, um Dir wenigestens eine Adresse angeben zu können. Die letzten Wochen in Paris waren ein einziger, ununterbrochener Trubel, wie selbst wir ihn nicht gewohnt sind. Auf der Herreise haben wir uns drei Tage in Lourdes aufgehalten, ich bin jetzt noch betäubt von der dortigen Atmosphäre. Unvorstellbar, daß es so etwas gibt! Und hier in Spanien? Du kannst Dir nicht vorstellen, wie komisch es ist, wenn man sich nicht verständigen kann, die wenigsten Leute verstehen Französisch, und Deutsch schon gar nicht. Wir kommen uns wie Taubstumme vor, und verständigen uns auch nur mit Zeichensprache. Aber wir sind erst einen Tag hier, vielleicht lernen wir noch einiges.

Auf baldigstes Wiedersehn, liebste Jarmila, und sehr viel allerherzlichste Grüße. Deine Gisl

10. Januar 1934
Malines (Belgique)
Hôtel de la Couronne

Liebster Jarmilatsch,

Deine Unterschrift auf der Karte, die Ihr mir nach dem Scholetessen geschickt habt, war keine kleine Überraschung für mich. Ich hatte Dich längst in Paris vermutet und mir vorgestellt, wie Du schimpfst, daß ich knapp vor Deiner Ankunft abgereist bin. Nun bin ich froh, daß ich nicht gewartet habe, es war schon al-

Scholetessen – Es handelt sich dabei um eine Sabbatspeise, genannt Tscholent und Kugel.

lerhöchste Zeit, daß ich wegkam, am nächsten Tag schon hätte ich Verdruß haben können.

Jetzt kommt Dein Brief vom 4. d. M., der mir erklärt, wieso Du im letzten Augenblick von der Abfahrt abgehalten wurdest. Aber jetzt bist Du ja glücklicherweise wieder gesund, und das ist schön. Überhaupt glaube ich, daß 1934 viel besser sein wird, als das vorige Scheißjahr war.

Ich mache jetzt ein Reportagebuch, darin auch alte Artikel, wie z. B. ‹Monte Carlo›, ‹Korsika›, ‹Seide aus Lyon› usw. vorkommen werden. Du hast keine Ahnung, wie man jede Zeile umarbeiten muß, weil sich im letzten Jahr nicht nur alle Maßstäbe und alle Perspektiven, sondern auch alle Tatsachen geändert haben. Wie soll man z. B. heute den ‹Brühl in Leipzig› abdrucken?

Ich glaube, es hat keinen Sinn, daß ich Dir die Kopien schicke, in dieser Form braucht das Buch nicht tschechisch zu erscheinen, für eine Zusammenstellung von Reportagen gibt es sicher bessere, die tschechisch noch nicht in Buchform erschienen sind. Außerdem sind sowohl ‹China› als auch ‹Asien› einheitlichere und stärkere Bücher. Aber wenn Du neue Sachen haben willst, wie z. B. eine Meisterreportage wie ‹Quecksilber› oder ein ‹Abenteuer in Lourdes›, kannst Du's natürlich jederzeit kriegen.

Ich bin wirklich aufrichtig froh, daß Nečas ein Theaterstück schreibt. Du mußt ihn aber ermutigen, daß er wirklich bis zum Schluß durchhält. Das ist die Hauptsache: daß man etwas fertig macht. Und wenn es noch so schlecht ist, kann man es dann sehr leicht ändern. Aber wenn man in der Mitte aufhört, um später weiterzuarbeiten, so arbeitet man nie mehr weiter. Wenn er Zweifel an seiner Arbeit bekommt, so richte ihm von mir aus, daß es, wenn es ihm noch so mißglückt wäre, noch immer nicht so eine Scheiß sein wird, wie das, was überall gespielt wird.

Vor drei Tagen war Tylie bei mir und vor zwei Tagen Nico, Tylie ist sehr nett, gar nicht mehr schüchtern, bildhübsch, aber merkwürdigerweise kann er weder rechnen noch richtig lesen und schreiben. Das interessiert ihn nicht, und er kann auch nicht einmal richtig etwas nacherzählen. Wie mir Frau Lissauer, die in Brüssel ist, erzählte, macht das Nico große Sorgen. Er selbst spricht mit mir darüber nicht. Nico übersetzt jetzt Toller und Feuchtwanger und redigiert unser holländisches Literaturblatt, hat es schwer, vor allem deshalb, weil er zu keiner selbständigen Arbeit kommt.

Morgen fahre ich mit ihm weg, auf einen oder zwei Tage, um eine Reportage zu machen. Wenn sie glückt, werden wir Dir darüber schreiben.

Sonst weiß ich natürlich nichts, was Dich interessieren könnte. Nach Norwegen fahre ich vorläufig nicht, da die Reise mir mindestens drei Tage Arbeit wegnehmen würde, und die habe ich nicht. Ich bleibe bis zum 25. Januar hier, da das Visum von Gisl heute auf vierzehn Tage verlängert wurde. Schreibe mir also bitte hierher, – wenn Ihr mich wieder anrufen wollt, meine Telefonnummer ist 130.

Wenn Du meine Mutter siehst, sag ihr auch, daß ich noch hier bleibe. Ich wollte ihr heute noch schreiben, aber das wird wohl nicht mehr gehn.

Wohin wir nach dem 25. fahren, hängt davon ab, wie weit unser Buch fertig ist. Wie hat Dir übrigens mein Artikel im ‹Tagbuch› ‹Der Stier u. seine Gegner› gefallen? Weißt Du etwas darüber, warum Guttmann ausgeschlossen wurde, wer die anderen sind?

Grüße Vincek herzlich, und laß Dich, Jarmilinko, herzlich küssen von Deinem alten Egonek.

Liebste Jarmila,

Egonek hat Dir schon alles erzählt, mehr ist von hier wirklich nicht zu sagen. Es ist hier noch stiller als in der Teufelsmühle, denn es gibt hier nicht einmal einen Herrn Lederer oder sonst jemanden, mit dem man sprechen kann. Wir arbeiten den ganzen Tag, aber es geht sehr langsam vorwärts. Hoffentlich sind wir am 25. so weit, daß ich nach Paris zurückfahren kann. Egonek, der keine Aufenthaltsgenehmigung braucht, wird vielleicht noch ein paar Tage ins Borinage gehn. Ich freue mich sehr auf das Wiedersehn mit Dir, und bin mit vielen sehr herzlichen Grüßen

Deine Gisl

Borinage – Kisch besuchte tatsächlich das belgische Bergbaugebiet und schrieb darüber die Reportage ‹Borinage, vierfach klassisches Land›, die im Band ‹Eintritt verboten› enthalten ist.

5. März 1934
Versailles,
2, rue du Jeu de Paume

Liebste Jarmila,

in größter Eile, weil ich das erste Manuskript noch diese Woche fertig machen muß. Ich erhielt zwei Briefe von Dir, der gestrige ist in einem Punkt nicht verständlich, weil ich die ergänzende Mitteilung von zuhause noch nicht habe. Es scheint aber, daß es sich um eine Steuervorschreibung wegen der Honorare von Pokrok handelt. An der Tatsache, daß man mir in Prag Steuern vorschreibt, würde sich meiner Meinung nach auch nichts ändern, wenn ich zu Hause abgemeldet wäre, man zieht auch Ausländern die Steuer vom Honorar ab. Aber das ist vielleicht nicht so wichtig.

Das Telegramm nach Amerika habe ich schon zustimmend beantwortet, aber solche Sachen kommen oft, und es schaut gewöhnlich nichts heraus. Wenn aus Amerika Antwort kommt, soll man sie mir jedenfalls schnell schicken. Von Arnold bekam ich das Geld telegrafisch, habe es noch nicht einmal bestätigt, da ich auf den angekündigten Brief meiner Mutter warte.

Dein heutiger Brief bezieht sich auf die Aufforderung von Melantrich. Ich finde die Form frech oder ungeschickt. Selbstverständlich erlaube ich nicht, daß etwas in den Blättern des Verlages abgedruckt wird, am allerwenigsten, wenn sie es gar nicht als Buch herausbringen. Den Vertrieb meiner Übersetzungsrechte hat jetzt ein gewisser Walter Landauer, der fürs Tschechische ausdrücklich die Weisung hat, daß die Übersetzung von Dir ausgeführt werden muß. Vielleicht ist der Brief von Melantrich an Dich schon auf Grund seines Offerts gekommen (obwohl mein Buch selbstverständlich kein Roman ist, und gerade dieses Buch mit den Übersetzungsrechten dem Carrefour-Verlag gehört). Jedenfalls werde ich ihm heute schreiben, daß er keine Zeitungsrechte, sondern nur Buchrechte vergeben darf.

Heute schreibt mir übrigens auch Laurin, und in seinem Brief findet sich der folgende Satz: ‹Nečas macht seine Zeitschrift sehr schön.› Noch schöner wäre es, wenn Nečas sein Drama sehr schön schriebe.

Die Hoffnung, daß Du hierherkommst, gebe ich bereits auf. Aber es kann Dir leid tun, gerade in Versailles ist es wunderschön, Du würdest Dich einerseits erholen, andererseits gibt es hier viel zu sehn. Gerade gegenüber von uns ist das Jeu de Paume, das Lokal, wo am 20.6.1789 der Dritte Stand die Große Revolution begann, und auch sonst sind herrliche Dinge hier, besonders der Park. Wir haben vorläufig bis zum 1. April gemietet, also komm bald, wir würden uns schrecklich freuen. Ich eile, Jarmilatschku, Dein alter Egonek.

Melantrich – Prager Verlag

Carrefour-Verlag – Edition du Carrefour, Paris; von Willi Münzenberg nach der Flucht aus Deutschland als antifaschistischer Verlag gegründet. In diesem Verlag erschien 1934 von Kisch der Sammelband ‹Eintritt verboten› und 1936 das Buch ‹Abenteuer in 5 Kontinenten›.

Gerade gegenüber von uns – Kisch und Gisl hatten sich nach ihrer Ankunft in Versailles im Hôtel Moderne in der rue Jeu de Paume Nr. 2 eine bescheidene Unterkunft gemietet.

7. März 1934
[Versailles,
2, rue du Jeu de Paume]

Liebster Jarmilatsch!

Bevor der Brief geklopft war, ist die Schreibmaschine geplatzt, wir mußten uns eine andere ausborgen, auch sonst viel Rummel, so daß er liegen blieb. Inzwischen kam Brief von Arnold mit der Steuervorschreibung, mit Anschrift von Mutter, sowie Deine kurze Mitteilung, daß bei Melantrich auch die Russen erscheinen, und daß Du für den Fall, daß ich dort abschließe, das Manus haben willst. So weit ist es noch nicht, weder werde ich an Melantrich schreiben, noch kann ich Dir vorläufig das Manus schicken, da wir nur eine Kopie haben, und noch nichts ausgesetzt ist. Ich schätze, daß Ende dieser Woche die ersten Bogen in Satz gehen, und dann kannst Du, wenn Eile ist, alles gleichzeitig mit mir geschickt bekommen. Was macht Laco, Záviš, wer macht die ‹Tvorba›? Wegen Steuer schreibe ich heute an Arnold, daß ich in Prag außer einem kleinen Honorar von Pokrok nichts verdient habe, es kann sich also nur um ein paar hundert Kronen Steuer handeln. Nicht wichtig!

Ich liebe Dich 1000 Mal und grüße Vincek
Dein treuer Egonek.

22. März 1934
Versailles,
2, rue du Jeu de Paume

Liebste Jarmila!

Am besten wäre es, wenn Du gleich mit einem Prager Verlag einen Vertrag machen würdest auf drei oder vier Bücher (‹Asien›, ‹China›, ‹Eintritt verboten› und ‹Geschichten aus sieben Ghettos›). Für das letzte Buch müßte mit Landauer (jawohl, der ist der vom Kiepenheuer-Verlag) der Abschluß getätigt werden. (Aber ich würde schon dafür sorgen, daß sich keine großen Schwierigkeiten ergeben.) Ich möchte, daß in dem Generalvertrag steht, daß wieder alle Bücher im selben Format und in ähn-

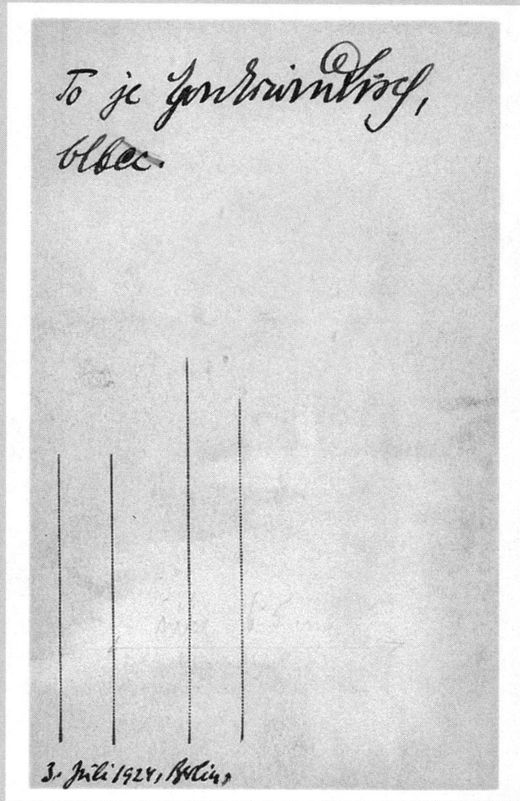

Kisch schenkte Jarmila dieses Foto mit der Widmung: ‹Das ist Egon Erwin Kisch, Trottel – 3. Juli 1924, Berlin›.

Kostümiert als Derwisch – Anfang 1927 in Algerien während der Dreharbeiten zu dem Ufa-Film ‹Die Frauengasse von Algier› mit Camilla Horn als Hauptdarstellerin und Kisch in der Rolle des Komplizen eines Zuhälters.

In Wien vor dem Parlament auf dem Dr. Karl Renner-Ring – Tatort revolutionärer Ereignisse im November 1918, an denen Kisch als gewählter Kommandeur der Wiener Roten Garde teilgenommen hat.

März 1929 in Chicago am Ufer des Chicago River – Abschiedsfoto vom ‹Paradies Amerika›.

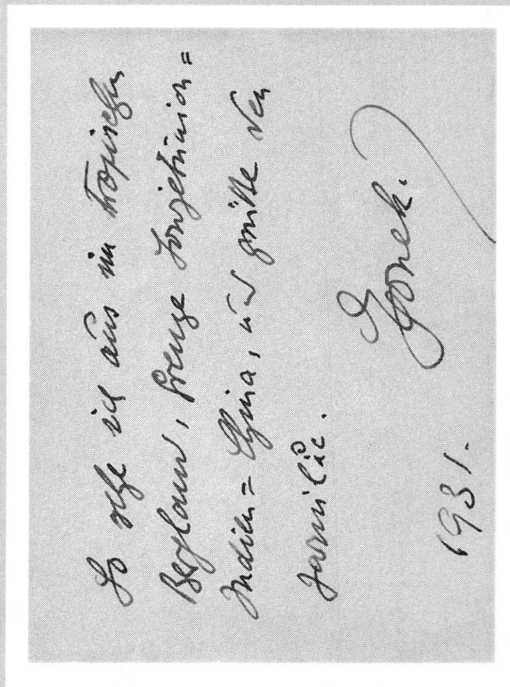
So sehe ich aus im Tropischen Bergland, Grenze Sowjetunion=Indien=China, und grüße den Jarmiláč.
Egonek.
1931.

Foto-Gruß für Jarmila von der Reise durch Sowjet-Mittelasien für die Recherchen zu dem Reportage-Buch ‹Asien gründlich verändert›.
Kisch schrieb dazu: ‹So sehe ich aus im Tropischen Bergland, Grenze Sowjetunion=Indien=China, und grüße den Jarmiláč. Egonek. 1931›.

licher Ausstattung (ähnlich wie die deutschen Reporterbände) erscheinen. Vielleicht sprichst Du einmal mit Marka Majerová darüber, die mir übrigens ihre ‹Africké Vteřiny› schicken könnte, die ganz gut sein sollen.

Die ‹Přitomnost› habe ich nicht bekommen, und ich bitte Dich, sie mir sofort zu senden, ebenso den Brief von der D.Z.Z. Mit Amerika verhandle ich jetzt direkt, aber natürlich, Geld habe ich noch nicht gesehen und es ist auch noch lange nicht so weit. Auf Deine Anfrage: jawohl die Zitate im ‹Stierkampf› sind aus ‹Carmen›.

Wenn Du Erika Mann kennenlernen oder treffen solltest, so grüße sie herzlich von mir, ich war jetzt sehr viel mit Klaus Mann in Amsterdam beisammen und habe mich ziemlich mit ihm angefreundet. Ihr Freund ist (Diskretion!) der Landshoff, der mit Landauer bei Kiepenheuer war.

Was Nečas Kritiken anbelangt, so bin ich nicht dagegen, daß er hineinhaut, es ist besser, als wenn er in diesem Korruptionssumpf versinken und die üblichen Wischelwaschel-Kritiken herunterschmieren würde.

Vor ein paar Tagen, ich sitze gerade im Café, klopft es ans Fenster und ich traue meinen Augen nicht: da steht Michal Mares, der mich besuchen gekommen ist. Na, wir gingen im Park von Versailles spazieren, und er erzählte mir, als erster nach einem Jahr, was in Prag los ist. Von Höllerings Ehe, Kodiceks Stellung beim ‹Prager Mittag›, vom Selbstmord von Havlak (auf den hast Du einmal eine Wut gehabt, erinnerst Du Dich), vom ‹Prager Tagblatt› und so weiter.

Mein Buch ‹Eintritt verboten› wird diese Woche fertig, es ist noch nicht einmal im Satz, wenn die Korrekturbogen kommen, bekommst Du sie gleich zugeschickt. Otto K. habe ich seit drei

Marka Majerová – Marie Majerová.

‹Africké Vteřiny› – (tschech.) ‹Afrikanische Sekunden›, Roman.

D.Z.Z. – ‹Deutsche Zentral-Zeitung›; zentrales deutschsprachiges Organ der Sowjetunion, informierte über das politische, wirtschaftliche und kulturelle Leben sowie auch über die Entwicklung der deutschen Gebiete und Rayons in der Sowjetunion.

Otto K. – Otto Katz.

Monaten nicht mehr gesehen, er arbeitet sehr viel an einer neuen Publikation.

Schick mir bald den ‹Přitomnost›, und sei noch früher hier. Während die Gisl das Stenogramm abklopfte, schrieb ich an meine Mutter. Alles Gute, alter Jarmilatsch, viele Grüße und Küsse von Deinem treuen Egonek.

5. Mai 1934
Versailles

Lieber Jarmilatschku,

Dein Brief liegt schon eine Woche da und auf meinem Herzen, alle halbe Stunde nehme ich mir vor, ihn zu beantworten, aber immer verschiebe ich es wieder. Ich habe geglaubt, daß wir es mündlich machen können, aber nachdem Du urgierst, muß ich es schriftlich erledigen. Aber wie?

Wenn ich Deinen Brief noch so oft durchlese, so finde ich, daß als Positivum eigentlich nur drinsteht: 1.) Sfinx will eventuell ein Buch nehmen (Eintritt v.), 2.) Touzimsky eventuell 3 bis 4, aber er ist schäbig und auch sonst nicht gut; ‹Asien› will er nicht; 3.) was wir mit Pokrok machen?

ad 1.) Ich selbst habe gar nichts davon, wenn jetzt nur ein Buch erscheint, noch dazu ‹Eintritt verboten›, das bei weitem nicht so gut ist wie ‹China› und bei weitem nicht so wichtig wie ‹Asien›. Es hat auch gar keinen Sinn, daß man mit jedem neuen Buch nachher von Verlag zu Verlag hausieren muß, und die beiden erwähnten alten Bücher bringt man erst recht nicht an. Kannst Du nicht Janda anrufen und ihm sagen, daß wir ein Angebot (Generalvertrag) von einem anderen Verlag haben (Du kannst den Verlag auch nennen), aber ich sei dafür, es ihm zu geben, wenn er drei Bände drucken will. Lehnt er das von neuem ab, so bin ich nicht mehr interessiert; ich habe zehn Jahre keine

Touzimsky – Verleger.

Janda – Prager Verleger, Eigentümer des Verlages Sfinx B. Janda.

Übersetzung ins Tschechische vergeben, und dann doch eine Übersetzerin und eine Gesamtausgabe erzielt, wie ich mir sie wünschte. Ich kann wieder warten. Aber wenn Du aus finanziellen Gründen nicht warten kannst, so mußt Du eben mit Janda abschließen, nötigenfalls mit einem Buch.

ad 2.) Deine Darstellung von Touz. ist so schwarz, daß ich nicht dafür sein kann, weiter mit ihm zu verhandeln. Einzige Verhandlungsbasis wäre: mindestens 3000 Expl. als erste Auflage, drei Bücher binnen 1 1/2 Jahren. Und natürlich nur dann, wenn Dein Honorar Deine Arbeit lohnt. (Für die Erhöhung der Auflage bin ich nur, damit er gezwungen ist, Propaganda zu machen.)

ad 3.) Wenn uns Pokrok aus dem Vertrag herausläßt, so verzichte ich auf das Pönale. Aber man kann versuchen, es herauszudrücken. Ohne Vorschuß bekommen sie natürlich den letzten Band nicht, Du kannst doch nicht hungernd arbeiten. Meinetwegen gib ihnen ‹Asien›.

Du kannst diese Seite des Briefes den Verlegern zeigen, auch der Gisl, damit sie informiert ist, vielleicht kann sie Dir bessere Ratschläge geben als ich. Im übrigen will ich Dir nicht viel schreiben, da ich Dich ja bald zu sehen hoffe. Von B. sehe und höre ich nichts, es soll finanzell im Büro sehr schlecht aussehen, hat man mir gesagt, wenn S. 50 Frcs. anweist, so werden sie nicht ausgezahlt. Aber trotzdem bin ich dafür, daß Du hierherkommst, um es Dir – wenigstens zwei Wochen lang – aus eigenem Auge anzusehen; die einzige Sorge ist, ob Vincek inzwischen anständig essen wird.

Lieber Jarmilatsch, ich muß noch schnell der Gisl schreiben, und dann nach Paris fahren. Ich habe schrecklich zu tun, und bin sehr bedrückt durch alles […]

Gesamtausgabe … wie ich sie mir wünschte – gemeint ist die von Jarmila ins Tschechische übersetzte achtbändige Ausgabe im Verlag Pokrok, die im Jahre 1928 mit dem Band ‹Prašná brána› (‹Pulverturm›) eingeleitet wurde.

Von nirgendwo sieht man Geld, und das Schlimmste ist, daß überall die Reaktion sich siegreich aufbläht, es ist zum Kotzen.

Sehr gefreut habe ich mich über Dein Geburtstagstelegramm, danke Dir und Vincek, und komme bald, ich freue mich schrecklich auf Dich. Ich bin immer Dein alter Egonek.

Liebste Jarmila,

12. April 1935

Les Sablettes Hôtel de la Plage (près de Toulon)

Deine beiden Briefe (der vom 7. und der vom 9.) kamen gestern an, der eine ist durch das Gespräch überholt, auf Deinen zweiten hat Egonek heute mit einem Telegramm geantwortet: Envoyez praque original sans changer.

Ich schreibe Dir diesen Brief, obwohl ich hoffe, daß er Dich in Paris nicht mehr erreicht, weil Du schon hierher unterwegs bist. D. h., daß ich hoffe, daß Du wieder ganz gesund bist. Ob ich Dir raten soll, mit Deinem ganzen Gepäck zu kommen und von hier weiter nach Prag zu fahren, weiß ich nicht, nachdem es sich gezeigt hat, daß jede Anstrengung Dich gleich niederwirft. Und wir können noch nicht übersehen, wie lange wir hier bleiben; erstens und wichtigstens hängt das davon ab, wie lange wir mit unserem Geld auskommen, und dann davon, ob die diversen Freunde nicht schon vorher eine Rückkehr verlangen. Andererseits ist Egonek ziemlich kaputt; vor allem ist das Bein noch gar nicht in Ordnung, und ich weiß noch nicht, wann wir mit der Arbeit anfangen werden. Bis jetzt habe ich nur Abziehbilder ausgeschnitten und geklebt (ungefähr 300, aber es ist noch nicht entfernt ein Drittel von dem, was ich noch zu kleben habe).

Die Australierin und ihr Sohn sind übrigens mit uns hier (sie sind übrigens reizend), und heute fahren sie weiter nach London. Ich habe eine ganze Menge Englisch hinzugelernt, schade, daß

Envoyez praque original sans changer – (franz.) Schicke Prag original ohne Änderung.

das Bein – Kisch hatte sich bei seiner ‹Landung in Australien› einen Knöchel- und Schienbeinbruch zugezogen.

Australierin und ihr Sohn – eine Bekanntschaft, die Kisch während seines Aufenthaltes in Australien gemacht hat.

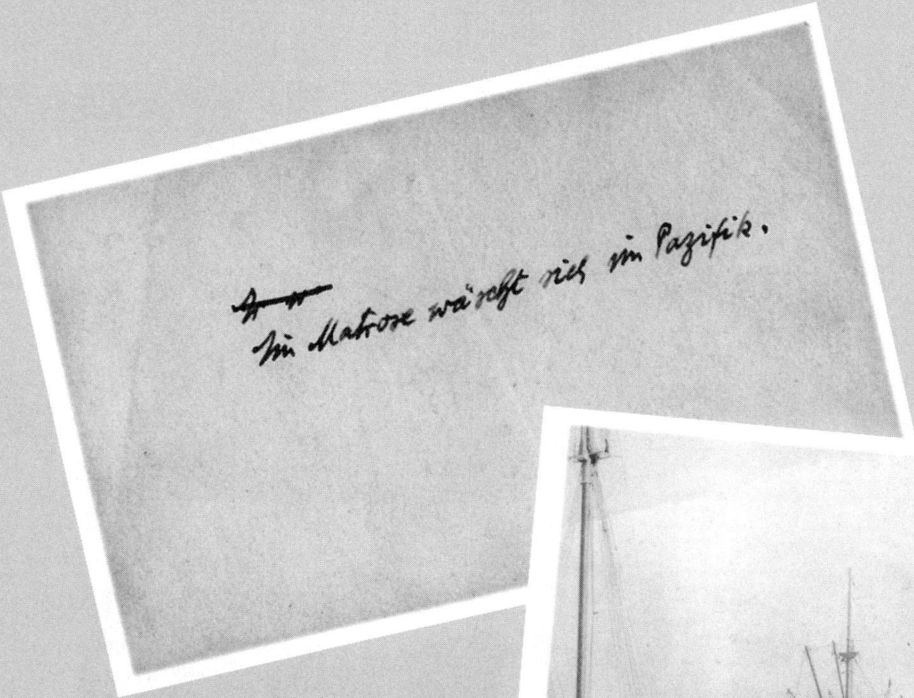

‹… und bringe mir die Matrosenfotos und das Seemanns-Zeugnis nach Berlin mit›, schrieb Kisch an Jarmila am 3. Januar 1931. Dies sind einige der Matrosenfotos – mit Texten von Kisch. Sie zeigen ihn während seines Aufenthaltes im ‹Paradies Amerika› als Leichtmatrosen auf dem Frachtschiff S. S. JEFFERSON MYERS, mit dem er vom 10. Januar bis 15. Februar 1929 von Portland im US-Staat Oregon nach San Pedro in Kalifornien schipperte.

Auch die Trossen muss Egonek teeren.

Unser Leichtmatrose streicht den Windfang.

Start zum Erklettern des Mastes.

Nächtliche Wache unserer Leichtmatrosen.

Kisch wirft Anker.

Kisch am Ankerspill.

ich das nicht vom Französischen sagen kann. Außerdem hat Egonek noch einen jungen australischen Journalisten mitgebracht, der jeden Tag drei Artikel schreibt.

Das Wetter: zuerst war der schreckliche Mistral, dann ein paar sehr schöne Tage ganz ohne Wind, und heute ist es kalt und bewölkt. Mir ist es ziemlich egal, weil ich wenig hinauskomme, und wenn, dann nur, um nach Toulon zu fahren: Post aufgeben (in Sablettes ist kein Postamt), Besorgungen machen etc. Es sieht aber aus, als ob es nun doch endgültig warm werden will.

Also hoffe ich, daß die nächste Nachricht von Dir ein Telegramm ist, daß Du hierherfährst, und bin mit vielen sehr herzlichen Grüßen Deine Gisl

einen jungen australischen Journalisten – gemeint ist John Fisher, ein Sohn des ehemaligen australischen Premierministers Andrew Fisher.

Lieber Jarmilatsch,

ich würde mich schrecklich freuen, wenn Du schon hier wärst und etwas über andere Dinge hören könntest, anstelle dieser unfreundlichen Angelegenheiten, die Dir den Kopf zerbrechen und dabei – ich gebe zu – im ganzen nur verfluchte Geldsachen sind. Ich hoffe fest und wünsche, daß das alles vorübergehen wird … Wir dürfen keine Pessimisten sein, auch wenn es fast nicht anders geht. Glaube mir, der ganze Rummel in Australien mit den großen Gefahren (zum Beispiel: die Regierung wollte mich auf einen deutschen Dampfer bringen) hat mich nicht so aufgeregt, wie die Nachrichten, die hier auf mich gewartet haben. Die Rosner-Affäre, der Tod meines Freundes Stricha, Briefe von Freunden usw. Aber ich werde kein Pessimist sein. Über Australien habe ich fast noch gar nichts ausgearbeitet, ich lasse das, bis Du hier bist. Du denkst doch nicht im Ernst, ich hätte Dir vorgeworfen, Du würdest Dich nicht freuen, daß ich wieder nah bin; das war ein Witz, der, wie mir scheint, von Dir durch Deine verschla-

Rummel in Australien – Zweimal war Kisch beispielsweise in Gefahr, mit amtlicher australischer Unterstützung gewaltsam auf die deutschen Schiffe ‹Mosel› bzw. ‹Leuna› gebracht und in das faschistische Deutschland verschleppt zu werden.

fene Stimme hervorgerufen worden ist. Aus Australien habe ich Dir öfter geschrieben, aber Du hast nichts bekommen, auch Gisl hat meine wichtigsten Briefe nicht bekommen. Einmal habe ich eine lustige Sache geschrieben, daß sie dort bezweifelt haben, daß ich wirklich ein Schriftsteller bin, aber weil irgendein Mensch aus der Provinz schrieb, daß er ein Referat über mich (‹Eintritt verboten›) in ‹Neues Tagebuch› gelesen hat, ließen sich alle australischen Zeitungen den Wortlaut telegrafieren; aber sie wußten nicht, was Heinz Raabe mit dem Ausdruck ‹sein berühmtes Epitheton›, nämlich ‹rasender Reporter›, meinte. Schade, daß dieses Referat nicht günstiger war, sonst hätte es mich ein für allemal retten können – da siehst Du, welchen Einfluß ‹Abziehbilder› haben können. Am meisten haben sie sich dort gewundert, daß mein Buch den prophetischen Titel ‹Eintritt verboten› hat.

Na, ich werde Dir viel erzählen können.

Heinz Raabe – unter diesem Pseudonym schrieb der Journalist und Literaturkritiker Ludwig Marcuse.

Bis dahin küsse ich Dich, Jarmilatsch, und bin Dein Fünfzigjähriger (im Abrahamsalter!) Egonek.

18. Juni 1935
Versailles

Liebe Jarmila,

Egonek diktiert: man muß Dir doch schreiben, obwohl Du eigentlich nicht geschrieben hast, das Telegramm hob ja Deinen Brief auf, bevor er gelesen werden durfte. Bin ja sehr neugierig, was drin steht.

Neues ist nicht zu melden. Sonntag war B. auf einen Sprung hier, nur um sich von der Familie H. (in Versailles) zu erholen und uns zu bestätigen, daß Du wirklich nicht zuviel über die Leute ausgesagt hast.

Gestern war ein gewisser Ryland aus Australien hier, er wohn-

te bei Fishers in London, hat Dich aber nicht gesehen. Sag John, daß die Delegationen länderweise bestimmt werden, zum Beispiel stellte England auch die Schriftsteller aus Canada zusammen, die zum Kongreß eingeladen wurden. Eintrittskarten kosten 4 Franken pro Tagung, (30 Franken für den ganzen Kongreß) und sollen schon fast vergriffen sein, aber es ist keine Frage, daß er hereinkäme als Pressemann, nötigenfalls mit meiner Hilfe. Es wird auch ganz hübsch sein, André Gide spricht, Barbusse, Malreaux, Feuchtwanger, Heinrich Mann, Mike Gold, Forster, Huxley, Karin Michaëlis, Brecht, Seghers, Becher, Weinert, Karel Čapek, Nezval und Kisch, so wie viele andere.

Die Zeitungen allerdings zeigen kein großes Interesse für die Sache. Gisl und ich werden von morgen ab in der Wohnung von Otto wohnen, der für eine Woche verreist. Der Kongreß fängt Freitag an und endet Dienstag nachts.

Der Australier Ryland ist in M. von Gorkin angerufen worden, dem Bruder von Frau Arian, ein alter Freund von mir. Ryland war nicht mehr zu Hause und hat ihn nicht mehr getroffen. Gorkin wollte ihn wahrscheinlich sprechen, weil er Australien kennt. Ich ließ mir gestern die Adresse geben, denn er scheint mir der richtige Mann zu sein, um John in M. zu helfen. Sag' sie ihm: J. Gorkin, Malaja Dimitrowka 16, Quartier 1. Privat-Telefon: K 0-64-97, Büro-Telefon D 1-23-41.

Für Dich ist keine Post gekommen und auch sonst nichts Interessantes zu berichten. Die ‹Neuen Deutschen Blätter› sind erschienen, also hat die Geburtstagsfeier, begonnen auf dem Misthaufen, gut geendet.

Sehr gerne möchte ich wissen, wie und was Dir in London gefällt, ob Du viel gesehen hast und in guter Laune bist. Ich glaube, es ist doch eine der interessantesten Städte der Welt, wenn

John – mit John ist in den Briefen in der Regel John Fisher gemeint.

Kongreß – gemeint ist der Erste Internationale Schriftstellerkongreß zur Verteidigung der Kultur im Jahre 1935 in Paris.

Otto – gemeint ist Otto Katz.

die Geburtstagsfeier – Bezugnahme auf eine Episode zur 50. Geburtstagsfeier von Kisch, die nach seiner Rückkehr aus Australien in Les Sablettes bei Toulon stattfand.

auch das Interessante nicht so auf der Straße liegt wie in Paris. Ich hoffe, daß Du schon auf den Geschmack Englands gekommen bist, um so mehr, als Dir der hiesige nicht in allen Punkten zusagt. Ich glaube, London ist bürgerlich und Paris kleinbürgerlich in der geistigen Grundhaltung.

Apropos: den Scheck haben wir von B. richtig erhalten, die Miete aber haben wir noch nicht gezahlt, weil wir nischt haben. In der ‹Prager Pr.› war der Bericht über die Ausstellung in M. mit der Erwähnung der beiden K. Pioniere Antonín Macek und Jarmila Haasová. B. behauptet, ich hätte das gemacht.

Ryland erzählte mir auch, daß John einen Artikel über Ceylon im ‹Labor Monthly› haben soll. Das wäre ein Riesen-Erfolg, er soll mir ihn schicken.

Gisl hat heute die ganze Nacht geklopft, weil Otto einige Manuskripte für Minck mitnehmen will, damit wir etwas Geld kriegen. Nachmittags fährt sie hinein, es ihm zu bringen, ich muß mein Referat schreiben, da ich schon am Freitagabend zu sprechen habe. Ich hatte einen Artikel über Schieferöl angefangen, muß ihn unterbrechen. Wenn John eine Enzyclopaedia Australia zufällig zu Hause hat, soll er nachschauen, was darüber drin steht. Ist aber nicht sehr wichtig.

Laß Dir's gut gehn, liebe Jarmilatschku, sei zufrieden, daß Du Deinem Europäertum einen neuen Sektor einverleibt hast, die nächste Station ist M.

Herzlichste Grüße und Küsse von Deinem Egonek.

‹Prager Pr.› – ‹Prager Presse›, tschechoslowakisches Regierungsblatt.

Ausstellung in M. – gemeint ist eine Ausstellung in Moskau zum 50. Geburtstag von Egon Erwin Kisch.

K. Pioniere Antonín Macek und Jarmila Haasová – Kisch-Pioniere Antonín Macek und Jarmila Haasová; damit ist das Engagement dieser beiden Literaturfreunde für Kisch gemeint.

‹Labor Monthly› – Monatszeitschrift der australischen Labor Party. (Im Gegensatz zur britischen Labour Party wird die australische Partei nur mit ‹o› geschrieben.}

Liebste Jarmila,

ich bin so todmüde, daß ich keinen selbständigen Satz schreiben kann. Gestern telegrafierte meine Familie, warum ich nicht einmal auf die Mitteilung von der Hochzeit meines Bruders rea-

giert habe und ob ich nicht vielleicht krank bin. Aber die nächsten acht Tage werden noch schlimmer werden, ich muß beim Kongreß stenografieren und die Kasse verwalten und Broschüren verkaufen. Könntest Du nicht kommen, um bei der tschech. Abteilung zu helfen?

Alles Gute und herzlichste Grüße. Deine Gisl

11. Dezember 1935

Versailles

Jarmilinko,

Arbeit gibts eine ganze Fuhre. Es freut mich sehr, daß Du arbeitest. Hadere nicht mit Deiner Aufgabe, habe keine Angst und mache es. Du mußt Dir bewußt sein, daß die anderen noch weniger wissen als Du. Gib Ihnen auch ‹Die Frau an der Seidenfront›, daß es vielleicht schon veröffentlicht wurde, schadet nichts. Mache vielleicht einen anderen Titel, z. B. ‹Nesnese Internationalu›.

Aus diesem Plagiat im ‹České slovo› mache ich mir nichts, ich bin solche Dinge gewohnt und werde nicht reagieren.

Fragebogen liegt beantwortet bei.

Überbringe Deinem Herrn Vater Grüße und daß ich ihm baldige Genesung wünsche. Und grüße den alten Vincek, und wenn ich nach Prag komme, werde ich ihm den Allerwertesten beim Billard so jagen, daß er es bis zu seinem Tode nicht vergißt.

Wenn Dein Arikel erscheint, schicke ihn mir und sei ungerührt, – es gibt eben dumme Leute und schreibe (s. oben). Daß der Frey Dich deswegen nicht gern hat, bezweifle ich. Wenn Du ihn siehst, so grüße ihn und auch den Kurt Kersten.

Ich bin sehr traurig, daß Du ständig krank bist. Werde gesund, oder ich werde wieder bös.

Ich liebe Dich, Du Dummerchen, Dein Egonek.

mit Deiner Aufgabe – gemeint ist vermutlich die Kulturredaktion der Frauenzeitschrift ‹Rozsévačka› (‹Säerin›), die Jarmila ab 1936 leitete.

‹Nesnese Internationalu› – (tschech.) Sie vertragen die Internationale nicht.

‹České slovo› – (tschech.) ‹Tschechisches Wort›, Tageszeitung der tschechischen Nationalsozialistischen Partei.

Danke Dir für die Ausschnitte. Auch den Prospekt der Universum-Bücherei kannte ich nicht. In der neuen Zeitschrift ‹Der Funke› ist ein kurzer Artikel F. C. Weiskopfs über den deutschen Staatspreis. Frag nach, ob ‹Haló noviny› das vielleicht unter dem Titel ‹Henlein und Kisch› übernehmen will. Ich denke, daß wir irgendeine Propaganda machen müssen, damit der Verlag zugreift.

‹Haló noviny› – (tschech.) ‹Hallo Neuigkeiten›, linksorientiertes Massenblatt.

11. Dezember 1935
Versailles

Liebste Jarmila,

[…] Diese Woche haben wir die englische (Londoner) Ausgabe von ‹China geheim› bekommen, ich schicke Dir ein Exemplar; es sieht doch sehr anständig aus? – Die Sache von Malreaux über Reportage ist zugleich das Vorwort zu dem Buch von der André Viollis, ich habe es nicht gelesen, nur davon gehört.

Gerade fällt mir ein, was Du in Deinem vorigen Brief von einer Wohnung in Karolinenthal geschrieben hast. Steht die zufällig leer, oder wurde sie mit Absicht leer gelassen? Es ist doch noch gar nicht sicher, daß wir hinkommen. Übrigens, hast Du mit Kirchberger einmal gesprochen? Wer weiß, ob unsere Sachen, vor allem die Bücher, noch existieren? Seit mehr als zwei Jahren hat sich ja kein Mensch darum gekümmert. Das wäre ja eine schöne Bescherung.

Du bist ja eine Optimistin, Jarmila, daß Du glaubst, das Australien-Buch kommt zu Weihnachten heraus; ja, vielleicht kommt es zu Weihnachten heraus, aber im nächsten Jahr. Bis jetzt haben wir ungefähr 200 Seiten Reportagen und 140 Seiten von den persönlichen Abenteuern, beides wird noch länger, und beides ist im rohesten Rohzustand. Wie lange wir für die Redigierung und Durcharbeitung noch brauchen werden, weiß nur der ‹liebe

Gott›. Und dabei läßt der Landauer schon den Probeband für den Reisenden machen. Das Blödeste ist, daß je länger die Arbeit dauert, desto länger werden wir auf Geld warten müssen; und das wird von Tag zu Tag knapper und knapper. Aber dafür wird das auch ein unerhört interessantes und schönes Buch werden, und hoffentlich findet sich auch bald ein englischer und amerikanischer Verlag dafür, vom französischen und tschechischen ganz zu schweigen.

Gestern abend waren wir mit Paul U. und Yvonne zusammen, wir haben in der Rue Surene beim Tschechen gegessen und nachher bei Weber einige Armagnacs getrunken, letzteres ohne Egonek, der zu einer Besprechung mußte; immer ärgert man sich nachher darüber, daß für so blöde Sachen so viel Geld ausgegeben wird; aber man kann doch nicht sagen, gib mir lieber das Geld, statt mich einzuladen. Paul fragt immer, wie es Dir geht, und läßt Dich immer sehr herzlich grüßen.

Aus M. kriegen wir häufig Anfragen und Aufforderungen, daß Egonek hinkommen soll, und ebenso aus Südamerika; aber bevor das Australien-Buch nicht fertig ist, kann von irgendeiner Reise nicht die Rede sein; bevor unsere Sachen außerdem hier nicht in Ordnung sind, können wir uns überhaupt nicht einmal von der Jeu de Paume wegrühren, weil wir ja keine Cartes d' Idendité mehr haben. Und wir wären so gern nach dem Süden gefahren, wenn wir Geld hätten, hier ist es in den letzten Tagen ziemlich kalt, und Du weißt, wie hier die Heizung ist; drei Tage schön warm und plötzlich wieder zwei Tage vollständig ungeheizt. Zum Glück erzählen mir die Marcuses (sie sind jetzt für ein paar Monate hier), daß es auch unten nicht schön ist.

Heute ist seit langer Zeit der erste Tag, wo wir zu Hause sind, d. h. allein zu Hause sind, und nur deshalb konnte ich mich auch hinsetzen und endlich einen Brief schreiben; ich will auch noch an die Duschkos heute schreiben, wann ich die anderen Briefschulden erledigen werde, weiß der Himmel, an Irma, Pully, Nico, Nell und Kev, ganz abgesehen von den Australiern in Australien und diverse sogenannte geschäftliche Briefe. Außerdem muß der Egonek noch eine Broschüre über Barb. machen, die er auch noch nicht angefangen hat. Ulr. sehen wir selten, Hilde fast nie und den Kola überhaupt nicht, weil es jetzt so früh dunkel wird, daß er nicht so lang in der Stadt bleiben oder zu uns kommen kann. Auch von denen soll ich Dich sehr grüßen.

Also will ich diesen langen Brief schließen und hoffe, daß Du doch früher antwortest als erst Weihnachten, weil ich diesmal doch sofort geschrieben habe und Du jetzt weißt, daß es kein Streik war.

Ich wünsche Dir alles Gute, Jarmila, und grüße Dich allerherzlichst. Deine Gisl

Irma –Irma Otte.

Nico – Nico Rost.

Barb. – Henry Barbusse.

24. Januar 1936

[Versailles]

Lieber Jarmilatsch!

Anbei Fragebogen retour. Sonst heute nichts Neues.

Außer, daß ich auch meine Füllfeder verloren habe. Weiskopf schreibt mir heute, er will etwas gegen den Boykott meiner Bücher in Prag schreiben. Sonst scheint er an das Honorar nicht zu denken, will aber den ‹Case› bringen, will schon jetzt Reklamenotiz. Ich würde das alles von Woche zu Woche druckreif machen.

Auch Nico … aber das habe ich schon gestern geschrieben.

Gisl fährt zu ihren Freunden nach Paris, inzwischen will ich den Brief an Pokrok verfassen.

Ich küsse Dich, Dein alter Egonek.

‹Case› – erster Teil des Buches ‹Landung in Australien›, in dem Kisch über seine Überfahrt, Verhaftung und Inhaftierung, über die Kampagne zu seiner Freilassung sowie den gegen ihn geführten Prozeß – also über die eigenen Erlebnisse – berichtet, bevor er dann in Reportagen über Geschichte und Leben in Australien schreibt.

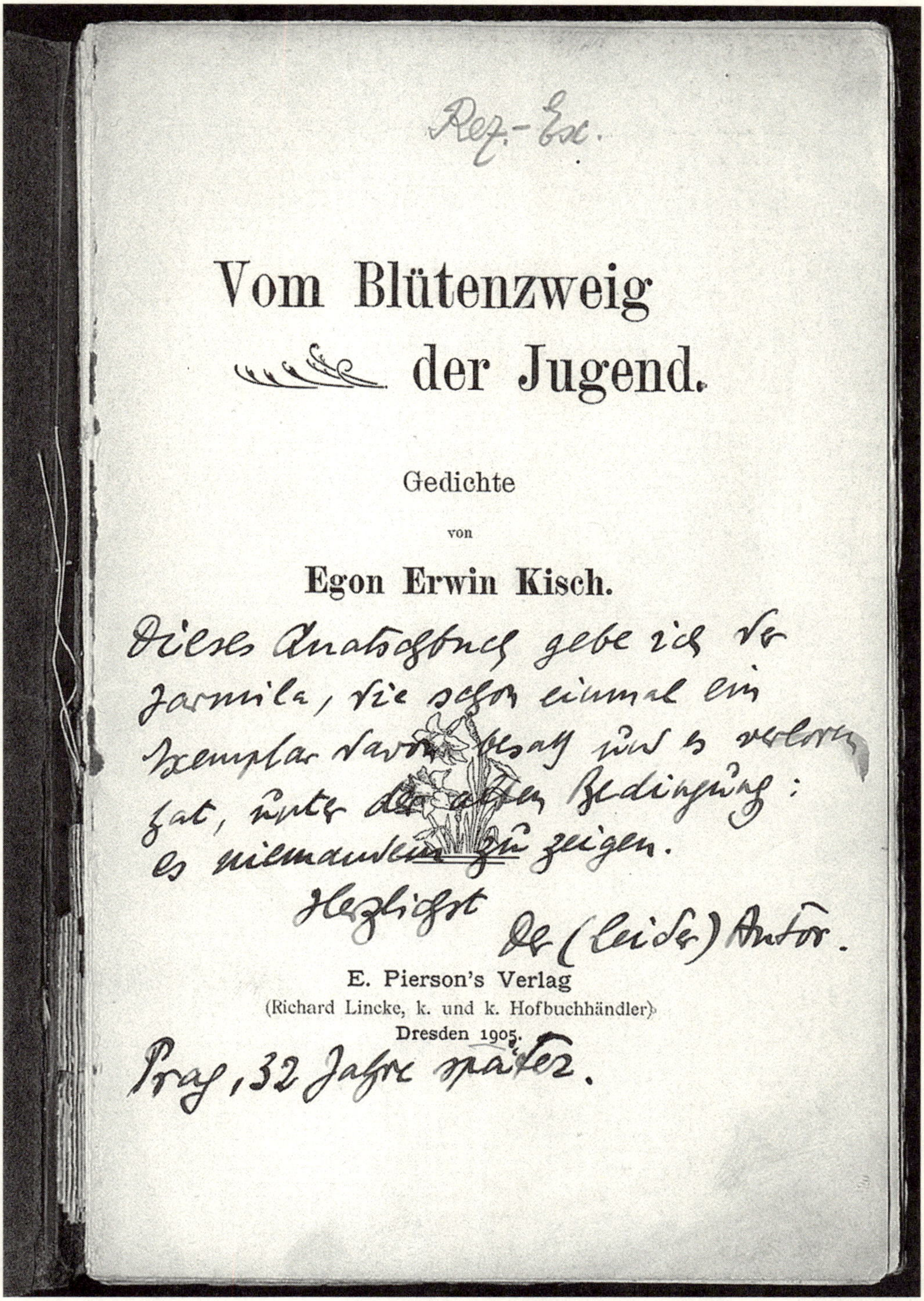

Rez.-Ex.

Vom Blütenzweig der Jugend.

Gedichte

von

Egon Erwin Kisch.

Dieses Quatschbuch gebe ich der
Jarmila, die schon einmal ein
Exemplar davon besaß und es verloren
hat, unter der alten Bedingung:
es niemandem zu zeigen.

Herzlichst

Der (leider) Autor.

E. Pierson's Verlag
(Richard Lincke, k. und k. Hofbuchhändler)
Dresden 1905.

Prag, 32 Jahre später.

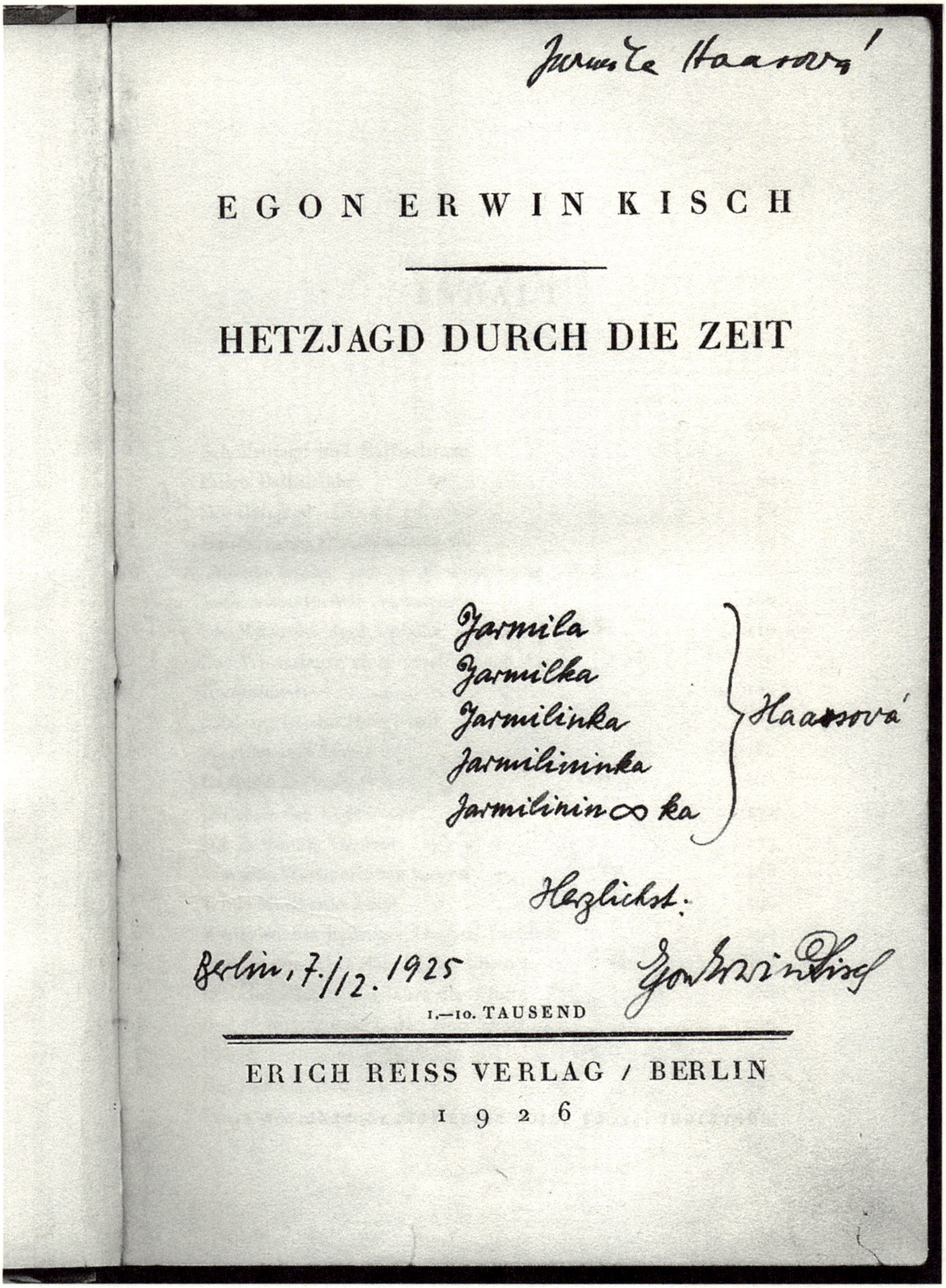

Jarmilo Haasová!

EGON ERWIN KISCH

HETZJAGD DURCH DIE ZEIT

Jarmila
Jarmilka
Jarmilinka
Jarmilininka
Jarmilinin∞ka
} Haasová

Herzlichst:

Berlin, 7./12. 1925
Egon Erwin Kisch

1.–10. TAUSEND

ERICH REISS VERLAG / BERLIN
1926

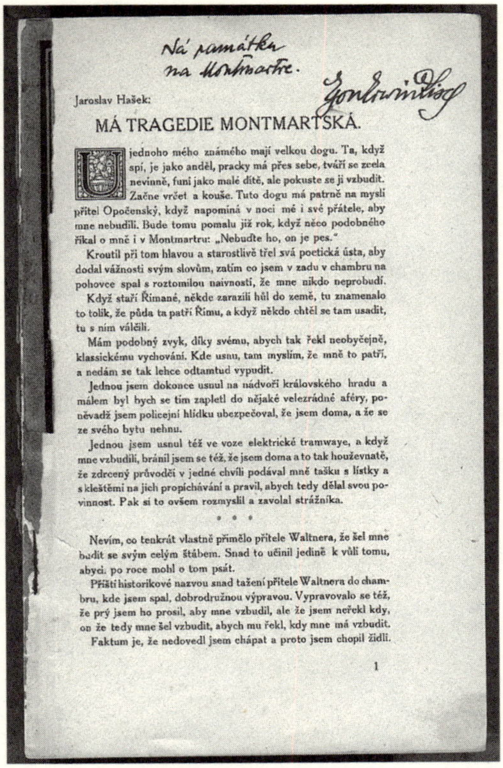

Ná památka na Montmartre.

Jaroslav Hašek:

MÁ TRAGEDIE MONTMARTSKÁ.

U jednoho mého známého mají velkou dogu. Ta, když spí, je jako anděl, pracky má přes sebe, tváří se zcela nevinně, funí jako malé dítě, ale pokuste se ji vzbudit. Začne vrčet a kouše. Tuto dogu má patrně na mysli přítel Opočenský, když napomíná v noci mé i své přátele, aby mne nebudili. Bude tomu pomalu již rok, když něco podobného říkal o mně i v Montmartru: „Nebuďte ho, on je pes."

Kroutil při tom hlavou a starostlivě třel svá poetická ústa, aby dodal vážnosti svým slovům, zatím co jsem v zadu v chambru na pohovce spal s roztomilou naivností, že mne nikdo neprobudí.

Když staří Římané, někde zarazili hůl do země, tu znamenalo to tolik, že půda ta patří Římu, a když někdo chtěl se tam usadit, tu s ním válčili.

Mám podobný zvyk, díky svému, abych tak řekl neobyčejně, klassickému vychování. Kde usnu, tam myslím, že mně to patří, a nedám se tak lehce odtamtud vypudit.

Jednou jsem dokonce usnul na nádvoří královského hradu a málem byl bych se tím zapletl do nějaké velezrádné aféry, poněvadž jsem policejní hlídku ubezpečoval, že jsem doma, a že se ze svého bytu nehnu.

Jednou jsem usnul též ve voze elektrické tramwaye, a když mne vzbudili, bránil jsem se též, že jsem doma a to tak houževnatě, že zdrcený průvodčí v jedné chvíli podával mně tašku s lístky a s kleštěmi na jich propíchávání a pravil, abych tedy dělal svou povinnost. Pak si to ovšem rozmyslil a zavolal strážníka.

* * *

Nevím, co tenkrát vlastně přimělo přítele Waltnera, že šel mne budit se svým celým štábem. Snad to učinil jedině k vůli tomu, abych po roce mohl o tom psát.

Příští historikové nazvou snad tažení přítele Waltnera do chambru, kde jsem spal, dobrodružnou výpravou. Vypravovalo se též, že prý jsem ho prosil, aby mne vzbudil, ale že jsem neřekl kdy, on že tedy mne šel vzbudit, abych mu řekl, kdy mne má vzbudit.

Faktum je, že nedovedl jsem chápat a proto jsem chopil židli.

1

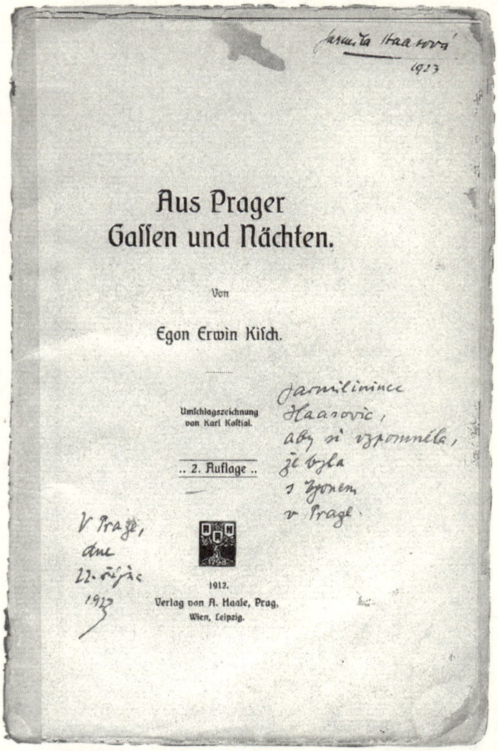

Jarmila Haasová
1923

Aus Prager Gassen und Nächten.

Von

Egon Erwin Kisch.

Umschlagszeichnung von Karl Kollial.

.. 2. Auflage ..

Jarmilinince Haasovic, aby si vzpomněla, že byla s Egonem v Praze.

V Praze, dne 22. října 1923

1912.
Verlag von A. Haase, Prag, Wien, Leipzig.

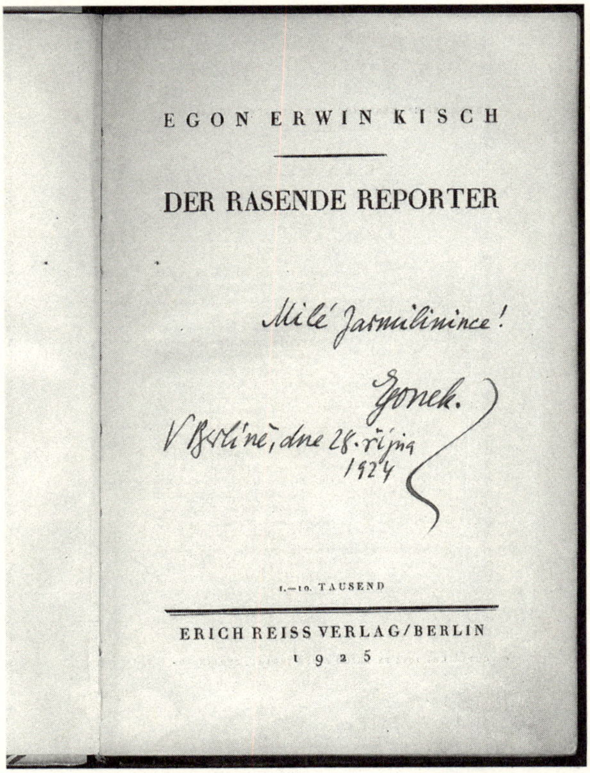

EGON ERWIN KISCH

DER RASENDE REPORTER

Milé Jarmilinince!

Egonek.

V Berlíně, dne 28. října 1924

1.–10. TAUSEND

ERICH REISS VERLAG/BERLIN
1925

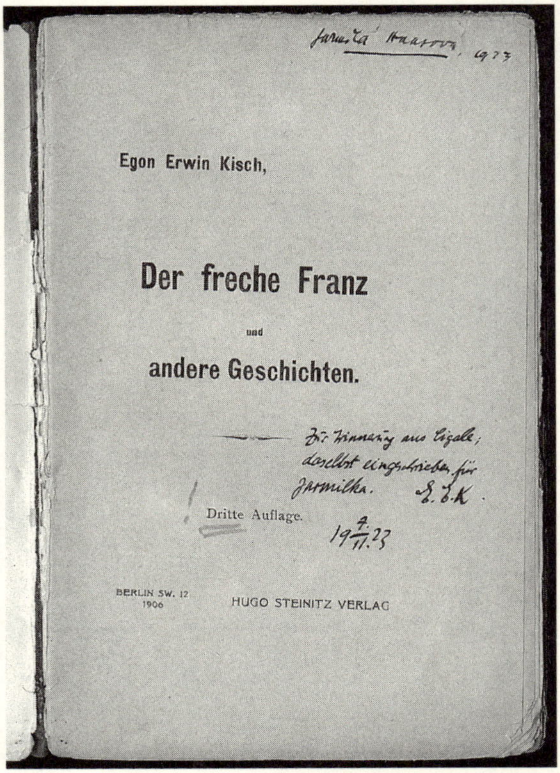

Jarmila Haasová 1923

Egon Erwin Kisch,

Der freche Franz

und

andere Geschichten.

daselbst eingeschrieben für Jarmilka. E. E. K.

Dritte Auflage.

BERLIN SW. 12
1906

HUGO STEINITZ VERLAG

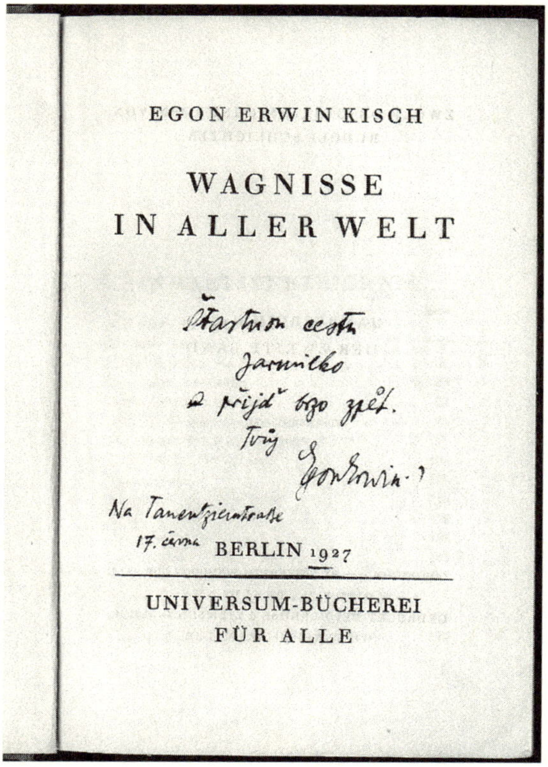
EGON ERWIN KISCH

WAGNISSE
IN ALLER WELT

Šťastnou cestu
Jarmilko
a přijď brzo zpět.
Tvůj
Egon Erwin.

Na Tauentzienstraße
17. června BERLIN 1927

UNIVERSUM-BÜCHEREI
FÜR ALLE

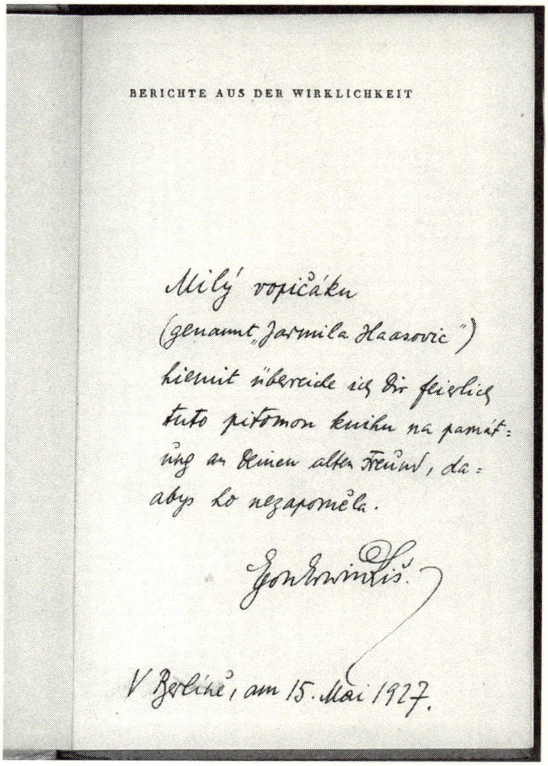
BERICHTE AUS DER WIRKLICHKEIT

Milý vopičáku
(genannt „Jarmila Haasovic")
hiermit überreiche ich Dir feierlich
tuto pitomou knihu na památ=
ung an deinen alten Freund, da=
abys to nezapomněla.

Egon Erwin Kisch.

V Berlíně, am 15. Mai 1927.

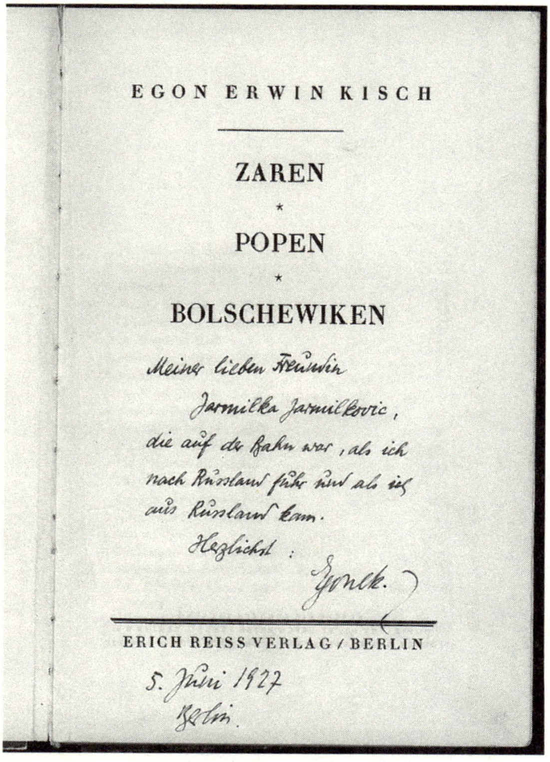
EGON ERWIN KISCH

ZAREN
*
POPEN
*
BOLSCHEWIKEN

Meiner lieben Freundin
Jarmilka Jarmilkovic,
die auf der Bahn war, als ich
nach Russland fuhr und als ich
aus Russland kam.
Herzlichst:
Egonek.

ERICH REISS VERLAG / BERLIN

5. Juni 1927
Berlin.

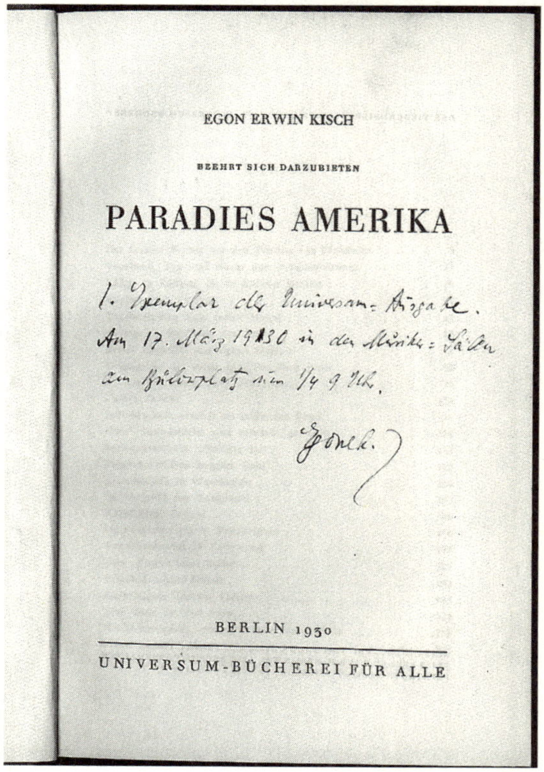
EGON ERWIN KISCH

BEEHRT SICH DARZUBIETEN

PARADIES AMERIKA

1. Exemplar der Universum-Ausgabe.
Am 17. März 1930 in den Münz=Sälen
am Bülowplatz um 1/4 9 Uhr.

Egonek.

BERLIN 1930

UNIVERSUM-BÜCHEREI FÜR ALLE

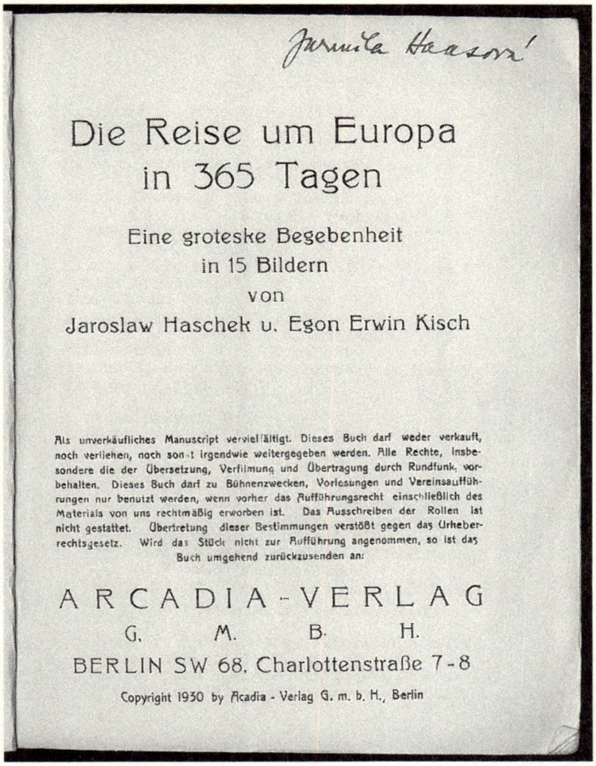

Jarmila Haasová!

Die Reise um Europa in 365 Tagen

Eine groteske Begebenheit in 15 Bildern von Jaroslaw Haschek u. Egon Erwin Kisch

Als unverkäufliches Manuscript vervielfältigt. Dieses Buch darf weder verkauft, noch verliehen, noch sonst irgendwie weitergegeben werden. Alle Rechte, insbesondere die der Übersetzung, Verfilmung und Übertragung durch Rundfunk, vorbehalten. Dieses Buch darf zu Bühnenzwecken, Vorlesungen und Vereinsaufführungen nur benutzt werden, wenn vorher das Aufführungsrecht einschließlich des Materials von uns rechtmäßig erworben ist. Das Ausschreiben der Rollen ist nicht gestattet. Übertretung dieser Bestimmungen verstößt gegen das Urheberrechtsgesetz. Wird das Stück nicht zur Aufführung angenommen, so ist das Buch umgehend zurückzusenden an:

ARCADIA-VERLAG G. M. B. H.
BERLIN SW 68, Charlottenstraße 7-8

Copyright 1930 by Arcadia - Verlag G. m. b. H., Berlin

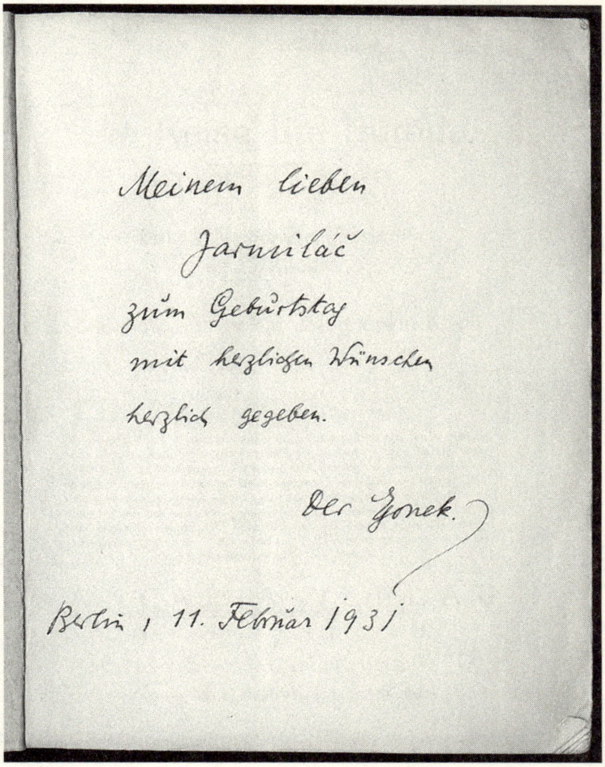

Meinem lieben Jarmilač zum Geburtstag mit herzlichen Wünschen herzlich gegeben.

Der Egonek.

Berlin, 11. Februar 1931

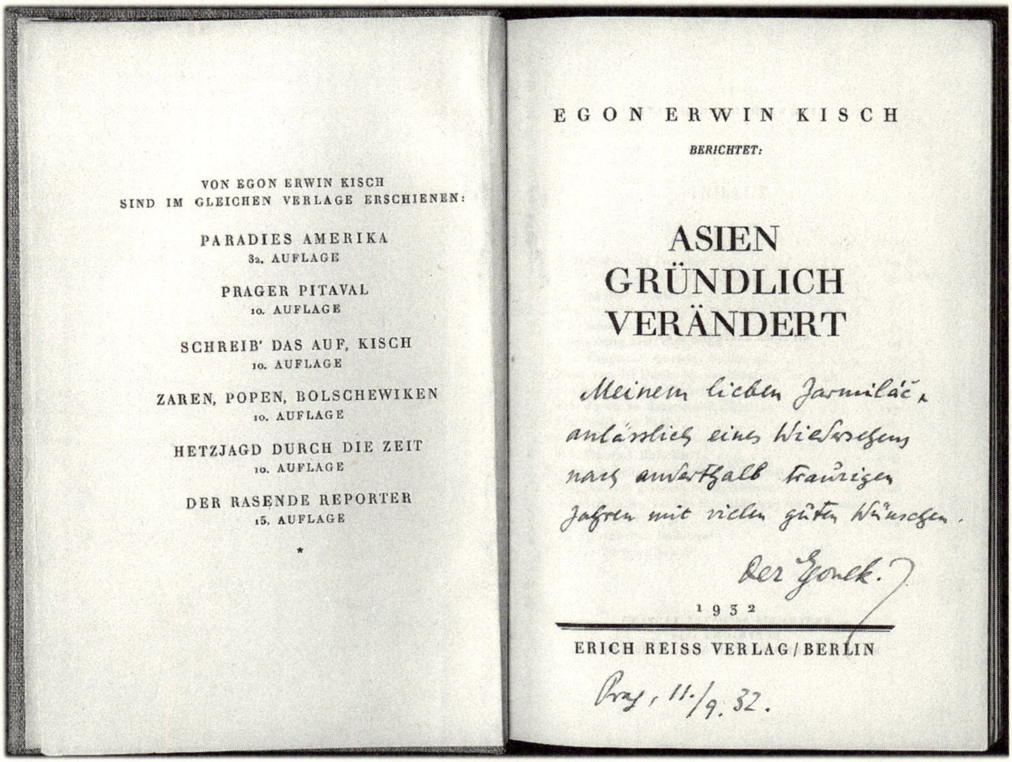

VON EGON ERWIN KISCH SIND IM GLEICHEN VERLAGE ERSCHIENEN:

PARADIES AMERIKA
32. AUFLAGE

PRAGER PITAVAL
10. AUFLAGE

SCHREIB' DAS AUF, KISCH
10. AUFLAGE

ZAREN, POPEN, BOLSCHEWIKEN
10. AUFLAGE

HETZJAGD DURCH DIE ZEIT
10. AUFLAGE

DER RASENDE REPORTER
15. AUFLAGE

*

EGON ERWIN KISCH

BERICHTET:

ASIEN GRÜNDLICH VERÄNDERT

Meinem lieben Jarmilač, anlässlich eines Wiedersehens nach anderthalb traurigen Jahren mit vielen guten Wünschen.

Der Egonek.

1932

ERICH REISS VERLAG / BERLIN

Prag, 11./9. 32.

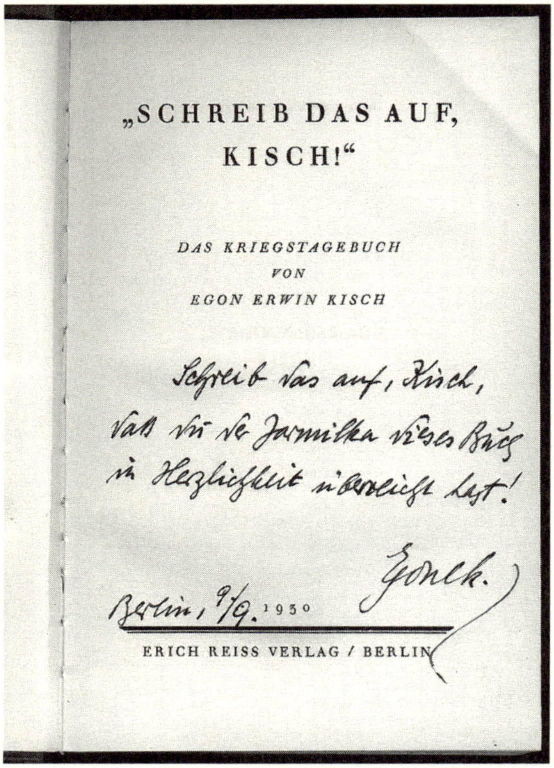

„SCHREIB DAS AUF, KISCH!"

DAS KRIEGSTAGEBUCH VON EGON ERWIN KISCH

Schreib das auf, Kisch,
dass du der Jarmilka dieses Buch
in Herzlichkeit überreicht hast!

Egonek.

Berlin, 9/9. 1930

ERICH REISS VERLAG / BERLIN

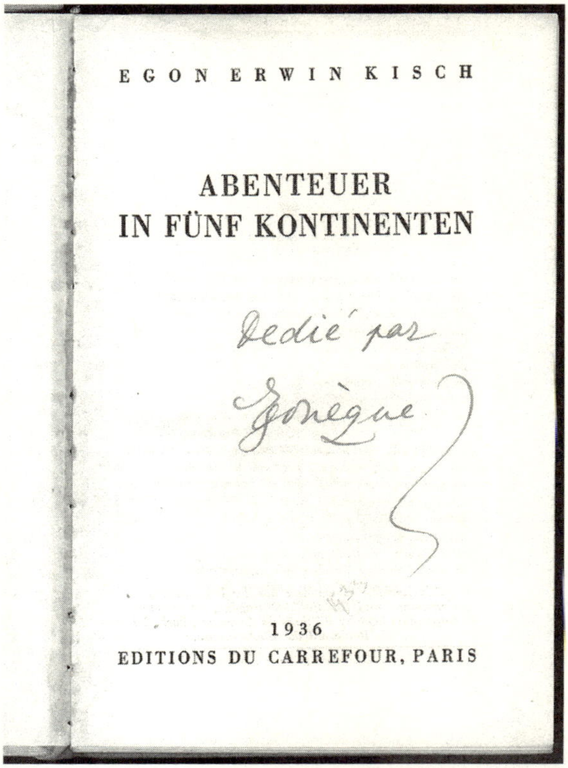

EGON ERWIN KISCH

ABENTEUER IN FÜNF KONTINENTEN

Dedié par

Egonègue

1936

EDITIONS DU CARREFOUR, PARIS

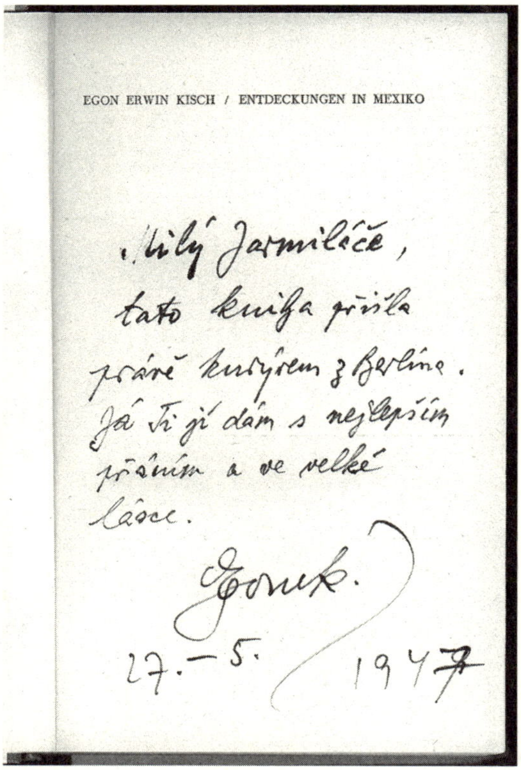

EGON ERWIN KISCH / ENTDECKUNGEN IN MEXIKO

Milý Jarmilčče,
tato kniha přišla
právě kurýrem z Berlína.
Já Ti ji dám s nejlepším
přáním a ve velké
lásce.

Egonek.

27.–5. 1947

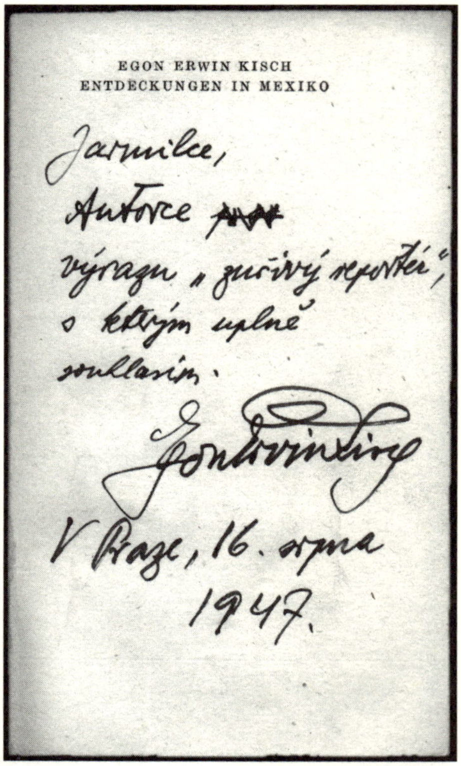

EGON ERWIN KISCH
ENTDECKUNGEN IN MEXIKO

Jarmilce,
Autorce
výrazu „zuřivý reportér",
s kterým úplně
souhlasím.

Egon Erwin Kisch

V Praze, 16. srpna
1947.

Liebste Jarmila,

5. März 1936

[Versailles]

wieder haben sich unsere Briefe gekreuzt. Inzwischen ist auch Egonek eingetrudelt, aber erzählen tut er sehr wenig, was immer man ihn fragt, wie geht es dem, was macht der, immer antwortet er: ich weiß nicht. Und sagt nur, daß er eigentlich mit keinem Menschen richtig reden konnte, dasselbe, was Du auch sagst.

Seit seiner Ankunft bis gestern haben wir ununterbrochen die nächste Fortsetzung für die ‹A.I.Z.› zurechtgemacht, und nur einen Abend sind wir zur Lene auf zwei Stunden gefahren. Ich dachte, daß wir gleich, wenn Egonek ankommt, nach Belgien oder sonstwohin gehen können, um in Ruhe und rasch vorwärts zu kommen mit der Arbeit, die jetzt schon so lang dauert; aber da Egonek beim Einreisen in Frankreich Schwierigkeiten hatte, die seinerzeitige Sache ist überall gemeldet, aber noch nicht mitgeteilt, daß es schon in Ordnung ist, so müssen wir zuerst etwas veranlassen, daß das geregelt wird, damit wir nicht beide beim Zurückkommen uns an der Grenze herumstreiten müssen, und vielleicht das nächstemal ohne Erfolg.

Jarmila, die Strümpfe sind wunderbar, Du weißt nicht, wie ich mich gefreut habe, und ich dank Dir sehr herzlich, aber ich muß trotzdem schimpfen, weil Du so überflüssig Geld ausgibst. Ich würde nichts sagen, wenn nicht so miese Zeiten wären.

Beiliegenden Ausschnitt aus der ‹Prager Presse› schicke ich Dir, weil Egonek meint, Du solltest Dich via Laurin mit den Leuten in Verbindung setzen, wahrscheinlich ist Paul Eisner der Macher.

Der Autor des Buches, von dem John schreibt (‹The Pacific Front›), ist Tom, und Nell hat uns schon darüber berichtet. Wir dürften es in den nächsten Tagen bekommen.

An F. C. W. schrieben wir gestern, er soll Dir nach Gebrauch

Egonek eingetrudelt – Kisch war in Prag zu Besuch bei seiner Mutter im alten Bärenhaus.

die seinerzeitige Sache – es handelt sich offenbar um Visaprobleme und ein einmal aus politischen Gründen verhängtes Ausreiseverbot; die französische Cartes d'Identité war nur für das Inland gültig und mußte regelmäßig verlängert werden.

‹A.I.Z.› – ‹Arbeiter-Illustrierte Zeitung›, die größte Illustrierte der Arbeiterbewegung in der Weimarer Republik und den deutschsprachigen Ländern mit einer Spitzen-Auflage von fast 500 000 Exemplaren.

Lene – Lene Radó.

Tom – Tom Fitzgerald, Autor des Buches ‹On the Pacifik Front› (‹An der Pazifik-Front›), das noch vor Kischs ‹Landung in Australien› in Sidney erschienen war und über dessen Abenteuer auf dem fünften Kontinent berichtet. Fitzgerald schrieb unter dem Pseudonym Julian Smith.

F. C. W. – Franz Carl Weiskopf.

alle Fotos geben, die wir ihm schicken; vielleicht kümmerst Du Dich auch selber darum, obwohl ich nicht glaube, daß er es verschlampen wird. Und Dich bitte ich, dann alle Bilder von ‹Tvorba› wieder zurückzuverlangen und bei Dir gut aufzuheben, weil wir sie wahrscheinlich fürs Buch brauchen werden.

Seit heute hat Egonek wieder ein eigenes Zimmer, nicht das alte, das ist vermietet, aber auch im dritten Stock. Und die vier Tage seit seiner Ankunft war es schrecklich, man konnte sich in meinem kleinen Loch zu zweit gar nicht bewegen.

Liebste Jarmila, schreib wieder bald, hoffentlich hast Du auch inzwischen schon meinen letzten Brief beantwortet und nicht vergessen, mir die Adresse von Greta zu schicken. Willst Du so gut sein und die beiliegenden Zeilen an John weitergeben, wenn Du ihn siehst.

Laß es Dir sehr gut gehen und sei allerherzlichst gegrüßt von Deiner Gisl

Diktat von Egonek:

nochmals herzlichen Dank für all Deine Freundlichkeit in Prag. Hast Du noch jemanden von den Freunden wiedergesehen, vor allem, warst Du bei uns, ich möchte gerne hören, wie es der Mutter geht, ob sie sich schon ihre Brille gekauft hat und von dem Rummel erholt hat?

Den Brief ans Deutsche Theater habe ich schon geschrieben, wenn Duschko ihn haben will, kann ich ihn ihm schicken. Wenn Du Lukas siehst oder Verbindung mit ihm hast, so bestelle ihm, warum er nicht schreibt; ich habe sehr viel Briefmarken für ihn.

Den Stich von Versailles scheine ich in Prag vergessen zu haben. Im Zug saß zwischen mir und meinem Freund, mit dem ich nicht sprach, ein Mann, der sich als Detektiv entlarvte und es

Duschko – Theodor Balk.

dann auch gar nicht leugnete. Er stieg in Horní Dvořiště aus. Warum er mitgefahren ist, weiß ich nicht. Aber wie man doch achtgeben muß!

So müde ich ankam, mußte ich doch sofort mit der Fortsetzung für die ‹A.I.Z.› beginnen, wir arbeiteten vier Tage und drei Nächte an einer Fortsetzung, und Du behauptest schon seit Monaten, daß wir alles fertig haben und es Dir nur vorenthalten wollen. Wenn es in diesem Tempo weitergeht, wird das Buch nicht einmal zu Weihnachten erscheinen.

Machs hübsch, Jarmilatschku, old Egonek.

15. März 1936
[Versailles]

Liebe Jarmila,

in sehr, sehr großer Eile, nur damit Du nicht glaubst, daß irgend ein blöder Grund zum Nichtschreiben ist, bestätige ich Deine letzten drei Briefe, die ‹Rozsévačka› und ‹Letem Světem›.

Wir sind schrecklich gehetzt in den letzten Tagen, und es wird noch zwei bis drei Tage dauern, ehe wir etwas Luft kriegen, aber dann schreibe ich Dir sofort ausführlich. Sei also nicht böse.

Der Fragebogen liegt bei.

Ich grüße Dich sehr herzlich und bald mehr. Deine Gisl

Jarmiláče!

Gestern war der Frank hier von 10 Uhr früh bis 12 Uhr in der Nacht, außerdem natürlich viele andere, Gisl mußte 5mal Kaffee kochen. Lene war auch hier. Du hast wohl meinen Brief nicht bekommen, in den Lene die Fotografie von ihrer Freundin für Johnny H. beigelegt hat? Das war gerade der sogenannte ‹Kollektivbrief›. Mirkulanová ist wunderbar übersetzt; bitte schicke mir immer ein Exemplar von ‹Rozsévačka›, wenn dort etwas von

Johnny H. – John Heartfield.

Dir abgedruckt war. Gisl hat nur die Übersetzung herausgerissen, das übrige in der Nummer habe ich nicht gelesen. Der Zwischenfall von Kaspar mit diesem Deutschen im Kino ist wirklich erstaunlich. Arbeiten kann ich hier nicht, wenn sich solche Burschen wie der Frank hier einnisten. Am Sonnabend war ich in einem Chaplin-Film, weil ich Bornstein, der mich gebeten hat, darüber zu schreiben, nicht wieder ablehnen wollte. Es wird übermorgen im ‹Tagebuch› erscheinen.

Ich küsse Dich. Dein Egonek.

25. März 1936
[Versailles]

Liebste Jarmila,

Du kannst Dir keinen Begriff machen, wie es hier zugeht, und wir denken ernstlich daran, mit Hinterlassung all unserer Habe einfach zu flüchten. Wahrscheinlich zu Yvonne nach Holland. Obwohl wir uns außer zu Versammlungen fast nicht wegrühren, sind wir nicht imstande, mehr als eine Fortsetzung für die ‹A.I.Z.› per Woche druckfertig zu machen, und das erst immer so knapp, daß wir es per Flugpost wegschicken müssen; und mit den Beilagen und Fotos kommt das ziemlich teuer.

Nevertheless bist Du die Einzige, mit der wir überhaupt in brieflichem Kontakt sind. Zum Beispiel konnte die Gisl sich erst vor drei Tagen bei meiner Mutter für den Seidenstoff bedanken.

Deinen Brief an Anna haben wir weitergegeben, sie wird Dir antworten, auch sie flüchtet heute oder morgen vor dem Betrieb. Was Du über Willy schreibst, stimmt wohl nicht, wenigstens haben wir hier nichts dergleichen gehört. Er ist momentan in derselben Stadt wie Dein John. Von Ottos Rückkehr hört man nichts, aber er wird wohl eines Tages unvermutet auftauchen.

Es ist sehr nett, daß Du das Reportagen-Buch bekommen hast;

Nevertheless – (engl.) nichtsdestoweniger.

Anna – Anna Seghers.

ich habe nach Engels geschrieben, weil ich ein Exemplar für Dich haben wollte, aber sie haben gar nicht geantwortet. Ich staune, daß man es in Moskau bekommt, noch dazu zufällig. Unser Exemplar haben Olga Ossip. und Bandi uns geschickt, aber auch ihnen hatten wir bis jetzt keine Zeit zu antworten.

Deine Übersetzung der ‹Chassjad Mirkulan› habe ich wirklich gelesen, sie gefiel mir glänzend, aber das ist doch nichts Neues. Dagegen ärgert es mich, daß ich nicht gelesen habe, was Du über den Roman ‹Sirena› und über das Stück ‹Pletticha› geschrieben hast, also schick es mir noch einmal.

Gestern habe ich an F. C. geschrieben, daß Du keine Bilder von ihm kriegst, hoffentlich klappt es jetzt; es wäre schade um manche Fotos, wenn sie verloren gingen.

Die Hauptsache ist, wenn Du mir schreibst, was Dir von den Details im ‹Case› gefällt und was Dir nicht gefällt. Wenn Du jeden Satz übersetzt, so hast Du doch die beste Kritik darüber, und Du weißt, wie dankbar ich für jede tadelnde Kritik bin, wenn ich natürlich auch nicht immer alles akzeptiere. Also schreib mir, was Dir unklar oder blöd vorkommt.

Am besten, Du legst Dir einen Zettel auf den Schreibtisch und notierst Dir gleich, was Dir unliebsam auffällt. Es ist zum erstenmal, daß Du ein ungedrucktes Buch von mir übersetzt, und deshalb kann man alle Anregungen noch in die deutsche Originalausgabe hineinarbeiten.

Apropos, gestern habe ich gelesen, daß Lanias Roman tschechisch herauskommt; auch noch vor dem Original und vor allen anderen Übersetzungen. So habt Ihr doch einen Weltrekord in der Literatur aufzuweisen.

Den Fragebogen lege ich bei. Vielleicht kommt im Manuskript manchmal vor: ‹H. M. S. Strathaird›. Das ist falsch. ‹H. M. S.›

Engels – eine Stadt in der Sowjetunion.

‹Chassjad Mirkulan› – ‹Ich, Chassjad Mirkulan› lautet die Überschrift einer Arbeit aus dem Sammelband ‹Abenteuer in 5 Kontinenten›.

‹Sirena› – der Roman von Marie Majerová über das Leben der Berg- und Hüttenarbeiter im Kladnoer Revier zur Wende vom 19. zum 20. Jahrhundert erschien 1935 in deutscher Übersetzung unter dem Titel ‹Die Sirene›.

‹Pletticha› – Theaterstück ‹Mistr Pletticha›, (‹Meister Ränkeschmied›), das im Prager Theater D 37 gespielt wurde; Kisch hatte 1935 eine Aufführung besucht.

F. C. – F. C. Weiskopf.

(His Majesty Ship) sind nur die Kriegsschiffe. Streich es also heraus und laß nur ‹Strathaird› stehn.

Du hast geschrieben, daß Du am Anfang fluchend übersetzt hast, aber dann bist Du hineingekommen. Warum hast Du eigentlich geflucht? War es so schwer, oder weil Du wieder einmal anfangen mußtest, zu roboten? Ich erinnere mich deshalb daran, weil der Schneidermann den ‹Case› ins Jiddische übersetzt, und er sagte, die ersten drei Seiten waren eine Teufelsarbeit, erst dann kam er in den Stil hinein. Er ist wahrscheinlich nicht gewohnt, so konzentrierte Sachen zu übersetzen.

Ich bin neugierig, ob sich John F. nicht doch noch in M. halten wird. Vor einem Jahr waren wir beide noch auf dem Schiff, damals dachte ich kaum, daß er in M. eine Arbeit finden wird. Ich wäre für ihn froh, wenn er noch dort bleiben könnte, denn es ist für ihn sicherlich eine gute Lehrzeit.

An Tom, Nell und Kev haben wir seit Monaten nicht geschrieben, wir sind einfach Schweine, aber unfreiwillige.

Du hast recht, es wäre interessant zu wissen, wer jene ängstliche Kinobekanntschaft von Kaspar gewesen ist. Aber das kann man nicht herauskriegen, weil er mich ja nicht kannte. Der einzige, der uns auf die Spur bringen könnte, ist Walter Sch., aber der ist in Amerika.

Es ist wirklich auffallend, daß gerade der Kollektivbrief mit dem Foto verlorengegangen ist. Meiner Ansicht nach ist es nur ein Zufall; aber es ist doch komisch, daß es immer Briefe mit merkwürdigen Sachen, wie z. B. das Foto, verlorengehen; denn sonst stand nichts darin außer Dank für die geschickten Sachen und Grüße.

Vielleicht kommt unser nächster Brief schon aus Rotterdam. Alles Gute, liebste Jarmila, Dein Egonek.

Tom, Nell und Kev – gemeint sind Tom Fitzgerald, und Familie.

29. März 1936
[Versailles]

Liebste Jarmila,

ich will Dir nur in aller Eile mitteilen, daß wir aus Holland wieder ausgeladen sind. Wir haben aber doch Abreisepläne, falls wir etwas Geld bekommen.

John schrieb uns gestern aus M., daß er vielleicht in 14 Tagen in Paris sein wird, aber hofft, bald wieder nach M. zurückgehen zu können. Heute haben wir an Lukas Briefmarken geschickt; es ist Sonntag, und sogar für Vormittag sind schon Besuche angesagt; so soll man arbeiten.

Alles Gute, schreib bald und sei herzlichst gegrüßt von Deiner Gisl

Lieber Jarmiláčku,

bei schwerer mehrstündiger Arbeit können wir täglich nicht mehr als 2 bis 2 1/2 Seiten zu Ende korrigieren! Das bedeutet bei einem Buch von etwa 370 Seiten, daß wir knapp vor Weihnachten fertigwerden, wenn keine Störungen eintreten. Es ist zum Kotzen! Wie geht's mit Deiner Arbeit? Alles Gute! Ein Brief von mir und einer von Gisl sind vorgestern an Dich abgegangen. Also nichts Neues.

Ich küsse Dich, Jarmiláče, Dein alter Egonek.

16. April 1936
Gand, Hôtel Exelsior
14, Boulevard Elizabeth

Liebste Jarmila,

wie angekündigt, sind wir abgereist, zuerst nach Brügge, dort waren wir gestern, es ist wunderschön dort, aber eben deshalb wimmelt es von Engländern, und die Preise sind unerschwinglich. Deshalb fuhren wir ein Stück zurück, sind jetzt in Gent (französich: Gand) unter obiger Adresse, und setzen uns gleich hin, um Dir diese Adresse zu schreiben.

Neues ist natürlich nicht zu melden seit vorgestern, da Dir Egonek den großen Brief geschrieben hat. Es ist nur wichtig, daß Du uns schreibst, um so mehr, als wir von der Welt abgeschnitten sind. Wir wollen vorläufig nicht einmal dem Nico schreiben, daß wir in seinem Land sind, sonst wären unsere intensiven Arbeitspläne ata-ata.

Gesehen haben wir von der Stadt noch nichts, vier Stunden lang haben wir Wohnung gesucht. Jetzt haben wir zwei annehmbare Zimmer, für die wir mit Pension 70 belgische Francs bezahlen. Egonek muß gleich an Arnold schreiben, daß er für die Kosten aufkommt, denn wir sind fast ganz ohne Geld weggefahren, weil der Verkehr in Versailles unerträgliche Ausmaße angenommen hatte. Ein Zimmer haben wir dort behalten müssen, sonst hätten wir nicht gewußt, wohin mit all unseren Sachen.

Jetzt muß ich noch nach Versailles schreiben, daß sie uns die Post nachschicken, dann auspacken, deshalb bin ich auch heute wieder nur so kurz. Ich hoffe, Du bist gesund, liebste Jarmila, und hoffe vor allem, bald von Dir zu hören und grüße Dich tausendmal allerherzlichst.

Deine Gisl und Egonek, der Dich küßt.

27. April 1936
[Gent]

Liebste Jarmila,

konntest Du nicht noch die paar Tage bis zum Mai warten, damit Du endlich einen Winter ohne Grippe durchkommst? Ich hoffe, daß es wirklich nur eine leichte Erkältung war und Du wirklich wieder auf bist, wenn der Brief ankommt. Erstens überhaupt, und dann, weil ich unbedingt dafür bin, daß Du das Interview mit der Me. Duchesne machst. Ich bin davon überzeugt, daß Du dazu genug französisch kannst; außerdem kannst Du Dir beson-

ders wichtige Fragen vorher aufschreiben; und drittens glaube ich sogar, daß sie deutsch kann. Wenn nicht, könntest Du Dir auch die Antworten von ihr schriftlich geben lassen. Leider kann ich Deine Artikel ja nicht lesen, und der Egonek ist viel zu faul, sie mir zu übersetzen, nur hie und da krieg ich ein Stück davon zu hören; aber ich freue mich sehr, daß Du so viel schreibst und so gut, wie mir der Egonek sagt. Daß man mit Redaktionen Ärger hat, solltest Du eigentlich wissen, und Dir nichts daraus machen.

In einer von den tschechischen Zeitungen, die von Dir kamen, habe ich gesehn, daß die Jarmila Wagst. den Ostrowski übersetzt hat. Hast Du es gelesen? Es soll ein ganz wunderbares Buch sein, ich kenne nur einen Artikel von Kolzow darüber.

Was Du über die Fehler im ‹Case› sagst, die Entfernung beim Rekordflug und Preis des Telegramms etc., hat der John dem Egonek auch gesagt, und es wird mit roter Tinte korrigiert. Das Buch von Tom (‹On the Pacific Front›) haben wir schon bestellt, Du kriegst selbstverständlich sofort ein Exemplar, wie es ankommt.

Hast Du Dir schon die Landkarte angeschaut? Gent ist nicht am Meer; mir wird ganz kalt, wenn ich nur dran denke; denn hier müssen wir noch sehr stark heizen. Aber ich glaube, wir werden auch später nicht ans Meer gehen, obwohl es nur ungefähr zwei Bahnstunden von hier ist. Mein Visum ist nur bis Mitte Mai, und das Verlängern macht schreckliche Laufereien und Schwierigkeiten. Vielleicht gehn wir dann noch nach Holland, wenn die Yvonne sich ihre Einladung nicht überlegt hat; wir haben seit der Ausladung nichts mehr von ihr gehört.

Von Lene haben wir viel Post, sie ist ganz gebrochen über die Ereignisse in Südamerika, und wirklich ist das, was man von dort liest, ganz grauenhaft und erschütternd.

Von Käthe Rauch hatte ich vor ein paar Tagen einen Brief. Von dort hört man immer nur gute Nachrichten, begeisterte Berichte. Es ist das einzige Land, von wo keine Klagen die Welt erfüllen. Sogar darüber, daß die Käthe von Schnuck keine Nachrichten hat, kommt sie bei dem Aufbauwerk leichter hinweg.

Ich will diesen Brief jetzt gleich auf die Post geben, damit Du ihn zum Jubiläum des Tages kriegst, wo wir aufgeregt zum Misthaufen eilten und lachend von dem Misthaufen weg.

das einzige Land – gemeint ist die Sowjetunion.

Allerherzlichst Deine Gisl

18. Mai 1936
Rotterdam (Holland)
Oudorpweg 8

Liebste Jarmila,

seit acht Tagen sitzen wir jetzt in Holland, es geht uns, da wir eingeladen sind, recht opulent, und materiell sorglos, aber das bezahlt man wieder mit soviel verlorener Zeit, daß wir sofort wegfahren würden, wenn uns Paß- und Geldverhältnisse solches gestatteten.

In den acht Tagen, da wir da sind, haben wir noch niemandem geschrieben, dieser Brief ist der erste. Dein Referat über die ‹Moorsoldaten› fand ich in jeder Beziehung ausgezeichnet. Vielleicht hättest Du aber die Übersetzung der Malířová noch mehr loben sollen, einerseits als Übersetzerkollegin, andererseits weil Du sie doch so liebst. Daß Du mich erwähnt hast, finde ich ganz richtig, ich werde in Prag so oft totgeschwiegen, daß ich einmal auch irgendwo erwähnt sein kann, wo ich nicht gerade erwähnt sein müßte. Noch einmal: Dein Referat ist glänzend. – Auch in der letzten Übersetzung in der ‹Tvorba› habe ich nichts auszusetzen gefunden, obwohl ich ein Haarspalter bin.

Moorsoldaten – ‹Die Moorsoldaten›, Wolfgang Langhoffs 1935 veröffentlichter Bericht über ‹13 Monate Konzentrationslager› gehörte zu den ersten authentischen Zeugnissen über den Terror der faschistischen Machthaber; die Übersetzung von Helena Malířová erschien 1936 unter dem Titel ‹Zajatci močálu›.

Über Feuersteins Tod schreibt gestern (17.5.) Paul Eisner in der ‹Pr. Presse› und deutet darin so viel Wahrheit über die Ursa-

che an, als in einer Regierungszeitung möglich ist: ‹Hierzulande genügt auch schon die große Begabung, das außerordentliche Talent, um gegen sich zu zeugen: Ranküne, Haß, Tücke und eine undurchdringliche Mauer stummer und tauber Abwehr. Ursache dieser Erscheinung wiederum: die schwachsinnige Einbildung, daß der eine Außerordentliche viel zu viel Lebensraum in Anspruch nehmen könnte.› Das ist die Atmosphäre!

Was Deinen Fragebogen anbelangt: das glaub ich, daß Dir das Kopfzerbrechen verursacht hat, was das bedeutet, ‹die Mädel haben die Ruder›. Das ist nämlich ein Druckfehler, es soll heißen: ‹die Mädel heben die Ruder›. Daß meine Bücher später ins Englische übersetzt wurden, kommt in einer späteren Fortsetzung vor, sozusagen als Pointe. Ich lege den Fragebogen bei.

Du machst mir Vorwürfe wegen einer Verabredung, die ich mit Sinai wegen einer Rußlandreise getroffen haben soll. Ich erinnere mich gar nicht daran, wie übrigens an nichts, was ich in Prag geredet und gehört habe, ich war dem Rummel nicht gewachsen. Wahrscheinlich habe ich ihm gesagt, daß ich zur gleichen Zeit in Moskau sein werde wie er, er will nämlich wegen Filmschau hinfahren. Jedenfalls denke ich derzeit an keine Reise, ich habe andere Sorgen, es ist noch nicht einmal der ‹Case› fertig, geschweige denn die Reportagen.

Heute kam von Schörpner ein Brief, in dem er sich gegen den Vorwurf wehrt, er sabotiere meine Bücher, weil er sie nicht selbst übersetzt. Du habest ihm das in beleidigenderweise an den Kopf geworfen, als er Dich um das Bild aus der ‹Tvorba› gebeten hat. Ich bin der Ansicht, daß Du Dich mit ihm nicht herstellen sollst, weder er noch Touzimsky sind für die Herausgabe der Bücher wichtig.

Die Adresse von Lou, die Du verlangt hast, ist: London W.

Lou - gemeint ist Lou Eisler, die Frau von Hanns Eisler.

C. 1, Hart Street 11. Sie hat uns vor ein paar Tagen geschrieben, und schon vorher Bücher geschickt, wir haben noch nicht geantwortet, stell Dir vor, noch nicht einmal der Lene haben wir von hier geschrieben.

Vorgestern waren wir mit Nico beisammen, er will Dir das holländische Buch von mir beschaffen, wir sprachen viel und herzlich über Dich, aber wenn Du ihm einmal schreiben solltest, so erwähne nicht, daß er uns in Rotterdam gesprochen hat. Seine blöde Ziege darf nämlich nicht wissen, daß er hier war, sie glaubt, er war nur bei einem Kongreß in Amsterdam.

Hast Du Post von John? Ist er als bürgerlicher Korrespondent dort zufrieden? Ich bin neugierig, wie sich das alles entwickeln wird.

Trag es uns nicht nach, wenn wir hier weniger schreiben, es ist hier noch komplizierter als von Versailles, laß es uns nicht entgelten, schreibe so viel und so oft, und sei allerherzlichst gegrüßt und geküßt von Deinem Egonek. Und Gisl

Wir forschen hier nach der Adresse von Tommy, dem Sohn von Johnny H. Frage ihn, wenn Du ihn siehst, aber bis dahin werden wir die Kinder wohl schon ausfindig gemacht haben.

23. Mai 1936

Rotterdam, Oudorpweg 8

Liebste Jarmila,

soeben ist Dein Brief (vom 17. und 20. 5.) angekommen, inzwischen aber hast Du den unseren schon, und weißt, daß wir hier sind, und keiner Deiner Briefe verlorengegangen ist. Und wir antworten heute nur in Eile, damit Du den Fragebogen und die Liste der Bilder sofort kriegst.

D. h. die Liste, die wir hier haben, wird zu unverständlich sein, deshalb bezeichne ich die Bilder in den Fortsetzungen der ‹A.I.Z.›, die dem Egonek gehören; falls die ‹Tvorba› viele Fotos braucht, könnten wir noch einige machen lassen von Bildern, die wir der ‹A.I.Z.› nicht geschickt haben, aber wenn es nicht unbedingt sein muß, wäre es uns lieber, weil es ziemlich teuer ist, Bilder oder Zeitungsausschnitte fotografieren zu lassen.

Ich bitte Dich, Jarmila, was ist mit dem Jungen von Hans passiert, wir wissen gar nichts davon, auch Lene hat nichts darüber geschrieben: der arme Hans, was der schon durchgemacht hat. Ist er noch immer in Prag?

Dieser Tage werden wir mit dem ‹Case› fertigwerden, und dann kommen die vielleicht noch schwierigeren Reportagen dran; weiß Gott, wann dieses Buch fertig wird! Hier wollen wir bis zum 1. Juni bleiben, wenn wir etwas Geld kriegen, will der Egonek wieder nach Belgien zurück, ich werde aber vorerst nach Paris müssen, um ein neues Visum zu kriegen. Gestern war ein Arzt hier (Freund von Sanders) und hat den Egonek sehr ordentlich untersucht, es fehlt ihm gar, gar nichts, nur muß er eine richtige Diät haben, um abzunehmen, d. h. er darf alles essen, nur kein Fett, keine Kartoffeln, kein Brot und keine Sauce, also alles, was er gern ißt. Bin neugierig, ob er durchhalten wird. Die sieben Kilo, die er in Prag zugenommen hat, sind noch nicht um ein Gramm weg, und er fühlt sich dadurch immer müde und schlecht.

Post haben wir hier noch sehr wenig gekriegt, wahrscheinlich deshalb, weil wir selbst niemandem geschrieben haben, ein Stoß unerledigter Post liegt auf dem Tisch und macht mir ein schlechtes Gewissen. Sonst weiß ich nichts zu erzählen, als daß es uns hier viel zu gut geht, was sehr komisch ist, wenn man keinen Pfennig in der Tasche hat.

Jarmila, ich hoffe, daß wir bald wieder Nachricht von Dir haben, vielleicht schon morgen auf unseren letzten Brief, und ich grüße und küsse Dich sehr herzlich, und sei nicht bös wegen Kürze und Eile. Deine Gisl

Schöne Blödheiten schreibt da die Gisl. Du mußt ja direkt glauben, daß ich krank bin. Rede nicht bei mir zu Haus davon.

Ich küsse Dich. Alter E.

7. Juni 1936
Rotterdam

Liebste Jarmila,

wir sind mit zwei Antwortbriefen im Rückstand und haben nicht einmal die Ausrede, daß wir viel arbeiten. Im Gegenteil, wir machen gar nichts, eingeladen sein ist zwar billig und schön; aber doch auch wieder teuer, indem man nicht zum Schreiben kommt.

Die Sache mit Hansens Kind ist wirklich grauenhaft, und man möchte fast an irreale Mächte glauben, so unverständlich ist es, daß sich das Schicksal an einen Menschen heftet. So wie Du jetzt darüber aufgeregt warst und noch viel mehr, waren wir vor drei Jahren: als wir in Moskau die Nachricht vom Tod seines ersten Jungen erhielten. Das war ein prachtvoller Bursch und wir hatten ihn gut gekannt. Diesmal haben wir an Hans nicht geschrieben, weil wir seine Adresse nicht wissen.

Auch Lene schreibt uns immerfort, warum wir ihr nicht antworten, aber wenn man nichts macht, so hat man eben zu nichts Zeit. Gott sei Dank, daß wir morgen wegfahren, zwar fängt der Dalles und das Zusammenkratzen des Geldes für die Miete wieder an, aber man gehört doch wenigstens sich selbst. Wir gehen irgendwohin bei Ostende, und Du wirst unsere Adresse sofort be-

kommen. Vielleicht gehen wir wieder nach Breedene. Da die Artners und die Fitzgeralds auch im Sommer nach Belgien gehen, werden wir sie vielleicht dort treffen.

Im ‹Tagebuch› haben wir gelesen, daß das Sammelbuch, das zum 50. Geburtstag (von Egonek) herauskommen sollte, erschienen ist; vielleicht hat Balk ein Exemplar, und da hast Du es schon gesehen. Wir haben es noch nicht gesehen und haben auch keine Ahnung, wie dick es ist und wie es ausgestattet ist; sobald wir unsere neue Adresse haben, wollen wir es uns von Babette schicken lassen, sehen aber dem Buch mit großen Befürchtungen entgegen.

‹On the Pacific Front› von Tom Fitzgerald soll bereits aus Australien unterwegs sein, also ist Aussicht, daß Du es bald bekommst.

Gestern lasen wir, daß Maxim Gorki im Sterben liegt, es wäre schrecklich für die Literaturfront, wenn das wahr wäre; er ist nicht nur ein Name, sondern wirklich ein großer Mensch, der sich um das Kleinste kümmert. Wie lange ist es doch schon her, daß wir bei ihm in Saarow-Pieskow waren, und schon damals hatten wir doch das große Gefühl, einem historischen Menschen gegenüberzustehen. Du solltest einmal über diesen Besuch schreiben, vor allem darüber, wie er, der damals in unzweifelhafter Opposition zu den Sowjets stand, über das Gedicht von Majakowski, das die kleine Neumannová vortrug, begeistert war, und wie positiv er über alles in Rußland sprach.

In Deiner letzten Fortsetzung ist alles tadellos, nur zweimal bei ‹I want you› das ‹want› mit v statt mit w geschrieben. Weiskopf hat mir einige Einwendungen von ‹A.I.Z.›-Lesern geschickt. Man findet mich zu sehr im Vordergrund, und die Sache vom Beginn der Prozesse an nicht mehr so spannend. Was soll ich ma-

‹On the Pacific Front› – das Buch über Kischs Erlebnisse in Australien wurde 1936 bei Australien Book Service Limited, Sidney, herausgegeben.

chen? Du schlägst mir vor, den indischen Arbeiter wegzulassen. Das scheint mir unmöglich, der Fall ist wahr und der tragische Kontrapunkt; aber wahrscheinlich habe ich das nicht richtig herausgebracht. Kannst Du mir einen Rat geben? Überhaupt bin ich Dir für jede Einwendung dankbar, zum Beispiel habe ich schon auf Grund Deines letzten Fragebogens einiges korrigiert, ‹Interview› statt ‹Nachrichten›, etc.

Im übrigen werden wir heute packen, es ist ein verregneter Sonntag, und so haben wir nichts verloren. Schreibe auch, wie es zu Hause bei mir geht, ich habe nicht ein einziges Mal von hier geschrieben. Magerer bin ich hier nicht geworden, das ginge nur, wenn man selbst Wirtschaft führen würde. Aber Du solltest auch dafür sorgen, daß Dich Deine Mutter nicht zu sehr ausstopft.

Gestern bekamen wir die ‹Internationale Literatur› mit einem Bild von Olga Halpern und einem sehr netten Artikel von Becher über sie zu ihrem 50. Geburtstag. Auch von Greta hatten wir Nachricht aus der Krim, das hat Dir vielleicht schon Duschko erzählt, der uns auch vor zwei Tagen geschrieben hat. Grüße ihn, John, Lotte und Lex allerherzlichst. Mit Johns Kindern waren wir zweimal beisammen, Tom hat Interesse und Talent zum Reporter, er hat uns einiges aus England vorgelesen, was sehr gut war, und ich habe ihm natürlich ein Kolleg darüber gehalten. Er spricht übrigens brillant englisch. Auch Evi ist sehr nett, aber etwas schüchtern, und sie bewundert ihren Bruder ungeheuer.

Anbei schicken wir Dir das Kapitel ‹Roman eines australischen Pferdes›. Genug für einen Abschiedstag, wir grüßen Dich, liebste Jarmila, allerherzlichst.

Deine Egonek u. Gisl

John … – gemeint sind John Heartfield sowie im weiteren dessen Kinder Tom und Evi.

K. u. k. Kriegspressequartier
Platzkommando
September 1917
Unterschrift des Besitzers.

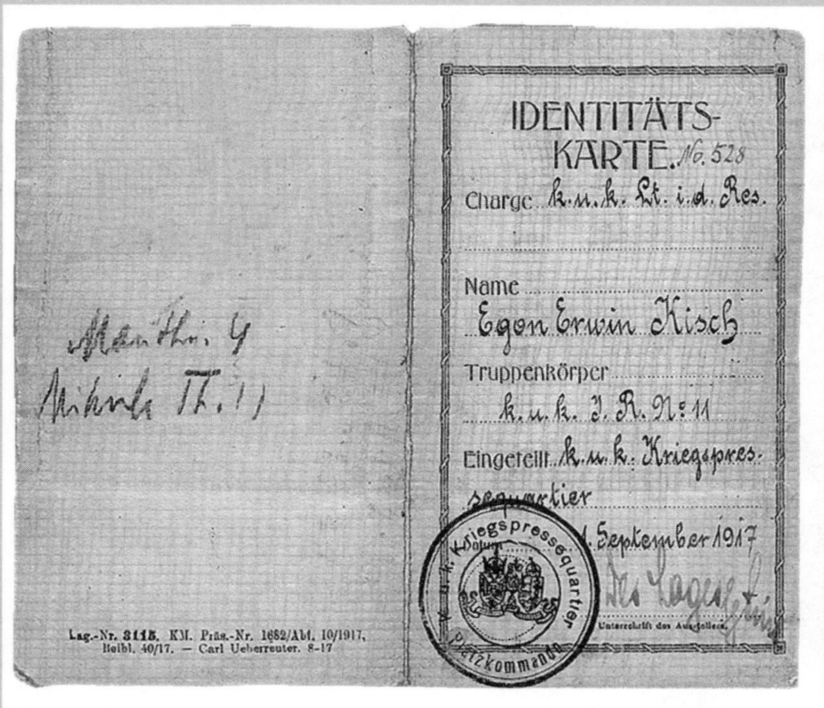
IDENTITÄTS-KARTE. No. 528
Charge k.u.k. Lt. i.d. Res.
Name Egon Erwin Kisch
Truppenkörper k.u.k. I.R. No 11
Eingeteilt k.u.k. Kriegspressequartier
K. u. k. Kriegspressequartier
Platzkommando
September 1917
Unterschrift des Ausstellers.
Lag.-Nr. 3115. KM. Präs.-Nr. 1682/Abt. 10/1917,
Beibl. 40/17. — Carl Ueberreuter. 8-17

Identitätskarte Nummer 528 für den k.u.k. Leutnant in der Reserve vom 2. k.u.k. Infantrieregiment No. 11 vom 1. September 1917, eingeteilt beim k.u.k. Kriegspressequartier in Wien – dem Pressestab beim Obersten Befehlshaber der österreichisch-ungarischen Armee.

Reisepaß der Tschechoslowakischen Republik, deren Staatsbürger Kisch seit Gründung der Republik im Jahre 1918 war.

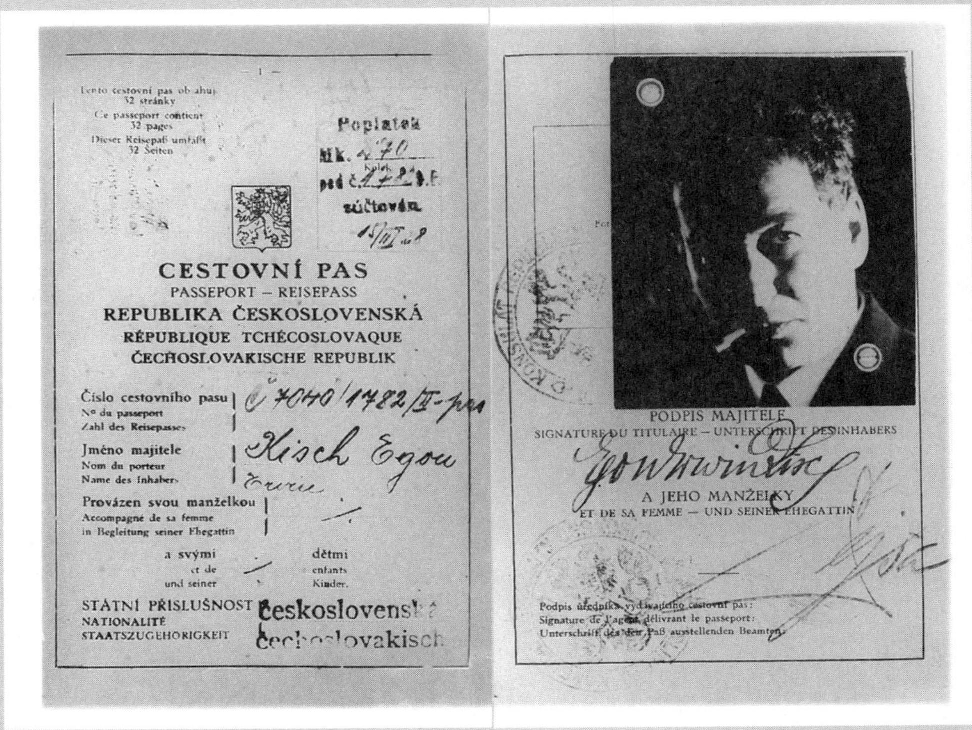
– 1 –

Tento cestovní pas obsahuje 32 stránky
Ce passeport contient 32 pages
Dieser Reisepaß umfaßt 32 Seiten

Poplatek Kč. 470 pod č. … súčtován 15/II 28

CESTOVNÍ PAS
PASSEPORT – REISEPASS
REPUBLIKA ČESKOSLOVENSKÁ
RÉPUBLIQUE TCHÉCOSLOVAQUE
ČECHOSLOVAKISCHE REPUBLIK

Číslo cestovního pasu / Nº du passeport / Zahl des Reisepasses: Č 7040/1782/II-pas
Jméno majitele / Nom du porteur / Name des Inhabers: Kisch Egon Ervin
Provázen svou manželkou / Accompagné de sa femme / in Begleitung seiner Ehegattin: —
a svými … dětmi / et de … enfants / und seiner … Kinder.
STÁTNÍ PŘÍSLUŠNOST / NATIONALITÉ / STAATSZUGEHÖRIGKEIT: Československá / čechoslovakisch

PODPIS MAJITELE
SIGNATURE DU TITULAIRE – UNTERSCHRIFT DES INHABERS
Egon Erwin Kisch
A JEHO MANŽELKY
ET DE SA FEMME – UND SEINER EHEGATTIN

Podpis úředníka vydávajícího cestovní pas:
Signature de l'agent délivrant le passeport:
Unterschrift des den Paß ausstellenden Beamten:

– 15 –

Виза на временное пребывание.

Явлен в Полномочном представительстве С. С. С. Р. в Германии в г. Берлине
предъявителем сего гр. Чехо-Словакии Кишем Эгоном Эрвином
следующим в пределы С. С. С. Р.
Действительна для въезда в С. С. С. Р. через пограничный пункт Негорелое, Бигосово до 12 марта. Действительна на право пребывания в С. С. С. Р. на срок не свыше тридцати дней со дня переезда границы.
№ 281720
26 февраля 1931 г.
Полномочный Представитель в Германии.

Einreisevisum für die Sowjetunion vom 26. Februar 1931.

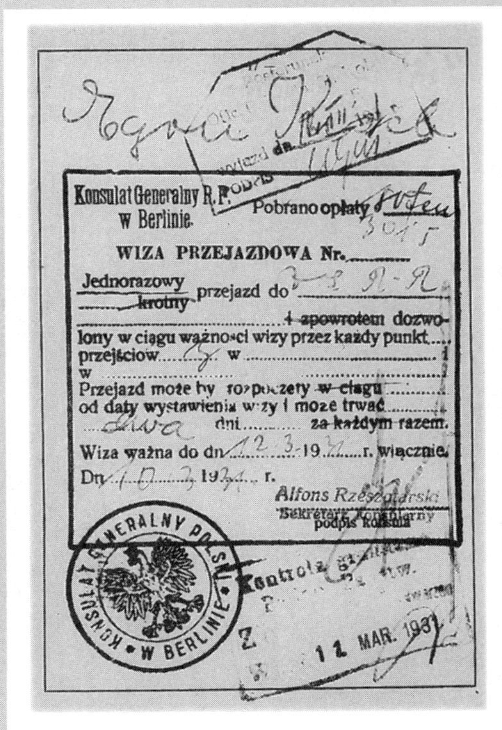
Egon Kisch

Konsulat Generalny R. P. w Berlinie.
Pobrano opłaty 30 fen

WIZA PRZEJAZDOWA Nr. ……

Jednorazowy przejazd do 3 … 9
… krotny
… i powrotem dozwolony w ciągu ważności wizy przez każdy punkt przejściowy … w …
w …
Przejazd może być rozpoczęty w ciągu … od daty wystawienia wizy i może trwać dwa dni za każdym razem.
Wiza ważna do dn. 12. 3. 1931 r. włącznie.
Dn. 10. 3. 1931 r.

Alfons Rzeszotarski
Sekretarz Konsularny
podpis konsula

KONSULAT GENERALNY POLSKI W BERLINIE

11 MAR. 1931

Durchreisevisum für Polen erteilt am 10. März 1931.

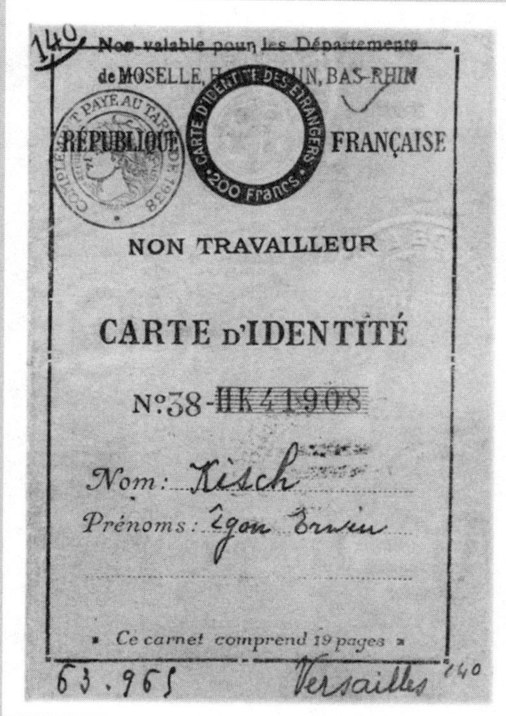

140 ~~Non valable pour les Départements~~
de MOSELLE, H... RHIN, BAS-RHIN

RÉPUBLIQUE FRANÇAISE

CARTE D'IDENTITÉ DES ÉTRANGERS
200 Francs

NON TRAVAILLEUR

CARTE D'IDENTITÉ

N°38-~~HK41908~~

Nom: Kisch

Prénoms: Egon Erwin

Ce carnet comprend 19 pages

63.965 Versailles 140

Identitätskarte der
Republik Frankreich,
ausgestellt am
3. Dezember 1938.

CARTE
VALABLE
du 18 Novembre
1938
au 18 novembre
1941

Délivrée par Mr le Préfet
de Seine-et-Oise
Le 3 DEC 1938

Le Préfet
Pour le Préfet
Le Secrétaire Général pour la Police

RÉPUBLIQUE FRANÇAISE
SERVICE DES ÉTRANGERS
Police Générale

Signature du titulaire

Nom: Kisch

Prénoms: Egon Erwin

Né le 29 avril 1885

à Prague

de Hermann

né à

et de Kuh Ernestine

née à

Profession: sans

Nationalité: tchécoslovaque

Mode d'acquisition de cette nationalité: filiation, ~~mariage~~, ~~naturalisation~~ (rayer les mentions inutiles).

Situation de famille: ~~célibataire~~, marié, ~~veuf~~, ~~divorcé~~ (rayer les mentions inutiles)

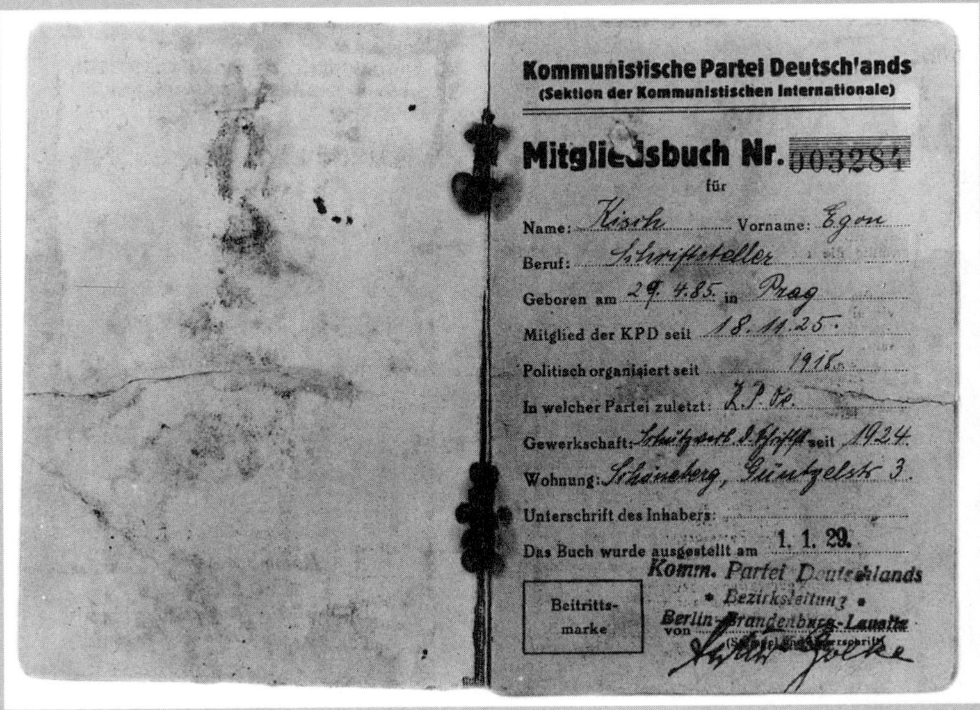

Kommunistische Partei Deutschlands
(Sektion der Kommunistischen Internationale)

Mitgliedsbuch Nr. 003284
für

Name: Kisch Vorname: Egon
Beruf: Schriftsteller
Geboren am 29. 4. 85 in Prag
Mitglied der KPD seit 18. 11. 25.
Politisch organisiert seit 1918
In welcher Partei zuletzt: K.P.Oe.
Gewerkschaft: Schutzverb. d. Schriftst. seit 1924
Wohnung: Schöneberg, Güntzelstr. 3.
Unterschrift des Inhabers:
Das Buch wurde ausgestellt am 1. 1. 29.

Beitrittsmarke

Komm. Partei Deutschlands
* Bezirksleitung *
Berlin-Brandenburg-Lausitz
von

Mitgliedsbuch der Kommunistischen Partei Deutschlands mit dem Eintrittsdatum vom 18.11.1925.

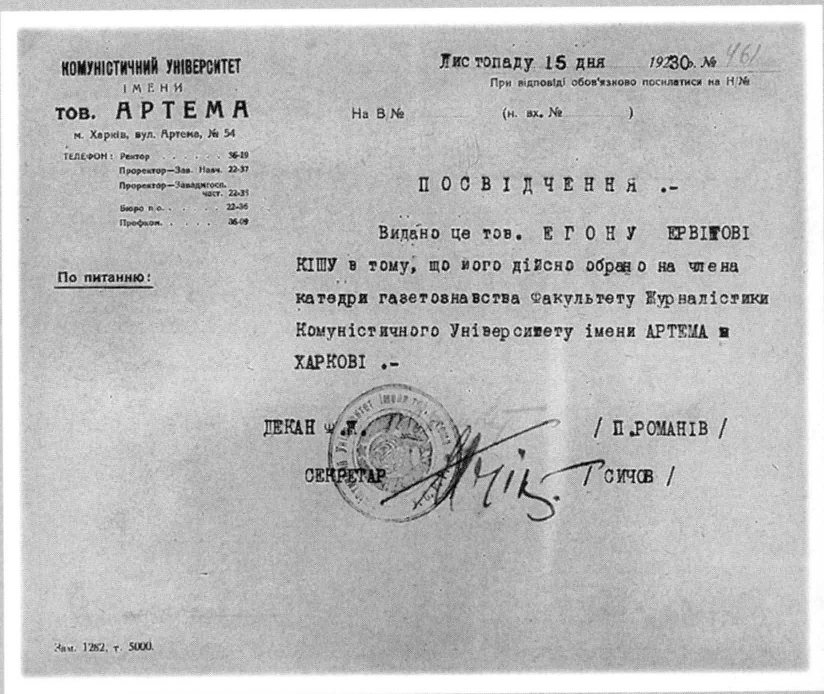

КОМУНІСТИЧНИЙ УНІВЕРСИТЕТ
ІМЕНИ
ТОВ. АРТЕМА
м. Харків, вул. Артема, № 54

ТЕЛЕФОН: Ректор 36-19
Проректор—Зав. Навч. 22-37
Проректор—Завадмгосп. част. 22-35
Бюро п.о. 22-36
Профком. 36-09

По питанню:

Листопаду 15 дня 1930 р. № 461
При відповіді обов'язково посилатися на Н/№

На В. № (н. вх. №)

ПОСВІДЧЕННЯ .-

Видано це тов. ЕГОНУ ЕРВІНОВІ КІШУ в тому, що його дійсно обрано на члена катедри газетознавства Факультету Журналістики Комуністичного Університету імени АРТЕМА в ХАРКОВІ .-

ДЕКАН Ф.Ж. / П. РОМАНІВ /

СЕКРЕТАР / СИЧОВ /

Зам. 1282, т. 5000.

Berufungsbescheid vom 15. November 1930 für eine Professur an der Journalistischen Fakultät der Kommunistischen Universität in Charkow, die nach dem russischen Berufsrevolutionär Fjodor A. Artjom benannt war.

M. Egon Erwin Kisch

SOCIÉTÉ
ALLEMANDE
DES
GENS DE LETTRES
ASSOCIATION DÉCLARÉE

SDS

SCHUTZVERBAND
DEUTSCHER
SCHRIFTSTELLER

SECTION France

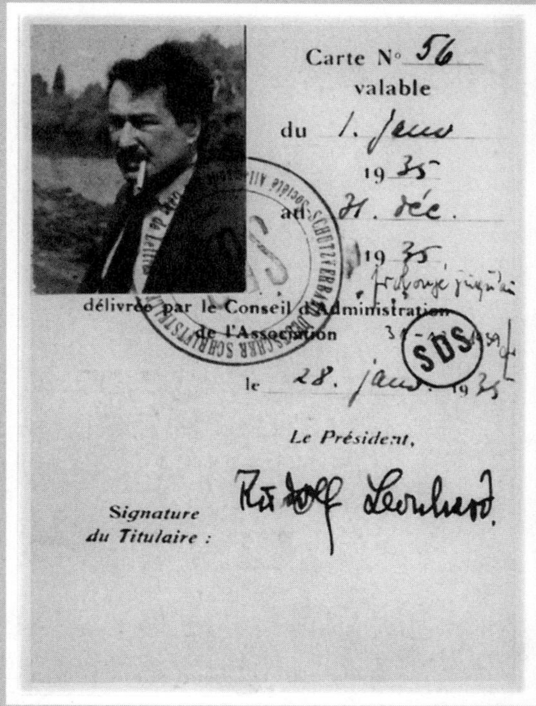

Carte N° 56
valable
du 1. janv
1935
au 31. déc.
1935
délivrée par le Conseil d'Administration
de l'Association
le 28. janv. 1935

Le Président,

Signature
du Titulaire : Rudolf Leonhard

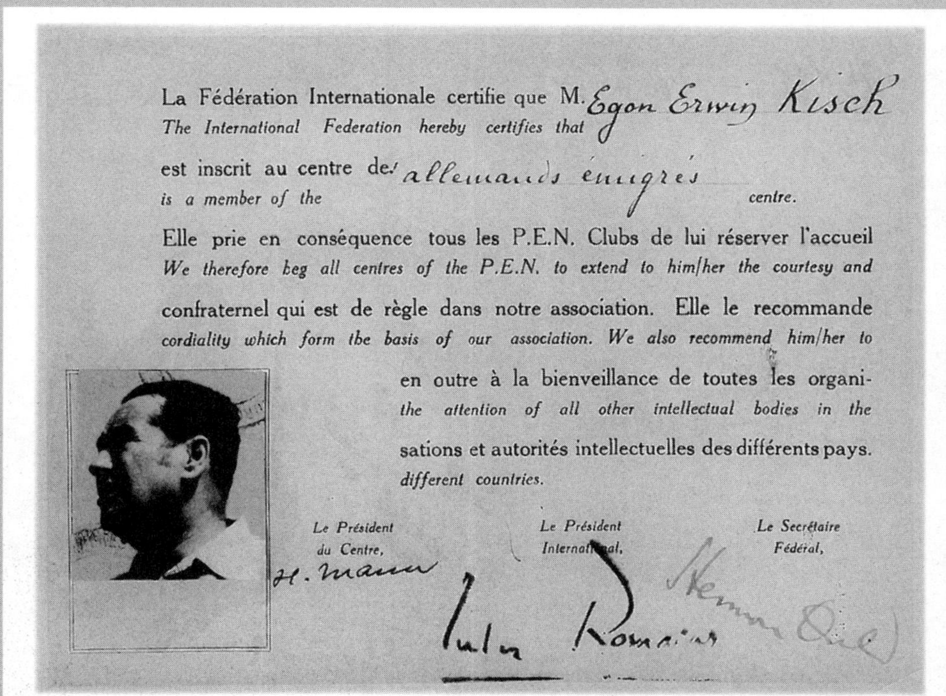

La Fédération Internationale certifie que M. Egon Erwin Kisch
The International Federation hereby certifies that

est inscrit au centre des allemands émigrés
is a member of the centre.

Elle prie en conséquence tous les P.E.N. Clubs de lui réserver l'accueil
We therefore beg all centres of the P.E.N. to extend to him/her the courtesy and

confraternel qui est de règle dans notre association. Elle le recommande
cordiality which form the basis of our association. We also recommend him/her to

en outre à la bienveillance de toutes les organisations et autorités intellectuelles des différents pays.
the attention of all other intellectual bodies in the different countries.

Le Président du Centre, H. Mann

Le Président International, Jules Romains

Le Secrétaire Fédéral,

Mitgliedskarte für das Jahr 1935 im Schutzverband Deutscher Schriftsteller, unterschrieben von Rudolf Leonhard am 28. Januar 1935.

Legitimation der Internationalen Vereinigung des P.E.N.-Clubs, die Egon Erwin Kisch als Mitglied des Zentrums deutscher Emigranten ausweist; als deutscher Vertreter signierte Heinrich Mann.

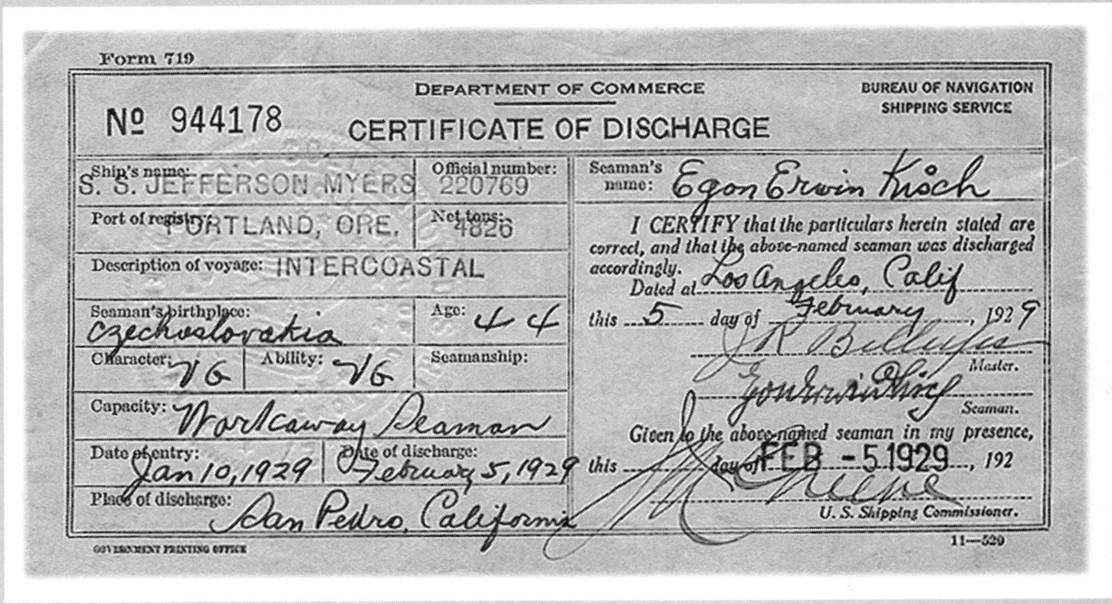

Form 719

DEPARTMENT OF COMMERCE

BUREAU OF NAVIGATION
SHIPPING SERVICE

Nº 944178

CERTIFICATE OF DISCHARGE

Ship's name: S. S. JEFFERSON MYERS	Official number: 220769	Seaman's name: Egon Erwin Kisch
Port of registry: PORTLAND, ORE.	Net tons: 4826	
Description of voyage: INTERCOASTAL		
Seaman's birthplace: Czechoslovakia	Age: 44	
Character: VG / Ability: VG	Seamanship:	
Capacity: Workaway Seaman		
Date of entry: Jan 10, 1929	Date of discharge: February 5, 1929	
Place of discharge: San Pedro, California		

I CERTIFY that the particulars herein stated are correct, and that the above-named seaman was discharged accordingly.
Dated at Los Angeles, Calif
this 5 day of February, 1929

J. R. Bellufs [signature]
Master.

Egon Erwin Kisch [signature]
Seaman.

Given to the above-named seaman in my presence,
this FEB - 5 1929, 192

[signature]
U. S. Shipping Commissioner.

GOVERNMENT PRINTING OFFICE

11—520

Abmusterungsschein – Egon Erwin Kisch wird bestätigt, daß er auf dem Frachtdampfer S. S. JEFFERSON MYERS im Küstendienst zwischen Portland/Oregon und San Pedro in Kalifornien vom 10. Januar bis 5. Februar 1929 als ‹Workaway Seaman›, was soviel wie Leichmatrose bedeutet, gedient hat.

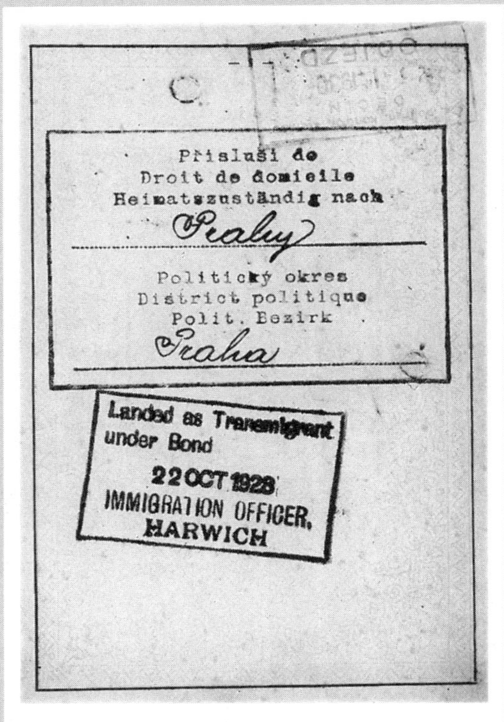

Příslušì do
Droit de domicile
Heimatszuständig nach
Prahy

Politický okres
District politique
Polit. Bezirk
Praha

Landed as Transmigrant
under Bond
22 OCT 1928
IMMIGRATION OFFICER,
HARWICH

Britisches Durchreisevisum – auf dem Weg in die USA traf Kisch am 22. Oktober 1928 in der westenglischen Hafenstadt Harwich ein.

Liebste Jarmila,

22. Juni 1936

Breedene sur Mer
Hôtel d'Anvers

herzlichen Dank für alle Deine freundlichen Mitteilungen. Bis ich diesen Brief zu Ende diktiert hab, werden wir nachschauen, ob nicht einige Originale von Fotos da sind. Wenn ja, verliere sie nicht.

Die Sache mit Schörpner nimmst Du viel zu tragisch, ich möchte auch keinesfalls, daß die Schuld an meinem Boykott, welcher teils ein politischer, teils einer der literarischen Ahnungslosigkeit ist (die Leute halten eben immer noch Reportage für etwas weniger Feines), daß dieser Boykott so hingestellt wird, als sei er nur aus Konkurrenzgründen eines Herrn Schörpner oder wegen Honorarforderungen veranlaßt. Wir müssen einen Verlag finden, wenn nicht jetzt, so später, und das wird die Antwort sein.

Daß Du so prompt meinen Wunsch erfüllt hast, zu meiner Mutter zu gehn, und Dein Bericht über Deinen Besuch mit E. in der Melantrichgasse, hat mich sehr gefreut. Wieso aber hast Du mir nichts über Fritzis Operation geschrieben? Ich habe nach Hause geschrieben, daß ich in Geldknappheit bin, und sie haben mir gar nicht geantwortet, wahrscheinlich haben sie jetzt andere Sorgen, und das kann ich verstehen.

Die amerikanische Verlegerin schreibt mir schon den fünften Brief, daß ich nach Paris kommen soll, aber ich hab gar keine rechte Lust und noch weniger Geld und am allerwenigsten Zeit. Geld werden wir uns übrigens ausborgen können.

Dein Artikel über Ostrowski – habe ich Dir denn nicht schon darüber geschrieben? – ist ganz brillant. Etwas mehr hätte ich allerdings die Übersetzerin herausgestrichen, um so mehr, wenn Du nicht besonders mit ihr stehst. Du beklagst Dich immer, daß man Deine Arbeit nicht anerkennt und begehst schon zum zweitenmal (Maliřová) den Fehler, den Übersetzer zu negligieren.

Fritzis – Frau des Kisch-Bruders Arnold.

amerikanische Verlegerin – gemeint ist Blanka Knopf, die Frau des New Yorker Verlegers Alfred A. Knopf.

Das Zitat am Schluß, Lenins Worte, lassen den Artikel etwas zu parteijargonmäßig abklingen. Du hättest es wohl bringen können, aber es irgendwie kontrapunktieren, zum Beispiel darauf hinweisen, daß mancher Belagerer der Festungen im Laufe der Jahre das Wort für eine propagandistische Wendung gehalten haben mochte, bis sich herausstellte, daß es eine Feststellung war, gemacht in der Erkenntnis der Wirkung des kompromißlosen Sozialismus.

Deine Übersetzung: natürlich alles ausgezeichnet. Druckfehler sind drin, besonders bei den Namen. Menzies ist konsequent falsch gedruckt. Hast Du absichtlich weggelassen, daß sich die Gestapo ins blutige Fäustchen lacht? Im Deutschen sagt man das ja auch nicht, aber es ist eine ganz gute Wendung, und Du könntest sie auch im Tschechischen anwenden. – Telegramme mache ich immer mit kleinen Anfangsbuchstaben, auch das erste Wort, Du aber hast ‹Proč› groß geschrieben. – Den Konsulatsbeamten möchte ich mit den Worten abfertigen: ‹Už je dobře›, also sehr abweisend, nicht: ‹Je to již dobře›. – Bei ‹shout› hat ‹Tvorba› einen Druckfehler, sie drucken ‹shoult›.

Die ‹Tvorba›, die wir haben, haben wir meist zerschnitten, es ist mir aber nichts aufgefallen, daß Du darin etwas von Kersten übersetzt hast. Die letzte, die wir bekommen haben, ist Nr. 24. Das über die Föderierten-Mauer von Dir habe ich gelesen (‹Rozsévačka›), ich hätte mehr Lokalfarbe darin erwartet.

Da hast Du ja soviel Kritik, daß Du direkt böse werden kannst, aber ich hoffe, Du nimmst das alles so auf, wie ich Einwände von Freunden aufnehme. Sie sind mir lieber als Lob.

So, jetzt werden wir schauen, ob wir Fotos für Jarmila haben. Apropos: hat Johnny H. nie erzählt, ob sich seine Kinder über ihr Zusammensein mit uns geäußert haben?

Deine Übersetzung – betrifft ‹Landung in Australien›.

Proč – (tschech.) warum.

Už je dobře – (tschech.) Ist gut.

Je to již dobře – (tschech.) Es ist schon gut.

shout – (engl.) Geschrei, laut schreien.

Föderierten-Mauer – Mauer des berühmten Friedhofs Père Lachaise in Paris.

Also, Jarmiláčku, alles Gute und Schöne, fährst Du nach Franzensbad oder kommst Du her? Letzteres wäre herrlich, um so mehr, wenn das Wetter so heiß bleibt, wie es jetzt ist, und man eigentlich nur am Wasser atmen kann.

Dein alter Dich küssender Egonek.

Leider, leider haben wir kein Photo gefunden, trotz allem Suchen. E.

22. Juni 1936

Breedene sur Mer
Hôtel d'Anver

Liebste Jarmila,

eben kommt Dein Brief, wo Du mich so beschimpfst wegen Nichtschreiben, ich mache es, wie Du siehst, gleich gut, indem ich auf der Stelle antworte. Aber Dein voriger Brief kam erst vor 5 oder 6 Tagen, wie ich gerade sehe.

Für Deine lieben Geburtstagswünsche danke ich Dir sehr, daß sie verspätet kamen, ist doch egal; noch dazu, wo ich in meinem Alter ganz froh bin, wenn sich nicht allzuviele Leute erinnern, daß ich wieder um ein Jahr älter bin. Außerdem hätte ich doch dann die schöne Nachricht über Egonek nicht von Dir zum Geschenk gekriegt; also dafür danke ich Dir nochmals. Wieso ist übrigens das Geld aus? Das habe ich nicht ganz verstanden, meinst Du, daß sie es jetzt draußen haben, und deshalb leichter weggehn werden? Denn aufgegessen können sie es doch nicht haben. Und Du wolltest doch noch mehr von ihnen erzählen, hast es für nächstens versprochen; vergiß nicht daran, Jarmila, mich interessiert sehr, wie sie leben und was sie erzählt. Das mit dem Zionismus ist komisch, aber ich höre das jetzt oft, von Leuten, die erst jetzt herauskommen, daß sie sich darauf verlegen.

die erst jetzt herauskommen – gemeint ist offenbar die Ausreise aus Deutschland.

Daß Otto und Ilse zurück sind, haben wir vor ein paar Tagen durch einen Brief von ihnen erfahren; sie fahren jetzt auf einen Monat nach Spanien, schrieben sie, und es scheint ihnen in Amerika glänzend gefallen zu haben. Sie haben mir von der Irma Otte ein Geschenk mitgebracht, ein Sommerkleid, das sehr schön ist. Aber auch, wenn es das nicht wäre, wär ich damit glücklich, denn ich hab nur Stoffkleider für Winter mit, weil wir ja Anfang April schon weggefahren sind; und mit Geld sind wir so knapp, daß ich mir nicht einmal irgendein billiges Fetzerl kaufen konnte.

Hier leben wir sehr fleißig, seit zehn Tagen ist das allerherrlichste Wetter, das man sich denken kann, manchmal sogar zu heiß. Aber ich war die ganze Woche trotzdem nur zweimal eine Stunde in der Sonne, weil ich gerade die 180 Seiten vom ‹Case› neu abschreibe und durchsehe; der Landauer drängt schon sehr, er will Anfang Juli unbedingt mit dem Setzen anfangen, damit das Buch im Herbst herauskommt; und für uns wäre es auch ein Glück, wenn wir fertig werden, denn die ewige Pleite ist manchmal schon unerträglich. Und so viele Sachen, die aussichtsreich ausgeschaut haben, klappen auch nicht; es ist z. K.

Von dem Carrefour-Buch wissen wir auch nichts, wir haben nur im ‹Tagebuch› gelesen, daß es erschienen ist, schrieben darauf an die Bab., sie soll es uns schicken, haben aber nicht einmal Antwort darauf. Wahrscheinlich machen sie's wieder wie mit ‹Eintritt verboten›, wo auch das Buch angekündigt war, und die Buchhändler es erst Monate später geliefert bekamen, weil es doch nicht da war, und manche aus Ärger abbestellt haben. Du siehst, überall die gleichen Sachen.

Wie lange wir noch hier bleiben? Ja, ganz genau weiß ich's nicht. Wir möchten gern solange wenigstens, bis das Buch halbwegs fertig ist; und da es schrecklich billig ist, werden wir, wenn es nur irgendwie geht, auch tun. Pension zahlen wir pro Person

30 belg. Francs täglich, es ist ganz gut und auch genug, mir sogar bei dieser Hitze zu viel Essen; ein Kaffee kostet 1.50 bis 2.50, je nach dem Lokal, und eine Schachtel mit 25 Zigaretten 2.20. (Zwei belgische Franken sind ein französischer!) Und mehr brauchen wir nicht, da wir keine Gelegenheit zum ‹Ausgehn› haben. Breedene ist ein Dorf und hat nur herrlichen Strand, und von meinem Zimmer schau ich auf die Dünen. Es wäre schön, wenn Du herkämest, glaubst Du nicht, daß es sich doch machen ließe? Wenn Du oder der Vincek Dir eine Freiflugkarte verschaffen könnte, wäre das gar kein teurer Urlaub für Dich.

Das Fitzgeraldsche Buch haben wir auch noch immer nicht, ich glaube, die Fitzens werden es wahrscheinlich mitbringen; das hab ich Dir doch geschrieben, daß sie Ende des Monats mit unseren Nachbarn aus der Güntzelstr. herkommen wollen?

Diese Woche will uns auch die Yvonne besuchen, nur für einen Tag; hier im Ort haben wir noch eine Bekanntschaft vom vorigen Jahr, einen emigrierten Arzt mit Frau aus Berlin, die wir jeden Abend sehen, ziemlich harmlose, aber schrecklich arme Leute. Und in Ostende (10 Minuten mit der Elektrischen von hier) wohnt eine neue Verlagskollegin von Egonek, die erst vor kurzem herausgegangen ist, vielleicht kennst Du sie dem Namen nach: Irmgard Keun. Sie hat ‹Das kunstseidene Mädchen› und ‹Gilgi, eine von uns› geschrieben. Also direkt einsam sind wir hier leider nicht, aber es ist doch ein großer Unterschied zu Versailles.

Heute schrieb der Paul (Egoneks Bruder), daß die Fritzi operiert wurde. Weißt Du näheres darüber? Von zu Hause haben sie gar nichts geschrieben. Vorige Woche warst Du doch noch mit ihr zusammen und hast gar nichts darüber gesagt? In Deinem vorigen Brief steht: ‹Kaspar und Fritzi waren auch da, angeblich hatten sie Dir geschrieben. Wirst Du kommen? Das wäre schon besser aufs Land!› Das verstehe ich auch nicht, niemand hat geschrieben, und wohin soll Egonek kommen?

Der Egonek will Dir auch noch schreiben, also schließe ich vorläufig, und hoffe, daß ich alles gut gemacht habe und Deine Verzeihung bekomme.

Hier im Land geht jetzt allerlei vor, wenn's doch nur auch mit einem so guten Erfolg enden würde wie in Frankreich! Und die neue Verfassung in USSR ruft auch großes Erstaunen hervor. Übrigens, wann fährt Duško, ich bin ihm noch einen Brief schuldig und habe auch die Adresse von Greta nicht. Grüß ihn jedenfalls sehr herzlich von mir, und ich schreibe bald. Dir, liebste Jarmila, alles Gute, und schreib bald wieder, und sei allerherzlichst gegrüßt. Deine Gisl

15. Juli 1936
Breedene sur Mer (Belgique) Hôtel d'Anvers

Liebste Jarmila,

hübsch lange haben wir Dir nicht geschrieben. Schuld war allerhand, vor allem wollten wir endlich den Kisch-Case abschicken, es war ja schon zum Kotzen dieses Herumgemache daran. Jetzt ist es weg, und es kommt die zweite Hälfte des Buches, und das wird wohl noch ärger.

Bei dieser Gelegenheit will ich Dich fragen, was wir mit den Korrekturen machen sollen. Wir haben ein ganzes Exemplar von etwa 160 Seiten nochmal nach dem Erscheinen in der ‹A.I.Z.› abgeschrieben, und wieder auf jeder Seite viel korrigiert. Außerdem haben wir noch das alte Exemplar mit den roten Tintenkorrekturen für Dich. Es gibt also drei Möglichkeiten: entweder wir schicken Dir die beiden Manuskripte, was ziemlich teuer wäre, oder wir machen auf dem zweiten Exemplar eine Übertragung der roten Tinte-Korrekturen, was fast soviel Arbeit machen wür-

de, wie neu abschreiben, oder wir schmeißen alles weg, und Du kontrollierst alles nach den Fahnen. Das scheint mir noch das beste zu sein, um so mehr als ja noch leider gar keine Aussicht auf eine tschechische Buchausgabe besteht.

Gestern schickte ich Dir ‹On the Pacific Front›, das Buch von Tom, mit einer Widmung, aus der Du siehst, wie sehr ich mich über Deinen Artikel in der ‹Tvorba› gefreut habe. Ich habe ihn der Gisl wörtlich übersetzt, uns beiden hat er glänzend gefallen. Wenn im ersten Satz eine allgemeine Sentenz über Gorki stünde, statt des Faktums, daß eine Trauerkundgebung stattfand, so wäre es ein Essay statt eines Berichtes. Es ist wirklich ausgezeichnet!

Die Übersetzungen in den letzten Nummern habe ich noch gar nicht gelesen, sondern mir sie beiseitegelegt. Du kannst Dir vom Rummel hier keinen Begriff machen, unter anderem sind in Ostende und Breedene: Joseph Roth, Hermann Kesten, Stefan Zweig, Irmgard Keun, Arthur Koestler, Lou Eisler, Artners, ein paar Arbeiter-Genossen, darunter proletarische Schriftsteller, denen es natürlich fürchterlich geht. Auch verdächtige Subjekte schleichen herum, Du kannst Dir also vorstellen, wie es aussieht. Am liebsten möchte ich wegfahren, aber das geht aus den verschiedensten Gründen nicht.

Was Du von dem Besuch unserer Freundin E. schriebst, war natürlich sehr interessant für uns. In Amerika hätte er sicher Chancen, aber warum er das nicht vor drei Jahren gemacht hat, das ist eben der Blödsinn. Ist Sonja verheiratet? Wie heißt das Kind jetzt? Otto ist in Spanien, er wird sich sicher riesig interessieren. Wenn Anka kommt, soll sie uns gleich schreiben, wenn sie uns noch mag, wir sind ihr schon seit einem halben Jahr Post schuldig, und sie wird sicher böse sein.

Deine Einsendungen habe ich bekommen. Die Kritik vom Eis-

ner ist sicher einschränkungslos zustimmend gedacht, aber er hat sich leider einen so schnoddrigen Stil zugelegt, daß niemand recht weiß, was er will. Er ist der einzige Mensch auf der Welt, der noch über mich schreibt, – Reportage und Kommunist, das ist den Kritikern zu viel. Die Ausschnitte aus ‹Haló – Noviny› und ‹Rudé Právo› über meine Kongreßrede und Ceylon sind nach dem ‹Prager Tagblatt› gemacht, das diese Sache abgedruckt hat.

Die Fragebogen lege ich bei, auch den Kersten. Den Artikel über Longen, den ich seinerzeit dem Sinaiberger geschickt habe, will ich mir heute noch durchschauen, ob er eine Ausweitung und Verbesserung verträgt. Wenn ja, schicke ich es Dir dann sofort zu.

Von den ‹Abenteuern in 5 Kontinenten› habe ich nur ein Exemplar, das mir der Koestler aus Paris mitgebracht hat, ich weiß nicht einmal, ob er es nicht wieder zurückverlangen wird. Aus Paris hat man mir nichts geschickt, trotzdem ich es verlangt habe, angeblich haben sie nur sehr wenig Exemplare geschickt bekommen, und das Buch soll schon vergriffen sein. Wenn ich Exemplare bekomme, so kriegst Du selbstverständlich eines mit Widmung.

Die Lou erzählt, daß sie Dir wegen Übersetzungen von Brecht und Paul Frischauer, dessen Biographie von Beaumarchais in Amerika ein Bestseller ist, schreiben ließ, und zwar an die Adresse von Penizek & Rainer. Du hast es aber scheinbar bekommen, weil Du uns ja um die Adresse von Lou gefragt hast.

Wann fährst Du nach Franzensbad, laß es uns sofort wissen, damit die Korrespondenz nicht abreißt. Hast Du die ekelhafte Polemik über das ‹Pariser Tageblatt› verfolgt? Auch die albernen Angriffe gegen B.?

‹Pariser Tageblatt› – eine Zeitung für alle Deutschen außerhalb des Hitler-Staates.

B. – Joseph Bornstein.

Schreibe mal, auch wie es in der Melantrichova geht, wenn

man dort auch scheinbar schwer etwas Vernünftiges erfährt. Paul wird wohl jetzt große Sorgen in Wien haben, die jüdischen Journalisten sind dort wohl ihrer Posten nicht sicher.

Für heute genug, wir haben seit Wochen niemandem einen Brief geschrieben, und Gisl war seit Wochen nicht mehr am Strand. So ist unser Leben. Sei allerherzlichst gegrüßt und geküßt von Deinen Egoneque.

24. Juli 1936

Breedene sur Mer (Belgique) Hôtel d'Anvers

Liebste Jarmila,

nachdem Du also in jugendlichem Optimismus darauf bestehst, daß wir Dir die korrigierten Exemplare vom ‹Case› aufheben, weil Du so sicher bist, einen Buchverlag dafür zu finden, so heben wir Dir die Manuskripte auf.

Gleichzeitig mit diesem Brief will ich Dir den Longen-Artikel schicken, wenn's noch nicht zu spät ist, ich schaue ihn mir gleich an, und werde ihn wahrscheinlich umschreiben müssen. Ich habe auch zwei Artikel von den Australien-Reportagen fast fertig, der eine, über die Botany Bay, ist mehr eine Einleitung zu dem Buch und bezieht sich zum Teil darauf, wie schwer es war, das Material über Australien zu beschaffen. Der andere hat 15 Seiten und handelt von den Eingeborenen. Ich kann Dir diesen, und wenn Du willst, beide zuschicken.

Du fragst, was ‹Orford› ist? Das weiß ich selbst nicht. Die anderen Fragen beantworte ich Dir so gut es geht auf dem Fragebogen.

Wir können sehr wenig arbeiten, es ist schrecklich. Jetzt ist wieder ein ganzer australischer Kongreß da, übrigens reizende Leute, darunter ein junger Mann von 19 Jahren, so groß wie John F. , aber nicht so hübsch, er hat eher ein Boxergesicht.

‹Orford› – ‹Orford› war der Name des Dampfers, mit dem Kisch Anfang März 1935 von Australien aus die Heimfahrt nach Europa antrat.

Fitzgeralds erzählen, daß John nach Genf fährt zur Völkerbundstagung als Spezialberichterstatter für eine australische Zeitung. – Lou fährt morgen nach London zurück, sie dankt Dir sehr herzlich für Deine Grüße.

Ich habe schon Pläne für ein neues Buch und eine neue Reise, aber wenn der Rummel so weitergeht, werde ich mit dem Australienbuch nie fertig.

Dieser Brief wird Dir vielleicht schon nach Franzensbad nachgeschickt werden. Erhole Dich gut, daß wir uns gesund wiedersehn. Übrigens schickt mir heute Sinaiberger aus Gastein, wo es regnet und kalt ist, eine Postkarte. Er schreibt, wenn meine Mutter nach Karlsbad ginge, würde ihr die Grete J. ein gutes Quartier verschaffen. Könntest Du nicht in der Melantrichova in diesem Sinn agitieren und meiner Mutter sagen, wie sehr ich mich freuen würde, wenn sie auf Urlaub ginge. Vielleicht fahrt Ihr dann zusammen mit Kaspars neuem Auto, und Du fährst dann von Karlsbad nach Franzensbad weiter.

Wir sind alle sehr bedrückt wegen Spanien. Es wäre schrecklich, wenn dort die Reaktion siegen würde.

Grete J. – Grete Jung, eine Schwester von Gisela Lyner.

bedrückt wegen Spanien – am 18. Juli 1936 hatte unter Führung von General Franco ein Militärputsch gegen die Spanische Republik begonnen.

Laß es Dir gut gehn, liebste Jarmila, die Gisl fährt jetzt nach Ostende zum Zahnarzt, sie nimmt den Brief mit dem Fragebogen mit, und wenn aus dem Longen-Artikel was wird, schicke ich ihn per Luftpost nach.

Ich grüße und küsse Dich herzlich Dein Egonek.

18. August 1936

Breedene sur Mer (Belgique) Hôtel d'Anvers

Liebste Jarmila,

Du hast schon lange nicht geschrieben, nicht einmal unseren letzten Brief bestätigt, aber es scheint doch, daß wir es sind, die im Rückstand sind, und deshalb dieser Brief, obwohl uns nicht zum Briefeschreiben zumute ist. Vor allem wegen Spanien, wo sich unser aller Schicksal entscheidet und von wo man noch nichts entscheidend Gutes zu hören bekommt. Der andere Grund ist die Arbeit, die Druckerei hat den ‹Case› dort, schickt bereits den Bürstenabzug, und urgiert dringend die Fortsetzung. Aber Egonek schreibt immerfort neu um, so daß eigentlich außer dem ‹Case› noch nichts ganz endgültig fertig ist.

Ein paar Tage brannte hier wunderbare Sonne, aber wir konnten nicht einmal auf den Strand gehen, so hasten wir mit der Arbeit. Jetzt ist wieder mieses Wetter, und da tut einem das Arbeiten müssen weniger weh.

Sensationelle Besuche haben wir wenig, vor fünf Tagen tauchte unangekündigt Lucie Lania mit Fritzl auf, sie suchten in Breedene Zimmer, aber da ich keines für sie fand, gingen sie nach Le Coq, wo es auch eleganter ist. Lania selbst ist in Prag, soll aber demnächst hierher kommen.

John F. schrieb, daß er wahrscheinlich zum Kongreß nach Brüssel kommt (Anfang September), dann wird er wahrscheinlich hier stoppen, es wäre sehr angenehm, wenn er das Manuskript anschauen könnte, selbst bei der größten Sorgfalt muß ein Ausländer immer Fehler machen.

Nell Fitzgerald ist noch hier, allein, da Kev in England einen Journalistenposten sucht. Sonst sind noch ein paar deutsche Emigranten da, die unsere Gesellschaft suchen, wir aber nicht die ihre.

Wie ist es in Franzensbad, es ist zwar kein Paradies, aber da es sein muß, ist es das beste, sich in guter Laune dareinzufügen. Sei also nicht so nervös, denk daran, daß alles zum Guten ist und schnell vorbei geht. Was erzählt Nina Kuh? Interessante Sachen?

John F. – John Fisher.

Apropos: vor einigen Tagen waren einige Tschechen hier, die in der Nähe auf den Dünen in einem antifaschistischen Camp Sommerferien machen. Ganz junge Burschen, sie sprachen ganz begeistert von der Australienreise in der ‹Tvorba›, sie sagten, sie hätten nur deshalb jede Woche das Blatt gekauft. Sonst haben wir eigentlich noch kein Echo über die ‹Tvorba›-Publikation gehört, aber wir stehen ja auch mit niemandem in Prag in Korrespondenz. Nur von Elly und von Helen haben wir unlängst eine Ansichtskarte bekommen, ich habe vergessen, woher.

Daß die ‹A.I.Z.› jetzt ‹Volks-Illustrierte› heißt, wirst Du schon wissen, außer dem Titel hat sich nichts geändert.

Danke herzlichst für den Ausschnitt aus ‹České slovo›, es ist wirklich blöd, wie diese Leute einen immer von oben herab behandeln, wie sie keine Ahnung haben, daß jemand in der Welt eine politische Position innehat, die sie zu einem gewissen Respekt verpflichten müßte. Aber ich habe mich über das ‹Pisch› nicht geärgert, – Du nimmst solche Sachen allzu tragisch.

Hast Du übrigens die Adresse von Sauer ausfindig gemacht und ihm das Manuskript gegeben? Wenn nicht, macht es auch nichts, es war ja nichts Besonderes, ich habe es nur geschrieben, weil ich nicht unkameradschaftlich sein wollte.

Grüß Dr. Löbel sehr herzlich von uns, sag ihm, daß seine Bücher in allen Sprachen die Buchhandlungen von Ostende schmücken. Was machen übrigens seine Jungen, der, mit dem ich mich in Paris gestritten hab, und der andere? Grüß, auch sie.

Daß Mützchen aus Spanien zurück ist, haben wir Dir schon geschrieben, vielleicht auch, daß Ilse herkommen wollte. Dieses Projekt aber scheint ins Wasser gefallen zu sein, wenigstens haben wir seither nichts mehr gehört. Erinnerst Du Dich noch an den miesen Jack Lewi aus Holland, Mann der Maria Ballenber-

‹Pisch› – (jidd.) umgangssprachlich im Sinne von bedeutungslos, unwichtig gebraucht; wörtlich heißt Pisch: Urin, Pisse.

Sauer – František (Franta) Sauer gehörte zu den Freunden Kischs.

Dr. Löbel – Dr. Alfred Löbel, ein Berufskollege von Kisch.

ger, der in Berlin die miesesten Affären gehabt hat? Nina Kuh wird sich sicher an ihn erinnern. Lucie Lania erzählte, was für ein großer Mann er in London ist, englischer Staatsbürger, Korrespondent südafrikanischer Blätter mit einer Prachtwohnung, noblem Verkehr, und neulich hat er anläßlich der jüdischen Konfirmation seines Sohnes ein Bankett für 50 Personen gegeben etc. etc.

So viel wir auch nachdenken, andere Neuigkeiten gibt's von hier nicht zu melden, laß Dir's recht, recht gut gehn, erhol Dich ganz gesund und sei gegrüßt und geküßt in alter Liebe von Deinen Egonek und Gisl

16. September 1936
Versailles

Liebster Jarmiláč,

besten Dank. Selbstverständlich bin ich immer zufrieden, wenn ein Buch erscheint, und ich überlasse es ganz Dir, was Du für Prokop machen willst. In den ‹Abenteuern aus fünf Kontinenten› scheint mir aber doch viel zuviel enthalten zu sein, was schon in anderen tschechischen Büchern drinsteht, ‹Redl›, ‹Hopfenpflücker›, ‹Drina-Übergang› etc. Und die Einleitung von Duško ist für Prag nicht ganz richtig, dort müßte man gegen die Totschweigetaktik polemisieren. Wenn Du das Buch machen willst, würde ich Dir Material für eine Einleitung schicken und auch eine afrikanische Sache, vielleicht ‹Port Said›, das ich auf meiner Australienreise berührt habe. Aber würden sie nicht ‹China› oder ‹Asien› als Buch nehmen? Jedenfalls sollen sie in gleichem Format und Satz wie die Pokrok-Bände drucken, damit sie die ganze Serie neu herausbringen können. Wenn Du ‹Pasáci, pasáci› machst, so schlage mir Änderungen vor. Also nochmals: wie Du willst. In Rußland ist auch ein Sammelband von mir erschie-

‹Leta i Ljudi› – (russ.) ‹Jahre und Menschen› (in tschechischer Transkription).

‹Národní Listy› – (tschech.) ‹Nationalzeitung›, Tageszeitung der tschechischen Nationaldemokratischen Partei.

nen, ‹Leta i Ljudi› oder so, hab es überhaupt nicht gesehen. Das Gedicht von Deinem Vater hat mich wirklich gefreut, es ist ein schönes Gedicht. Danke ihm sehr! Warst Du an meiner Mutter Geburtstag bei ihr? Ich muß lachen, daß Du vor 1 1/2 Jahren Manuskript von Australien wolltest. Ich habe bis jetzt erst 3 Kapitel von 12 fertig! Dank für die Ausschnitte aus ‹Národní Listy›. Dein alter Egonek.

Liebste Jarmila,

gestern abend sind wir wieder hier eingetrudelt, und das erste ist, daß ich Dir schreibe. In Breedene bin ich nicht dazu gekommen, meine Maschine ging kaputt, mitten in der eiligsten Arbeit, drei Tage bin ich herumgelaufen, ohne jemanden zu finden, der sie repariert.

Egonek mußte auf einen Tag zum Kongreß, alle Leute, hunderte, hat er dort getroffen, nur den Nico nicht, stell Dir vor. Nachher kam John F. noch für drei Tage nach Breedene, die ganze Zeit hat er mit Egonek übers Australienbuch Buch geredet. Was er macht, habe ich nicht herausgekriegt, er sagt immer, es ist noch nichts definitiv, aber er hofft, daß es bald wird. Aber es scheint, daß es ihm gut geht.

Die letzte Woche hatten wir schon sehr schlechtes Wetter, oft Regen, und hier gießt es auch. Scheußlich! – Hilde und Kola sowie Onkel Ulrich sind noch in Breedene geblieben, sie danken Dir für Deine Grüße sehr herzlich.

Du hast meinen letzten Brief gar nicht beantwortet, er hat sich mit Deinem vorvorigen gekreuzt. Inzwischen hat Egonek Deinem Vater geschrieben und von ihm sofort ein wunderbares Gedicht gekriegt, ich selbst verstehe ja nicht tschechisch, aber Egonek sagt, daß es überraschend gut ist.

Hier weiß noch niemand von unserer Rückkehr, und wir wollen auch noch ein paar Tage inkognito bleiben, wegen der Arbeit. Hoffentlich geht es!

Kannst Du mir sagen, Jarmila, ob Duškos Adresse noch immer Ovenecka ist? Ich weiß nicht, ob er meinen Brief bekommen hat. Ich habe keine Ahnung, wer L. M. in Prag sein kann. Ich kenne nur Lene R., weiß aber nicht, ob sie in Prag war; ich hatte vor ein paar Wochen eine Karte aus Salzburg von ihr.

In Spanien ist Richard Kisch, der Junge vom ‹Daily Worker›, verwundet worden. In Moskau scheint man zu glauben, daß es Egonek ist. Es sind nämlich eine Menge Telegramme gekommen.

Jetzt will Egonek Dir wegen des Verlages schreiben, also mach ich Schluß. Bitte, schreib bald, wie es Dir geht, und sei viele Male allerherzlichst gegrüßt von Deiner Gisl

Duško – Theodor Balk.

Lene R. – Lene Radó, Frau von Prof. Sándor Radó.

‹Daily Worker› – Englische kommunistische Tageszeitung, Erscheinungsort London.

23. September 1936

Versailles

Liebste Jarmila,

gratuliere Dir also nochmals zu Deinem Abschluß über das Buch. Du hast so große Eile mit dem Abliefern, daß ich gar nicht weiß, was ich Dir vorschlagen soll. Du richtest Dich doch sicher nach den Kapiteln, die Du schon übersetzt hast. Mir wäre ja am liebsten gewesen, wenn Du einfach ‹Eintritt verboten› herausgegeben hättest, vermehrt um das ‹Pariser Ghetto›, Hitler-Brief und vielleicht noch etwas. Dann hätten wir die schlechten Afrika-Artikel vermieden und auch dem Australien-Buch nicht vorgegriffen. Das Kapitel über Wolle habe ich ganz geändert, und wenn Du bei den ‹5 Kontinenten› bleibst, so schicke ich Dir schnell die neue Fassung.

War denn ‹Lenins Zimmer› noch in keinem tschechischen Buch? Ich bin nicht sehr dafür, weil durch die Memoiren der

Krupskaja sehr viel neues Material über die Wohnung und den Schuster Kammerer veröffentlicht wurde. Nimm doch statt dessen möglichst viel aus ‹Asien gründlich verändert› und aus ‹China geheim›. Oder den ‹Modratschek›?

Eine zweite Lösung wäre, daß Du aus ‹China› und ‹Asien› einen Band machst, etwa unter dem Titel ‹China und Sowjetasien›. Durch dieses Buch würde sich ebenso wie durch ‹Eintritt verboten› die Einleitungsfrage erledigen.

Du darfst aber nicht glauben, daß ich mich nicht freue, wenn das Buch so erscheint, wie es von den Freunden zusammengestellt wurde zu meinem 50. Geburtstag. Es ist auf jeden Fall fein, daß ich wieder einmal in Buchform gedruckt werde. Was Du aus dem Amerika-Buch hineinnehmen willst, überlasse ich ganz Dir.

Material für die Einleitung kann ich Dir heute noch nicht schicken, wir arbeiten jetzt 10 bis 12 Stunden am Tag, und haben schon fast 300 Seiten fertig (einschließlich des ‹Case›), aber neun Kapitel (zusammen über 100 Seiten) sind noch zu machen, sonst kommt das Buch vor Weihnachten nicht mehr heraus. Zu den ‹5 Kontinenten› paßt die Einleitung von Balk am besten, sie erklärt, warum das Buch in dieser Form erscheint. Wenn Du eine andere Einleitung machen willst, telegrafiere mir oder schreibe den äußersten Termin, und ich werde etwas Material diktieren.

Kola ist mit seinen Eltern noch dort, wo wir waren, die werden sich schrecklich freuen mit dem Bild, es ist wirklich fabelhaft, der Junge hat sich überhaupt nicht verändert. Ich muß das Gesicht von ihm sehen, wenn er sich da plötzlich in der Zeitung abkonterfeit sieht.

Du fragst, wie Du Parchkopf übersetzen sollst? Das weiß ich nicht. Vielleicht läßt Du das deutsche Wort, erklärst aber so genau wie auf Seite 127, was damit gemeint ist. – Den Namen El-

‹Modratschek› – in der Reportage ‹Wie Modratschek erfuhr, wer Mayer war› geht es um Lenins Aufenthalt in Prag im Jahre 1912.

Parchkopf – betrifft die Reportage ‹Des Parchkopfs Zähmung› aus dem Buch ‹Geschichten aus sieben Ghettos›, erschienen 1934 im deutschsprachigen Exilverlag Allert de Lange, Amsterdam.

len würde ich lassen, die mährischen Juden geben ja so deutsche Namen, und in einer tschechischen Übersetzung wirkt das wie ein gerechter Angriff. – Hillelsgeduld ist eine Geduld wie die, die den Propheten Hillel ausgezeichnet hat.

Zu den Berühmtheiten in Deiner Verehrerschaft gehört jetzt auch John F. Er hat uns vor drei Tagen beiliegenden Brief geschickt, in dem er uns bittet, den mitgeschickten Ausschnitt an Dich weiterzuleiten. Ist das nicht sehr nett von ihm?

Mit Mützchen waren wir beisammen, auch Piscator war einmal hier, und man hat mir schon wieder Vorträge aufgehalst, obwohl ich auf den Knien gebeten habe, mich noch einen Monat in Frieden zu lassen.

Wie war das mit dem Geburtstag meiner Mutter? Ich habe Dir doch geschrieben, daß er am 9. ist. (Die Gisl hatte 11. geschrieben, und ich hatte es korrigiert.) Auch meinen Glückwunsch habe ich so abgeschickt, daß er am 9. ankommen sollte. Wieso hat die Mutter den Geburtstag nicht am 9. gefeiert? Wie war es überhaupt dort? Was war das für ein Familienkrach?

Deiner Mutter sag, daß ich ihre Korrektur dankbar entgegennehme, aber ich laß ihr sagen, sie hat auch einmal deutsch gekonnt, und hat es ganz vergessen, da soll sie mir keinen Vorwurf machen, weil ich mne anstatt mě schreibe. Und im übrigen lasse ich sie herzlich grüßen und möchte gern wieder einmal bei ihr essen.

Das Buch von Sauer habe ich in der ‹Prager Presse› angekündigt gesehen, aber nicht bekommen. Eilt nicht.

Das Honorar gehört natürlich Dir, Du verdienst ja ohnedies fast gar nichts an dieser Übersetzung. Hoffentlich gelingt die Neu-Ausgabe der gesammelten Werke, da würde mehr herausschauen, und wäre auch sonst herrlich. […]

Geburtstag meiner Mutter – hier irrte Kisch, seine Mutter hatte am 11. September Geburtstag.

mě – (tschech.) Personalpronomen.

Also, ich danke Dir sehr herzlich, daß Du mich wieder bei einem Verlag angebracht hast, und grüße und küsse Dich sehr herzlich, auch Old Vincek.

Küßchen! Dein alter Egonek

16. Oktober 1936
[Versailles] Freitag

Liebster Jarmiláč,

wieder sitzt Gisl in ihrem Zimmer (Deinem Zimmer) und schreibt ab, was wir zusammenkorrigiert haben, solange man sich noch darin auskennt. Natürlich ist sie nicht im mindesten beleidigt über das, was Du geschrieben hast, sondern gibt Dir recht und mir die Schuld. Aber es ist auch für mich schwer, bestimmte Wendungen gehören zu bestimmten Komplexen, ‹Felle wegschwimmen› z. B. zum Pelzhandel, ‹Nabelschnur› zum Kabel, sonst ist die Sache fast unvollständig, – dort, wo der Ursprung einer abgebrauchten Metapher liegt, oder eine abgebrauchte Metapher einen neuen Sinn bekommt, muß man das sagen, auch wenn man sich wiederholt.

Auch mit den Stoffen, d. h. den Themen, ist es ebenso. Früher habe ich in allen Ländern Gefängnisse beschrieben, jetzt auch Börsen. Nur von der Wollbörse konnte ich zentral die Schafzucht behandeln. Es ist wahr, die Börse sieht einander überall ähnlich, überall schreit man mit den Fingern und schießt mit den Bleistiften, in Chicago, wie in Sidney, und es ist eine Katastrophe, daß die beiden Sachen im gleichen Buch stehen werden. Du mußt unbedingt ein paar Striche machen! Und Du hast leider auch recht, daß es, in sozialer Beziehung, nach Almaden abfällt. Ich könnte Dir etwas anderes schicken, die Gewerkschaften, die einen Fortschritt in meiner Arbeit bedeuten, aber erstens ist es wohl schon zu spät, zweitens hat es 30 Seiten!

Ein Brief von mir an Dich, vorgestern geschrieben, ist wohl heute in Deinen Händen. Inzwischen hat sich nur ereignet, daß Kostja Z., Gertrud B. und Lukas bei mir waren, sie bleiben jetzt in Paris. U. a. erzählten sie, daß Grete Rainerová aus der Partei ausgetreten ist, wegen des Moskauer Prozesses. Marie-Louise erzählte mir, die drei Russen seien noch in Frankreich, einer heiratet eine Französin, hoffentlich nicht Deiner. In der ‹Prager Presse› lese ich, daß Willy Haas jetzt für die ‹Literarní Noviny› über deutsche Literatur schreibt, – von dort wird wohl die Anerkennung unserer Arbeit auch nicht kommen. Daß Du Dich über Schörpner und seinen Leo Lania ärgerst, ist sicher zu viel Ehre für Schörpner! Er wird sich nur freuen, daß ihm gelungen ist, Dich (und wie er sicherlich glaubt: auch mich) zu treffen.

Die angekündigte ‹Rozsévačka› ist nicht gekommen. Bin sehr neugierig, und sehr froh über die Anerkennung, die Du findest, und die sehr berechtigt ist. Nächstes Jahr fährst Du nach Moskau, sicher! Wen siehst Du übrigens in Prag? Wer verkehrt noch mit Kalandra? Was macht die Milena, von der habe ich lange nichts gehört.

Grüß den Duško herzlichst. Und sei selbst gegrüßt und geküßt von Deinem alten Egonek.

Kostja Z. – vermutlich Kostja Zetkin, der Sohn von Clara Zetkin.

29. Oktober 1936

Versailles

Liebste Jarmila,

anbei die Änderungen der Kongreß-Rede. […]

Die ‹Rozsévačka› habe ich gelesen, alle drei Nummern. In der Besprechung über Voskovec & Werich gefällt mir der erste Satz nicht, er ist zu journalistisch, man kann nicht so anfangen ‹Gestern fand auf der Sophieninsel …› So beginnen Lokalnotizen, keine Theaterreferate oder Essays. Auch die Apostrophierung *‹liebe Leserinnen› erinnert mich an Milenas ‹liebe Kinderchen›. Ich mach das zwar auch manchmal, aber nur, wenn ich's ironischerweise meine. Das sind meine Einwände. Im übrigen finde ich die Besprechungen über Burians ‹Barbier von Sevilla› sehr gut und die Besprechungen über V & W und den Langerschen Film noch besser, weil sie sehr kritisch sind. Sehr gut!*

Begeistert, absolut begeistert bin ich über Dein Referat über die ‹Töchter der Revolution›. Ich war bei der Lektüre so gespannt und so aufgeregt und so gerührt, als hätte ich den Film selbst gesehen. Es ist wirklich ausgezeichnet, und ich beglückwünsche Dich dazu, ich habe es der Gisl übersetzt, und auch ihr hat es glänzend gefallen. Schade, daß wir den Film nicht gesehen haben. ‹Matrosen von Kronstadt› haben wir gesehen, großartige Bilder, aber leider zu wenig einheitliche Handlung. Immer der gleiche Fehler: das Libretto fehlt.

Sonst habe ich heute nichts Neues mitzuteilen, Rosner lebt und hat uns geschrieben, schrecklich dagegen ist, daß die Szabo nach Deutschland gebracht wurde und im Keller der Gestapo sitzt.

Seit fast vierzehn Tagen waren wir überhaupt nicht aus dem Haus, wir sind schon ganz verblödet von der Arbeit. Kostja Z. ist der einzige, der uns in dieser Zeit zweimal besucht hat, einmal mit Gertrud und Lukas. Von John F. haben wir auch schon seit Wochen nichts gehört. Sehr schade, daß Du den Angriff der ‹Národní Listy› verloren oder verlegt hast, Du weißt doch, daß mich Angriffe sehr interessieren, weit mehr als Lob, und Du hättest mir wenigstens schreiben sollen, weshalb sie mich angreifen. Bin neugierig. Unser Telefon ist gestört, und so haben wir nicht einmal drahtliche Verbindung mit der Welt.

Alles Liebe, und noch nochmals meine Gratulation zu den ‹Töchtern der Revolution›, Dein Egonek.

Milenas ‹liebe Kinderchen› – Anspielung auf die von Milena Jesenská betreute Rubrik ‹Baby› in der Zeitung ‹Lidové noviny› bzw. auf Beiträge von ihr in ähnlicher Diktion.

V & W – gemeint ist das legendäre avantgardistische Theater von Voskovec & Werich (V&W) in Prag.

Liebste Jarmila, *9. November 1936*
Versailles

das ist ein ganz bitterer Brief, den ich da eben bekommen habe. Ich weiß gar nicht, was ich antworten soll, denn inzwischen wirst Du doch den Vincek so oder so wieder gefunden haben. Du hast es wirklich schwer, es ist schon höchste Zeit, daß Du von dort wegkommst. […]

Sehr habe ich mich gewundert, daß Dich der tadelnde Teil meiner Kritik über Deine Sachen in der ‹Rozsévačka› so sehr getroffen hat. Es waren doch nur zwei Fehler, die viele unroutinierte Leute machen, nämlich den ersten Satz zu banal zu schreiben, und zweitens den Leser zu apostrophieren. Wenn man das einmal jemandem sagt, so unterläßt er es. Das kann Dich doch unmöglich so tangieren, auch wenn ich es spaßeshalber mit dem Kinderkitsch von Milena vergleiche. Dagegen habe ich gedacht, daß Dich meine Begeisterung über die Kino-Kritik viel mehr freuen wird. Aber Du hast soviel Zores, daß alles verkehrt wirkt.

Daß dieser Idiot Schörpner über mich einen Artikel in unserem Blatt schreibt, ist wirklich schlimm. Aber man muß erst abwarten, was er da zusammengekleistert hat. Die Anekdoten über mich sind alle aus einer ganz anderen Zeit und haben mit meinem heutigen Ich gar nichts zu tun; es ist echt pragerisch, die Menschen immer gleich zu sehen. Vergiß nicht, es mir zu schicken.

Daß Vincek gerade den Brief bei sich hatte, worin ich über mich selbst schreibe, ist sehr peinlich, peinlich für mich und für Dich. Es ist merkwürdig, daß gerade diese beiden Briefe, die man ohne Zusammenhang der gegen mich erhobenen Angriffe für eine eitle Selbstbeweihräucherung halten kann, verloren gegangen sind, der eine auf der Post, der andere durch Vincek. Wenn sich das Original wiedergefunden hat, laß es mich sofort wissen.

Zores – (jidd.) Sorgen, Leid.

Nachdem ich den letzten Brief an Dich weggeschickt hatte, überlegte ich mir noch, wie recht ich mit meiner Einfügung hatte, denn ohne sie ist der ganze Artikel von B., der für die Deutschen sehr gut ist, ziemlich unwichtig. Es handelt sich ja in Prag nicht darum zu sagen, wie Reportage entsteht, sondern der Unterschätzung gegenüberzutreten. Ich habe noch eine Kopie des Briefes, und die Gisl wird die betreffende Stelle abschreiben und beilegen.

Du willst mein Buch haben, Kind, es ist noch nicht einmal zu Ende geschrieben, geschweige denn gedruckt und gebunden. Sowie ich ein ganzes Umbruchexemplar habe, kriegst Du es, und außerdem selbstverständlich ein gebundenes Exemplar mit Widmung.

Ich danke Dir sehr für die Mitteilungen aus der Melantrichova, wenn sie auch nicht sehr optimistisch klingen. Ich weiß wirklich nicht, ob ich bis Weihnachten warten soll mit meinem Besuch, was meinst Du? Ich werde heute nach Prag schreiben, natürlich Deinen Bericht nicht erwähnen. Geh mal wieder hin, wenn Du Zeit hast.

Anna haben wir seit vier Wochen nicht gesehen, sie macht ebenso wie ich ihr Buch vor Weihnachten fertig, und weder sie noch ich kommen seit Wochen in die Stadt. Dagegen hat uns vorige Woche Lene besucht, aber alles, worüber wir gesprochen haben, Spanien, Arth. E., Szabo, André war sehr traurig.

In der ‹Par. Tageszeitung› erscheint der Roman von Irmgard Keun: ‹Nach Mitternacht›, meiner Ansicht nach ein großartiger Antinaziroman, der viel Aufsehen machen wird. Ich schreibe es Dir deshalb, weil Du ihn vielleicht gelegentlich empfehlen kannst. Das Buch erscheint bei Allert de Lange.

Ich gehe jetzt wieder in mein Zimmer schreiben, ich glaube, ich werde diese Woche das Buch abschließen müssen, und einige

Anna – Anna Seghers.

Kapitel, die schon geschrieben sind und die Du kennst, wie zum Beispiel über ‹bloody› und Fluchen,- weglassen müssen, sonst kommt das Buch vor Weihnachten nicht mehr heraus.

Kopf hoch, Jarmilko, laß Dir's gut gehn, nimm alle Kraft zusammen und sei herzlichst gegrüßt von Deinem Egonek.

Liebste Jarmila,

mit Sehnsucht warte ich darauf, daß wir endlich mit dieser Hetzarbeit fertig werden, damit ich Dir einmal ganz ausführlich schreiben kann. Wir leben jetzt noch zurückgezogener und einsamer wie in Gent, wo wir keinen Menschen kannten; manchmal vergeht eine ganze Woche, ohne daß uns auch nur jemand anruft, oder wir jemanden, weil man ja auch mit dem Telefongeld sparen muß.

Daß Du Dich nicht getraut hast, die angebotene Stellung anzunehmen, ist sehr schade; das Gehalt ist allerdings sehr klein, aber ich glaube, die Stellung hätte viele Möglichkeiten geboten, vielleicht auch eine Reise nach Spanien, sei nächstens nicht so schüchtern, Du hast wirklich keinen Grund, jetzt siehst Du es ja selber, daß Du das auch triffst, was andere.

Alles Gute, Jarmila, und viele sehr herzliche Grüße, und vor allem gute Besserung mit der Erkältung und mit Vincek. Deine Gisl

14. November 1936
Versailles

Liebste Jarmila,

wir waren sehr aufgeregt über Vincek, wir dachten wirklich, es sei ihm etwas passiert. Das ist ein Schaschek!

Schaschek – šašek (tschech.) Spaßvogel.

Bis hierher hatte ich diktiert, da ruft Landauer aufgeregt aus Amsterdam an, ich muß heute den Schluß des Buches abschik-

ken, sonst kann es vor Weihnachten nicht erscheinen. Also muß ich heute noch schuften, obwohl ich nicht weiß, ob ich damit fertig werde. Außerdem muß ich abends in einer Ausstellung des verbrannten Buches das Referat halten.

Also nur in aller Kürze. Besten Dank an Hans H. wegen meines Buches, ich weiß noch nicht, ob ich das machen soll, vielleicht ist es besser, wenn es in Moskau neu gedruckt wird.

Dein Artikel über Spanien fängt wieder so lokalnotizenhaft an, statt daß Du in einem Satz gesagt hättest: ‹Spanien, Spanien, Spanien, das ist die Devise der denkenden Menschheit, das ist der Kampf zwischen Reaktion und Humanität, Spanien, Spanien, Spanien, daran denkt man bei Tag und wenn man einschläft›, oder so etwas. Verstehst Du, was ich meine? Der erste Satz soll eine Sentenz enthalten.

Den Schluß des Vorwortes lege ich bei. Es ist nicht nur ein wenig geändert, sondern es ist viel besser geworden, es hat einen direkt herzlichen Ton bekommen. André Gide lassen wir drin, ich bin überzeugt, daß sein Buch vielleicht politisch verständnislos für manche Dinge sein wird, aber doch im Grunde wichtig – und anständig. Damit ist noch nicht gesagt, daß es uns nicht auch schaden kann. Mit Lion hast Du vielleicht recht, und wenn es Dir paßt, kannst Du an seiner Stelle vielleicht einfügen: ‹Bert Brecht, der K. für den Nobelpreis vorschlug›.

Gegen die Tendenz des Artikels von Schörpner ist wirklich nichts zu sagen, aber wenn er damit auf meine Übersetzungen spekuliert, irrt er sich selbstverständlich.

Die Gisl wird dann nachschauen, ob sich ein brauchbares Foto für den Verlag findet, damit sie es diesem Brief beilegt. Apropos: hast Du noch die Bilder von Australien? Vielleicht brauche ich sie für eine fremdsprachige Ausgabe. Schicke sie mir, bitte.

Lion – Lion Feuchtwanger.

Duško grüße sehr, sehr herzlich von uns, und sage ihm, er soll unbedingt, mit aller Gewalt, einen Verlag für sein Grenzlandbuch finden; es ist ein Jammer, daß es nicht erscheint.

Nochmals alles Gute, und herzlichst Dein Egonek. Ich küsse Dich!

Grenzlandbuch – das Grenzlandbuch von Duško (Theodor Balk) ist nicht erschienen.

8. Dezember 1936

Versailles

Liebste Jarmila,

das war eine Überraschung, nach so vielen Jahren wieder ein Buch von mir in Tschechisch. Eine Bresche ist geschlagen. Ich habe es sogar gelesen, natürlich nicht fortlaufend, aber doch sehr viel, und ich finde alles sehr gut, insbesondere die Einleitung. Am meisten hat mich das ‹heilige Lamm› interessiert, und die Übersetzung gefällt mir um so mehr, als ich die meisten Worte und Wortformen gar nicht kenne, zum Beispiel ‹hodent› oder ‹žijet›. Das Buch ist auch anständig gedruckt, aber wenn man es aufschneidet, fällt es auseinander, und die Schrift auf dem Umschlag ist viel zu klein. Sag ihnen, wenn Du mit ihnen sprichst, daß der Titel des Buches und der Name des Autors so groß sein müssen, daß jemand vor dem Schaufenster auf drei Meter Entfernung es lesen können muß, auch bei schlechtem Licht. Das ist das oberste Prinzip der Buchausstattung.

Ich habe mich wirklich sehr über das Buch gefreut und bin neugierig, was es für Aufnahme finden wird. Die Kritik wird in einer miesen Lage sein. Einerseits reizt die Einleitung zum Widerspruch, andererseits werden sie sich fürchten, einen so gefeierten Mann zu beschimpfen. Schicke mir alles, was erscheint, und wenn Du Interesse an einer neuen Auflage hast, so berate Dich mit Laurin darüber, wo er Besprechungen veranlassen könnte.

wieder ein Buch – gemeint ist der Sammelband ‹Abenteuer in 5 Kontinenten›.

‹hodent› – (tschech.) würdig.

‹žijet› – (tschech.) er lebt.

Ein Wermutstropfen in der Freude war die Geschichte mit Vincek. Das ist ja wirklich schrecklich, was macht der Junge? Ist er denn verrückt? Was soll man denn mit ihm tun?

Ich will Mitte oder Ende nächster Woche fahren, und dann reden wir über allerlei, aber ich sage natürlich vorher niemandem, daß ich diese Reiseabsicht habe, weil gewöhnlich etwas dazwischen kommt.

Die beiden Referate in der ‹Rozsévačka› habe ich gelesen, sie haben mir beide wirklich ehrlich gut gefallen. Den ‹Filmspaziergang› hätte ich ‹Reise um die Welt im Film› genannt, Du hast das nämlich wirklich ausgezeichnet gemacht, wie man in den Filmen einer Woche von China über Amerika nach den Teufelsinseln und nach England fahren kann. Die Erwähnung des ‹erschossenen Theaters› ist sehr geschmackvoll und ich finde es auch ganz richtig, daß wir uns Reklame machen, solange sie uns kein anderer macht. Die ‹Welt nach 100 Jahren› ist politisch sehr gut und vollkommen richtig. Armes Mädchen, Du scheinst ja Deine ganzen Abende im Kino zu verbringen! Apropos, der Garry Cooper ist kein Russe, der in Wirklichkeit Harry Cooper heißt, sondern er heißt Gary Cooper. Hast Du ihn übrigens in dem Film ‹The extravagant Mister Deeds› gesehen? Das ist Gary Cooper ganz ausgezeichnet.

Sonst gibt's nicht viel Neues. Viel wird über André Gide gesprochen, ich schicke Dir die ‹D.Z.Z.› mit der offiziellen Stellung-nahme zum Buch. Ich glaube, es wird Dich sehr interessieren. Jedenfalls hat uns Gides politische Ahnungslosigkeit in Intellektuellenkreisen geschadet; 84 000 Exemplare sind bereits französisch verkauft. In Spanien sind sehr viele Schriftsteller, auf der Rückseite von ‹D.Z.Z.› ist ein Bericht von Gustav Regler und von Pierre Merin, der einmal die Gisl in Deiner Anwesenheit

Ein Wermutstropfen – betrifft Vincenz Nečas, siehe Anmerkung zum 1. Oktober 1928.

über mich ausgefragt hat, und Dich dabei geringschätzig behandelt haben soll. Auch Marchwitza, Kantor, Kurt Stern (der Mann meiner französischen Übersetzerin) und viele andere sind an der Front.

Schreibe mir wieder, was in der Melantrichova los ist, mach eine kleine Pause in Deiner Arbeit, damit Du und Deine Augen sich erholen, und sei herzlichst umarmt von Deinem Egonek. Küßchen!

Kantor – das ist Alfred Kantorowicz.

französische Übersetzerin – Jeanne Stern.

Liebste Jarmila,

seit wir mit dem Buch fertig sind, kommen wir etwas öfter in die Stadt, aber eigentlich auch nur zu ‹offiziellen› Anlässen, Sitzungen, Besprechungen etc. Einmal hatten wir den Abend in der Stadt frei, und da haben wir uns eben den Film vom ‹Mr. Deeds› angesehen, einmal war ich mit der Anna im Louvre. Du, Jarmila, das ist wunderschön, nachts dort zu sein, eine ganz unglaubliche Beleuchtung, leider sind nur die Skulpturen nachts zu besichtigen, nicht auch die Bildersäle. Und ich versteh schon von Bildern sehr wenig, von Skulpturen aber gar nichts. Anna hingegen weiß unglaublich viel darüber.

Von unseren Freundinnen ist jetzt ein Pflegerinnenkurs eingerichtet worden, leider ist er schon überfüllt und täglich von 8 Uhr morgens angefangen. Aber es soll in den nächsten Tagen auch ein Abendkurs gemacht werden, den werde ich dann besuchen. Leider werden die dort ausgebildeten Frauen vorläufig nicht hinuntergeschickt. Dagegen stricken alle für unten, ich auch, vorläufig nur Schals, vielleicht werde ich mich demnächst an schwierigere Sachen herantrauen, Pullover usw. Bei mir geht es ziemlich langsam, weil ich nur in der Bahn Zeit habe zu stricken.

nicht hinuntergeschickt – gemeint ist nach Spanien.

Seit einer Woche ist es hier eisig kalt, ich glaube, der kälteste Winter bis jetzt, seitdem wir hier sind.

Wann kommst Du endlich wieder her? Denk dran, daß nächstes Jahr Weltausstellung ist, dann wird man nur sehr schwer Wohnung finden und nur sehr teure. Komm also schon bald. Und Jarmila, schicke mir bitte auch ein Exemplar von der tschechischen Übersetzung der ‹Fünf Kontinente›. Wenn ich's auch nicht selbst lesen kann, aber ich sammle doch alle Übersetzungen. Schreib bald, und alles Gute für Dich und allerherzlichst Grüße von Deiner Gisl

23. März 1937
[Versailles]

Liebste Jarmila,

wieder einmal haben sich unsere Briefe gekreuzt. Deshalb schreibe ich erst heute, weil ich dachte, daß ich inzwischen von Dir Antwort bekommen werde, oder eventuell von Egonek selbst hören werde, ob und was für Beschlüsse er gefaßt hat. Seit meiner Abreise aus Prag, das sind jetzt genau drei Wochen, habe ich keine einzige Zeile von Egonek, und ich mache mir Sorgen, was mit ihm los ist, da Du auch noch schreibst, daß er noch nervöser ist als vorher.

Zu ausführlichen Briefen habe ich momentan keine Geduld, obwohl ich vorläufig noch nicht mit Arbeit überlastet bin. Ich weiß selbst nicht, was mit mir los ist. Irgendwie ist mir mies, ich bin viel hier draußen und allein. Die wenigen Leute, die hier sind, haben wenig Zeit. Anna ist seit einer Woche verreist, kommt erst Ende dieser Woche zurück, Otto ist auch für eine Woche weggefahren; vorgestern hatte ich das erstemal Besuch hier, Ilse, Ernst und Hilde, und wir haben, weil zufällig nicht geregnet hat, einen großen Spaziergang gemacht.

Das einzig erfreuliche sind die guten Nachrichten aus Spanien, aber von Koestler weiß man immer noch nicht, wo er sich befindet, obwohl die Nachricht von der Freilassung schon fast vierzehn Tage hier ist.

Schrecklich nervös macht mich, daß keine Übersetzung vom Australienbuch bis jetzt abgeschlossen ist, die englische ist auch nichts geworden. Wenn die materiellen Verhältnisse nicht so mies wären, würde ich auf acht Tage nach London fahren, um zu versuchen, mit den Verlagen zu sprechen. Ich glaube, daß der Landauer sehr wenig tüchtig ist. Diese Woche werde ich auch die Jeanne Stern sprechen, ob man hier etwas tun kann. Wie es jetzt aussieht, fürchte ich sehr, daß das Biographiebuch nicht rechtzeitig fertig wird, und es ist mir schleierhaft, wovon wir nach dem 1. August leben werden.

Soeben hat mich Hanns Eisler angerufen, er ist für zwei Tage auf der Durchreise nach London hier. Ich werde ihn morgen sehen. Lou ist vorläufig noch in Dänemark. Von Duško hatte ich vor ein paar Tagen eine Ansichtskarte, leider sehr schwer leserlich, aber man kann entnehmen, daß es ihm gut geht. Er möchte gern Bücher haben, will sehen, daß ich ihm etwas schicke.

Die Jahreszeiten scheinen verrückt geworden zu sein. Bevor ich von hier wegfuhr, war es viel wärmer als jetzt, und statt des Frühlings scheint ein neuer Winter anzufangen; und die Blöden hier im Hotel haben vorgestern zu heizen aufgehört, ‹weil am 21. März der Frühling anfängt›. Außer mir dürften sich auch noch andere beschwert haben, denn heute ist wieder geheizt.

Daß Du die ‹Tvorba›-Sache endgültig abgelehnt hast, ist schrecklich. Ich bin überzeugt, Du hättetst Dich sehr rasch eingearbeitet und es sehr gut gemacht. Warum hast Du nur solche Angst, es fällt doch kein Meister vom Himmel. Und wenn man

Biographiebuch – gemeint ist die Arbeit an dem Buch ‹Crawling in the inky river›, (engl.) ‹Schwimmend im Tintenstrom›, für den Verlag Alfred A. Knopf, New York.

nach so viel Ablehnungen aufhören wird, Dir neue Arbeit anzubieten? Es ist wirklich schwer mit Dir, Jarmila!

Gestern sollte ich zu einer Veranstaltung gehen, eine große Märzfeier, wo Willi Münzenberg, Breitscheid, etc. sprachen, aber der Rodi hat mir den ganzen Tag diktiert, und dann wurde es spät und ich war auch sehr müde.

Also mache ich Schluß mit dem schlechtgelaunten Brief, um Dich nicht auch noch mit der Vermiestheit anzustecken, und warte auf eine baldige Nachricht von Dir und grüße Dich allerherzlichst. Deine Gisl

30. April 1937
[Versailles]

Liebste Jarmila,

gestern, nachdem ich mit dem Egonek telefoniert habe, fragte ich den Otto: was hat Egonek Dir gesagt? Darauf erzählt er mir, daß Du gerade dort warst. Ich war so ärgerlich, daß er es nicht vorher mir gesagt hat, so hätte ich doch wenigstens Dir Guten Tag sagen können. Aber warum hast Du nicht selbst ein Wort ins Telefon gesagt? Und geschrieben hast Du mir auch schon ewig lange nicht. Auf meinen Brief, den ich Dir vor ungefähr 14 Tagen schrieb, hast Du nicht mehr geantwortet. Warum?

Vorgestern habe ich auf der Straße unsere Französisch-Lehrerin getroffen (seit zwei Jahren zum erstenmal). Sie hat sich sehr nach Dir erkundigt, gefragt, warum ich nie hinaufgekommen bin; als ich ihr sagte, ich habe mich geschämt, daß ich immer noch so schlecht spreche, hat sie geantwortet: es geht doch sehr gut, man merkt natürlich, daß sie keine Französin sind. Was sagst Du dazu? Das ist doch schon wirklich mehr als Höflichkeit! Wenn ich etwas mehr Geld hätte, würde ich gern wieder Stunden nehmen, damit ich mich endlich ohne zu kakezen ver-

mit dem Egonek telefoniert – Kisch hielt sich zu dieser Zeit in Prag auf.

Otto – Otto Katz.

ständigen kann. Man müßte halt auch mehr Gelegenheit zum Reden haben, ich habe nur die blöde Marie-Louise.

John hat mir das erste Kapitel, das er übersetzt hat, geschickt. Er schreibt auch sehr häufig, immer dringend und Flugpost. Vorige Woche hat er sein Kommen angekündigt, zwei Tage später wieder abgesagt; er beschwert sich, daß Egonek ihm nicht genug antwortet. Momentan streiten wir uns, wer recht hat: Egonek, der im Australienbuch schreibt, daß Cook auf der Insel Hawaii ermordet wurde (und so steht es auch in unserem Lexikon), oder John, der übersetzt, daß Cook auf der Insel Tahiti ermordet wurde. Und das alles mit meinem Nebbich-Englisch. Aber ich wäre schon froh, wenn ich so viel auf Französisch sagen könnte.

Nächste Woche kommt wahrscheinlich meine Schwester, ich bin ganz froh, daß ich dann nicht so ganz allein sein werde, obwohl sie in Paris wird wohnen müssen, damit sie arbeiten kann. Hoffentlich findet sie genug Kunden.

Jarmila, es wäre sehr lieb, wenn Du mir bald wieder schreiben würdest, was Du tust, wie es in der ‹Tvorba› ist, was es Neues gibt, wie es Egoneks Mutter geht, wie Egonek lebt, etc etc. Wie ist es denn jetzt mit Geld? Hat er genug, oder muß er noch immer um alles sagen? Von Egonek selbst kriegt man ja nur wenig über all das zu hören.

Gestern mußte ich den ganzen Tag an Sablettes denken, wie schön es war, und daß der Egonek das gute und teure Geburtstagsessen gleich ausgekotzt hat.

Laß Dir's gut gehn, Jarmila, und schreib wirklich bald. Ich grüße Dich sehr herzlich. Deine Gisl

John – vermutlich John Fisher.

Sablettes – gemeint ist der französische Küstenort Les Sablettes bei Toulon; dorthin, ins Hôtel de la Plage, hatte sich Kisch nach der Rückkehr aus Australien zurückgezogen und zusammen mit Gisl und Jarmila im kleinen Freundeskreis seinen 50. Geburtstag gefeiert.

6. Juni 1937
Sonntag

Mein lieber Jarmilatsch,

anbei, d. h. nachfolgend: ein Brief aus Spanien. Vom Schauplatz. Zu schreiben hätte ich so viel, daß ich – o dialektischer Gegensatz – gar nichts schreiben kann. So viel Eindrücke, so viel Menschen, daß das Gehirn zu bersten droht. Der Gedanke, daß es erst drei Wochen her ist, seit Mutter starb, ist mir unfaßbar, – jeden Abend rechne ich nach, ob es nicht doch drei Monate sind. Aber Du willst ja etwas Konkretes hören. Geschrieben habe ich noch nicht viel, immerfort muß ich irgendwohin hinaus, um irgendeine Abteilung zu besuchen, wo Freunde oder Landsleute sind oder wenigstens Leser, im Radio habe ich vorgestern eine mäßige Sache (‹Erster Eindruck von Valencia›) sehr gut gelesen, ich schick es der Gisl, aber ich glaube nicht, daß es abdruckswert ist. Auch in Sagunt war ich schon, aber leider habe ich den 2. punischen Krieg nie gelernt und ganz vergessen und kein Geschichtswerk hier, so daß ich keine aktuelle Reportage schreiben kann.

Wahrscheinlich werde ich bald tschechisch im Radio sprechen (von der Front), und das wird dann vorher unserer Presse in Prag gemeldet werden. So viel Bekannte ich auch hier sprach, ich glaube, es war niemand darunter, den Du auch kennst, außer Bodo, mit dem ich nur interurban sprach. Die Stimmung ist überall glänzend, sehr optimistisch, die Ausbildung der Truppen, davon habe ich mich überzeugt, wird von Tag zu Tag besser, – die großen Fehler, die am Anfang des Krieges vorkamen, können sich nicht mehr wiederholen. Hoffentlich kommt auch zwischen den Arbeiterparteien eine starke Einigung zustande. An Dich, lieber Jarmiláč, möchte ich viele Fragen stellen, ‹Tvorba›, wen Du siehst, was Du machst, – aber wann und wo würde ich denn Antwort bekommen? Wenn ich eine ständige Adresse haben wer-

Bodo – Bodo Uhse, Journalist und Schriftsteller; gab zusammen mit Gisela Kisch nach dem Tode von Egon Erwin Kisch dessen Gesammelte Werke in Einzelausgaben im Aufbau-Verlag Berlin heraus.

de, werde ich sie sofort schreiben. Hab Dich gut, sei herzlichst geküßt von Deinem alten Egonek.
Nein, nicht von ‹Deinem alten›, sondern von ‹Deinem neuen E.›. Denn ich habe eben 1 Stunde mit Pasionara gesprochen. Ich weine fast vor Begeisterung.

Pasionaria – Dolores Gómez Ibárruri.

18. Juli 1937

In Madrid
Du weißt vielleicht, daß es der Jahrestag des Krieges ist

Lieber Jarmilatsch,

die Landsleute und Genossen Jaroslav Kratochvil und Laco Novomeský fahren heute in friedlichere Gebiete, und es wäre von mir nicht schön, wenn ich ihnen nicht einen Gruß für Dich mitgeben würde. Sie werden Dir alles sagen, wie wir zusammen fast ungeschützt an den gefährlichsten Frontabschnitten in der Casa del Campo waren und wo auf uns geschossen wurde, und wie wir uns auf der Plaza del Castellan von einem Straßenfotografen fotografieren ließen und hinter uns der Franco geflogen ist und wir das nicht gesehen hätten, wenn uns nicht die Wolken der Flugabwehr-Artillerie seinen Weg gezeigt hätten. Aber daß Du nicht denkst, daß der Franco dort persönlich dringesessen hat, da mache ich nur einen Witz. Ich wohne in Madrid, Calle del Marques de Duero 7, schreib mir einmal. Wenn ich einige Artikel fertig habe, schicke ich sie Dir gleich, bevor sie in deutsch erscheinen. Laco sagt, daß ich noch in der ‹Tvorba› bin, das freut mich. Angeblich soll Kaspar herkommen, ich muß ihm auch schreiben. Neben mir sitzt Regler, der Dich herzlich grüßt und auch Weiskopf grüßen läßt; ‹es geht ihm schon besser›, soll ich schreiben, ‹seit er mich gesehen hat, leider kann er (Gustav) bei meinen Witzen noch nicht so lachen, wie er möchte› (Diktat), ‹da ihn seine respektiven Löcher daran stören› (Diktat). ‹Hat Weiskopf meinen Brief für die «V. I.» bekommen?› (Auch Diktat Regler.) So.

‹V.I.› – ‹Volks-Illustrierte› (V.I.), Nachfolgerin der ‹Arbeiter-Illustrierten Zeitung›; erschien bis zum Jahre 1938 in Prag und stellte dann aufgrund der Bedrohungen durch das faschistische Deutschland nach der Okkupation des Sudetenlandes ihr Erscheinen ein.

Für mich bleibt jetzt kein Platz mehr, ich grüße Dich sehr herzlichst und bin in Madrid wie überall Dein alter Egonek.

28. Juli 1937
Madrid

Lieber Jarmilatsch,

hiermit beantworte ich Deinen Brief vom 7., der vor ein paar Tagen in meine Hände kam, – es ist ein weiter Weg vom Frieden in den Bürgerkrieg et vice versa, und ich weiß nicht, wann Du die Antwort kriegst. Inzwischen erlebt man so viel.

Aber wir wollen gleich von Geschäften reden. Damit sich die Sache mit dem Valencia-Artikel nicht wiederholt, werde ich Dir alle Manuskripte zuerst schicken. Heute lege ich einen Artikel ‹Der Tod um den Escorial› und einen ‹Mutter Madrid› bei, Du kannst sie tschechisch veröffentlichen, wo Du willst, d. h. entweder beide im ‹Rudé Právo› oder einen (und das wäre der ‹Eskurial›) in der ‹Tvorba›. Nachher, d. h. nachdem es erschienen ist, schicke den ‹Eskurial› an die ‹Volkszeitung› und ‹Mutter Madrid› (ich glaube im Manuskript heißt der Titel ‹Häuserkrieg in Madrid›) an die ‹Rote Fahne›. ‹Mutter Madrid› kannst Du kürzen oder ändern.

Bald kriegst Du mehr Sachen, auch Photos und Bücher will ich Dir schicken, damit Du sie verwerten kannst. Hat Dir Laco das Karikaturenbuch gegeben, in das ich Dir eine Madrider Widmung schrieb? Sag ihm, daß das schöne Mädchen, das mit uns an der Front war (sie hieß Gerda Taro) vor drei Tagen gefallen ist.

Mit Kaspar solltest Du sofort nach Erhalt dieses Briefes sprechen und ihn fragen, ob er meinen Brief (ich schickte ihn, ebenso wie den an Dich, durch Laco) erhalten hat. Mit Duschko sprach ich vor ein paar Tagen, und wir schickten Dir, zwei alte Verehrer, eine Karte.

et vice versa – (lat.) und umgekehrt.

Valencia-Artikel – gemeint ist der Artikel ‹Valencia heute›, mit dem es durch Verständigungsschwierigkeiten offenbar Probleme bei der ordnungsgemäßen Veröffentlichung gab.

Schade, daß Du den Radiovortrag nicht gehört hast. Es war nur das, was ich Dir über Madrid beilege, aber immerhin wär's sichtlich schön gewesen, Madrid und einen Freund in einem zu hören.

Regler hatte große Freude, daß Du Dich über sein Befinden erkundigt hast, er grüßt Dich sehr, zufällig wohnt er im gleichen Haus, wo ich vor vier Jahren wohnte.

Mit Gisl hab ich telefoniert, sie hat Reisepläne, aber ich zweifle sehr, daß etwas daraus wird. Bodo und Kantor sehe ich oft, auch Marchwitza, Bredel und Weinert, und natürlich Renn.

Wo hast Du die Prager Gassenhauer begraben? Ich verstehe, daß sie jetzt nicht gut veröffentlicht werden können, wenn ich in Spanien bin. Später einmal!

Ich will noch zur Zensur fahren, damit der Brief heute abgeht. Meine Adresse ist einfach: Madrid, Marques de Duero 7, Du kannst mir auch (wenn's wichtig ist) telegrafieren, z. B. den Erhalt der heutigen Sendung.

Grüße Vincek, Štoll und die Jungs vom ‹Rudé Právo› und schreib mir bald wieder.

Viele Küsse von Deinem alten Egonek.

Liebe Jarmila,

herzliche Grüße an Sie und Jonny – und natürlich an Kaspar! Kisch kämpft wie ein Löwe – und schreibt wenig.

Maria Osten

Liebe Jarmilla!

Das tue ich nun sehr gerne, nämlich Ihnen schreiben und Sie bitten, den Egonek weiter mit so spanientreuen Briefen zu verwöhnen. Mir gehts gut, die Löcher stopfen sich mit Anstand, und heute behauptet Egonek sogar, ich wäre schon wieder schön. Vergeßt uns nicht und treibt Eure Tschechen vorwärts. Nur Spanien kann Prag vor Hitler retten. Salud!

Gustav Regler.

22. August 1937
Madrid

Liebste Jarmila,

[…] In den drei Wochen, die ich jetzt hier bin, habe ich ungeheuer viel Interessantes gesehen und erlebt, aber leider fehlt mir jede Begabung, wie Du weißt, Erlebnisse brieflich zu schildern. Den größten Eindruck hat auf mich die Stimmung der Bevölkerung gemacht, obwohl ich schon oft vorher gehört hatte, wie gut sie ist.

Von unseren gemeinsamen Freunden habe ich alle schon gesehen, bis auf Duško. Gustav Regler geht es schon viel besser, er geht sogar schon ein bißchen herum, im Augenblick wohnt er mit Mieke im gleichen Haus wie wir. Für Deine Grüße läßt er danken, und ich soll Dich sehr herzlich wiedergrüßen.

Kaspar haben wir ein paarmal gesehen, waren auch in seinem Hospital oben, das in einer sehr schönen Landschaft liegt. Vor ein paar Tagen ist er einem anderen Hospital zugeteilt worden, das am Meer liegt. Er hat heute angerufen und uns eingeladen, ihn dort zu besuchen. Egonek wird es vielleicht tun, weil er in den nächsten Tagen für einige Zeit in diese Gegend fährt; ich bleibe vorläufig hier. Vor etwa 14 Tagen haben wir angefangen spanisch zu lernen, hoffentlich mache ich hier raschere Fortschritte als in meinem Französisch-Unterricht. Was mir hier sehr fehlt, sind Zeitungen, denn die spanischen kann ich natürlich noch nicht lesen, und ausländische gibt es nur selten und wenig. Könntest Du den Lex und den F. C. bitten, uns öfter mal ihre

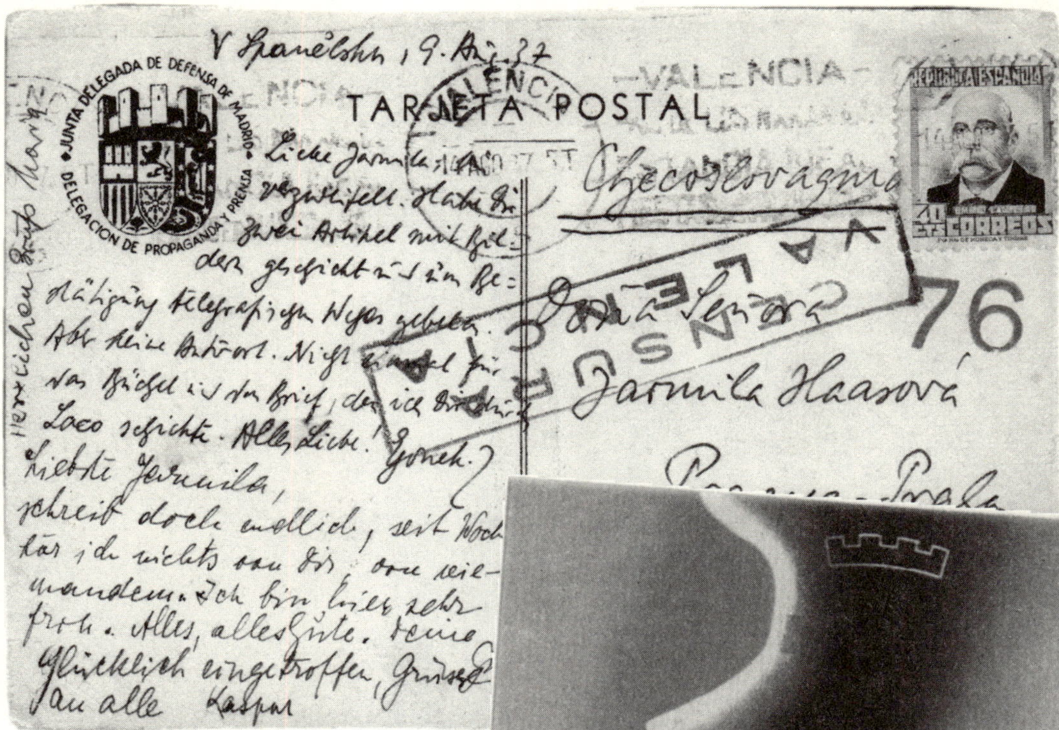
TARJETA POSTAL
JUNTA DELEGADA DE DEFENSA DE MADRID
DELEGACION DE PROPAGANDA Y PRENSA
VALENCIA
REPUBLICA ESPAÑOLA
CORREOS
76

GIRÓN
VIGILANCIA
EN ★ LA ★ RETAGUARDIA
A CARGO DEL GOBIERNO Y DE SU JUNTA DELEGADA

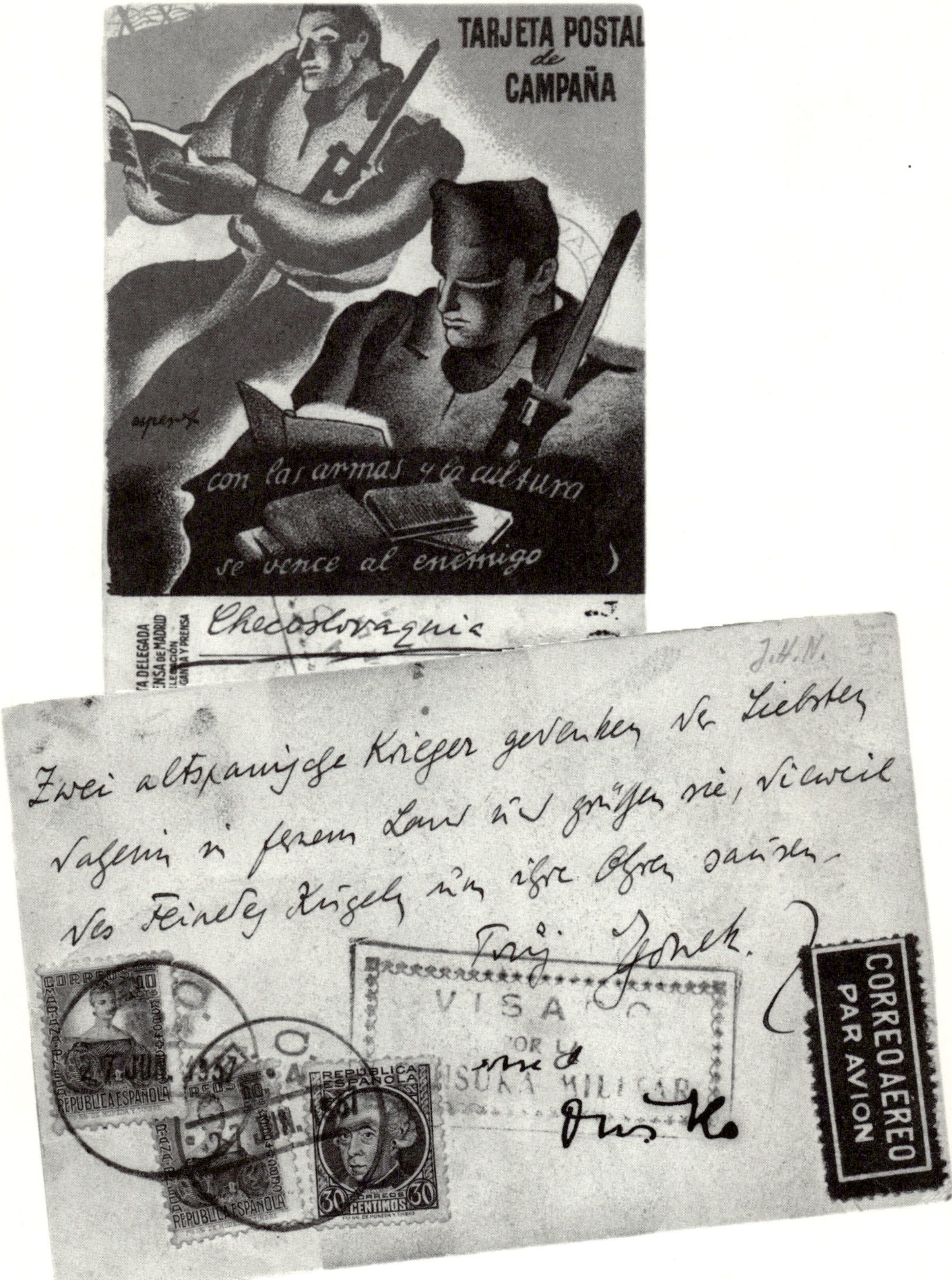
TARJETA POSTAL
de
CAMPAÑA
con las armas y la cultura
se vence al enemigo
Checoslovaquia
CORREO AÉREO
PAR AVION
REPUBLICA ESPAÑOLA
CORREOS
30 CENTIMOS

Blätter zu schicken, vielleicht könnte einer von den Freunden uns auch die ‹Weltbühne› zukommen lassen.

Heute haben wir eine Karte von Leni Sachs bekommen, worin sie schreibt, sie habe auch Zigaretten abgeschickt. Auch andere Freunde in Paris schrieben dasselbe. Bis jetzt aber haben wir nichts bekommen, was nicht schlimm ist, weil es sicher den Soldaten zugute kommt. Es scheint, daß Pakete an Privatadressen im allgemeinen nicht zugestellt werden. Wenn Du uns also einmal ein Paket mit Zeitungen oder Seife schickst, dann adressiere es: Egon Erwin Kisch, Madrid, Internationale Brigaden, Calle Velasquez 63. Ich schreibe Dir das für alle Fälle, aber wir brauchen vorläufig gar nichts, und nur, wenn wir Dir telegrafieren, kannst Du durch Arnold oder sonst jemanden was schicken lassen.

Das Foto von Egonek und Duško haben wir in der ‹Tvorba› und in der ‹DVZ› gesehen, ob Duško selbst etwas von dem Artikel in der ‹Tvorba› weiß, ist fraglich, weil wir ihn nicht gesprochen haben.

Egonek will noch was diktieren, also schließe ich für heute, und hoffe, daß dieser Brief Dich bald erreicht und ebenso Deine Antwort bei uns bald ankommt. Laß es Dir gut gehn, liebste Jarmila, und sei allerherzlichst gegrüßt und geküßt von Deiner Gisl

‹Weltbühne› – ‹Die Weltbühne›, Wochenschrift für Politik, Kunst, Wirtschaft; erschien in Prag unter dem Titel ‹Die neue Weltbühne›.

Lieber Jarmilatsch,

Du kannst Dir denken, wie ärgerlich ich war, vier Wochen lang zu glauben, daß meine Artikel mit den Beilagen nicht angekommen sind. Ich konnte sie natürlich auch an deutsche Blätter nicht mehr verschicken, weil ich nicht wußte, ob sie nicht doch von Dir schon irgendwo abgedruckt wurden, und nur die telegrafische Bestätigung an mich verloren gegangen war.

Ich lege Dir heute einen schönen Artikel über den Prado bei. Diesen Artikel, bitte ich Dich, nur tschechisch zu verwerten, weil ich ihn für die internationale Presse (auch deutsche) an die Agence schicken muß.

Liebste Jarmila, Egonek wurde mitten im Diktat abberufen, hat mir im Weggehen nur gesagt, daß ich Dir herzlichste Küsse von ihm bestellen soll, und Du sollst den Empfang sofort bestätigen, wenn irgend möglich, telegrafisch.

Artikel über den Prado – gemeint ist der Artikel ‹Im ausgeräumten Prado›.

Nochmals also alles Liebe, und bitte, schreib sehr bald.
Salud! Gisl

24. September 1937
Madrid

Lieber Jarmiláč,

das ist eine verflucht schwere Korrespondenz, so eine Korrespondenz mit Hindernissen. Deinen letzten Brief vom 4.9. bekamen wir schon vor ein paar Tagen, aber ich erwartete den Beleg vom Prado-Artikel, und der ist bis heute nicht eingetroffen. Wem hast Du ihn gegeben? Der ‹Tvorba› oder dem ‹Rudé Právo›?

Das ‹Bulletin›, das Du dem Laurin blutenden Herzens gegeben hast, habe ich noch einmal beschafft und lege es entweder bei, oder ich schicke es als Drucksache mit gleicher Post. Was Laurin anbelangt, hat er mir gleich nach Deinem Besuch einen netten Brief geschrieben, und auch die Todesnummer von Masaryk hat er mir geschickt, ich will ihm auch noch heute schreiben.

Dein Rat, der ‹Agence› nichts mehr zu schicken, wird durch meine Erfahrungen bestätigt, es ist besser, man schickt es den Zeitschriften direkt. Aber auch da klappt es nicht immer, wie Du mit Lex und nun auch mit dem Prado siehst.

Mit Kaspar war ich vor ein paar Tagen (auf der Rückreise von

Aragon) zusammen, er ist unglaublich beliebt bei den Kranken und bei seinen Mitarbeitern. Ich glaube, daß jetzt auch Gustav und Mieke bei ihm sind, sie wollen sich ein wenig erholen. Duschko sehe ich immer nur en passant, Gisl hat ihn einen ganzen Sonntag lang besucht.

Einen Artikel kann ich Dir diesmal nicht schicken, ich lege Dir eine Brigadezeitung bei, worin ich etwas über Belchite geschrieben habe, aber es ist nichts Besonderes. Allerdings kommen die Tschechoslowaken darin vor, und wenn Du glaubst, daß es einen Sinn hat, es irgendwo abzudrucken, so gebe ich mich ganz in Deine Hände. Außerdem schicke ich Dir ein schönes Foto. Es ist zwar auch blöd, aber besser als das in Uniform, das Du nicht abdrucken sollst.

Was hat Kratochvil in der ‹Přitomnost› geschrieben? Schicke mir eventuell den Ausschnitt. Gerne möchte ich Dich vieles über Dich und Dein Leben fragen, welches ich mir jetzt in Prag nicht allzu lustig vorstelle. Aber der Abstand zwischen hier und dort ist jetzt so groß geworden, alles veraltet, bevor es eintrifft, und es ist schwer zu fragen, wenn die Antwort so lange dauert. Jedenfalls wisse, daß ich auch im heiligen Madrid so herzlich an Dich denke wie überall. Und ich bin mit vielen Küssen Dein alter Egonek.

Gustav und Mieke – Gustav Regler mit seiner Frau.

15. November 1937
[Spanien]

Liebster Jarmilatsch,

Dein großer Brief vom 12. Okt. ist erst jetzt in unsere Hände gekommen. Er ging also einen ganzen Monat: Eine schöne Korrespondenz. Wir sind nämlich augenblicklich nicht in Madrid, und der Brief mußte eine Rundreise machen. Es wäre so viel zu erzählen, wenn's nicht so schwierig wäre. Um mit Dir anzufan-

gen, habe ich im ‹Rudé Právo› den Abdruck Deines Interviews mit Helena Malirová für die ‹Rozsévačka›› gelesen und hab mich besonders gefreut, daß sie Dich mit ‹Liebe Jarmilka› anspricht, die ganze Herzlichkeit von Helena kommt darin zum Ausdruck.

Du schreibst, daß Du mir die Prado-Artikel aus dem ‹Rudé Právo› geschickt hast und den Artikel von Kratochvil beigelegt hast. Beides habe ich weder bekommen noch gelesen. Hast Du auch den Belchite-Artikel irgendwo abgedruckt? Apropos Belchite: die Notiz im ‹Nar. Osv.› ist wirklich scheußlich, das muß ein direkter Feind geschrieben haben. In allen Redaktionen sitzen welche, ich weiß nicht, wieso das kommt. Sollte man nicht bei einer solchen Gelegenheit einmal den Chefredakteur besuchen oder anrufen? Oder ihm einen Brief schreiben und ihm erklären, warum das falsch ist?

Du schreibst von Mary. Das ist wirklich eine Sache, die uns erschüttert hat, und wenn man sich noch so sehr bemühen würde, könnte man keine Entschuldigung für so etwas finden. Was Du uns über Fröschls schreibst, war uns ganz neu, man hörte zwar schon lange, daß sie nach Amerika gehen, aber wir wußten nicht, daß sie schon dort sind und was sie dort machen. Daß er in eine feste Stellung gegangen ist und daß sie die Möbel mitgenommen haben, ist echt. Wir werden ihnen schreiben und sind sehr neugierig, wie es Elschen in Amerika gefällt. – Anka kannst Du natürlich unsere Adresse geben, wir werden uns sehr freuen, von ihr etwas zu hören, obwohl die Post so umständlich funktioniert. Jedenfalls grüße sie sehr herzlich von uns. Ich war es, der dem Duschko Deinen Brief-Artikel gegeben hat, und ich fand ihn sehr nett. Warum er sich darüber geärgert hat, weiß ich nicht, wahrscheinlich hat das psychologische Gründe. Sein Buch

‹Nar. Osv.› – ‹Narodni Osvobozene›, (tschech.) ‹Nationale Befreiung›, progressive tschechische Zeitung.

über eine der Brigaden ist übrigens ganz glänzend, ich glaube, es wird zuerst französisch erscheinen.

John haben wir natürlich gesehen, als er hier war, aber das ist schon Monate her, und wir haben nie wieder von ihm gehört und auch von der Herausgabe der englischen Übersetzung nichts, an der mir natürlich viel gelegen wäre. Regler ist schon ganz gesund, aber ist nicht mehr mit uns zusammen, vielleicht ist er schon auf der Reise nach Paris. Heute habe ich eine tschechische Illustrierte gesehen, sie heißt ‹Salud› und wird in Barcelona gedruckt, sieht fabelhaft aus, darin ist auch eine ganze Seite von Fotos von mir. Leider habe ich kein Exemplar.

In der letzten Woche habe ich die Geschichte eines Tiroler Bauernjungen geschrieben, der hierhergekommen ist. Es sind 18 Schreibmaschinenseiten, ein unpraktisches Ausmaß für einen Artikel, wenn man ihn nicht in Fortsetzungen zerreißen will. Aber vielleicht kannst Du durch Einsparung von neuen Absätzen, ich meine, daß Du einige Absätze ohne neue Zeile zusammenschließt, die Sache verkürzen. Jedenfalls schicke ich es Dir dieser Tage zu, deutsch darf es aber nicht erscheinen, da es für eine Publikation bestellt ist.

Du beklagst Dich, daß wir so wenig über uns selbst schreiben, das ist aber sehr schwer, man ist meist auf der Reise, und der dialektische Gegensatz besteht darin, daß man zu wenig sagen muß, weil man so viel zu sagen hätte. So mußt Du Dich damit zufrieden geben, zu hören, daß es uns gut geht, bis darauf, daß wir uns gestern impfen ließen, was ein bißchen schmerzt. Kaspar arbeitet sehr viel und mit großen Erfolgen; ich schicke Dir heute als Drucksache eine slawische Frontzeitung, der Du u. a. entnehmen kannst, daß er bei der Eröffnung des Masaryk-Pavillons eine tschechische Rede gehalten hat. Vielleicht bekomme ich sogar

Masaryk-Pavillons – im Lazarett-Zentrum in Benicasim wurde nach dem Komenský-Hospital noch ein zweites Spital eröffnet, das nach dem Präsidenten der Tschechoslowakischen Republik, Tomás Garrique Masaryk, benannt wurde.

noch ein zweites Exemplar dieser Zeitung ‹Dimitrovac›, damit ich es auch dem Laurin schicken kann.

Deinen Brief bekam ich gerade beim Essen, ich sagte zur Gisl: hier ist ein Brief von Jarmila, und alle Tschechen fragten gleich, von Jarmila Haasová? Was schreibt sie denn? Sie kannten Dich, und die tschechische Politkommissarin Helena sagte gleich, ich bin ja mit ihr in Dejwitz in der gleichen Zelle. Du siehst, man kennt Dich nicht nur in Spanien dem Namen nach, sondern Du hast auch persönliche Bekannte hier.

Es wird das Beste sein, wenn Du das nächstemal an Kaspar adressierst, nach Benicasim (Castellon de la Plana), Espagna. Er wird uns alles nachschicken. Im ‹Wort› stand, daß eine tschechische Übersetzung des Australienbuchs erschienen ist; das ist natürlich nicht wahr, aber vielleicht könnte man in der ‹Lidova Knihovna› wenigstens das erste Kapitel als einen Band herausbringen. Mir selbst ist natürlich in diesem Verlag am Honorar nichts gelegen. – Herr Rudolf Thomas ist jetzt Chefredakteur des ‹Pr. Tagblatt› geworden, wie ich der ‹Roten Fahne› entnommen habe, das ist sowohl ihm als dem ‹Prager Tagblatt› zu gönnen.

Wen siehst Du noch von unseren Freunden? Grüße alle, insbesondere den ollen Vincek und natürlich auch Arne und Olga Laurin. Was sagt er dazu, daß ein Nazi nach dem andern den Staatspreis bekommt? Grüße auch Deinen Vater und Deine Mutter sehr herzlich von uns, und sei Du, liebster Jarmilatsch, selbst auf das allerintensivste gegrüßt und geküßt von Deinen Egonek und Gisl

‹Lidova Knihovna› – (tschech.) ‹Volksbibliothek›, populäre und preisgünstige Edition namhafter internationaler Autoren, die von ‹LIDOVA KULTURA›, (tschech.) ‹Volkskultur›, in Prag herausgegeben wurde. In dieser Reihe erschienen auch Bücher mit Reportagen von Kisch.

Gruppenfoto auf dem II. Schriftstellerkongreß zur Verteidigung der Kultur, der in Valencia am 4. Juli 1937 eröffnet und am 10. Juli beendet wurde; vom 6. bis 8. Juli tagte er im umkämpften Madrid.

‹Mein lieber Jarmilatsch, anbei, d. h. nachfolgend: ein Brief aus Spanien. Vom Schauplatz. Zu schreiben hätte ich so viel, daß ich – o dialektischer Gegensatz – gar nichts schreiben kann. So viel Eindrücke, so viel Menschen, daß das Gehirn zu bersten droht.› So begann Kisch seinen Brief vom 6. Juni 1937, mit dem er sich aus dem spanischen Freiheitskampf meldete, an dem er bis Ende April 1938 teilnahm. Er war Berichterstatter für Zeitungen, Zeitschriften und Rundfunk, bestritt Soldaten-Veranstaltungen und war auch an vorderster Front anzutreffen.

‹Bei Belchite. Aug. 1937›, schrieb Kisch auf die Rückseite dieser Aufnahme. Sie zeigt ihn mit dem Schriftsteller und Drehbuchautor Kurt Stern. Bei Belchite lag die tschechische Žižka-Kompanie der Internationalen Brigaden. ‹Ich wohnte dem schrecklichen Kampfe um diese befestigte Stadt bei›, schrieb Kisch in einem Bericht für die tschechische Spanienzeitung Salud.

Mit dem Dichter Erich Weinert und dem Schriftsteller Hans Marchwitza – Kisch weilte mit ihnen sowie dem Schriftsteller Willi Bredel Anfang August 1937 beim 1. und 4. Bataillon der XI. Internationalen Brigade.

‹Barrikaden-Tauber› –
Ernst Busch begutachtet
Kischs Gewehr.

Kisch mit Bruder Bedřich, der im ‹Hospital am Meeresstrand› in Benicasim bei Valencia als Chirurg arbeitete.

Liebe Jarmila, *12. Dezember 1937*

[Spanien]

inzwischen hat sich viel ereignet, darunter auch ein Bombardement, aber wir sind alle gesund und genauere Berichte lassen sich von hier nicht leicht geben. Aus einer Kritik von Frank Pitcairn im ‹Daily Worker› (London) erfuhr ich, daß mein Australienbuch englisch erschienen ist, es heißt: ‹E. E. K's Australian Landfall›. Vielleicht hat es Dir John geschickt, ich möchte wissen, wer eigentlich als Übersetzer angegeben ist und was alles geändert wurde.

In den letzten Tagen war ich sehr fleißig und habe zwei größere Sachen geschrieben. Die eine, ‹Die drei Kühe›, schicke ich Dir für die Verbreitung in tschechischer Sprache. Es ist, glaube ich, besonders hübsch geworden. Wenn es für die ‹Tvorba› zu lang ist, so könntest Du es eventuell dem Spanien-Komitee als Broschüre anbieten, natürlich unentgeltlich. Deutsch kann es nicht erscheinen, weil ich darüber anderweitig verfügt habe. Ich lege Dir auch ein Foto von dem Helden der Geschichte bei, in Wirklichkeit ist er noch schöner, und Du würdest Dich sicher in ihn verlieben.

Hie und da lese ich die ‹Lidové Noviny› und bin also einigermaßen über die Vorgänge bei Euch informiert, auch die Enquete über die besten Bücher habe ich gelesen.

[...]

Wir hoffen sehr, daß es Dir gut geht, obwohl es schwer ist, sich das Leben in Prag vorzustellen. Jedenfalls tue dieses Unvorstellbare so gut wie möglich, das heißt, laß es Dir recht, recht gut gehn und sei herzlichst gegrüßt und geküßt von Deinen Egonek & Gisl

‹Die drei Kühe› – gemeint ist die Reportage ‹Die drei Kühe›; darin wird geschildert, wie der Tiroler Bauernjunge Max Bair nach Spanien gekommen ist, um an der Seite der Republikaner gegen die Franco-Putschisten zu kämpfen. Es handelt sich dabei um eine der bedeutenden Arbeiten Kischs über den spanischen Freiheitskampf, erschienen 1938 im AMALIEN-VERLAG.

28. Januar 1938
[Spanien]

Liebste Jarmila,

Dein und Vinceks Neujahrstelegramm haben wir erhalten, auch die Bestätigung, daß Du das Manuskript über die ‹Drei Kühe› bekommen hast. Dein Brief ging sehr lange, und dann konnten wir ein paar Tage nicht antworten, Teruel gibt auch uns viel zu tun. Ich habe Dir ein Abonnement der hiesigen tschechischen Illustrierten ‹Salud› bestellt; sie erscheint recht unregelmäßig, aber eine Nummer wirst Du wohl schon bekommen haben. Auf einem kleinen Bild, das ohne Text ist, kannst Du mich als Redner entdecken.

Aus Prag höre ich seit Monaten kein Wort, weiß auch nicht, ob die ‹Drei Kühe› irgendwo erschienen sind. Trotzdem schicke ich Dir heute mit gleicher Post eine neue Broschüre, die Du dem Hilfskomitee für Spanien zur Veröffentlichung anbieten kannst, tschechisch und deutsch, oder nur tschechisch, wie sie wollen. Kannst es auch vorabdrucken, wo Du willst, das aber nur tschechisch. Wenn es als Broschüre bei Euch erscheint, so ist es mir egal, ob Vorwort oder Nachwort oder Bilder darin sind, bestehen muß ich nur darauf, daß auf dem Umschlag nichts weiter steht als der Titel der Broschüre und mein Name, denn sonst würde es von außen zu sehr als Propaganda aussehen und nicht von einem breiteren Publikum gekauft werden.

Du kannst Dir vorstellen, daß wir oft an Dich denken und oft von Dir sprechen, ohne eine rechte Ahnung zu haben, was Du in Prag anderes tust als seufzen. Unsere Adresse wechselt immer und immer wieder, es ist deshalb das Beste, wenn Du an Kaspar adressierst (Chef des Komenský-Hospitals, Albacete 23 S, Plaza Altazano), der stabiler lebt und den man immer finden kann.

Laß bald von Dir hören und sei versichert, daß wir in unverminderter Liebe an Dich denken. Dein alter Egonek.

Teruel – um Teruel, rund 300 km östlich von Madrid, tobte Ende 1937 ein schwerer Kampf.

‹Salud› – tschechische Spanienzeitung, die ausführlich über den Freiheitskampf des spanischen Volkes und der Internationalen Brigaden berichtete.

Wegen der Australien-Buch-Übersetzung hat mir weder Borový noch sonstwer geschrieben. In der ‹A.I.Z.› ist diese Woche eine ‹Reportage aus Spanien› von mir angekündigt. Ich habe ihnen nichts geschickt, und hoffe, daß es nicht die ‹Drei Kühe› sein werden, die sie sich eventuell aus der ‹Iswestija› übersetzt haben könnten. Das wäre böse, denn ich hab den Erstdruck dem ‹Wort› versprochen. Wo erscheint es denn tschechisch?

Hast Du (und Laurin) die Komenský-Nummer der Sanitätszeitschrift ‹Anei› bekommen? Mit wem verliert Vincek beim Billard? Kuß! Egon.

Komenský-Nummer – gemeint ist eine Ausgabe der Sanitätszeitschrift ‹Anei›, in der ausführlich über das Komenský-Hospital in Benicasim berichtet wird; das tschechische Hospital der Internationalen Brigaden wurde von Kischs Bruder Bedřich (Kaspar) geleitet, der zugleich als Chirurg tätig war.

10. Juni 1938
[Versailles]

Liebster Jarmilatsch,

eben erhielt ich den an meine Adresse gerichteten, aber für Dich bestimmten Brief von John, mit dem (meiner Ansicht nach nicht sehr wichtigen) Zeitungsausschnitt, was ich Dir hiermit schicke. Er glaubt wahrscheinlich, daß Du in Versailles bist, warum aber der bloody fool, wenn er schon an meine Adresse schreibt, nicht einmal einen Gruß oder eine Mitteilung über Fitzgeralds beifügt, ist nur dadurch zu erklären, daß er eben ein bloody fool ist. Meinen Brief, in dem ich ihn um Ausschnitte über das Australienbuch bat, scheint er merkwürdigerweise noch nicht bekommen zu haben.

Was seine Wünsche anbelangt, so wären sie wohl an die Presse-Abteilung des Außenministeriums weiterzuleiten, vielleicht durch Laurin. Wenn Laurin dem ‹Labor Daily› ein Abonnement der ‹Prager Presse› schicken kann, so wäre das wohl die beste Propaganda, sowohl Tom als auch John können genug Deutsch, um viele Nachrichten, hauptsächlich kulturelle, zu übernehmen.

bloody fool – (engl.) Vollidiot; mit Sicherheit hat Kisch das in Bezug auf seinen jungen australischen Berufskollegen John Fisher nicht mit der Schärfe gemeint, wie sie die deutsche Übersetzung ausdrückt.

Auf einem zweizeiligen Zettel, den John beilegt, steht, man soll sich auch an Otto wenden. Diesen Zettel lege ich nicht bei, weil er darin das Pseudonym lüftet, aber ich werde das selbst erledigen.

Wenn Du John schreibst, so schreibe ihm auch ein paar Zeilen über die Prager Stadtratswahlen und über die Bedeutung der Tatsache, daß den drei deutschen Nazis die beiden Deutschen K. und Schneider gegenüberstehen; sowie, daß die deutschen Sozialdemokraten und die deutschen Demokraten in Prag kein Mandat mehr haben, weil selbstverständlich alles die Liste wählte, auf der K. stand. Da man nur mich in Australien kennt, geschieht seinem Blatt damit sicherlich ein Gefallen. (Vergiß nicht zu sagen, daß wir 70 000 Stimmen gewonnen haben.) Eine Korrespondenz aus Prag kommt nicht in Betracht, ich meine, es hätte keinen Sinn, wenn jemand in Prag regelmäßige Berichte für ein australisches Blatt schriebe, weil die wichtigsten Sachen über London telegrafiert werden und besondere Dinge, die Australien angehen, in Prag nicht passieren.

Heute kam ein Brief von Dir, in dem Du mir u. a. die Nachricht aus ‹Polední List› mitteilst, derzufolge Kaspar krank sein soll. Woher ist diese Nachricht datiert? Aus Spanien oder überhaupt nicht? Hat Arnold in der Redaktion angefragt, woher sie die Meldung haben? Ich schreibe noch heute an Kaspar.

Du wirst heute meinen Flugpostbrief erhalten haben. Ich sprach mit Gustav Regler, der glaubt, daß ein Vermerk ‹Autor und Übersetzer verzichten auf Honorar zugunsten Spaniens› ganz wirkungsvoll ist. Also, wie gesagt, ich überlasse das ganz Dir, keinesfalls aber will ich, daß man mir ein Honorar zahlt.

Noch immer verstehe ich nicht, was eigentlich los war. Hatte das Komitee die Broschüre in einer anderen Übersetzung als in

das Pseudonym – gemeint ist der Name André Simone, das Pseudonym, unter dem Kischs Freund Otto Katz international bekannt war und Aktionen gegen den deutschen Faschismus organisiert bzw. an ihnen teilgenommen hat.

Prager Stadtratswahlen – Im Mai 1938 fanden in der tschechoslowakischen Hauptstadt das letzte Mal vor dem Münchner Abkommen, der Besetzung des Sudetenlandes und der Rest-Tschechoslowakei, Wahlen zum Gemeinderat statt. Zu den siebzehn Abgeordneten, die auf der Liste der KPTsch in das Stadtparlament gewählt wurden, gehörte Kisch.

‹Polední List› – (tschech.) ‹Mittagszeitung›

die Broschüre – gemeint ist die Reportage ‹Soldaten am Meeresstrand›, die als Broschüre herausgegeben wurde. Es handelt sich um einen Bericht über das Hospital der Internationalen Brigaden in Benicasim.

der Deinen herausgeben wollen, oder wollten sie sie überhaupt nicht herausgeben? Wer hat Dir gesagt, daß ich einen Brief an das Komitee geschrieben haben soll?

Hast Du ihnen meinen offiziellen Brief gegeben, oder war das nicht mehr nötig? Daß Dir die Übersetzung so sehr gelungen ist und Du Dich ausnahmsweise befriedigt fühlst, freut mich wirklich. ‹Trini› ist ‹Trini›, Garbanzos sind Kichererbsen, wie das tschechisch heißt, weiß ich nicht; jedenfalls muß auch das Wort ‹garbanzos› bleiben.

‹Tvorba› und die drei Hefte ‹Rozsévačka› habe ich bekommen und alles ganz genau gelesen, vor allem Deine Artikel. Ich danke Dir speziell für den Schluß des Artikels ‹Wir bleiben treu›. Besonders plastisch ist in Deinem Referat über die Kinderzeichnungen der gefrorene Teich und der umgestürzte Schlitten. Man sieht die Bilder direkt vor sich. Der Jahrmarkt von St. Matej ist glänzend, es ist eine ganz sachliche Reportage, hat aber viel mehr Herz, als sachliche Reportagen sonst zu haben pflegen, die persönlichen Kindheitserinnerungen von Dir und der soziale Schluß sind Meisterteile. Gratuliere!

‹Svět v obrazech› habe ich nicht gesehen, ich hätte es mir gestern in zwei tschechischen Versammlungen kaufen können, bei denen ich war, wie wohl in den heutigen Mittagsausgaben von ‹České slovo› und ‹Lidové Noviny› berichtet werden wird. (Schau nach.) Mehr aber interessiert mich der Angriff von Stivin im ‹Právo lidu›, und ich möchte Dich dringend bitten, mir ihn sofort zu schicken. Du weißt, Angriffe interessieren mich am meisten.

Was bedeutet übrigens in den ‹Lidové Noviny›, deren Ausschnitt Du mir heute schickst, die Meldung, daß ich demissionieren werde?

‹Svét v obrazech› – (tschech.) ‹Welt im Bild›, Illustrierte mit Erscheinungsort Prag.

Dieser Brief ist seit Tagen der vierte große Brief, den ich an Dich schreibe, Du siehst also, daß ich mein Versprechen, daß ich Dir bei meiner Rückkehr aus Spanien gegeben habe, mehr als erfülle. Hoffentlich geht es Dir recht gut, und hoffentlich sehen wir uns bald!

Alles Gute, lieber Jarmilatsch,

von Deinem alten Egoneque.

10. September 1938

[Versailles]

Liebster Jarmilatsch,

eigentlich wollte ich Dir erst schreiben, bis wir briefliche Antwort auf unsere letzten Briefe haben, aber da diese Antwort einerseits auf sich warten läßt und andererseits die Broschüre eingetroffen ist, schreibe ich Dir schon heute. Ich habe sie ganz durchgelesen, finde sie ausgezeichnet übersetzt, was selbstverständlich ist. Nur schreibst Du ‹Quapa› anstatt ‹Guapa›. Herzlichen Dank für die Widmung.

Du mußt sofort an Laurin ein Exemplar schicken, erstens, damit er's ankündigt, zweitens ist es für seine Bibliothek. Wenn Du Exemplare hast, schicke ein paar an die Adresse von Kaspar, Barcelona, Plaza Altozano 103 S, der sie an die Mitglieder des Komenský-Hospitals geben wird. Ich habe wenig Vertrauen, daß das vom Komitee besorgt wurde. Übrigens ist auch eine tschechische Broschüre über das Komenský-Hospital erschienen, wo Artikel von Alice, Bertram, etc. sind und sehr viel von Kaspar die Rede. Auch Fotos sind darin.

Die ‹Rozsévačka› habe ich bekommen, Du Hochstaplerin schreibst dort, ‹kaum sind wir aus den Ferien zurück›, und warst nicht einmal auf Ferien, was viel gescheiter gewesen wäre, als die blöde Wohnung malen zu lassen. Am besten finde ich in Dei-

die Broschüre – gemeint ist die Reportage ‹Soldaten am Meeresstrand›, herausgegeben von AYUDA MEDICA EXTRANJERA (Ausländische medizinische Hilfe).

nem Artikel, wie Du hinter der Unparteilichkeit und Banalität des Films die Spuren der Wirklichkeit und Wahrheit feststellst. Gerade diese Tendenz in der Tendenzlosigkeit ist das Wichtigste, was man immer wieder feststellen muß, weil es mehr beweist, als die Tendenz des Tendenziösen. Der Artikel ist sehr gut.

Besten Dank auch für die Ausschnitte. Hier war ziemlich viel los mit dem Mumpitz, u. a. auf der ersten Seite des ‹Œuvre› ein großes Interview mit mir mit einem alten Foto, auf dem auch die kleine Schauspielerin vom tschechischen Nationaltheater ist, der ich einmal eine Empfehlung zum Film gegeben habe.

Der Rummel bei uns ist unbeschreiblich, lauter Rückkehrer aus Spanien, denen es in Anbetracht der materiellen Verhältnisse hier schlecht geht. Auch Nico schreibt, daß es ihm sehr schlecht geht, Gisl hat mit ihrer Mischpoche zu tun, und ich muß an meiner blöden Selbstbiographie arbeiten. Anna S. ist noch im Land, ihr Hausmädchen ist dort schwer erkrankt, sie muß sie von früh bis abend pflegen und hat kein Geld. Vor ein paar Tagen war die Lenka Reiner hier, die von der ‹Volks-Illustrierten›, sie hat mir einiges über Prag und die Sudeten erzählt. Da oben muß es ja schön aussehen. Auch hier ist die Stimmung sehr gespannt, jeder fragt sich, was mit den Emigranten werden wird, jeder fragt über die Tschechoslowakei und glaubt, ich kann Authentisches mitteilen. Von privaten Dingen erzählte mir Lenka, daß die kleine Ippen, die mit uns auf dem Flugplatz war, jetzt heiraten wird. Otto sehen wir jetzt öfter, Ilse ist noch in Sanary, wo auch Werfel, Kesten, Feuchtwanger, Eva Hermann, Marcuse, Koestler und noch ein paar Schriftsteller sind, die eifrig diskutieren.

Hat die Broschüre schon irgendein Echo hervorgerufen, glaubst Du, daß überhaupt Rezensions-Exemplare verschickt worden sind?

Nico – Nico Rost.

Anna S. – Anna Seghers.

Otto – Otto Katz.

Schreib nächstens etwas mehr über Dein Leben. Daß Vincek mein Billardproblem nicht zu beantworten vermochte, das glaub ich!

Laß es Dir recht gut gehn, liebster Jarmilatsch!

Dein Dich küssender Egonek.

Liebste Jarmila,

hier ist alles sehr aufgeregt, was die nächsten Tage bringen, man hofft, daß nächste Woche irgendeine Entscheidung da sein wird, man wartet auf jede Nachricht mit Spannung und hofft, daß es keinen Krieg geben wird. Aber wer weiß, was in Nürnberg gekocht wird? Zu all diesen Sorgen habe ich noch meine privaten, ich weiß nicht, ob ich Dir schrieb, daß es gelungen ist, meinem Bruder den Aufenthalt in England für ein paar Monate zu verschaffen, und statt, daß er gleich fährt, hat seine Frau Angst, allein zu bleiben, und er versucht jetzt, auch für sie die Erlaubnis zu kriegen, was noch ewig dauern kann. Meine unverheiratete Schwester in Wien hat jetzt eine Stellung als Köchin in England bekommen, sie wartet nur noch auf das Visum und wird vielleicht schon nächste Woche fahren können. Meine beiden anderen verheirateten Schwestern haben Aussicht auf Einreiseerlaubnis, die eine nach Sidney, die andere nach Washington. Nur für meine alten Eltern haben wir noch gar nichts, und hierher ist es unmöglich, eine Erlaubnis zu bekommen. Ich bin froh, daß wenigstens meine Schwester Rosl hier ist. Sie hat ziemlich viel zu tun, plagt sich allerdings, aber wenigstens hat sie sich hier richtig etabliert und ist, zumindest vorläufig, in Sicherheit. Eine schöne Zeit haben wir uns zum Leben ausgesucht!

Entschuldige, Jarmila, daß ich immer wieder von meinen Deiges rede, aber ich kann wenig anderes denken, und die Ablen-

in Nürnberg – Bezugnahme auf die Verhandlungen zwischen dem britischen Premierminister Chamberlain, dem französischen Regierungschef Daladier, dem italienischen Diktator Mussolini und Hitler, die am 29. September 1938 zum Münchner Abkommen führten. Es ermächtigte das faschistische Deutschland zur Annexion großer tschechoslowakischer Gebiete (Sudetenland).

Deiges – Daiges (aus bibl.-hebr. abgeleitet), Sorge, Furcht.

kungen, die es gibt, sind auch nicht immer erfreulich. Das einzige sind die Nachrichten aus Spanien und die Stimmung der Leute unten und auch der, die hier zurück sind, die ist großartig, trotz aller Schwierigkeiten, die sie haben. Und wenn ich mit diesen Leuten zusammen bin, bin ich immer sehr froh. Ich möchte sehr gern, daß endlich eine Möglichkeit ist, daß Du herkommst, wieviel könnte man miteinander reden! Es ist ja schon ewig her, daß wir uns nicht gesehen haben, und so viel hat sich in der Zwischenzeit ereignet. Was hörst Du von Anka? Ist sie wieder gesund? Und wen siehst Du von Bekannten?

Schreib bald, Jarmila, und viel, und Dir alles, alles Gute, und alles Gute auch Euch allen. Viele sehr herzlich Grüße und Küsse von Deiner Gisl

27. September 1938
[Versailles]

Meine liebste Jarmila,

da wir seit Tagen heute zum erstenmal wieder eine Nachricht aus Prag bekommen haben, versuche ich doch, Dir zu schreiben, vielleicht kommt es an. Wir denken hier ununterbrochen an Euch, wir erwarten gespannt jede neue Nachricht; hoffentlich bist Du gesund, liebste Jarmila, man braucht Kraft und Stärke heute und in dieser Zeit. Von meinen Leuten habe ich wenig Nachricht, meine unverheiratete Schwester kam vorige Woche hier durch, sie ist jetzt in London als Köchin, und gestern kam ein Schwager von mir, der auch morgen nach London fährt, um dort seine Einreiseerlaubnis nach Australien abzuwarten. Ich wünsche mir sehr, daß wir uns bald sehn, Jarmila, und daß wir uns froh und gesund wiedersehn. Ich küsse Dich sehr herzlich und bin Deine Gisl

Lieber Jarmiláčku,

was kann man schreiben! Das einzige: daß ich Dir Glück wünsche. Und uns auch.

Ich arbeite hier wie ein Wahnsinniger, schreibe und spreche über die Tschechoslowakei. Lieber wäre ich bei Euch.

Grüße den Vater, die Mutter und Vincek.

Und auf ein glückliches Wiedersehen!

Ich küsse Dich Dein E.

12. September 1945
Mexiko

Mein lieber Jarmiláčku,

so schreibe ich Dir also! Ob Du den Brief erhältst?

Was habe ich nicht an Dich gedacht, jeden Tag. Und was habe ich alles befürchtet. Und vor einigen Tagen habe ich Deine Zeilen erhalten, die Du und Vincek Herberts Brief beigefügt hatten. Gisl hatte Tränen in den Augen und ich … Ich habe Herbert sofort geantwortet und herzliche Zeilen für Dich beigelegt. Hast Du sie bekommen?

Aber das ist nicht der Grund, warum ich Dir heute direkt schreibe. Gestern und vorgestern habe ich direkt aus Prag Briefe bekommen, beide von unbekannten Leuten. Einer der Briefe war von einem Herrn Hicke, einem Tschechen, der mich grüßt, daß ich am Leben bin. Der zweite ist von einer Frau, die mir schreibt, daß ihr Sohn nach Mexiko gefahren ist und daß sie keine Nachricht von ihm hat. Sie will wissen, ob er noch lebt. Zufällig kenne ich ihn und weiß, daß er gesund ist. Deshalb will ich ihr sofort antworten. Aber ihr meinen ersten Brief nach Prag schreiben, das geht nicht. Der erste Brief gehört doch Jarmilka! Ich weiß nicht, ob er ankommt, weiß nicht, ob die Post schon dahin geht. Deshalb versuche ich es.

Herbert – Sohn von Kischs Bruder Arnold.

Stell Dir vor, die Frau heißt Ambrožová. Und als ich gestern den Brief erhalten und den Namen der Absenderin gelesen habe, blieb mir das Herz stehen. Vielleicht ist das Deine Familie, und Dir ist etwas zugestoßen.

Aber zum Glück war es keine neue Katastrophe für mich. Ich habe ja auch genug davon gehabt.

Was soll ich Dir, Jarmilko, über all das, was ich durchgemacht habe, schreiben! Und das auf einem Papier, von dem ich nicht weiß, ob Du es erhältst! Ich arbeite daran, daß ich so schnell wie möglich nach Hause zurückkehren kann. Die Botschaft hilft mir (auf Anweisung von Prag), aber so leicht ist das nicht …

Jarmilko, was soll ich Dich fragen? Ich habe Angst davor, wen von meinen Freunden ich in Prag noch sehen werde. Jeder Schritt wird traurig, jede Frage, jede Antwort – jene, die übriggeblieben sind, grüße von mir, den alten Zápotocký, Olbracht, Kreibich und jeden, den ich gern hatte.

Duško hat Lenka Reinerová geheiratet, sie erwartet ein Kind, und sie fahren wahrscheinlich diese Woche auf einem jugoslawischen Schiff nach Belgrad. Er hat einen guten Roman ‹Das verlorene Manuskript› und eine erfolgreiche Biographie ‹Marschall Tito› geschrieben. Ich habe ein großes Buch (autobiografisch oder Roman) über Prag geschrieben; es ist in Amerika unter dem Titel ‹Sensation fair› und hier als ‹Marktplatz der Sensationen› herausgekommen. Ich freue mich darauf, es in Deiner Übersetzung zu sehen! Außerdem kam hier in spanisch und deutsch ein großes Buch ‹Entdeckungen in Mexiko› heraus. Außerdem habe ich gearbeitet, geschrieben, und gelesen, zusammen mit unseren Freunden, die hier unter der Leitung des Abgeordneten Paul Merker (eines Freundes von Gottwald) gegen die nazistischen Spitzel, Provokateure und Agitatoren in der Presse

Gottwald – Klement Gottwald, tschechoslowakischer Politiker, seit 1945 Vorsitzender der KPTsch und Stellvertretender Ministerpräsident.

gearbeitet haben usw. Anna Seghers ist hier, Bodo Uhse, Lotte Lex (er ist in Frankreich), André Simone (Otto) und Ilse (sie küssen Dich), Rosl, die mit dem Abgeordneten Jungmann befreundet ist, und viele andere. Ruth Jensen, Alice Glassner, Max Schröder sind in Amerika, John Fisher in Moskau, Lene Radó in Paris usw. Wenn Du in Prag Dora Klein siehst, so küsse sie von uns. Kannst Du etwas für meine Schwägerin Lina tun? Danach zu fragen, ob Du weißt, wie meine Brüder endeten, fürchte ich mich geradezu. Wie hast Du von ihrem Schicksal erfahren? Ella Kalm beging Selbstmord. Das ist alles unvorstellbar schrecklich. Jarmilko, ich muß Schluß machen. Schreib mir sofort, grüße den alten Vincek und gehab Dich so wohl, wie es Dir wünscht Dein Egonek.

(Otto) und Ilse – Otto Katz und seine Frau Ilse.

Rosl – eine Schwester von Gisl Kisch.

Dora Klein – Freundin von Gisl Kisch aus der Wiener Zeit.

Meine liebste Jarmila, ich werde Dir sobald als möglich einen sehr detaillierten Brief schreiben, heute möchte ich Dir nur sagen, daß ich glücklich bin, zu wissen, daß es Dir gut geht, und ich sende Dir und Vincek all meine Liebe. Sehr aufrichtig, Ich bin immer Deine Gisl

27. Februar 1946
New York, Mittwoch

Mein Jarmiláčku,

wie Du siehst, bin ich in New York, und in ein paar Stunden werde ich mit dem englischen Dampfer ‹Queen Elizabeth› in Richtung Europa fahren. Am Dienstag soll ich in Southampton sein, und wenn ich gleich weiterfahren kann, werden wir uns bald sehen. Heute und gestern waren bei mir einige hundert Bekannte, unter ihnen Bornstein, der Dich herzlich grüßt. Ich habe ihm Deine Adresse gegeben. Polgar, Leonhard Frank, Sinaiberger usw. waren natürlich auch hier. Über alle diese Sachen wer-

de ich Dir mündlich erzählen, und ich möchte Dich nur bitten, daß Du mir mit Hilfe irgendeines Amtes eine Wohnung beschaffst, wenn möglich im alten Haus. Auch Otto und Ilse, die mit mir kommen, haben keine Unterkunft. Also tu, was Du tun kannst.

Bis dahin küsse ich Dich, und ich freue mich unermeßlich auf Dich Dein Egon.

Natürlich werde ich Dich über meine Ankunft noch telegrafisch verständigen.

Alles Liebe und ich bin glücklich, Dich bald zu sehen. Gisl

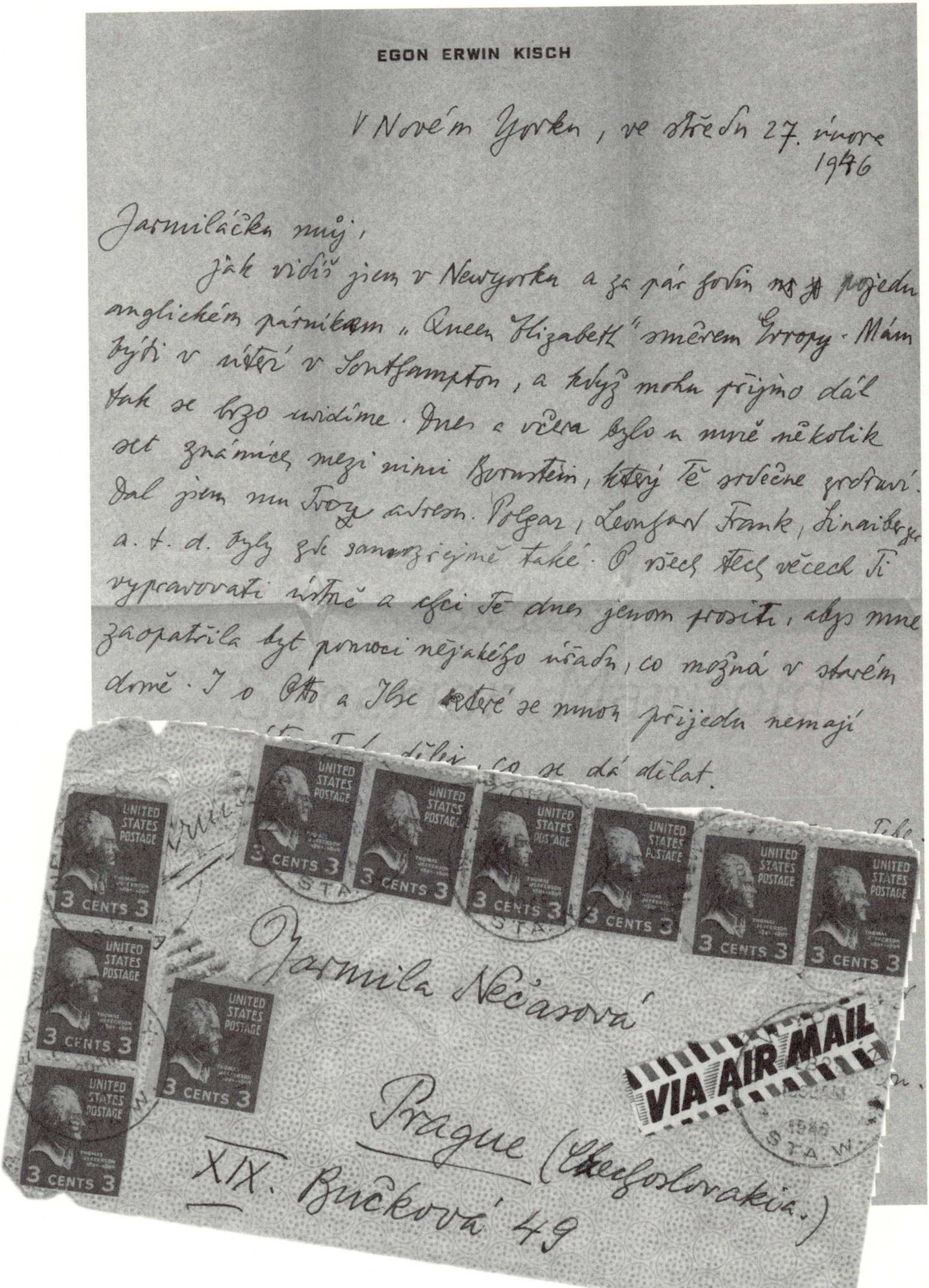

EGON ERWIN KISCH

V Novém Yorku, ve středu 27. února 1946

Jarmiláčku můj,

Jak vidíš jsem v Newyorku a za pár hodin pojedu anglickém parníkem „Queen Elizabeth" směrem Evropy. Mám býti v úterý v Southampton, a když mohu přijmo dál tak se brzo uvidíme. Dnes a včera bylo u mně několik set známých, mezi nimi Bornstein, který Tě srdečně zdraví. Dal jsem mu Tvoji adresu. Polgar, Leonhard Frank, Sinaiberger a. t. d. byly zde samozřejmě také. O všech těch věcech Ti vypravovati ústně a chci Tě dnes jenom prositi, abys mne zaopatřila byt pomocí nějakého úřadu, co možná v starém domě. I o Otto a Ilse které se mnou přijedou nemají [illegible] dělat, co se dá dělat.

Jarmila Nečasová
Prague (Czechoslovakia)
XIX. Bučkova 49

Nach Jahren der Emigration in Mexiko wieder im heimatlichen Prag – Kisch mit Jarmila (links) und einer Bekannten namens Richterová.

Das letzte Porträt – Kisch in seinem Wohnsitz in der Straße U labratoře 22 in Prag-Střešovice.

Das letzte Recherche-Foto – Kisch Ende Juni 1947 im Schuhwerk Bata im mährischen Zlín bei der Arbeit für die unvollendet gebliebene Reportage ‹Schuhwerk›, die zu seinem Plan für ein Reportagebuch über die befreite Tschechoslowakei gehörte.

KOMUNISTIC
WAGONS-LITS
COOK

Die letzte Reise des ‹rasenden Reporters› – am Pulverturm begann am 5. April 1948 der Trauerzug durch Prag.

Letzter Abschied von Kisch im Krematorium – Kischs jüngster Bruder Bedřich, der ihn als einzigster von den Brüdern überlebt hat, Ehefrau Gisela Kisch und Jarmila.

Die letzte Ruhestätte – Grabmal im Urnenhain auf dem Friedhof Strašnice. Die abgebildete Bronzebüste, die jahrzehntelang das Urnengrab schmückte, wurde 1992 gestohlen.

Jarmila in ihrer Prager Wohnung – aufgenommen zu ihrem 80. Geburtstag am 11. Februar 1976.

Jarmila kurz vor Vollendung des 90. Lebensjahres – im Seniorenheim in Dobříš bei Prag, wo sie die letzten Lebensjahre verbracht hat, besuchte sie Klaus Haupt.

Jarmilas letzte Ruhestätte in Prag – neben Josef Reiner, ihrem ersten Mann, und Vincenz Nečas, mit dem sie mehr als drei Jahrzehnte verheiratet gewesen ist.

Anhang

Zu dieser Ausgabe

Diese Briefe werden im Wortlaut zum erstenmal veröffentlicht. Kisch hat sie manchmal in tschechischer, manchmal in deutscher Sprache verfaßt; mitunter auch gemischt in beiden Sprachen. Die Brieftexte wurden grundsätzlich so belassen, wie Kisch sie geschrieben hat. Nur einige wenige Textstellen, die als kränkend oder womöglich gar als Beleidigung aufgefaßt werden könnten, wurden ausgelassen, um die Würde und das Persönlichkeitsrecht der betroffenen Personen auch nach ihrem Tode zu wahren. Diese Stellen sind mit drei Punkten in eckigen Klammern gekennzeichnet. Sonstige Punkte und runde Klammern stammen vom Autor des Briefes. Eckige Klammern sind Ergänzungen des Herausgebers.

Kisch hat für Jarmila, unabhängig davon, ob er den Brief in deutscher oder tschechischer Sprache geschrieben oder ihn Gisl in die Maschine diktiert hat, unterschiedliche Anrede- und Koseformen gebraucht, wobei beispielsweise Jarmilace dem von ihm auch im Deutschen verwendeten Jarmilatsche entspricht. Diese unterschiedlichen Formen und Schreibweisen sind der Originalität halber beibehalten worden. Das trifft auch auf die Schreibweise anderer Namen zu. Die manchmal unterschiedliche Schreibweise z. B. von Zeitungstiteln in den Briefen und den Marginalien und Anmerkungen ist der Tatsache geschuldet, daß die erwähnten Blätter zu Kischs Zeiten im Zeitungskopf unterschiedliche Schreibweisen verwendeten. Zeitungstitel, Buchtitel oder Titel von Theaterstücken wurden wegen der Einheitlichkeit generell in Anführungen gesetzt. Wenige Flüchtigkeitsfehler wurden stillschweigend korrigiert, ‹ss› wurde in das immer noch gebräuchlichere ‹ß› verwandelt.

Die editorischen Eingriffe wurden äußerst sparsam und behutsam vorgenommen. Sie verändern an keiner Stelle den Sinn des Textes. Das Gleiche gilt selbstverständlich für die Briefe von Gisela Kisch.

In den Anmerkungen sind, sofern sie recherchiert werden konnten, nur ausführlichere Angaben zu solchen Personen vermerkt, die entweder in besonderer Beziehung zu Kisch standen, im Kontext der Briefe eine besondere Rolle spielen oder über die in üblichen Nachschlagewerken nur unzureichende Angaben gemacht werden.

Allen, die mich in der Vergangenheit bei meinen Kisch-Recherchen sowie bei den Vorbereitungen zu diesem Buch verständnisvoll unterstützt haben (vornehmlich meine Prager Freunde Karel und Zdeněk), möchte ich herzlich danken. Ein besonderes Dankeschön gilt der Diplomslawistin Helga Katzschmann für die Übersetzung von Kisch-Texten sowie meiner Frau Maxi.

Zeittafel

Egon Erwin Kisch
Eine biographische und bibliographische Chronik

1885

29. April: Im geschichtsträchtigen Haus ‹Zu den zwei goldenen Bären› (in der heutigen Melantrichova 14) – das sich seit 1866 im Besitz der Familie Kisch befindet – erblickt Egon Kisch am Nachmittag dieses sonnigen Frühlingstages das Licht der Welt. Er ist nach Paul Kisch (geboren am 19. November 1883) der zweite von insgesamt fünf Söhnen des Tuchhändlers Hermann Kisch und seiner Ehefrau Ernestine, die sich im blühenden Alter von 22 Jahren befindet.

6. Mai: Jüdischem Brauch gemäß wird Egon beschnitten.

1887

22. Mai: Geburt des Bruders Wolfgang.

1889

15. Juni: Geburt des Bruders Arnold.

1891

Ostern: Egon wird in Prag in der Seidlschen Privatschule eingeschult, die unweit des elterlichen Hauses im Servitenkloster zu St. Michael in der Melantrichgasse 17 untergebracht ist; im Jahr darauf kommt er in die Piaristenschule, benannt nach ihrem Sitz im Piaristenkloster in der Panská ulice (Herrengasse) im Zentrum Prags.

1894

17. April: Geburt des Bruders Friedrich (Bedřich), genannt Kaspar.

1895

Ostern: Besuch der I. deutschen Realschule zu Prag, Nikolandergasse 3, deren Schüler ‹Nikolander› genannt werden.

23. Mai: Geburt von Gisela Lyner (auch: Liner).

1896

11. Februar: Geburt von Jarmila Ambrožová.

1901

19. Januar: Kischs Vater, geboren am 1. Juli 1840, stirbt in Prag im Alter von 60 Jahren.

1903

August/September: Egon unternimmt eine von der Mutter spendierte Ferienreise durch Österreich und Bayern, auf der er viele Tagebuchnotizen über Land und Leute macht.

6. Oktober: Immatrikulation an der deutschen Technischen Hochschule zu Prag, Abbruch des Studiums nach dem ersten Semester im darauf folgenden Jahr.

1904

Sommersemester: Belegung von Vorlesungen über Geschichte der deutschen Literatur und Geschichte der mittelalterlichen Philosphie an der Prager deutschen Universität.

3. Oktober: Beginn des Militärdienstes als Einjährig-Freiwilliger im Prager Hausregiment Nr. 11.

1905

Das erste Büchlein unter dem Namen Egon Erwin Kisch erscheint:

‹Vom Blütenzweig der Jugend›, Gedichtband, E. Pierson's Verlag Dresden.

Der Druck des Bändchens wird von der Mutter mit 200 Mark finanziert. Die Liebe zur Dichtkunst führte auch zu dem von Jung-Egon gewählten zweiten Vornamen Erwin. Unter dem Pseudonym Erwin Kisch wurde – entgegen striktem Verbot der Nikolander-Schuldirektion, in der Presse zu publizieren – bereits um die Jahreswende 1899/1900 in einer Prager Zeitung ein Gedicht von ihm veröffentlicht. Kisch schenkt Jarmila später ein Exemplar des Büchleins mit folgender Widmung: ‹Dieses Quatschbuch gebe ich der Jarmila, die schon einmal ein Exemplar davon besaß und es verloren hat, unter der alten Bedingung: es niemandem zu zeigen. Herzlichst Der (leider) Autor. Prag, 32 Jahre später.›

30. September: Der Militärdienst wird beendet. Während Einjährig-Freiwillige nach Absolvierung dieses im österreichisch-ungarischen Heer üblichen einjährigen Dienstes in der Regel zum Reserveoffizier oder Kadetten befördert werden, wird Kisch wegen renitenten Verhaltens nur als Titularkorporal entlassen.

Anschließend belegt Kisch das Wintersemester 1905/06 der privaten Wrede'schen Journalisten-Hochschule in Berlin W 35, Steglitzer Straße 84.

1906

Der erste und einzige Band mit Erzählungen und Geschichten erscheint:

‹Der freche Franz und andere Geschichten›, Erzählungen, Verlag Hugo Steinitz, Berlin.

Kisch schenkt später Jarmila ein Exemplar mit folgender Widmung: ‹Zur Erinnerung an Cigale; daselbst eingeschrieben für Jarmilka E.E.K. 7.11.1923.›

März: Rückkehr aus Berlin, danach rund sechs Wochen Volontär beim deutschen ‹Prager Tagblatt› in der Panská ulice.

April: Die 1828 gegründete renommierte Prager deutsche Tageszeitung ‹Bohemia› nimmt Kisch als Lokalreporter in ihre Redaktion auf, der erfahrene Paul Wiegler wird Egons Zimmernachbar und nimmt ihn unter seine Fittiche.

1907

Kisch besucht Piräus, Konstantinopel und Neapel.

1909

Kisch bereist die Adria und Brioni.

1910

Juni: Auf einem Floß fährt Kisch für eine Reportage auf Moldau und Elbe bis nach Magdeburg.

7. August: Kisch erhält eine ständige Rubrik in der Bohemia unter dem Titel ‹Prager Streifzüge›; seine Feuilletons erscheinen von nun an jeden Sonntag bis zum 2. April 1911.

1911

September: Kisch interviewt den berühmten amerikanischen Erfinder Thomas Alva Edison, der auf einem Europa-Trip in Prag Station macht – es ist sein erstes internationales Prager Prominenten-Interview. Edison schenkt Kisch ein silbernes Zigarettenetui mit Widmung.

1912

Ein neues Buch erscheint:

‹Aus Prager Gassen und Nächten›, Lokalreportagen, Verlag A. Haase, Prag.

Kisch schenkt später Jarmila ein Exemplar mit der Widmung: ‹Der Jarmilinince Haasová, um sich zu erinnern, daß sie mit Egon in Prag war. Prag, 22. Oktober 1923.›

Reportagereise nach London und Antwerpen.

22. September: Die ‹Bohemia› beginnt mit dem Abdruck einer Reportage-Serie über Kisch's Aufenthalt in London – es ist die erste umfangreichere Arbeit über einen Auslandsaufenthalt.

9. Dezember: Brand der Schittkauer Mühlen am Moldauufer in Prag. Die Berichterstattung darüber hat für Kisch insofern eine besondere Bedeutung, als er sie zum Anlaß nimmt, in seinem autobiografischen Buch ‹Marktplatz der Sensationen› grundsätzliche Betrachtungen zum Thema Journalismus und Wahrheit anzustellen sowie seine Entscheidung zugunsten der Wahrheit in der Berichterstattung zu begründen.

1913

Ein neues Buch erscheint:

‹Prager Kinder›, Lokalreportagen, Verlag A. Haase, Prag.

Kisch schenkt Jarmila ein Exemplar mit der Widmung: ‹Also nimm Dir das! Prag, 22. Oktober 1923.›

25. Mai: Oberst Alfred Redl, Generalstabschef des 8. Prager Korps der k.u.k. österreichisch-ungarischen Armee, erschießt sich in der Nacht vom 24. auf den 25. Mai im Hotel Klomser in Wien. Hinter diesem Selbstmord verbirgt sich die größte Spionageaffäre vor dem Ersten Weltkrieg, Kisch enthüllt Hintergründe und Zusammenhänge dieses Selbstmordes und gelangt zu internationalem Ruhm: Oberst Redl war ein Agent des Zarenreiches. Am Anfang von Kischs Enthüllung steht als Glanzstück journalistischer Arbeit seiner Zeit in der ‹Bohemia› vom 28. Mai eine kurze Nachricht mit Informationen und Kombinationen in Form von ‹Wiener Gerüchten›, wobei man an offizieller Stelle ‹keine nähere Auskunft über die Richtigkeit› gibt. Die ausführliche Schilderung des Falles Redl erscheint 1924 in Buchform.

Juni: Übersiedlung nach Berlin, Mitarbeiter am ‹Berliner Tageblatt›.

1914

Kischs einziger Roman erscheint, zugleich das erste Buch bei seinem Verleger Erich Reiss:

‹Der Mädchenhirt›, Erich Reiss Verlag, Berlin.

Frühjahr: Als Nachfolger Gerhart Hauptmanns kurzzeitig Dramaturg am Berliner Künstlertheater.

31. Juli: Korporal Kisch rückt in der südböhmischen Garnison Pisek zum Militärdienst ein; bei Ausbruch des Ersten Weltkrieges wird er mit dem Prager Korps an die serbische Front verlegt. Während des Fronteinsatzes lautet ein geflügeltes Wort seiner Kameraden ‹Schreib das auf, Kisch!›, denn er führt bis zu seiner Verwundung ein Kriegstagebuch.

3. September: Kischs Bruder Wolfgang fällt an der russischen Front.

1915

Februar: Das Prager Korps wird an die russische Front verlegt.

18. März: Kisch wird schwer verwundet; nach Krankenhausaufenthalt in Prag ‹felddienstuntauglich›.

1916

Februar: Etappeneinsatz in Gyula (Ungarn)

1917

Frühjahr: Im Range eines Leutnants der Reserve Abkommandierung ins Kriegspressequartier nach Wien, dem Pressestab beim Obersten Befehlshaber der österreichisch-ungarischen Armee.

November: Mit der Teilnahme an der Konferenz des illegalen ‹Aktionskomitees der Linksradikalen› in Sankt Aegyd, an der unter anderem etwa dreißig gewählte Betriebsvertrauensleute teilnehmen, entscheidet sich Kisch für eine aktive revolutionäre Position im Kampf gegen den Krieg. Das Komitee beschließt die Gründung eines illegalen Abeiter- und Soldatenrates und betraut mit dieser Aufgabe ein Dreier-Komitee, dem der Leutnant Kisch angehört.

1918

1. November: Auf dem Deutschmeisterplatz in Wien findet ein Soldaten-Meeting statt, auf dem die Rote Garde gegründet und Kisch, der zu den Versammlungsrednern gehört, zum Kommandeur gewählt wird. Hauptquartier der Roten Garde wird die Stiftskaserne in der Mariahilferstraße.

18. November: Auf Druck führender sozialdemokratischer Regierungsvertreter muß Kisch als Kommandeur zurücktreten und befehligt nunmehr nur noch das zweite Bataillon, wird aber von den Soldaten demonstrativ zum Kommissar der Roten Garde gewählt.

9. November: Die erste Ausgabe des Wochenblattes ‹Der freie Arbeiter› erscheint in Wien, herausgegeben von der Föderation revolutionärer Sozialisten ‹Internationale›, die sich am 28. November öffentlich konstituiert und zu deren führenden Mitgliedern Kisch gehört. ‹Der Freie Arbeiter› erhält mit der zweiten Ausgabe eine ständige Beilage für die Arbeit unter den Soldaten. Sie trägt den Titel ‹Die Rote Garde› und wird von Kisch redigiert. Regelmäßig erscheinen auch Beiträge aus seiner Feder.

Lernt Gisela Liner in Wien kennen

1919

29. März: Kisch veröffentlicht in der Beilage ‹Rote Garde› seinen letzten Beitrag und nimmt – enttäuscht von der Entwicklung und aufgrund einer beispiellosen Rufmordkampagne gegen ihn – Abschied von dieser politischen Aufgabe.

Mai: Kisch wird Mitglied der Kommunistischen Partei Deutsch-Österreichs (KPDÖ), nachdem sich die Föderation revolutionärer Sozialisten ‹Internationale› mit ihr vereinigt hat.

März–Juni: Lokalreporter bei der Wiener linksbürgerlichen Zeitung ‹Der Neue Tag›.

1920

Ein neues Buch erscheint:

‹Die Abenteuer in Prag›, Verlag E. Strache, Wien/Prag/Leipzig.

Sommer: Nach einer Frankreich-Reise Rückkehr nach Prag; Mitarbeit am ‹Prager Tagblatt›.

September–Oktober: Flußfahrt mit dem Moldaudampfer ‹A. Lanna 8› von Prag über Hamburg und Wilhelmshaven nach Mainz.

1921

Zwischen Mai und August: Kisch bereist die Slowakei und Frankreich.

Herbst: Übersiedlung nach Berlin. Kisch lernt im Romanischen Café Jarmila Haasová kennen. Er beginnt mit der Arbeit an seinem Werk ‹Klassischer Journalismus› und begibt sich zu diesem Zweck über einen längeren Zeitraum täglich in die Staatsbibliothek Unter den Linden, um beispielgebende Texte nicht mehr lebender Autoren – von Joseph Addison bis Emile Zola – auszuwählen und jeweils mit einem Text-Medaillon einzuleiten. Kisch wohnt zu dieser Zeit in der Güntzelstraße 3.

1922

Das Tagebuch aus dem Zweiten Weltkrieg erscheint:

‹Soldat im Prager Korps›, Verlag der Andréschen Buchhandlung, Leipzig-Prag.

Außerdem erscheint die Komödie über den Halleschen Dieb Käsebier und König Friedrich II. von Preußen:

‹Die gestohlene Stadt›, Erich Reiss Verlag, Berlin.

Berliner Korrespondent der Tageszeitung ‹Lidové noviny›, Brno; die Honorare aus dieser Tätigkeit sind vorerst seine Haupteinnahmequelle.

Kisch entwickelt im Laufe der Jahre eine Mitarbeit an diversen Berliner Zeitungen, Zeitschriften und Illustrierten; unter anderem schreibt er für das linksliberale ‹Tagebuch› und ‹Die Weltbühne›, für ‹Die Welt am Abend›, die kommunistische Tageszeitung ‹Die Rote Fahne›, die auflagenstarke ‹Arbeiter-Illustrierte Zeitung›, die ‹Linkskurve› und den bürgerlichen ‹Berliner Börsen-Courier›.

1923

Die repräsentative Anthologie mit 99 ausgewählten Beiträgen von 77 Autoren aus vier Jahrhunderten erscheint:

‹Klassischer Journalismus – Die Meisterwerke der Zeitung›, Rudolf Kaemmerer Verlag, Berlin.

Januar: Besuch bei Maxim Gorki in Saarow-Pieskow, zusammen mit Jarmila, seiner späteren Frau Gisl, der tschechischen Bekannten Božena Neumannová sowie deren kleiner Tochter Sonja.

23. Oktober: Kisch schreibt Jarmila aus Brno, daß er in der Nacht angekommen ist, und endet mit den Worten: ‹Ich bin der goldene Egonek›.

1924

Es erscheint der Reportagenband, dessen Titel zu Kischs unvergänglichem ‹Markenzeichen› wird:

‹Der rasende Reporter›, Erich Reiss Verlag, Berlin.

In einem Buch erstmals umfassend dargestellt:

‹Der Fall des Generalstabschefs Redl›, Verlag Die Schmiede, Berlin.

März/April: Kisch bereist Dänemark.

Mitglied im Schutzverband Deutscher Schriftsteller (SDS).

1925

Ein weiterer Reportageband des ‹Rasenden Reporters› erscheint:

‹Hetzjagd durch die Zeit›, Erich Reiss Verlag, Berlin.

Juli: Kisch bereist die Schweiz.

18. November: Eintritt in die KPD.

Dezember: Erste Reise in die Sowjetunion.

1926

Frühjahr: Reportagefahrt in der Sowjetunion, ins Donezgebiet, nach Transkaukasien und Leningrad.

12. Mai: Rückkehr aus Moskau nach Berlin; anschließend bis zum Herbst Veröffentlichung von Reiseberichten über das Sowjetland in der Zeitschrift ‹Das Neue Rußland› und in der kommunistischen Tageszeitung ‹Die Rote Fahne› sowie diverse Vorträge über seine Reiseerlebnisse.

Zwischendurch ist er im Juli zum traditionellen Sommerurlaub mit der Mutter an der holländischen Nordseeküste, recherchiert anschließend in Holland für Reportagen, die in der ‹B.Z. am Mittag› erscheinen.

31. Dezember: Zwischenstation mit einer Filmcrew in Marseille auf dem Weg nach Nordafrika, wo Kisch in dem Ufa-Film ‹Die Frauengasse von Algier› mitspielt. Kisch – Autor des Prager Zuhälter-Romans ‹Der Mädchenhirt› – spielt die Rolle des Komplizen eines Mädchenhändlers, dem es obliegt, die Heldin der Filmstory, dargestellt von der bekannten Schauspielerin Camilla Horn, ins Bordell zu bringen.

1927

Januar/Februar: Kisch bereist Algerien und Tunesien.

23. März: Kisch zieht sich mit Gisl an den Schermützelsee bei Berlin zurück, um in der Pension ‹Weiße Taube› bei Bollersdorf unweit von Buckow einen Berg von Arbeit zu erledigen. Er muß in knapp drei Monaten vier Bücher fertigstellen, die im Laufe des Jahres erscheinen und ein Kisch-Buchrekordjahr markieren:

‹Zaren, Popen, Bolschewiken›, Erich Reiss Verlag, Berlin – Der erste Sammelband über das Sowjetland.

‹Kriminalistisches Reisebuch›, Verlag Die Schmiede, Berlin – Eine Schilderung der Verbrechen aller Zeiten und Länder, vom Verfasser an ihren Schauplätzen aufgesucht und aufgeklärt.

‹Wagnisse in aller Welt›, Universum-Bücherei für Alle, Berlin – Das erste im linksgerichteten Münzenberg-Konzern verlegte Kisch-Buch mit speziell dafür geschriebenen beziehungsweise bearbeiteten internationalen Reportagen.

‹Max Hoelz: Briefe aus dem Zuchthaus›, herausgegeben und mit einem Nachwort versehen von Egon Erwin Kisch – Mit Vehemenz beteiligt sich Kisch auch an verschiedenen Aktionen zur Freilassung des zu einer langjährigen Zuchthausstrafe verurteilten Führers bewaffneter Arbeitereinheiten.

1928

Aus der Feder von Egon Erwin Kisch erscheint die Schrift:

‹Sieben Jahre Justizskandal Max Hoelz›, Mopr Verlag, Berlin.

18. Juli: Max Hoelz wird freigelassen, Kisch holt ihn vom Zuchthaus Sonnenburg ab.

31. Oktober: Kisch geht von Bord der ‹Olympic›, mit der er von Großbritannien aus den Atlantik überquert hat, in New York an Land zu einer mehrmonatigen Reportagereise durch die Vereinigten Staaten.

1929

10. Januar–5. Februar: Von Baltimoore fährt Kisch als Leichtmatrose auf dem Frachter ‹Jefferson Myers› durch den Panamakanal nach San Pedro in Kalifornien, um in Los Angeles unter anderem mit Charly Chaplin und Upton Sinclair zusammenzutreffen; weiter über San Francisco, Chicago und Detroit wieder nach New York.

13. April: An Bord des Schiffes ‹Homeric› Rückreise von New York nach Southampton, wo ihn Gisl empfängt.

Mai: Veröffentlichung von Reportageserien über die USA in der ‹Welt am Abend› sowie in ‹Die Rote Fahne›.

24. Mai: Kisch schreibt Jarmila, daß er sich zum Schreiben mit Gisl ‹in den hintersten Winkel verkrochen› hat, ‹in die Teufelsmühle› bei Cheb (Eger) in Böhmen; binnen fünf Monaten verfaßt er sein Amerika-Buch.

1930

Nachdem ‹Der rasende Reporter› bereits die 15. Auflage, ‹Hetzjagd durch die Zeit› und ‹Zaren, Popen, Bolschewiken› jeweils die 10. Auflage erreicht haben, erscheint nun im Erich Reiss Verlag, Berlin, als weiterer Reportageband:

‹Egon Erwin Kisch beehrt sich darzubieten: Paradies Amerika›.

Die Widmung in Jarmilas Exemplar lautet: ‹Für Jarmila ohne Worte. Egonek. 7.11.1923; Berlin.›

Das Kriegstagebuch von Egon Erwin Kisch, ‹Soldat im Prager Korps›, erscheint im Erich Reiss Verlag, Berlin, mit dem Titel ‹Schreib das auf, Kisch!›

Das Exemplar für Jarmila versieht der Autor mit der Widmung: ‹Schreib das auf, Kisch, daß Du der Jarmilka dieses Buch in Herzlichkeit überreicht hast! Egonek. Berlin, 9.9.1930.›

Als ‹unverkäufliches Manuscript› erscheint das als Ko-Produktion mit dem guten Freund der Jugendzeit Jaroslav Hašek verfaßte Theaterstück:

‹Die Reise um Europa in 365 Tagen – Eine groteske Begebenheit in 15 Bildern›, Arcadia-Verlag GmbH, Berlin.

Kisch schenkt Jarmila ein Exemplar mit Widmung: ‹Meinem lieben Jarmiláč zum Geburtstag mit herzlichen Wünschen herzlich gegeben. Der Egonek. Berlin, 11. Februar 1931.›

Mai/Juni: Kisch bereist Südfrankreich, Monte Carlo und Korsika

November: In Charkow findet die zweite Weltkonferenz der Revolutionären Schriftsteller statt, an der Kisch als Delegierter des Bundes proletarisch-revolutionärer Schriftsteller teilnimmt.

Unter dem Datum vom 15. November erhält Kisch die Berufungsurkunde für eine Lehrtätigkeit an der Journalistischen Fakultät der Kommunistischen Universität ‹Artjom› in Charkow, die er bis Februar des kommenden Jahres ausübt

1931

Nachdem ‹Paradies Amerika› bereits die 27. Auflage erreicht hat, erscheint die Sammlung aufregender Kriminal- und Gerichtsfälle:

‹Prager Pitaval›, Erich Reiss Verlag, Berlin.

Sommer: Reportagereise mit ausländischen Schriftsteller-Kollegen durch Sowjet-Mittelasien; anschließend bis 15. September Aufenthalt im Sanatorium in Gorki bei Moskau.

1932

Das ‹Prager Pitaval› hat inzwischen die 10. Auflage erreicht. Die Kritik lobt es über alle Maßen. ‹Wieder hat der findigste Kopf aus der Reporterwelt ein halbes Hundert Trümpfe in der Hand, um sie mit virtuoser Technik auszuspielen› schreibt die ‹Neue Mannheimer Zeitung›. In der ‹Weltbühne› urteilt Kurt Tucholsky: ‹Das ist ein herrlicher Schmöker! Aus alten Scharteken, aus dem Pitaval, aus eigenen Erlebnissen tut Kisch hier das, was er am besten kann: er erzählt ... Es ist zu schön.› Auch das ‹Prager Tagblatt› – ‹Und man kann unendlich viel aus dem Buche lernen› – wird auf den Werbeseiten des nächsten Buches zitiert:

‹Egon Erwin Kisch berichtet: Asien gründlich verändert›, Erich Reiss Verlag, Berlin.

Kischs Widmung im Exemplar für Jarmila lautet: ‹Meinem lieben Jarmilac, anläßlich eines Wiedersehens nach anderthalb traurigen Jahren mit vielen guten Wünschen. Der Egonek. Prag, 11.9.32.›

Frühjahr: Fahrt mit dem Zug von Moskau mit Zwischenstation in Tschita, um das Visum einzuholen, zu einer mehrmonatigen Reportagereise nach China.

4. August: Kisch schreibt Jarmila aus Nanking und fragt: ‹Was willst Du zu Weihnachten herausgeben?›

August: Rückreise über Japan.

10. August: Kisch schreibt Jarmila aus Moskau: ‹Melde Dir, daß ich wieder in Europa bin.›

1933

Im angestammten Verlag erscheint zum letzten Mal ein Buch aus der Feder des berühmtesten deutschsprachigen Reporters dieser Zeit:

‹Egon Erwin Kisch berichtet: China geheim›, Erich Reiss Verlag, Berlin.

Kisch schreibt als Widmung für Jarmila – die ersten Exemplare der Auflage werden bereits zum Vorjahresende ausgeliefert – nur ein einziges vielsagendes Wort: ‹Jarmilinininininince! Egonek. Praha, 14.12.32.›

Januar: Kisch ist wieder in Berlin und bezieht Ende des Monats zur Untermiete ein Zimmer in der Motzstraße.

27. Februar: Kisch verbringt den Abend bei Jarmila, die ein Zimmer zur Untermiete in der Lietzenburger Straße hat. Nachdem die beiden in den späten Abendstunden vom Brand des Reichstages erfahren, drängt Jarmila Kisch, weil sie ihn in Gefahr sieht, bei ihr zu bleiben; da er seinerseits jedoch nicht auch Jarmila in Gefahr bringen will, begibt er sich in sein Quartier in der Motzstraße.

28. Februar: Kisch wird früh um fünf Uhr verhaftet. Gegenüber den Kriminalpolizisten sagt er aus, er sei gegen ‹halb ein Uhr nachts› nach Hause gekommen. Kisch wird zunächst ins Polizeipräsidium am Alexanderplatz transportiert und dann – laut Haftbefehl – wegen ‹dringenden Verdachtes der Teilnahme am Hochverrat› in der Nacht vom 1. zum 2. März in die Festung Spandau gebracht.

11. März: Aufgrund offizieller tschechoslowakischer Proteste müssen die Nazis den tschechoslowakischen Staatsbürger Egon Erwin Kisch freilassen; mit Polizeibegleitung wird er am Grenzort Pomokly gegen Quittung den Grenzbehörden übergeben.

4.–6. Juni: Der Antifaschistische Arbeiterkongreß Europas tagt in Paris; als einer der Redner prangert Kisch die Verbrechen der braunen Machthaber an.

Herbst/Jahresende: Reisen nach London, Frankreich, Belgien, Holland, Spanien.

1934

Nach der Übersiedlung von Prag nach Paris/Versailles werden in diesem Jahr die ersten Kisch-Bücher in deutscher Original-Fassung von westeuropäischen Emigranten-Verlagen herausgebracht:

‹Eintritt verboten›, Edition du Carrefour, Paris.

‹Geschichten aus sieben Ghettos›, Verlag Allert de Lange, Amsterdam.

Januar: Aufenthalt in Belgien.

5. März: Kisch schreibt Jarmila aus der neuen Unterkunft in der rue du Jeu de Paume inVersailles: ‹Gerade gegenüber von uns ist das Jeu de Paume, das Lokal, wo am 20.6.1789 der Dritte Stand die Große Revolution begann.›

21.–25. Juni: In Paris tagt der Erste Internationale Schriftstellerkongreß zur Verteidigung der Kultur, an dem Kisch, der inzwischen nach Paris übergesiedelt ist, teilnimmt und in den Kongreßvorstand gewählt wird.

13. Oktober: Kisch tritt an Bord des britischen 20 500-Tonnen-Liners ‹Strathaird› die Fahrt nach Australien an, um als Delegierter des Weltkomitees gegen Krieg und Faschismus am australischen Antikriegskongreß teilzunehmen.

6. November: Die ‹Strathaird› erreicht Freemantle, Kisch – der hier von Bord gehen will – erhält Landeverbot, ihm wird der Paß abgenommen; auf festgelegter Route fährt das Schiff über Adelaide nach Melbourne.

13. November: Im letzten Augenblick, da die ‹Strathaird› Port Phillip, den Hafen von Melbourne, wieder verlassen will, unternimmt Kisch die dramatische ‹Landung in Australien›: Er springt aus fünfeinhalb Metern Höhe von der Reling, bricht sich ein Bein und wird wieder an Bord transportiert.

16. November: In Sydney wird Kisch von Bord geholt und in das Polizeiquartier gebracht; er wird angeklagt und zu sechs Monaten Zwangsarbeit verurteilt. Eine starke Protestbewegung erzwingt im folgenden Jahr Kischs Freispruch, so daß er endlich auch journalistische Recherchen über den fünften Kontinent anstellen kann.

1935

11. März: Kisch tritt mit dem Linienschiff ‹Orford› von Australien die Rückreise nach Europa an.

10. April: Gisl empfängt Kisch in Toulon.

29. April: Kisch begeht seinen 50. Geburtstag in Les Sablettes bei Toulon; er erhält eine beispiellose Zahl von Glückwünschen namhafter Schriftsteller- und Journalistenkollegen, von Freunden, Bekannten und Unbekannten aus allen Teilen der Welt. Sonderdrucke mit brillianten Würdigungen seiner Leistungen erscheinen zum Jubiläum.

Juni: In Paris tagt der 1. Internationale Schriftstellerkongreß zur Verteidigung der Kultur, Kisch wird mit Heinrich Mann als Vertreter der deutschen Delegierten in den Kongreßvorstand gewählt; er hält ein grundlegendes Referat über ‹Reportage als Kunstform und Kampfform›

Nach dem Trubel der Rückkehr: Beginn der Arbeit am Australienbuch, die sich aufgrund der komplizierten Thematik überaus schwierig und langwierig gestaltet.

1936

In zwei Ländern erscheint in deutscher Originalfassung – natürlich in unterschiedlich aufgemachten Ausgaben – gleichzeitig ein weiterer Reportage-Sammelband:

‹Abenteuer in fünf Kontinenten›, Edition du Carrefour, Paris und Verlagsgenossenschaft ausländischer Arbeiter in der UdSSR, Moskau.

Mai/August: Aufenthalte in Belgien und Holland.

Kisch schließt mit dem amerikanischen Verlag Alfred A. Knopf, New York, einen Vertrag über ein autobiografisches Buch unter dem Titel ‹Crawling in the inky river› (‹Schwimmend im Tintenstrom›).

1937

Kischs letztes großes, in sich geschlossene Buch erscheint vor Ausbruch des Zweiten Weltkrieges in Europa:

‹Landung in Australien›, Verlag Allert de Lange, Amsterdam.

Frühjahr: Aufenthalt in Prag.

9. Mai: Die Mutter stirbt, im Bärenhaus treffen sich zum letzten Mal die Kisch-Brüder Paul, Arnold, Bedřich und Egonek.

Juni: Kisch in Madrid, Teilnahme am II. Internationalen Schriftstellerkongreß sowie am Freiheitskampf des spanischen Volkes gegen den Faschismus, Fahrten an verschiedene Frontabschnitte; Recherchen und Interviews im Hospital der Internationalen Brigaden in Benicasim.

1938

Die beiden einzigen größeren journalistischen Arbeiten Kischs über den spanischen Freiheitskampf erscheinen:

‹Die drei Kühe – Eine Bauerngeschichte zwischen Tirol und Spanien›, Amalien-Verlag.

‹Soldaten am Meeresstrand. Eine Reportage von Egon Erwin Kisch›, herausgegeben von Ayuda Medica Extranjera (Ausländische Medizinische Hilfe).

22. Mai: Kommunalwahlen in Prag, Kisch – der sich in Spanien befindet – wird auf der Liste der Kommunistischen Partei der Tschechoslowakei zum Stadtrat gewählt.

Juni: Kisch ist aus Spanien nach Versailles zurückgegehrt; er arbeitet an der Autobiographie.

29. Oktober: Egon Erwin Kisch und Gisela Lyner heiraten in Versailles.

1939

März: Aufenthalt in einem von fortschrittlichen amerikanischen Schriftstellern unterhaltenen Schriftstellerheim in Grasse an der Cote d'Azur; unter anderem Arbeit an einem Manuskript, das später verloren geht: ‹Die Geschichte des Postmeisters Drouet›.

September: Die französischen Sicherheitsbehörden siedeln Kisch zwangsweise in ein kleines Dorf bei Versailles um, stellen ihn unter Polizeiaufsicht und verbieten ihm jeglichen Kontakt mit der Außenwelt.

28. Dezember: Nach mehrtägigem zwangsweisem Aufenthalt auf Ellis Island, wohin Kisch an Bord des Schiffes ‹Pennland› gelangt ist, erteilt die USA-

Einsreisebehörde Kisch endlich ein Durchreise-Visum.

1940

2. Februar: Der Verlag Alfred A. Knopf kündigt den mit Kisch abgeschlossenen Vertrag über das Memoirenbuch.

Recherchen in New York, wo Kisch vorübergend unter ärmlichen Verhältnissen lebt, für Reportagen über die Lebensverhältnisse der Juden.

Sommer: Nachdem auch Gisl Kisch aus Europa eingetroffen ist, Unterkunft bei Freunden in der Umgebung von New York.

Vor Jahresende: Kisch, der zwar über ein Einreisevisum nach Chile verfügt, begibt sich nach Mexiko, um dort einen sicheren Aufenthalt zu finden.

1941

Nach den Querelen mit dem Verlag Alfred A. Knopf erscheint Kischs Memoirenbuch dennoch in den USA in der von ihm geplanten englischen Fassung, allerdings unter einem anderen Titel:

‹Sensation Fair› (›Marktplatz der Sensationen‹), Modern Age Books, New York.

November: In Mexiko-Stadt wird als Emigrantenorganisation der Heinrich-Heine-Klub gegründet; zur Präsidentin wird Anna Seghers gewählt, zum Vizepräsidenten Egon Erwin Kisch, der auch an der Zeitschrift ‹Freies Deutschland› engagiert mitarbeitet.

1942

10. Juli: Die Verlagsgemeinschaft El Libro Libre (Das freie Buch), am 10. Mai von Emigranten in Mexiko-Stadt gegründet, bringt als erstes Buch Kischs autobiographisches Werk in deutscher Original-Fassung heraus:

‹Marktplatz der Sensationen›, El Libro Libre – Das Freie Buch, Verlag für Antinazi-Literatur in deutscher Sprache.

Kischs Bruder Arnold wird im Konzentrationslager Litzmannstadt (Łódż) ermordet.

1943

Kisch recherchiert für ein Buch über Mexiko; er gehört zum Redaktionsstab für die spanisch-sprachige Dokumentation ‹El Libro Negro del Terror Nazi en Europa› (›Schwarzbuch über den Naziterror in Europa‹).

1944

Kischs Bruder Paul kommt im Konzentrationslager Theresienstadt (Terezín) ums Leben.

1945

Kurz vor dem 60. Geburtstag erscheint das letzte Buch aus der Feder des Meisters der literarischen Reportage:

‹Entdeckungen in Mexiko›, Editorial El Libro Libre, Mexico.

Januar/Februar: Kisch bereist Yucatán.

26. April: Bankett für Kisch zu seinem 60. Geburtstag.

1946

1. Februar: Abschiedsabend des Heinrich-Heine-Klubs in Mexiko-Stadt für Kisch.

17. Februar: Abreise aus Mexiko-Stadt mit dem Zug nach New York, dort kurzer Zwischenaufenthalt und Wiedersehen mit alten Freunden.

27. Februar: An Bord des britischen Dampfers ‹Queen Elizabeth› fährt Kisch Richtung Heimat; nach der Ankunft in Southampton kurzer Zwischenaufenthalt in London.

21. März: Kisch trifft zusammen mit André Simone (Otto Katz) in Prag ein; sein alter Freund Vinzenc Nečas, Jarmilas Ehemann, empfängt ihn mit einem Berufskollegen auf dem Flugplatz.

28.–31. März: Im großen Saal der Lucerna am Prager Wenzelsplatz tagt der VIII. Parteitag der KP der Tschechoslowakei; Kisch hält eine kurze Rede.

Kisch arbeitet an einem Plan für ein Buch über die Tschechoslowakei.

Juni: Reise nach Belgrad, Teilnahme am Prozeß gegen den serbischen Tschetnik-Führer Mihailowitsch.

Juli: Erste Recherchen für die unvollendet gebliebene Reportage ‹Karl Marx in Karlsbad›.

21./22. September: Teilnahme an Feierlichkeiten zu Ehren von Karl Marx in Karlovy Vary.

1947

Ende Juni/Anfang Juli: Reportagefahrt in die mährische Schuhmetropole Zlin, Besuch des tschechischen Lyrikers Petr Bezruc, worüber Kisch die unvollendete Reportage ‹Schuhwerk› und ‹Ein Tag mit Petr Bezruc› schreibt.

16. August: Kisch schenkt Jarmila die ‹Entdeckungen in Mexiko›, erschienen im Globus-Verlag, Wien. Die Widmung – seine letzte in einem Buch für Jarmila – gilt ‹der Autorin des Ausdrucks «rasender Reporter», mit dem ich vollkommen einverstanden bin. Egon Erwin Kisch.›

September: Aufenthalt im Herzbad Podebrady.

November: Erster Schlaganfall.

1948

24. März: Zweiter Schlaganfall.

31. März: Egon Erwin Kisch stirbt in der Prager Klinik in der Kateřinská ulice Nr. 468; wenige Augenblicke, nachdem Gisl und Jarmila das Krankenbett im Zimmer Nr. 68 zu einer Besorgung verlassen haben, hört um 13.45 Uhr Kischs Herz auf zu schlagen.

5. April: Trauerfeier in Form eines von der Regierung ausgerichteten Staatsbegräbnisses; anschließend Trauerzug vom Pulverturm über den Wenzelsplatz, den Tausende von Menschen säumen. Als Vertreter der Regierung nimmt der stellvertretende Ministerpräsident Antonín Zápotocký Abschied: ‹Ich mußte meinem langjährigen Freund Egonek bei meinem letzten Besuch versprechen, daß ich an seinem Sarge reden werde ...›

30. September: Urnenbeisetzung auf dem Prager Friedhof Strašnice, Urnenhain, 3. Reihe.

1962

19. April: Gisela Kisch stirbt; die letzte Ruhestätte erhält sie neben Egon Erwin Kisch.

1968

13. September: Kischs Bruder Bedřich stirbt in Prag.

1990

30. August: Jarmila Haasová-Nečasová verstirbt im Seniorenheim Dobříš bei Prag.

Anmerkungen

23. Oktober 1923

Theaterdirektor Höllering – Kisch hat mehrere Theaterstücke geschrieben und in Brno (Brünn) ist im Jahre 1923 das Stück ‹Tonka Šibenice na onomsvětě› (Tonka Šibenice im Jenseits) aufgeführt worden. Kisch hat dieses Thema – eine Prager Dirne leistet einem zum Tode verurteilten Frauenmörder in der Nacht vor der Hinrichtung den letzten Liebesdienst – in verschiedenen Versionen verarbeitet. Die deutschen Originalfassungen, auch im autobiografischen Buch ‹Marktplatz der Sensationen› enthalten, haben den Titel: ‹Die Himmelfahrt der Tonka Šibenice› bzw. ‹Die Himmelfahrt der Galgentoni›.

Marion Crawford ‹Die Prager Zauberin› – Francis Marion Crawford (1854-1909), amerikanischer Schriftsteller, Verfasser zahlreicher Unterhaltungsromane nach historischen Stoffen.

‹Lidovkách› – volkstümliche Bezeichnung für die in Brno (Brünn) erscheinende Zeitung ‹Lidové noviny›, (tschech.) ‹Volkszeitung›; Kisch berichtete für das linksbürgerliche Blatt ab 1922 als Berliner Korrespondent, das Gehalt aus dieser Tätigkeit war anfänglich sein Haupteinkommen.

Burian – Vlastimil Burian, genannt Vlasta (1891-1962), tschechischer Schauspieler; spielte in den Theaterstücken von Kisch auf Prager Bühnen tragende Rollen, u. a. die Titelrolle des Käsebier in ‹Die gestohlene Stadt›. Unter dem Titel ‹Král zlodějů› (‹Der König der Diebe›) hatte das Stück am 1. Dezember 1924 im Rokoko-Theater Premiere. Bereits am 21. Januar 1924 war im selben Theater die Komödie ‹Vyzvědačská aféra obrsta generálního štábu Redla› (‹Die Spionageaffäre des Obersten im Generalstab Redl›) uraufgeführt worden. Burian galt in der Tschechoslowakei als ‹König der Komiker›.

Bornstein – Joseph Bornstein, Pseudonym Erich Andermann (1899-1952), Journalist; schrieb seit 1920 für verschiedene Publikationen in Berlin, unter anderem für ‹Das Tagebuch› und die Wochenzeitung ‹Der Montag-Morgen› Artikel zu aktuellen politischen Vorgängen, darunter auch kritische Beiträge über die politische Rechtsprechung der deutschen Justiz. Die faschistische Machtübernahme zwang ihn 1933 zur Emigration, in Paris war er bis 1940 Chefredakteur von ‹Neues Tagebuch›; nachdem er 1940 in Frankreich interniert worden war, gelang es ihm, in die USA zu fliehen, wo er ab 1942 bis zum Ende des zweiten Weltkrieges beim Sender ‹Voice of America› tätig war. Bornstein war ein enger Freund von Jarmila.

15. März 1924

Jarmilininko, genannt Affe – wörtlich: Jarmilininko vůljs vopic – Kischs Tschechisch war von der Sprache des Volkes beeinflußt, vom Prager Jargon. Viele Wörter und Wendungen stammen ‹Aus Prager Gassen und Nächten›, entsprechend dem Titel seines 1911 erschienenen Buches. Die Schreibweise folgt mitunter offenbar dem Ohr. So scheint es auch bei dieser Anrede zu sein. Vůljs vopic heißt vermutlich: vůl jsem opice – Ich bin ein Ochse, du Affe. Unter Prager

Jugendlichen war es auch üblich, sich mit ‹Ochs, Ochs› zu begrüßen. Überdies muß man bedenken, daß er Tschechisch nicht alltäglich verwenden konnte. Im Brief vom 23. September 1936 beklagt sich Kisch, daß ihm Jarmilas Mutter fehlerhaftes Tschechisch vorgeworfen hat, ‹aber ich laß ihr sagen, sie hat auch einmal deutsch gekonnt, und hat es ganz vergessen›.

Griffith – Der Film ‹Gebrochene Blüten› (Originaltitel ‹Broken Blossoms›), am 14. März 1924 im Tauentzien-Palast aufgeführt, war ein Meisterwerk des amerikanischen Regisseurs David W. Griffith und gehört zu den frühen Standartwerken der (Stumm-) Filmkunst. Er wurde 1919 nach der Erzählung von Thomas Burke gedreht, spielt im Londoner Limehouse Viertel und erzählt die Geschichte der Liebe zwischen der Tochter eines chinesischen Kaufmanns und dem Sohn eines weißen Profiboxers, die letztendlich an den Rassenschranken scheitert.

Willy – Willy Haas (1891-1973), Publizist, Essayist, Kritiker, Drehbuchautor, Herausgeber; Sohn des deutsch-jüdischen Anwalts Dr. Gustav Haas in Prag. Seinen Weg in die Literatur begann er 1911 als Jurastudent in Prag mit der Gründung der literarischen Zeitschrift ‹Die Herder-Blätter›, in denen unter anderem Erstveröffentlichungen von Max Brod, Franz Kafka und Franz Werfel erschienen. In Berlin etablierte sich Haas nach 1921 als einflußreicher Renommierkritiker des ‹Filmkurier›. Ab 1925 war er verantwortlicher Redakteur, Herausgeber und Miteigentümer der Wochenzeitung ‹Die literarische Welt›, die ihren Titel Egon Erwin Kisch verdankt und bis 1933 erschien. Nach der faschistischen Machtübernahme flüchtete er zunächst nach Prag, später nach Indien. Ab 1948 war er bis zu seinem Tode für das Springer-Blatt ‹Die Welt› als Feuilletonkolumnist sowie als Kritiker für Literatur und Film tätig. Willy Haas heiratete Ende März 1921 Jarmila; die Ehe hielt de facto jedoch nur etwa ein Jahr.

‹Salzburg …› – gemeint ist eine Episode aus Kischs autobiografischem Buch ‹Marktplatz der Sensationen›. Er erzählt darin, wie er im Fach Heimatkunde lernt ‹Salzburg ist die Hauptstadt von Salzburg ...› und damit die Großmutter in Rage brachte, weil sie das für ebensolchen Blödsinn hielt wie ‹Berlin ist die Hauptstadt von Berlin, Frau Popper ist die Hauptstadt von Frau Popper ...›

Hans Krasa – Hans Krasa (1899-1944), Komponist; gehörte zum Kreis der Künstler, die im Prager Café Continental ihr Domizil hatten, das auch Jarmila besucht hat.

Lucerna – (tschech.) Laterne; renommiertes, großzügig und elegant angelegtes Theater- und Ballhaus am Prager Wenzelsplatz, das auch Raum bietet für Kabarett, Kongresse, Konzerte und dergleichen. 1929 wurde hier der erste Tonfilm in der Tschechoslowakei aufgeführt. Die Lucerna wurde Anfang dieses Jahrhunderts (ab 1907) im Auftrage des Großvaters von Václav Havel – des ersten Präsidenten der Tschechoslowakei nach der Wende im November 1989 – gebaut.

Wiegler – Paul Wiegler (1878-1949), Literaturhistoriker und Publizist; von 1908 bis 1913 als Feuilletonchef bei der Prager Zeitung ‹Bohemia› tätig. Wiegler ermunterte und förderte den jungen

Kisch in seiner Arbeit und stellte mit ihm sein erstes Buch (‹Aus Prager Gassen und Nächten›) zusammen. Wiegler schrieb u. a. eine ‹Geschichte der Weltliteratur› (1913), eine ‹Geschichte der deutschen Literatur› (2 Bände, 1930) sowie Biographien über Beethoven und Goethe. Nach der Zerschlagung des Hitler-Staates half er beim Aufbau einer antifaschistisch-demokratischen Kultur in Ostberlin. Kisch schrieb ihm am 12. November 1946 aus Prag einen Brief, in dem es heißt: Er bekomme eben seinen Brief und die Handschrift auf dem Umschlag freue ihn so, ‹daß der Inhalt meine Freude nicht mehr erhöhen kann›. Die ganzen Jahre habe er ihn geliebt, ‹obwohl ich gar keine Nachricht über Sie hatte. Ich wußte, Sie können sich nicht auch nur zur kleinsten Handreichung für das braune Lumpenpack zwingen lassen, selbst wenn es um Ihr Leben gegangen wäre.› Kisch endete den Brief mit den Worten: ‹Ich bin, lieber Paul Wiegler, und bleibe Ihr Zimmernachbar aus dem Annahof.› Im Annahof unweit der Karlsbrücke in Prag hatte die Redaktion ‹Bohemia› ihren Sitz, bei der Kisch von 1906 bis 1913 tätig war.

Ivan Goll – Ivan (Yvan) Goll (1891-1950), Lyriker; in Frankreich geboren, im zweisprachigen Gebiet von Elsaß-Lothringen (Metz/Straßburg) aufgewachsen und gebildet, lebte ab 1919 mit seiner Frau Claire in Paris. Dort gab er Mitte der 20er Jahre die Zeitschrift ‹Surrealismus› heraus, um die surrealistische Bewegung in Frankreich zu fördern. Zu seinen zahlreichen Werken, die er in deutscher bzw. französischer Sprache schrieb, gehören ‹Lothringische Volkslieder› (1924), ‹Requiem für die Gefallenen in Europa› (1917), ‹Lassalles Tod› (1921) und ‹Atom Elegy› (1946). Claire Goll, gleichfalls Lyrikerin, übersetzte viele seiner Werke.

Devětsil – (tschech.) Pestwurz; Bezeichnung einer unter dem Einfluß der russischen Oktoberrevolution im Jahre 1920 in der Tschechoslowakei gegründeten losen Vereinigung linker, avantgardistischer Künstler (Bund moderner Kultur), die den verschiedensten Genres angehörten. Zentrale Figur war der vielseitige (Architektur, Film, Buchkunst) Karel Teige (1900-1951), der mit seinem ‹Poetismus› den Einfluß der Poesie auf alle Bereiche des modernen Lebens anstrebte. Devětsil und Teige standen im Kontakt mit dem Bauhaus sowie mit avantgardistischen Künstlern in anderen Ländern Europas. Zu den prominenten Mitgliedern unter den Schriftstellern und Dichtern zählten Vítězlav Nezval, Ivan Olbracht, Jaroslav Seifert, Vladislav Vančura, Jiří Voskovec, Jiří Wolker und Adolf Hoffmeister. Auch Kisch symphatisierte mit Devětsil, wie aus einem Brief von Teige an Jaroslav Seifert im September 1923 hervorgeht. Er bittet Seifert darin, ein Exemplar der Zeitschrift ‹Devětsil› für 40 Kronen an einen Freund in Berlin zu schicken, weil dieser seines Kisch gegeben hatte.

18. September 1924

Longens – Emil Artur Longen und seine Frau Xena. Longen, mit bürgerlichem Namen Emil Pittermann (1885-1936), war vielseitig talentiert: Maler, Schauspieler, Clown, Exzentriker, Kabarettist, Theatermann, Filmemacher, Dramatiker und Regisseur. Er gründete nach dem ersten Weltkrieg in Prag die Revoluční scéna (Revolutionäre Bühne), die vom 3. September 1920 bis Januar 1922 existierte. Er inszenierte Kischs Theaterstücke und Komödien und spielte darin zusammen mit seiner Frau tragende Rollen – nach dem Ende der Revoluční scéna dann auch im Rokoko-Theater. Zum Stammrepertoire der Revoluční Scéna – die im Hotel Adria auf dem Wenzelsplatz in einem Saal mit Bühne spielte – gehörten: Kischs Komödie ‹Tonka Šibenice na onom světě› (›Tonka Šibenice im Jenseits› – in deutscher Fassung als ‹Die Himmelfahrt der Galgentoni› bekannt), uraufgeführt am 22. Oktober 1922; die dramatisierte Fassung des einzigen Kisch-Romans ‹Der Mädchenhirt›, uraufgeführt am 27. November 1921; und die von Kisch zusammen mit seinem Freund Jaroslav Hašek verfaßte Szenenfolge ‹Z Karlina do Bratislavy s parníkem «Lanna 8» za 365 dni› (‹Von Karlin nach Bratislava mit dem Dampfer «Lanna 8» in 365 Tagen›), die am 30. Dezember 1921 Premiere hatte. Xena Longenová (1891-1928) wurde berühmt als Darstellerin der ‹Tonka› (Galgentoni).

Lanias – Leo Lania, Journalisten-Kollege und Freund von Kisch. Er begann seine journalistische Laufbahn bei der ‹Wiener Arbeiterzeitung›, Anfang der 20er Jahre ging er von Wien nach Berlin, schrieb für den ‹Berliner Börsen-Courier›, für ‹Das Tagebuch› und ‹Die Weltbühne›, war dramaturgischer Mitarbeiter der Piscator-Bühne und der Max-Reinhardt-Bühne sowie Mitbegründer der Volks-Film-Bühne und einer Buchreihe unter dem Titel ‹Berichte aus der Wirklichkeit›. Auf Wunsch Brechts übernahm er die filmische Bearbeitung der ‹Dreigroschenoper› und schrieb das Drehbuch. Lania emigrierte vor den Nazis nach Frankreich, wurde später interniert und floh aus dem Lager über Portugal in die USA; nach dem Zweiten Weltkrieg kehrte er nach Deutschland zurück.

Katzes – Otto Katz, später international bekannt unter dem Pseudonym André Simone (1893-1952), tschechischer Journalist und Schriftsteller. Langjähriger Freund von Kisch, sie waren zusammen in Prag, Wien, Berlin , Moskau, Paris, London, New York und Mexiko. In Berlin schrieb er unter anderem für die ‹Weltbühne›, war Direktor der Piscator-Bühne, Leiter des Verlags der Internationalen Arbeiterhilfe, machte sich verdient um die Buchgemeinschaft ‹Universum-Bücherei›, die auch einige Bücher von Kisch herausgab. Nach der faschistischen Machtübernahme in Deutschland war er in Paris mit Alexander Abusch federführend bei der Herausgabe des ‹Braunbuchs über Reichstagsbrand und Hitler-Terror›, der ersten Dokumentation über den Naziterror. Diesem Werk folgten weitere dokumentarische Enthüllungen. In Mexiko, wo er von 1941 bis 1946 wirkte, war er Mitbegründer der Zeitschrift ‹Freies Deutschland›. André Simone kehrte zusammen mit Kisch am 21.März 1946 nach Prag zurück. Dort wurde er nach den Februarereignissen 1948 und der Wahl Klement Gottwalds zum Präsidenten der Republik zunächst Chefredakteur des ‹Rudé právo› und später Leiter der Presseabteilung des Außenministeriums. Er gehörte zu den Opfern des Slánský-Prozesses und wurde wegen ‹Hochverrat› und ‹Spionage› Tode verurteilt.

Gisl – Gisela (Gisl) Lyner (1895-

1962); zunächst Kischs Sekretärin, dann Lebensgefährtin und Ehefrau, die Eheschließung erfolgte am 29. Oktober 1938 in Versailles. Gisl Lyner (auch: Liner) wurde am 23. Mai 1895 in Busk geboren, das seinerzeit zu Österreich-Ungarn gehörte und später zur Sowjetunion kam; sie wuchs in Wien auf, wo sie Kisch im Jahre 1918 kennenlernte. Er habe sich, so erzählte man, einen Spaß daraus gemacht, sie dem alternden Caféhaus-Literaten Peter Altenberg auszuspannen. Nach Kischs Tod gab sie zusammen mit Bodo Uhse im Aufbau-Verlag Berlin und Weimar Kischs ‹Gesammelte Werke in Einzelausgaben› heraus. Sie verstarb am 19. April 1962 und fand ihre letzte Ruhestätte in Prag neben ihrem Mann.

9. November 1924

‹Tonka› – gemeint ist die Komödie von der ‹Tonka Šibenice›, die als Berliner Fassung ‹Die Himmelfahrt der Galgentoni› im ‹Tagebuch›, Berlin, Herbstheft 1924, erschienen ist. Die ‹Galgentoni – Eine sehr Prager Legende in drei Bildern› hat Kisch viermal bearbeitet. Unterschiedliche Fassungen sind in den Sammelbänden ‹Hetzjagd durch die Zeit› (1926) und ‹Wagnisse in aller Welt› (1927) enthalten sowie im ‹Marktplatz der Sensationen›.

‹Reporter› – gemeint ist der Sammelband ‹Der rasende Reporter›. Kisch hat Jarmila das Buch mit einer Widmung vom 28. Oktober 1924 aus Berlin geschickt. Mit diesem Reportagebuch hatte sich Kisch in Berlin endgültig einen Namen gemacht, öffentliche Anerkennung erworben und sich auf dem deutschen Buchmarkt etabliert. Der Buchtitel lieferte zugleich den berühmten Beinamen ‹rasender Reporter› und wurde Kischs Markenzeichen. ‹Der rasende Reporter› setzte zugleich Maßstäbe für das journalistische Genre Reportage, um dessen Anerkennung und literarische Qualität Kisch bemüht war.

Laurin – Arne Laurin (1889-1945), eigentlich Arnošt Lustig, Journalist und Theaterkritiker; enger Freund von Kisch, gehörte zum Kreis um Max Brod, Franz Werfel, Willy Haas, Ernst Polak u.a. Nach Gründung der ersten Tschechischen Republik wurde er als Verehrer von Präsident Thomás Garrique Masaryk (amtierte von 1918-1935) zum Chefredakteur des deutschsprachigen Regierungsorgans ‹Prager Presse› berufen. Er war Sammler einer vieltausendbändigen Bibliothek journalistischer Fachliteratur. Emigrierte nach der deutschen Okkupation in die USA und verstarb in New York. In einem Nachruf auf seinen Freund aus den Zeiten des Montmartre schrieb Kisch: Arne Laurin habe sich ‹mit publizistischer Unermüdlichkeit in den Dienst eines internationalen Humanitätsgedankens gestellt und mit einzigartigem persönlichen Mut und glühender Leidenschaft gegen Hitler und dessen sudetendeutschen Quisling, den Turnlehrer Henlein, angekämpft›. Arne Laurin habe sich ‹vierzig Jahre lang als der treueste Freund erwiesen›.

‹Senzace žurnalisty› – (tschech.) ‹Sensation eines Journalisten›; Theaterstück von Kisch, das am 5. November 1924 mit Xena Longenová in der Hauptrolle im Prager Rokoko-Theater uraufgeführt worden ist. Teile dieses Stückes nach einem authentischen Vorfall sind unter der Überschrift ‹Die Mutter des Mörders und ein Reporter› im Sammelband ‹Der

Rasende Reporter› sowie in ‹Marktplatz der Sensationen› enthalten.

Max Brod – Max Brod (1884-1968), Dichter und Publizist, Freund von Franz Kafka, dessen umfangreichen literarischen Nachlaß er herausgab. Mitarbeiter bei den Zeitungen ‹Prager Tagblatt› und ‹Bohemia›.

‹Prager Tagblatt› – eine der beiden deutschsprachigen Prager Tageszeitungen jener Zeit; sie hatte ihre Redaktionsräume unweit vom Václavské náměstí (Wenzelsplatz) in der Pánska ulíce (Herrengasse), einer Seitenstraße vom Graben (Na příkopě). Beim ‹Prager Tagblatt› begann Kischs Karriere als Journalist. Im Jahre 1906 war er dort nach seinem Militärdienst für einige Wochen als Volontär tätig, bevor er zur ‹Bohemia› überwechselte. Der Redaktionssitz des auflagenstärkeren ‹Prager Tagblatts› befand sich in der Pánska ulíce, in der auch das Piaristenkloster ist, in dem der Knabe Egonek einige Schuljahre absolvierte.

‹Berliner Volkszeitung› – linksbürgerlich-demokratische Tageszeitung, die von 1852 bis 1941 erschien und seit 1905 im Besitz des Großverlages Mosse war. Namhafte Chefredakteure waren der Sozialdemokrat Franz Mehring (1885-1889) und der Christdemokrat Otto Nuschke (1926-1933), später stellvertretender Ministerpräsident der DDR.

Dr. Blau – Dr. Siegmund Blau (1887-1939); Redakteur bzw. Chefredakteur der ‹Bohemia› und vom ‹Prager Tagblatt› (zwischen 1904 und 1937), zwischenzeitlich (ab Mai 1924) Verlagsdirektor in Leipzig.

Kafka – Franz Kafka (1883-1924), Schriftsteller. Jarmila kannte Kafka vor allem aufgrund ihrer Freundschaft zu Milena Jesenská, die einige Werke Kafkas ins Tschechische übertragen hat und eine Liebesbeziehung zu Kafka unterhielt. In Kafkas Briefen an Milena wird Jarmila mehrfach erwähnt.

28. Februar 1925

Hašek – es handelt sich dabei um die Vergabe der Übersetzungsrechte von Jaroslav Hašeks (1883-1923) Roman ‹Die Abenteuer des braven Soldaten Schwejk› ins Deutsche. Kisch hatte dafür Jarmila vorgeschlagen, nachdem er selbst das Angebot nicht angenommen hatte.

Borový – František Borový (1874-1936), Verleger; von 1912 bis zu seinem Tode Inhaber des fortschrittlichen tschechischen Verlages Borový. In diesem Verlag kam auch die Reihe ‹Červen› (Juni) mit Arbeiten von Franz Kafka und Milena Jesenská, dem Lyriker Vladislav Vančura (der sich ihretwegen aus Liebeskummer fast das Leben genommen hätte), sowie von Josef Reiner, Jarmilas erstem Mann, heraus.

Béla Kun – Béla Kun (1886-1939); ungarischer Journalist und Revolutionär, Mitbegründer der Kommunistischen Partei Ungarns, rief am 21. März 1919 die Ungarische Räterepublik aus, in der er federführend als Volkskommissar für Auswärtige Angelegenheiten tätig war. Nach der Niederschlagung der Räterepublik bekleidete er in der Kommunistischen Internationale leitende Funktionen (1921-1936).

‹Mestek› – Ferda Mestek de Podskal, Prager Original; Kisch hat über ihn unter der Überschrift ‹Dramaturgie des Flohtheaters› geschrieben, enthalten im Sammelband ‹Die Abenteuer in Prag›, und aus diesem Stoff ein Theaterstück verfaßt, das am 16. März 1925 im Prager Rokoko-Theater uraufgeführt worden ist. Diese ‹Prager historische Groteske aus der Zeit des Standrechts in den 90er Jahren› des vergangenen Jahrhunderts hatte den langen Titel: ‹Jak si obšláp Ferda Mestek de Podskal koncesi na bleší divadlo›, (tschech.) ‹Wie Ferda Mestek die Konzession fürs Flohtheater einholte›. Die Regie hatte wieder Artur Longen, der zugleich eine tragende Rolle spielte; die männliche Hauptrolle (Ferda Mestek) spielte Vlasta Burian und die weibliche (Ferda Mesteks Frau) Xena Longenová.

‹Rote Fahne› – ‹Die Rote Fahne›, Zentralorgan der KPD; von Karl Liebknecht und Rosa Luxemburg am 9. November 1918 in Berlin zunächst als Zentralorgan des Spartakusbundes gegründet; ab 18. November 1919 Tageszeitung, seit 1. Januar 1919 KPD-Zentralorgan. Nach der Machtübernahme durch die Hitlerfaschisten im Januar 1933 erschien die Zeitung in sporadischen Abständen illegal; zeitweise wurde sie in der Tschechoslowakei hergestellt.

Olbracht – Ivan Olbracht, mit bürgerlichem Namen Kamil Zeman (1882-1952), tschechischer Journalist und Literaturkritiker ; Mitbegründer der KPTsch und Redakteur der kommunistischen Tageszeitung ‹Rudé právo›.

19. März 1925

‹Tage-Buch›/Tscheka – gemeint ist der sogenannte Tscheka-Prozeß, der vom 10. Februar bis 22. April 1925 vor dem Leipziger Reichsgericht (Staatsgerichtshof) stattfand. Angeklagt waren sechzehn Kommunisten wegen Mordes und Sprengstoffanschlag, es wurden drei Todesurteile und insgesamt siebzig Jahre Zuchthaus gefällt. Der Prozeß richtete sich gegen die Kommunistische Partei, der unterstellt wurde, sie unterhalte terroristische Gruppen wie die ‹Tscheka›. Der Prozeß wurde in der demokratischen Öffentlichkeit als Willkürjustiz beurteilt; er war auch deshalb berüchtigt, weil die Anklage als wichtigste Zeugen bezahlte Polizei- und Lockspitzel vorführte. ‹Das Tagebuch›, Berlin, veröffentlichte Kischs Artikel am 21. März 1925 (6. Jg., Heft 12) unter der Überschrift ‹Die beiden Tschekas vor dem Reichsgericht›.

‹Piccavry› – Hinweis auf Kischs Komödie ‹Piccaver im Salon Goldschmied›, von Emil Artur Longen Ende 1923 im Prager Rokoko-Theater inszeniert. Das Thema wurde zuerst in der Reportage ‹Die Geheimnisse des Salons Goldschmied› behandelt, die dann in den Band ‹Hetzjagd durch die Zeit› aufgenommen wurde.

Schmiede – der Verlag Die Schmiede Berlin brachte 1924 als Band zwei der von Rudolf Leonhard herausgegebenen Reihe ‹Außenseiter der Gesellschaft – Die Verbrechen der Gegenwart› das Buch ‹Der Fall des Generalstabschefs Redl› heraus; darin wird erstmalig der von Kisch im Jahre 1913 in der ‹Bohemia› durch eine Dementi-Meldung enthüllte Fall von Militärspionage ausführlich und zusammenhängend dargestellt. Oberst Alfred Redl, Korps-Generalstabschef in Prag, beging am 25. Mai 1913 Selbstmord. In der ‹Bohemia› wurde dieser sensationelle Fall durch eine kurze Nachricht aus der Feder von Kisch weltweit bekannt gemacht.

19. Oktober 1925

Reiss – Erich Reiss (1887-1951), Verleger; die verlegerische Arbeit betrieb er sehr weitgefächert, widmete sein Augenmerk nicht nur berühmten Namen, sondern bemühte sich auch um unbekannte Autoren. Der Verlag wurde zur Jahreswende 1908/1909 gegründet und entwickelte sich bis 1926 zu einem florierenden Unternehmen. Nachdem Reiss durch betrügerische Manipulationen des Verlags-Prokuristen vor dem Bankrott stand, konnte er den Verlag ab 1926 nur noch in sehr bescheidenem Rahmen fortführen. Die Nazis konfiszierten im Jahre 1936 den Erich Reiss Verlag, der insgesamt über 400 Titel von mehr als 220 Autoren verlegt hatte. Reiss wurde November 1938 in das Konzentrationslager Sachsenhausen gesperrt, dank einflußreicher ausländischer Interventen nach einigen Wochen freigelassen; er emigrierte darauf zu seinem Bruder nach New York, wo er starb. Im Erich Reiss Verlag (auch: Reiß), Berlin, ist im Jahre 1914 Kischs einziger Roman, ‹Der Mädchenhirt›, verlegt worden; seitdem war Kisch, auch vertraglich, mit Reiss verbunden. Die Mehrheit seiner Bücher erschien zuerst bei Reiss. Vom Schreibtisch seines Verlegers in der Fasanenstraße 44 schrieb Kisch am Tage der faschistischen Machtübernahme den letzten Brief in Berlin an Jarmila.

29. November 1925

‹Montagspost› – die ‹Berliner Montagspost› gehörte zu den bürgerlichen deutschen Zeitungen, für die Kisch schrieb; andere Blätter waren die ‹B. Z. am Mittag›, die ‹Vossische Zeitung› und die ‹Frankfurter Zeitung› sowie die Periodika ‹Die Weltbühne›, ‹Das Tage-Buch› und ‹Die literarische Welt›. Für die proletarische Tagespresse, ‹Die rote Fahne› und ‹Die Welt am Abend›, wurde Kisch zunehmend zum Stammautor, ebenso für die auflagenstarke ‹Arbeiter-Illustrierte Zeitung› und die Zeitschrift ‹Das neue Rußland›.

Paul Levi – Dr. Paul Levi (1883-1930), Rechtsanwalt; engagierte sich in der Weimarer Republik als Strafverteidiger in politischen Prozessen. Er war ein Anhänger Rosa Luxemburgs und gehörte zu den Gründern der KPD, verließ sie jedoch aufgrund der von Moskau abhängigen Politik und kehrte zurück in die SPD.

14. März 1927

Horthy-Machenschaften – Horthy von Nagybána (1868-1957), österreichisch-ungarischer Admiral; er rückte am 16. November 1919 in Budapest ein und zerschlug die Räterepublik; anschließend Reichsverweser und faschistischer Diktator (1920-1944), beteiligte sich als Gefolgsmann Hitlers am Überfall auf die UdSSR. Von amerikanischen Truppen in Bayern verhaftet, erhielt er 1948 die Möglichkeit, sich im faschistischen Portugal niederzulassen.

31. März 1927

Münzenberg – Willi Münzenberg (1889-1940), Publizist und Politiker; Mitglied der KPD. Er war maßgeblich am Aufbau der 1921 gegründeten Internationalen Arbeiterhilfe (IAH), deren Erster Sekretär er war, beteiligt. Er gründete, leitete und inspirierte in der Weimarer Republik bis zum Jahre 1933 ein umfangreiches Netz von linksgerichteten

Verlagen, Zeitungen, Zeitschriften, Filmproduktions- und Verleihfirmen. Man sprach vom Münzenberg-Konzern. Dazu gehörten die einflußreiche ‹Arbeiter-Illustrierte Zeitung› mit einer zeitweisen Spitzenauflage von fast 500 000 Exemplaren; ferner ‹Die Welt am Abend›, der Neue Deutsche Verlag und der Buchclub Universum-Bücherei für Alle. Nach der Emigration war Münzenberg federführend bei der Organisation antifaschistischer Aktionen wie dem Londoner Gegenprozeß des Reichstagsbrandprozesses; in Paris gründete er unter anderem den Verlag Edition du Carrefour und die antifaschistische Publikation ‹Der Gegenangriff›. Auf der Flucht vor den Nazis ereilte ihn in Frankreich unter ungeklärten mysteriösen Umständen der Tod.

‹Rote Garde-Mappe› – Kisch wurde am 2. November 1918 während der Revolution in Wien zum Kommandeur der Roten Garde und dann am 21. November zum Vorsitzenden des Soldatenrates der Roten Garde gewählt; in dieser Zeit schloß er sich auch der linksradikalen Föderation ‹Internationale› an. Als Organ der Föderation erschien die Wochenschrift ‹Der Freie Arbeiter›, ab 9. November mit der Beilage ‹Die Rote Garde›, die von Kisch redigiert wurde. Am 29. März 1919 erschien Kischs letzter Beitrag in der ‹Roten Garde›, mit dem er sich von dieser Etappe seines Kampfes verabschiedete.

Max Hoelz – Max Hoelz (1889-1933); revolutionärer Arbeiterführer. 1920 organisierte er im Vogtland den bewaffneten Kampf gegen den Kapp-Putsch, im mitteldeutschen Aufstand 1921 war er ein prominenter Führer der bewaffneten Arbeitergruppen. Von einem Sondergericht ist er 1921 auf Grundlage einer fingierten Mordanklage zu einer lebenslänglichen Zuchthausstrafe verurteilt worden. Kisch setzte sich mit anderen Persönlichkeiten energisch für seine Freilassung ein. 1927 gab er im Erich Reiss Verlag, Berlin, Hoelz' ‹Briefe aus dem Zuchthaus› mit einem von ihm verfaßten Vorwort heraus. Im Frühjahr 1928 erschien im Mopr Verlag, Berlin von Kisch die Broschüre ‹Sieben Jahre Justizskandal Max Hoelz›. Im Rahmen einer allgemeinen Amnestie wurde Hoelz 1928 freigelassen; Kisch holte ihn am 18. Juli aus dem Gefängnis Sonnenburg ab. Hoelz ging später in die Sowjetunion und kam dort unter mysteriösen Umständen ums Leben.

31. März 1927

Universum Verlag – der ‹Buchclub Universum-Bücherei für Alle› war ein Verlagsunternehmen der Internationalen Arbeiterhilfe. Der Verlag gab zu erschwinglichen Preisen Werke progressiver Autoren für die Arbeiterschaft heraus; darunter auch Bücher von Kisch, die zuerst im Erich Reiss Verlag erschienen waren.

Sejfullina – Lidija Nikolajewna Sejfullina (1889-1954), russische Erzählerin.

20. November 1927

Piscator – Erwin Piscator (1893-1966), Regisseur und Theaterleiter, setzte sich nach dem ersten Weltkrieg in Berlin (bis 1933) für ein revolutionäres Theater ein (Piscator-Bühne) und sorgte mit seinen modernen Inszenierungen für Furore. Er leitete u. a. das Proletarische Theater (1920/21), führte Regie an der

Volksbühne und anderen renommierten Berliner Bühnen wie dem Theater am Nollendorfplatz und dem Lessingtheater.

Burian-Theater/Von Prag nach Bratislava ... – gemeint ist eine Aufführung des Theaterstückes, das Kisch zusammen mit Jaroslav Hašek geschrieben hat und auf der Bühne von Vlastimil Burian aufgeführt wurde. Das Stück ist in deutscher Fassung 1930 vom Arcadia-Verlag G.m.b.H. Berlin herausgegeben worden; der Titel lautet: ‹Die Reise um Europa in 365 Tagen – Eine groteske Begebenheit in 15 Bildern von Jaroslaw Haschek u. Egon Erwin Kisch›. Kisch hatte im Herbst 1920 an der Fahrt eines Moldaudampfers von Prag über Dresden, Hamburg, die Nordsee, Emden sowie über den Rhein und den Main bis Mainz teilgenommen. Er hat darüber die Reportage ‹Die Weltumseglung der A. Lanna 8› geschrieben, enthalten im Band ‹Der rasende Reporter›.

Billy Wilder – Billy, eigtl. Samuel, Wilder (1906), amerikanischer Filmautor und -regisseur; er begann, aus Wien kommend, in den 20er Jahren seine Karriere als Journalist in Berlin, war Mitautor des seinerzeit stark beachteten Stummfilms ‹Menschen am Sonntag›. Später weltberühmt durch ‹Zeugin der Anklage›, ‹Manche mögen's heiß›, ‹Das Mädchen Irma La Douce› und zahlreiche andere hervorragende Hollywood-Filme.

1. Oktober 1928

Nečas – Vincenz Nečas (1903-1972), tschechischer Journalist; langjähriger Freund von Kisch, den er 1923 in Brno anläßlich der Inszenierung von Kischs Theaterstück von der ‹Galgentoni› kennengelernt hat. Vincenz war der dritte Ehemann von Jarmila; sie heirateten, bereits lange befreundet, im Jahre 1938. Er arbeitete im Laufe der Jahrzehnte an verschiedenen Zeitungen und Zeitschriften mit, war u. a. Chefredakteur der illustrierten Monatsschrift ‹Letem světem› (‹Im Fluge um die Welt›), zuletzt außenpolitischer Redakteur der Prager Abendzeitung ‹Večerny Praha›; schrieb auch einen ‹Reiseführer Paris›. Wenn in Briefen an Jarmila gelegentlich Unverständnis für Vincenz anklingt, dann handelt es sich vermutlich darum, daß er in jungen Jahren mitunter eine Trinktour unternommen hatte, die ihn in irgendwelche Schwierigkeiten brachte. ‹Immer, wenn die Linden blüh'n, muß ich bummeln ...›, gestand er einmal in einem Entschuldigungsschreiben an den Arbeitgeber, nachdem er mehrere Tage von der Arbeit ferngeblieben war. In seinem Schulzeugnis waren 365 Fehlstunden vermerkt.

Alfred Kerr – Alfred Kerr (1867-1948), mit bürgerlichem Namen Alfred Kempner, Publizist; er war in der Weimarer Republik der namhafteste und einflußreichste Theaterkritiker Berlins. Seine Rezensionen erschienen unter anderem im ‹Berliner Tageblatt›, für das auch Kisch geschrieben hat.

Dzierzynsky – Feliks Edmundowitsch Dzierzynski (1877-1926), führender Funktionär der Bolschewiki während der Oktoberrevolution; wurde auf Vorschlag Lenins im Dezember 1917 zum Vorsitzenden der ‹Allrussischen Außerordentlichen Kommission zur Bekämpfung der Konterrevolution und Sabotage› gewählt, berüchtigt u. a. unter den Bezeichnungen GPU und NKWD.

Marxistische Arbeiterschule – die

Marxistische Arbeiterschule in Berlin (MASCH) galt als Hochschule der Werktätigen; ihr Leiter war Johannes Schmidt, der damalige Mann von Anna Seghers. An den Abendlehrgängen beteiligten sich viele prominente Persönlichkeiten der verschiedensten Wissenschaftsbereiche – unter anderem Albert Einstein – mit Vorträgen bzw. Vortragsreihen. Kisch hatte sich in der zweiten Hälfte der 20er Jahre für mehrere Vortragsreihen verpflichten lassen, unter anderem zum Thema ‹Soziale Reportage›.

31. Oktober 1928

Rost – Nico Rost (1896-1947), niederländischer Journalist, Essayist und Übersetzer; er stellte seinem Volke die besten antifaschistischen Schriftsteller vor und übersetzte Bücher deutschsprachiger Autoren ins Niederländische. Er schrieb 1946 an Hand von Tagebuchaufzeichnungen einen außergewöhnlichen Erlebnisbericht aus dem faschistischen Konzentrationslager, der in deutscher Übersetzung unter dem Titel ‹Goethe in Dachau› erschienen ist (Verlag Volk & Welt). In seinem Buch, so Anna Seghers im Vorwort, beschreibe Nico Rost die ‹Bereitschaft des überzeugten Materialisten, das Leben für seine Idee einzusetzen, die ohne Kulturerbe, ohne den Beistand der denkenden Menschen aller Zeiten und Völker nicht vorstellbar wäre›.

8. Dezember 1928

Irma – Irma Otte, Freundin von Gisl Kisch, die in die USA gegangen war. Sie war für Kisch beim Aufenthalt im ‹Paradies Amerika› Herbst 1928/Frühjahr 1929 eine wichtige Kontaktperson.

6. Weltkongr. – gemeint ist der VI. Kongreß der Kommunistischen Internationale (Komintern) vom 17. Juli bis 1. September 1928 in Moskau.

9. April 1929

Sinaiberger – Hugo Sinaiberger gehörte zu Kischs Freunden; er war Chefredakteur der Prager Filmzeitschrift ‹Internationale Filmschau›, für die auch Kisch schrieb. Jarmila erzählte folgende Episode, die das enge Verhältnis der beiden Freunde sowie Kischs Gutmütigkeit illustriert: ‹Thomas Alva Edison hatte Kisch, der den berühmten amerikanischen Erfinder während seines Prager Besuches im September 1911 interviewte, ein silbernes Zigarettenetui mit eingravierter Widmung geschenkt. Hugo Sinaiberger hat dem Kisch doch das Zigarettenetui abgeluchst. Später mußte er nach Amerika auswandern. Wer weiß, wer das Etui jetzt hat?›

Chaplin – Charles (Charly) Spencer Chaplin (1889-1977); Kisch besuchte ihn während seines Aufenthaltes im ‹Paradies Amerika› in Hollywood, es gibt ein Foto auf dem Kisch mit Chaplin und dem amerikanischen Schriftsteller Upton Sinclair abgebildet ist.

Jannings – Emil Jannings (1884-1950), Schauspieler; lebte von 1926-1929 in Hollywood. Als Kisch Anfang 1929 die Filmstadt besuchte, wurde er auch in das Haus von Jannings geführt, wo gerade viele Leute zum Abendbrot versammelt waren. Kisch ‹wurde gleichfalls eingeladen, obwohl die Gesellschaft gesiebt und vornehm war›.

25. Juni 1929

‹Prašná brána› – (tschech.) ‹Pulverturm›; unter diesem Titel erschien 1928 Band 1 der achtbändigen tschechischen Ausgabe der Gesammelten Werke von Egon Erwin Kisch, aus dem Deutschen übertragen von Jarmila Haasová; das Buch enthielt eine Auswahl von Prager Reportagen. In einem Brief an seine Mutter vom 30. November 1928 freute sich Kisch darüber, daß es ‹großartig gegangen und beinahe ausverkauft› sei. Die Wahl des Buchtitels hatte gewissen symbolischen Charakter: Der Pulverturm gehört zu den Prager Wahrzeichen, er ist eines der bedeutendsten spätgotischen Baudenkmäler der Stadt (Baubeginn 1475) und diente Ende des 17. Jahrhunderts als Pulvermagazin.

16. September 1929

Kaplický – Václav Kaplický (1895-1982), tschechischer Verlagsredakteur und Schriftsteller, der sich mit historischen Themen wie der Hussitenbewegung beschäftigte. Kaplický war ein angesehener Verlagsredakteur, der von 1922 bis 1950 für verschiedene Verlage in Prag tätig gewesen ist, mit denen auch Kisch in Kontakt war; dazu gehörten die Verlage Pokrok, Melantrich, Borový und Karel Synek.

September 192[9]

Arnold Zweig – Arnold Zweig (1887-1968), Schriftsteller, Novellist, Essayist und Dramatiker, machte sich zuerst mit dem Drama ‹Ritualmord in Ungarn› (1914) einen Namen, wofür er den Kleist-Preis erhielt (1915). Autor zahlreicher Romane, u. a. des Zyklus ‹Der große Krieg der weißen Männer›, dessen berühmtester Band ‹Der Streit um den Sergeanten Grischa› ist (1928).

Becher – Johannes R. (Robert) Becher (1891-1968), Lyriker, Dramatiker und Kulturpolitiker; Autor von Gedichtbänden wie ‹Der Leichnam auf dem Thron› (1925) und des romanhaften Versuchs ‹Leviste oder der einzig gerechte Krieg› (1925), die zu einem Prozeß ‹wegen Vorbereitung zum Hochverrat› gegen ihn führten; arbeitete aktiv im Bund proletarisch-revolutionärer Schriftsteller und dessen Organ ‹Die Linkskurve› mit. 1933 flüchtete er vor den Nazis, die ihm 1934 die deutsche Staatsbürgerschaft aberkannten, in die UdSSR; war von 1935-1945 in Moskau Chefredakteur der antifaschistischen Zeitschrift ‹Internationale Literatur – Deutsche Blätter›. Nach dem Zweiten Weltkrieg begründete er in Berlin mit Paul Wiegler die Literaturzeitschrift ‹Sinn und Form›, er war u. a. Präsident der Akademie der Künste und Kulturminister der DDR; er verfaßte kultur- und kunsttheoretische Abhandlungen. Becher schrieb den Text für die Nationalhymne der DDR.

Jakob Schaffner – Jakob Schaffner (1875-1944), Schweizer Schriftsteller und Erzähler, der seinen beruflichen Wohnsitz in Berlin nahm.

Rudolf Olden – Rudolf Olden, auch: Karl Wurzbach (1885-1940), Jurist, Journalist; in den 20er Jahren Redakteur des ‹Berliner Tageblattes›, Verfasser politischer Schriften. Auch als Verteidiger in politischen Prozessen tätig, verteidigte auch Carl von Ossietzky.

Waltner – Josef Waltner (1883-1961), tschechischer Kabarettist, Texter und Sänger. Inhaber des Prager Nachtcafés und Cabarets Montmartre, in dem sich die Prager Boheme traf, Kisch, Hašek und Laurin mit ihren Freunden. Vor dem

Ersten Weltkrieg gab Waltner alljährlich ein kleines literarisches Heft ‹Montmartre› heraus, das Beiträge aus der Feder seiner prominenten Gäste über das Leben im Montmartre enthielt. Zu den Autoren gehörten Jaroslav Hašek, Egon Erwin Kisch und Arne Laurin, der Kischs Texte ins Tschechische übertrug. Laurin hat sich mit diesen Arbeiten vermutlich das Verdienst erworben, Kischs erster Tschechisch-Übersetzer zu sein.

30. September 1929

‹Soldaten› – gemeint ist das Kriegstagebuch ‹Soldat im Prager Korps›, das erstmals im Herbst 1922 im Verlag der K. Andréschen Buchhandlung, Leipzig–Prag, veröffentlicht wurde. Im Jahre 1930, als der deutsche Militarismus zunehmend nach Macht strebte, erlebte das Buch eine Neuauflage; diesmal unter dem Titel: ‹Schreib das auf, Kisch!› Mit der Übersetzung einer Passage aus diesem Buch begann die Zusammenarbeit zwischen Kisch und Jarmila. Es handelt sich um den Übergang über die Drina am 9. September 1914, der mit einer katastrophalen Flucht der österreichischen Truppen endete, bei der hunderte Soldaten in dem Fluß ertranken. Kisch gelang es, an einen Ponton geklammert, das rettende Ufer zu erreichen.

Zápotocký – Antonín Zápotocký (1884-1957), tschechischer Journalist, Schriftsteller, Politiker und Staatsmann; Autor von Romanen über die tschechische Arbeiterbewegung, u. a. ‹Neue Kämpfer werden auferstehen›, ‹Das stürmische Jahr 1905› und ‹Rote Glut über Kladno›. Von den Deutschen nach der Okkupation der Tschechoslowakei ins KZ Sachsenhausen verschleppt. Nach der Befreiung stellvertretender Ministerpräsident (1948) bzw. Ministerpräsident (1948-1953) der Tschechoslowakei. Nach dem Tode von Klement Gottwald (1953) Präsident der Republik. Zápotockýs Vater Ladislav (1852-1916) war Mitbegründer der Tschechischen Sozialdemokratischen Partei. Auf Kischs einmal geäußerten Wunsch hielt Antonín Zápotocký bei dessen Staatsbegräbnis die Trauerrede im Zentralkomitees der KPTsch.

14. Oktober 1929

‹Zaren› – gemeint ist das Buch ‹Zaren, Popen, Bolschewiken›; es war das Ergebnis seines ersten Besuches in der Sowjetunion, zu dem Kisch Ende Dezember 1925 nach Moskau gefahren war und der mehrere Monate dauerte. Das Buch erschien 1927 im Verlag Erich Reiss, Berlin, und hatte bis 1930 bereits zehn Auflagen.

in anderen Umständen – Die Schwangerschaft von Gisl endete vorzeitig mit Komplikationen, die eine Mutterschaft unmöglich machten. So blieb die Ehe von Egon Erwin Kisch, dessen Kinderliebe sprichwörtlich war, kinderlos.

13. Dezember 1929

Tylie – Sohn von Nico Rost, der mit dem Jungen zeitweise in Lehnitz bei Berlin gewohnt hat und um den sich verschiedene Freunde und Bekannte gekümmert haben, wenn der Vater beruflich unterwegs war; neben Jarmila und Kisch z. B. Alfred Döblin.

14. Mai 1930

Döblin – Alfred Döblin (1878-1957), Arzt, Romanschriftsteller und Essayist;

war seit 1911 im Osten Berlins als Facharzt für Nervenkrankheiten tätig, Autor des weltberühmten Romans ‹Berlin – Alexanderplatz› (1930), der binnen zwei Jahren 45 Auflagen erlebte.

‹Linkskurve› – ‹Die Linkskurve›, Publikation des Bundes proletarisch-revolutionärer Schriftsteller; erschien von 1929 bis 1933 in Berlin; zuerst herausgegeben von Johannes R. Becher, Andor Gabor, Kurt Kläber, Erich Weinert und Ludwig Renn, ab 1930 zusätzlich von Hans Marchwitza.

3. Mai 1931

Elli Eisler (Frau vom Gerhart) – Gerhart Eisler (1897-1968), Journalist, Politiker. Im Auftrage der Komintern in China, Spanien und den USA tätig, nach spektakulärer Flucht aus den USA auf dem polnischen Frachter ‹Batory› in der DDR zunächst Leiter des Amtes für Information, ab 1962 Vorsitzender des Staatlichen Rundfunkkomitees. Es handelt sich hier um Eislers Frau in erster Ehe; nicht identisch mit seiner späteren Ehefrau Hilde Eisler, der Journalistin und lang-jährigen ‹Magazin›-Chefredakteurin.

28. April 1932

nicht direkt – Egon Erwin Kisch befand sich zu dieser Zeit auf seiner großen Asienreise, die er mit dem Buch ‹China geheim› krönte; es kam im Dezember 1932 im Erich Reiss Verlag, Berlin, heraus und war das letzte Buch von Kisch, das vor der faschistischen Machtübernahme in Deutschland erschien. Kisch war im März 1932 von Mos-kau mit der transsibirischen Eisenbahn nach China gereist und hatte in Tschita, der damaligen Grenzstation zur Mandschurei, Zwischenstation eingelegt. Dort mußte er sich im chinesischen Konsulat das Visum beschaffen. In China besuchte er Schanghai, Peking und Nanking. Die Heimreise trat er über Japan an und besuchte Kyoto.

10. August 1932

‹Pasáci, pasáci› – (tschech.) ‹Ihr Hirten, Hirten Ihr!› So beginnt das Zuhälterlied aus Kischs Roman ‹Der Mädchenhirt›. Kischs einziger Roman bildete die Grundlage für ein Theaterstück, das zuerst von Emil Artur Longen auf seiner Revoluční scéna (Revolutionäre Bühne) in Prag inszeniert wurde und am 27. November 1921 Premiere hatte; in den Hauptrollen spielten Emil Artur Longen und seine Frau Xena Longenová, außerdem Karel Noll. Im September 1925 wurde ‹Pasák holek› (‹Der Mädchenhirt›) im Theater von Vlasta Burian in der Regie von Longen erneut aufgeführt.

21. August 1932

Smeral – Bohumir Smeral (1880-1941), tschechischer Arbeiterführer; Abgeordneter der Sozialdemokratischen Partei im österreichischen Reichsrat (1911-1918), Mitbegründer der KP der Tschechoslowakei (1921) und bis 1938 deren Abgeordneter in der tschechischen Nationalversammlung; emigrierte 1938 in die UdSSR.

Kongreß – gemeint ist vermutlich der Weltkongreß gegen den Krieg in Amsterdam 1932, aus dem später das Weltkomitee gegen Faschismus und Krieg unter Leitung von Henri Barbusse hervorging.

Romain Rolland – Romain Rolland

(1866-1944), französischer Schriftsteller, Nobelpreisträger; schrieb u. a. den Entwicklungsroman ‹Johann Christof› (1903/12) sowie Biographien über Beethoven, Händel und Tolstoi. Er engagierte sich für die Versöhnung der Völker und gegen den Krieg, wurde 1916 mit dem Friedens-Nobelpreis ausgezeichnet. Gemeinsam mit Henri Barbusse berief er im Jahre 1932 den Weltkongreß gegen Krieg und Faschismus nach Amsterdam ein. Im Namen des Kongresses wurde im Oktober 1934 Egon Erwin Kisch beauftragt, am australischen Antikriegskongreß in Melbourne teilzunehmen.

Radek – Karl Bernhardowitsch Radek, mit bürgerlichem Namen Sobelsohn (1885-1839), Journalist, sowjetischer Politiker; zunächst Mitglied der polnischen Sozialdemokratie, später Mitarbeiter sozialdemokratischer Zeitungen in Deutschland, arbeitete in der Schweizer Emigration mit Lenin zusammen und begleitete ihn 1917 im plombierten Eisenbahnwaggon durch Deutschland nach Rußland. Führende Funktionen in der russischen bzw. sowjetischen kommunistischen Partei, im Auftrag der Komintern nach 1918 in Deutschland tätig; wurde 1937 in einem der Stalinschen Schauprozesse zu zehn Jahren Gefängnis verurteilt und 1939 in einem Straflager ermordet.

29. September 1932

Vortragseinladung – Kisch weilte im Dezember 1932 zu Vorträgen über seine Erlebnisse in Asien sowie zu Lesungen aus seinem Buch ‹China geheim› in Prag. Eine der Veranstaltungen wurde am 16. Dezember im größten Konzertsaal der Stadt durchgeführt und von rund 3 500 Personen besucht. Ein bereits ausverkaufter Vortrag am 24. November in Wien konnte nicht stattfinden, weil Kisch auf Betreiben des österreichischen Sicherheitsministeriums an der Grenze aus dem Zug geholt und ihm die Einreise verweigert wurde.

15. Oktober 1932

‹Lanna› – gemeint ist das Theaterstück ‹Die Reise um Europa in 365 Tagen›, das Kisch gemeinsam mit Jaroslav Hašek geschrieben hat. Der Dampfer, mit dem die Reise unternommen wurde, heißt im Stück ‹Lanna 8›. In seinem Reportageband ‹Der rasende Reporter› behandelt Kisch dieses Thema unter der Überschrift ‹Die Weltumseglung der A. Lanna 6›. Die dramatisierte deutsche Fassung von Hašek und Kisch erschien 1930 im Arcadia Verlag, Berlin.

1. September 1933

‹Zajatec H.› – ‹Hítlerův zajatec›, (tschech.) ‹Gefangener Hitlers›, Titel der tschechischen Ausgabe von Kischs Bericht über die Haft bei den Nazis, die ihn am frühen Morgen des 28. Februar 1933, dem Tage nach dem Reichstagsbrand, verhaftet und in das Zuchthaus Spandau eingeliefert hatten. Der Bericht ist 1933 im Prager Verlag Levá fronta herausgebracht worden.

Polgar – Alfred Polgar (1875-1955), österreichischer Journalist, Schriftsteller, Theater- und Filmkritiker; als brillanter Autor zahlreicher Kurzgeschichten und Erzählungen auch ‹Klassiker der kleinen Form› genannt. 1924 übersiedelte er aus Wien, von wo er Kisch bereits kannte, nach Berlin; schrieb unter anderem für die ‹Weltbühne› und das ‹Tagebuch›.

1933 mußte er vor den Nazis aus Deutschland fliehen.

Wieland Herzfelde – Wieland Herzfelde, eigentl. Herzfeld (1896-1988), Verleger und Schriftsteller; er gründete 1917 den Malik-Verlag, mit dem ein neuer Buchtypus kreiert wurde. Herzfelde entwickelte die verlegerische Arbeit zusammen mit seinem Bruder, dem Fotomonteur John Heartfield, und dem Zeichner George Grosz, dessen aggressiv-satirische Blätter bis 1933 ausschließlich im Malik-Verlag erschienen. Mit dem Malik-Verlag verschaffte er in Deutschland Autoren und Künstlern der revolutionären Linken eine Tribüne. 1933 emigrierte er nach Prag, wo er den Malik-Verlag bis 1939 weiterführte. Nach dem Zweiten Weltkrieg Professor für neue Literatur und Soziologie in Leipzig; veröffentlichte u. a. Bücher autobiographischen Inhalts sowie den Lyrikband ‹Im Gehen geschrieben› (1956).

‹Neue Deutsche Blätter› – antifaschistische Monatsschrift für Literatur und Kritik; Redaktion *** (Berlin/dahinter verbarg sich Jan Petersen, Leiter der illegalen Berliner Schriftstellergruppe), Oskar Maria Graf, Wieland Herzfelde, Anna Seghers. ‹Die Stimme aus Deutschland›, Prag–Zürich–Paris–London–Amsterdam, war eine der ersten belletristischen Emigrantenzeitschriften und erschien von 1933 bis 1935.

10. Januar 1934

Scholetessen – Es handelt sich dabei um eine Sabbatspeise, genannt Tscholent und Kugel. Das sind fette Eintopfgerichte aus Fleisch, Gemüse, Kartoffeln, Zerealien und Gewürzen, scharf oder auch ‹süß›. Beim Kugel handelt es sich um einen mit viel Geflügelfett durchmischten Kloß aus Mehl und Grieß, der häufig mit Backobst und Honig gesüßt wird. Die Rezeptur ist je nach Region und Familientradition unterschiedlich. Entscheidend ist die Zubereitungsprozedur: Da am Sabbat keine Flamme entzündet werden darf, wird das Gericht bereits am Freitagnachmittag in den vorgeheizten Ofen geschoben, um dann bis Sabbatmittag langsam zu schmoren. Ähnlich den Zutaten variieren auch Schreibweise und Aussprache, was Gegenstand eines jüdischen Witzes ist: Auf die kindliche Frage, wie man ‹Tscholent› schreibe, antwortet der Vater: ‹Tscholent schreibt man nicht – Tscholent ißt man.›

Reportagebuch – gemeint ist der Sammelband ‹Eintritt verboten›, der 1934 zugleich in Paris und Moskau erschien; darin sind enthalten die erwähnten Reportagen ‹Das Räderwerk von Monte Carlo›, ‹Halbkolonie mit Halbfabrikanten›, ‹Seide aus Lyon› und ‹Drei Reden über Pelzwerk, von denen zwei gedacht waren, als der Brühl noch der Brühl und Deutschland noch Deutschland war. Die dritte besagt, wie es jetzt ist, da den Deutschen die Felle weggeschwommen sind.›

22. März 1934

Marka Majerová – Marie Majerová (1882-1967), tschechische Journalistin und Schriftstellerin; arbeitete für die sozialdemokratische Zeitung ‹Právo lidu› (‹Recht des Volkes›) und dann für die kommunistische Zeitung ‹Rudé právo› (‹Rotes Recht›). Thema ihrer Romane, u. a. ‹Die Sirene› (1935), waren Schicksal und Kampf einfacher Leute.

12. April 1935

einen jungen australischen Journalisten mitgebracht – In seinem Buch ‹Landung in Australien› schildert Kisch, daß er am 13. November 1934 im Hafen von Melbourne kurz vor Ablegen des Schiffes ‹Strathaird› einem jungen australischen Journalisten den Tip gab, unbedingt noch einige Minuten am Kai zu warten. Der folgte dem Rat und hatte dann die Sensationsmeldung: Kisch sprang vom Deck des Schiffes an Land, brach sich ein Bein – aber erzwang damit die Landung auf dem fünften Kontinent, die ihm die Regierung verweigern wollte. Kisch kam als Delegierter des Weltkomitees gegen Faschismus und Krieg, um am Australischen Antikriegskongreß teilzunehmen, der vom Allaustralischen Komitee gegen Krieg und Faschismus zum 9. und 10. November 1934 nach Melbourne einberufen worden war. Der junge Journalist war John Fisher, ein Sohn des ehemaligen australischen Premierministers Andrew Fisher, der mit Unterbrechungen zwischen 1908 und 1915 an der Spitze von Labor-Regierungen stand. Nachdem John Fisher mit Kisch nach Europa gekommen war, berichtete er über die Vorgänge auf diesem Kontinent für australische Zeitungen. Er blieb mit Kisch bis zu dessen Tod befreundet.

18. Juni 1935

Mike Gold – Michael Gold (1894-1967), mit bürgerlichem Namen Irwin Granich, nordamerikanischer Schriftsteller und Literaturkritiker; Autor von ‹Juden ohne Geld› (1931) und weiterer Romane, Erzählungen sowie Theaterstücke über amerikanisches Leben.

Karin Michaëlis – Katharina Karin Marie Bech Michaëlis (1872-1950), dänische Schriftstellerin; zu ihrer Zeit u. a. bekannt durch den in Ich-Form gehaltenen Frauenroman ‹Das gefährliche Alter. Tagebuch-Aufzeichnungen und Briefe›, erschienen 1910 in Kopenhagen.

Nezval – Vítězlav Nezval (1900-1958), tschechischer Dichter; Autor zahlreicher Gedichtbände; u. a. ‹52 Balladen des ewigen Studenten Robert David› (1936), worin er in Form Villonscher Balladen die kapitalistische Ordnung anklagte, und ‹Heute noch geht die Sonne über Atlantis unter› (1956), worin er vor dem Mißbrauch der Atomkraft warnte.

die Geburtstagsfeier, begonnen auf dem Misthaufen – Bezugnahme auf eine Episode zur 50. Geburtstagsfeier von Kisch, die nach seiner Rückkehr aus Australien in Les Sablettes bei Toulon stattfand, und über die Jarmila erzählte: ‹Ich hatte Egonek, der ja oft in Geldnot war, 500 Francs geschenkt. Er lehnte es aber ab, das Geld zu nehmen und gab es mir zurück. Ich steckte die Scheine jedoch anschließend wieder in den Briefumschlag, den er dann später in den Müll warf, weil er glaubte, der Umschlag sei leer. Als er hörte, daß ich das Geld wieder reingetan hatte, fluchte er fürchterlich, aber sofort ermittelte er, auf welche Müllkippe der Abfall transportiert worden war. Und dann jagte er Gisl und mich über den Misthaufen und rief: «Sucht, sucht, sucht!» Wir haben das Geld tatsächlich gefunden und mit einem kleinen Abzug zurückerhalten. 500 Francs waren damals eine Menge Geld.›

K.-Pioniere Antonín Macek und Jarmila Haasová – Kisch-Pioniere Antonín Macek und Jarmila Haasová; damit ist das Engagement dieser beiden Literaturfreunde für Kisch gemeint. Antonín Macek (1872-1923), tschechischer Schriftsteller, Literaturkritiker und Übersetzer, Mitglied der sozialdemokratischen Partei und Mitbegründer der KPTsch. Zu ihm hatte der junge Kisch schon frühzeitig Kontakt. Macek hatte 1914 unter dem Titel ‹Temnou Prahou› (‹Durch das dunkle Prag›) einen Band mit von ihm ins Tschechische übertragenen Kisch-Beiträgen herausgegeben. In einer Vorrede unter der Überschrift ‹Sociální ironik› (‹Sozialironiker›) konstatierte Macek: ‹Kischs soziale Ironie hat etwas von Swift abbekommen: Der Schriftsteller läßt sich nicht von der modernen Philantropie hinreißen, denn er sieht allzu klar, wo die Wurzeln der menschlichen Not verborgen sind. So wird er zum Sozialironiker aus tiefer Einsicht in die Wurzeln menschlicher Not, aus Einsicht in die maßlosen Übel des Klassenstaates.› Außer diesem Buch hat Macek auch die beiden anderen Sammelbände von Kisch übersetzt und betreut, die vor dem Ersten Weltkrieg im sozialdemokratischen Parteiverlag Volksbibliothek herausgekommen sind. ‹Der selige Antonín Macek›, wie Kisch ihn nach dem Tode nannte – der erste professionelle Übersetzer seiner Werke ins Tschechische –, habe sich bemüht, ihn ‹für die tschechische Literatur zu entdecken›.

11. Dezember 1935

‹České slovo› – (tschech.) ‹Tschechisches Wort›, Tageszeitung der tschechischen Nationalsozialistischen Partei, unterstützte Edvard Beneš, der nach Masaryk Präsident der tschechischen Republik (1935-1938 und dann 1946-1948) war. Jaroslav Hašek arbeitete kurzzeitig für dieses Blatt.

‹Haló noviny› – (tschech.) ‹Hallo Neuigkeiten›, linksorientiertes Massenblatt; 1933 gegründet, als die kommunistische Parteipresse vorübergehend verboten war; unterstützte die KPTsch.

Marcuse – Ludwig Marcuse (1894-1971), Journalist, Literaturkritiker, Philosoph; schrieb unter dem Pseudonym Heinz Raabe. Emigrierte 1933 nach Frankreich, 1938 in die USA und kam 1963 nach Deutschland (BRD) zurück. Kisch bezieht sich auf ihn in seinem Brief vom 12. April 1935 im Zusammenhang mit der ‹Landung in Australien›.

Kurt Kersten – Kurt Kersten (1891-1962), Journalist, Schriftsteller; enger Mitarbeiter von Willi Münzenberg, schrieb für ‹Die Welt am Abend›, ‹Die Weltbühne›, ‹Die Linkskurve›, ‹Das Neue Rußland› und andere Publikationen. Arbeitete mit Kisch zusammen im Redaktionskollegium von ‹Die Neue Bücherschau›. In der Pariser Emigration gehörte er zum Redaktionsstab der ‹Deutschen Volkszeitung›. Nach der Flucht aus französischem Internierungslager im Jahre 1940 Aufenthalt in Martinique; übersiedelte 1946 nach New York, Redakteur der Zeitschrift ‹Aufbau›.

5. März 1936

‹A.I.Z› – ‹Arbeiter-Illustrierte Zeitung›, die größte Illustrierte der Arbeiterbewegung in der Weimarer Republik und den deutschsprachigen Ländern mit einer Auflage von fast 500 000 Exemplaren, zweitgrößte Illustrierte Deutschlands; herausgegeben von der ‹Internationalen Arbeiter-Hilfe›. Die ‹A.I.Z› gehörte zum sogenannten Münzenberg-Konzern und erschien von 1921 bis 1933 in Berlin. Zu den Mitarbeitern des Blattes gehörten namhafte deutsche sowie internationale Schriftsteller und Künstler. Ein Markenzeichen waren die berühmten Photomontagen von John Heartfield. Nach der faschistischen Machtübernahme emigrierte die Redaktion nach Prag, wo die Illustrierte bis 1938 mit F. C. Weiskopf als Chefredakteur erschien. 1937 wurde die ‹A.I.Z› in ‹Volks-Illustrierte› umbenannt.

F. C. W. – Franz Carl Weiskopf (1900-1955), Journalist, Schriftsteller und Übersetzer; Mitglied der sozialistischen Studentenbewegung in Prag, neben Julius Fučík Redakteur der sozialistischen Studentenzeitschrift ‹Avantgarde›, Mitglied der linken Gruppe der deutschen Sozialdemokratie in der Tschechoslowakei und danach der KP der Tschechoslowakei, die im Herbst 1921 gegründet wurde; Mitarbeiter der Arbeiterpresse. Übersiedelte 1928 nach Berlin, flüchtete vor den Nazis 1933 nach Prag und 1938 über Paris in die USA. Veröffentlichte zahlreiche Bücher; u.a den KZ-Roman ‹Das Himmelfahrtskommando›, Erzählungen, Literaturgeschichtliche Abhandlungen, Nachdichtungen internationaler Poesie und Anekdoten; er bemühte sich, die Anekdote als literarisches Genre wiederzubeleben (1954 erschien ‹Das Anekdotenbuch›). Nach dem Zweiten Weltkrieg war F. C. Weiskopf zunächst als Diplomat der Tschechoslowakischen Republik in Washington, Stockholm und Peking tätig; 1953 übersiedelte er in die DDR, war u. a. Chefredakteur der Zeitschrift ‹Neue Deutsche Literatur› und nahm teil an der ‹Verteidigung der deutschen Sprache› (Titel eines 1955 veröffentlichten Essays).

15. März 1936

Johnny H. – John Heartfield, mit bürgerlichem Namen Helmut Herzfelde (1891-1968), Gebrauchsgraphiker, Bühnenbildner und Fotomonteur; Schöpfer der künstlerischen Fotomontage, die er mit seiner Meisterschaft und Perfektion zu einer selbständigen Kunstgattung machte. Wegen Kriegshetze und Krieg gegen England hatte er 1916 seinen Namen anglisiert. Mit seinem Bruder Wieland Herzfelde gründete er 1917 den Malik-Verlag, für den er die Typografie und die Buchumschläge gestaltete. Führendes Mitglied im Berliner Club Dada, arbeitete für die Dada-Zeitschriften ‹Die Pleite› und ‹Der Dada›. Seit 1918 Mitglied der KPD, für die er auch Wahlplakate entwarf. Seine Fotomontagen für Titelseiten und zur Illustration von Beiträgen der ‹Arbeiter-Illustrierten Zeitung› gehörten zu den Spezialitäten dieser linken Illustrierten und trugen dazu bei, Heartfield international populär zu machen. Von den Nazis gejagt, mußte er 1933 nach Prag und 1938 nach London emigrieren. Nach der Zerschlagung des Hitlerstaates ging er nach Ostdeutschland, in der DDR war er Mitglied der Akademie der Künste. John Heartfield war eng mit Jarmila und ihrem Mann Vincenz Nečas befreundet.

29. März 1936

wieder ausgeladen – aufgrund des häufigen Geldmangels war Kisch darauf angewiesen, sich bei Kunstmäzenen um eine Einladung für einen Arbeitsaufenthalt mit Kost und Logis zu bemühen; diese Form der Schriftsteller-Förderung war seinerzeit üblich. Offensichtlich handelt es sich um eine derartige Einladung, die rückgängig gemacht wurde.

27. April 1936

Kolzow – Michail Jafimowitsch Kolzow (1848-1942), sowjetischer Journalist und Schriftsteller; gehörte ab 1922 zum Redaktionsstab der ‹Prawda›, für die er auch über den Spanienkrieg berichtete.

7. Juni 1936

‹On the Pacific Front› – ‹On the Pacific Front – The Adventures of Egon Kisch in Australia› by Julian Smith (engl.) ‹An der Pazifik-Front – Die Abenteuer von Egon Kisch in Australien›. Das Buch wurde 1936 bei Australien Book Service Limited, Sidney, herausgegeben, also vor dem Erscheinen von Kischs ‹Landung in Australien›. Julian Smith ist ein Pseudonym von Tom Fitzgerald.

22. Juni 1936

amerikanische Verlegerin – gemeint ist Blanka Knopf, die Frau des New Yorker Verlegers Alfred A. Knopf. Kisch hatte mit dem Verlag einen Vertrag über ein autobiografisches Buch, das unter dem Titel ‹Crawling in the inky river› (‹Schwimmend im Tintenstrom›) erscheinen sollte. Aufgrund von nachträglich gestellten inhaltlichen Bedingungen, die für Kisch unzumutbar und unannehmbar waren, wurde der Vertrag vom Verlag Alfred A. Knopf gekündigt. Das Erinnerungsbuch erschien dann in englischer Fassung Ende 1941 im Verlag Modern Age Books New York unter dem Titel ‹Sensation Fair›; die deutsche Fassung wurde 1942 in Mexiko im Verlag El Libro Libre – Das Freie Buch unter dem bekannten Titel ‹Marktplatz der Sensationen› veröffentlicht.

Menzies – Robert Menzies, Australiens Generalstaatsanwalt, hat vergeblich versucht, Kischs Besuch bei den Antipoden mit juristischen Mitteln zu verhindern.

Föderierten-Mauer – Mauer des berühmten Friedhofs Père Lachaise in Paris; am 27. Mai 1871 wurden dort 200 Kommunarden nach heldenhaftem Kampf überwältigt und standrechtlich erschossen. Auf dem Friedhof befinden sich die Grabdenkmäler vieler bedeutender Franzosen.

15. Juli 1936

Hermann Kesten – Herrmann Kesten (1900-1996), Schriftsteller und Novellist; ab 1927 Cheflektor des Gustav-Kiepenheuer-Verlags in Berlin, hat sich für die ‹Neue Sachlichkeit› engagiert, die als Sprachrohr künstlerischer Richtungsdiskussionen, die auch Kischs Arbeit betraf, zeitweilig eine wichtige Rolle spielte. Kisch hat mit seinem Reportageband ‹Der rasende Reporter› für die ‹Neue Sachlichkeit› einen wichtigen Beitrag geleistet. Kesten war Mitbegründer und literarischer Leiter des deutschen Emigranten-Verlages Allert de Lange Amsterdam (1933-1940), der 1934 u. a. ‹Geschichten aus sieben Ghettos› von Egon Erwin Kisch herausbrachte. Kesten erhielt für seinen ersten Roman ‹Josef sucht die Freiheit› (1928) den Kleist-Preis, mehrfach wählte er für seine Romane historische Sujets aus der spanischen Geschichte; den spanischen Freiheitskampf behandelte er in ‹Die Kinder von Guernica› (1939). Er trat auch mit wichtigen Anthologien der europäischen Literatur hervor.

Arthur Koestler – Arthur Koestler (1905-1983), Journalist und Schriftsteller; Korrespondent für die Ullstein-Presse, nach der faschistischen Machtübernahme in Deutschland emigrierte er nach Paris, wo er in Kontakt mit Willi Münzenberg stand, der die Herausgabe antifaschistischer Publikationen organisierte. Berichtete im spanischen Freiheitskrieg auf der Seite der Republikaner, fiel in die Hände der Franco-Truppen, wurde zum Tode verurteilt und entkam auf abenteuerlichem Wege knapp der Hinrichtung. Angesichts der Stalinschen ‹Säuberungsprozesse› trat er 1938 aus der KPD, der er seit 1931 angehörte, aus. Autor mehrerer Romane, u. a. ‹Sonnenfinsternis›; die tragende Gestalt dieses Buches spiegelt die Schicksale einer Anzahl von Männern wider, die Opfer der ersten von Stalin in den 30er Jahren inszenierten Moskauer Prozesse wurden. Das Buch erschien erstmals 1941 in Englisch.

‹Pariser Tageblatt› – das Blatt erschien seit dem 12. Dezember 1933 und verstand sich sowohl als eine Pariser Zeitung als auch als eine Zeitung für alle Deutschen außerhalb des Hitler-Staates. Sie war eine bedeutende publizistische Plattform der deutschsprachigen Emigration in Frankreich. Auch von Kisch, der zu den entschiedensten und aktivsten Verfechtern der antifaschistischen Einheit unter den emigrierten Intellektuellen gehörte, erschienen im ‹Pariser Tageblatt› vielbeachtete Beiträge.

24. Juli 1936

‹Orford› – ‹Orford› war der Name des Schiffes, mit dem Kisch Anfang März 1935 von Australien aus die Heimfahrt nach Europa antrat. Die Schiffe der britischen Pazifik-Linie trugen Namen mit dem Anfangsbuchstaben ‹O›. Dieser Dampfer war getauft auf den 1. Earl of Orford, Sir Robert Walpole (1676-1745), den ersten britische Premierminister.

bedrückt wegen Spanien – Am 18. Juli 1936 hatte unter Führung von General Franco ein Militärputsch begonnen. Das war die Antwort der Reaktion auf den Sieg der Volksfront bei den Corteswahlen am 16. Februar 1936. Die demokratisch gewählte Regierung hatte danach mit bürgerlich-demokratischen Reformen begonnen, die von den klerikal-faschistischen Kräften erbittert bekämpft wurden. Das faschistische Deutschland und Italien unterstützten Franco mit einer militärischen Intervention. Großbritannien und Frankreich begünstigten die faschistischen Kräfte durch ihre sogenannte Nichteinmischungspolitik. Die gewählte Regierung und die republikanischen Truppen wurden unterstützt von der Sowjetunion sowie den Internationalen Brigaden, denen Antifaschisten aus 51 Ländern angehörten. Der Krieg endete 1939 mit dem Sieg Francos.

18. August 1936

Sauer – František (Franta) Sauer (1882-1947), tschechischer Schriftsteller, Verleger und Schauspieler; er gehörte zu jenen guten Freunden von Kisch, die dieser nach der Heimkehr aus Mexiko in Prag wiedertraf, der aber noch vor Kisch starb und für den Kisch einen Nachruf schrieb.

16. September 1936

Duško – Theodor Balk, mit bürgerlichem Namen Fodor Dragutin (1900-1974), Rufname auch Duschko (Duško), Arzt, Journalist, Schriftsteller; gebürtig in der ungarischen Stadt Semlin, die nach dem zweiten Weltkrieg zu Jugoslawien gehörte. Verfasser von Reportagen aus der Welt des Proletariats, von Erzählungen und autobiographischen Skizzen. In der Weimarer Republik u. a. Redakteur der ‹Linkskurve› in Berlin. War im spanischen Freiheitskrieg als Feldarzt der 14. Internationalen Brigade tätig, emigrierte später nach Mexiko. Dort heiratete er die Prager Journalistin und Schriftstellerin Lenka Reinerová, mit der er nach dem zweiten Weltkrieg zunächst in seine jugoslawische Heimat zurückging, um dann später nach Prag zu übersiedeln. Dort war er unter anderem Redakteur der deutschsprachigen Gewerkschaftszeitung ‹Aufbau und Frieden›.

Lene R. – Lene Radó, Frau von Prof. Sándor Radó (1899-1981), ungarischer Wissenschaftler, erwarb sich internationale Anerkennung durch seine Leistungen auf dem Gebiet der Kartographie und Geographie. Radó leitete von 1930 bis 1944 die sowjetische Kundschaftergruppe ‹Dora› in der Schweiz, die sich im Kampf gegen das faschistische Deutschland verdient machte. Er berichtete darüber in seinem Buch ‹Dora meldet›, das in rund zwanzig Sprachen übersetzt wurde. Zu dieser Gruppe gehörte auch Ruth Werner, Autorin des Buches ‹Sonjas Rapport›.

29. Oktober 1936

‹Rozsévačka› – (‹Säerin›), populäre kommunistische Frauenzeitschrift; Jarmila war verantwortlich für den Kulturteil. Nach dem Zweiten Weltkrieg wurde die Zeitschrift neugegründet und von Jarmila als Chefredakteurin geleitet.

V & W – gemeint ist das legendäre avantgardistische Theater› von Voskovec & Werich (V&W) in Prag. Es wurde im Herbst 1928 als Befreites Theater gegründet, nannte sich ab 1929 als ständige Bühne V & W, spielte zuerst im Adria auf dem Wenzelsplatz, später im Rokoko-Theater bzw. unweit vom Wenzelsplatz im berühmten Haus U Nováků in der Vodičkova ulice; dort ist als Nachfolgebühne das Divadlo ABC etabliert.

Jiří Voskovec, mit bürgerlichem Namen Wachsmann (1905-1980), tschechischer Schauspieler, Dramatiker, Regisseur, Dichter und Übersetzer. Nachdem das Befreite Theater infolge des Münchner Abkommens 1938 geschlossen wurde, emigrierte er 1939 in die USA, kehrte 1946 wieder zurück, um das Theater V&W mit Jan Werich erneut zu beleben; 1948 verließ Voskovec die Tschechoslowakei endgültig und siedelte sich in den USA an.

Jan Werich (1905-1980), tschechischer Schauspieler, Dramatiker, Prosaautor, Übersetzer und Theaterdirektor. Schrieb für V & W diverse Stücke, spielte zahlreiche Rollen auf der Bühne, im Film und Fernsehen und war nach der Emigration zwischen 1939 und 1945 in der Tschechoslowakei Direktor einiger Bühnen, u. a. beim Divadlo ABC.

9. November 1936

Irmgard Keun – Irmgard Keun (1910-1982), Schriftstellerin; emigrierte 1935 aus Deutschland, sie hatte sich geweigert der nazistischen Reichsschrifttumkammer beizutreten und erhielt deshalb Berufsverbot. Ihr Antinazi-Roman ‹Nach Mitternacht› wurde in der ‹Pariser Tageszeitung› von Oktober bis Dezember 1936 in Fortsetzungen als Vorabdruck veröffentlicht; die Romane ‹Gilgi, eine von uns› und ‹Das kunstseidene Mädchen› waren 1931 bzw. 1932 erschienen.

14. November 1936

André Gide – Kisch bezieht sich auf den Reisebericht ‹Zurück aus Sowjet-Rußland›, den Gide nach seinem vielbeachteten Besuch in der Sowjetunion im Sommer 1936 veröffentlicht hatte. Er brachte darin seine Enttäuschung über die Entwicklung zum Ausdruck. Kisch befürchtete, daß dieses Buch negative Auswirkungen auf die antifaschistische Einheitsfront haben könnte. In einer öffentlichen Stellungnahme bemühte er sich darum, die Basis für eine sachliche Diskussion unter den Intellektuellen in der Emigration zu bewahren.

Grenzlandbuch – das Grenzlandbuch von Duško (Theodor Balk) ist nicht erschienen; dagegen sind die eindrucksvollen Erinnerungsbücher ‹Das verlorene Manuskript› und nach Balks Tod ‹Wen die Kugel vor Madrid nicht traf› verlegt worden. Zu den weiteren Publikationen von Theodor Balk gehört eine Broschüre mit dem Titel ‹Ein Gespenst geht um›. Sie erschien in deutscher Sprache in der Edition Combat, Paris, mit einer Einleitung von Egon Erwin Kisch. Er stellt Balks Arbeit als ‹Tätigkeitsbericht des Dritten Reiches über das erste Halbjahr seines Bestandes› vor, in dem die Verbrechen der braunen Machthaber enthüllt werden. Theodor Balk schenkte Jarmila am 1.1.1965 ein Exemplar mit der Widmung: ‹Liebe Jarmila, dieses Heftchen ist nur ein unbedeutender Ersatz für die vergilbten Manuskriptblätter, die Du mir aus Deinem Archiv gegeben hast. In alter Freundschaft. Theo Balk.›

8. Dezember 1936

Marchwitza – Hans Marchwitza (1890-1965), Bergarbeiter im Ruhrgebiet, Schriftsteller; schrieb Romane über Leben und Kampf der Arbeiter, u. a. eine Trilogie über eine Bergarbeiterfamilie: ‹Die Kumiaks› (1934), ‹Die Heimkehr der Kumiaks› (1952) und ‹Die Kumiaks und ihre Kinder› (1959).

Kantor – Alfred Kantorowicz (1899-1979), Publizist; Verfasser autobiographischer und biographischer Schriften. In den 20er Jahren Literaturkritiker und nach Kurt Tucholsky Pariser Kulturkorrespondent der ‹Vossischen Zeitung› (Ullstein-Verlag) in Berlin. Flüchtete nach der faschistischen Machtergreifung nach Paris, dort als Generalsekretär des ‹Schutzverbandes Deutscher Schriftsteller im Exil› tätig, begründete die ‹Deutsche Freiheitsbibliothek›. Nach dem Zweiten Weltkrieg zunächst in der DDR tätig, die er 1957 aus politischen Gründen verließ.

Kurt Stern – Kurt Stern (1907-1989), Schriftsteller; Verfasser von Essays, Erzählungen und Filmdrehbüchern, u. a. für die DEFA-Filme ‹Das verurteilte Dorf› (1952 – zusammen mit seiner Frau Jeanne Stern) und ‹Stärker als die Nacht› (1954). In der Weimarer Republik war er Reichsleiter der kommunistischen Studentenfraktion (1930/31); nach der Flucht aus Hitler-Deutschland u. a. Redakteur der politisch-literarischen Monatszeitschrift ‹Unsere Zeit› in Paris, Politkommissar der XI. Internationalen Brigade im spanischen Freiheitskrieg und Herausgeber der ersten Nummern der deutschen Brigadezeitung ‹Pasaremos›; in Mexiko Redakteur der literarisch-politischen Monatszeitschrift ‹Freies Deutschland› und im ‹Heinrich-Heine-Klub› tätig.

6. Juni 1937

Bodo – Bodo Uhse (1904-1963), Journalist und Schriftsteller; gab zusammen mit Gisela Kisch nach dem Tode von Egon Erwin Kisch dessen Gesammelte Werke in Einzelausgaben im Aufbau-Verlag Berlin und Weimar heraus. Der Offizierssohn Uhse nahm am spanischen Freiheitskampf gegen den Faschismus teil; sein Roman ‹Leutnant Bertram› ist dieser Thematik gewidmet (1944). Nach dem zweiten Weltkrieg veröffentlichte Uhse weitere Romane und Erzählungen, war er Chefredakteur der Zeitschriften ‹Aufbau› sowie ‹Sinn und Form›.

Pasionaria – Dolores Gómez Ibárruri, genannt La Pasionaria (span.) ‹Die Leidenschaftliche› (1895-1989), spanische Arbeiterführerin; Tochter eines baskischen Bergarbeiters, Mitbegründerin der KP Spaniens und später Generalsekretärin der Partei. 1937-1939 Vizepräsidentin der Cortes, des spanischen Parlaments. Legendär durch ihre führende Rolle im Kampf für die spanische Republik gegen die faschistischen Franco-Putschisten. Im Namen der Kommunistischen Partei hatte sie am Abend des 18. Juli 1936 über den Rundfunksender des Innenministeriums zum Volk gesprochen; ihr Ruf ‹No pasarán!› – ‹Sie werden nicht durchkommen!› wurde zur Losung für den Widerstand des Volkes.

18. Juli 1937

Jaroslav Kratochvíl – Jaroslav Kratochvíl (1885-1945), Journalist, Schrifsteller; Autor mehrerer Romane, u. a. über die Tschechische Legion in Rußland, sowie von Skizzen und Reportagen über den spanischen Freiheitskampf. Kam im KZ Theresienstadt (Terezín) ums Leben.

Laco Novomeský – Laco Novomeský (1904-1976), slowakischer Lyriker und Kulturpolitiker; veröffentlichte mehrere Gedichtbände und Gedichtzyklen, unter anderem über die kulturpolitischen Kämpfe in seiner Jugend. Gehörte mit dem späteren tschechoslowakischen Präsidenten Gustáv Husák zur Leitung des Slowakischen Nationalaufstandes gegen die faschistische Herrschaft; wurde später wie Husák als Opfer stalinscher Repressionspolitik in der Tschechoslowakei jahrelang inhaftiert.

Regler – Gustav Regler (1898-1963), Schriftsteller, Lyriker, Essayist; zu seinen Werken gehören historische Romane wie ‹Zug der Hirten› (1928) über den Auszug der Juden aus Ägypten und der ‹Bundschuh›-Roman über den deutschen Bauernkrieg sowie antifaschistische Bücher. Regler nahm am spanischen Freiheitskampf teil und war bis zu seiner schweren Verwundung Politischer Kommissar der XII. Internationalen Brigade. Später sammelte er für die Spanische Republik Gelder in den USA, wo er nach dem Zweiten Weltkrieg blieb.

28. Juli 1937

Gerda Taro – Gerda (eigtl. Gerta) Taro (1911-1937); aufgewachsen in Leipzig, hatte sich als junges Mädchen der Arbeiterbewegung angeschlossen, wurde 1933 kurzzeitig inhaftiert und floh anschließend nach Paris. Am Krieg in Spanien nahm sie als Foto- und Filmreporterin teil; bei Aufnahmen im Kampfgebiet stürzte sie von einem Fahrzeug, wurde von einem Panzer erfaßt, schwer verletzt und verstarb am 27. Juli 1937. Unter großer Anteilnahme wurde die mutige Journalistin am 1. August in Paris auf dem Friedhof Père Lachaise beigesetzt. Spanische und französische Zeitungen widmeten ihr ehrende Nachrufe, u. a. in ‹Ce coir› aus der Feder von Egon Erwin Kisch.

Bredel – Willi Bredel (1901-1964), Journalist und Schriftsteller; in der Weimarer Republik Redakteur kommunistischer Zeitungen, u. a. beim ‹Ruhrecho› und der ‹Hamburger Volkszeitung›. Er wurde nach der faschistischen Machtübernahme verhaftet und schrieb nach seiner Flucht aus dem KZ Fuhlsbüttel mehrere, auch international beachtete Bücher über den faschistischen Terror in den Konzentrationslagern, wie den in siebzehn Sprachen übersetzten Roman ‹Die Prüfung› (1934). Zentrales Thema blieb die Arbeiterklasse; die Romantrilogie ‹Verwandte und Bekannte› (›Die Väter›, 1941; ‹Die Söhne›, 1949; ‹Die Enkel›, 1953) ist die erste groß angelegte Saga einer deutschen Arbeiterfamilie von 1870 bis 1945.

Weinert – Erich Weinert (1890-1953), Dichter. In der Weimarer Republik populär als Redner und Rezitator eigener Gedichte zu aktuellen politischen Ereignissen, Mitbegründer des Bundes proletarisch-revolutionärer Schriftsteller und dessen Publikation ‹Linkskurve›. Emigrierte in die Sowjetunion, Mitbegründer und Präsident des Nationalkomitees ‹Freies Deutschland› sowie der Akademie der Künste in der DDR. Veröffentlichte zahlreiche Gedichtbände, u. a. ‹Rufe in die Nacht› mit Gedichten, Flugblättern und anderen Beiträgen aus dem Schützengraben an die deutschen Soldaten der Ostfront.

Štoll – Ladislav Štoll (1902-1981), tschechischer Journalist und Literaturwissenschaftler; in der ersten Tschechoslowakischen Republik war er Redakteur verschiedener Zeitschriften und Zeitungen, unter anderem bei ‹Rudé právo› und ‹Tvorba›. Nach dem Zweiten Weltkrieg bekleidete er verschiedene Funktionen im Kultur- und Bildungswesen, unter anderem Direktor des Instituts für tschechische und Weltliteratur. Štoll war ein enger Freund von Julius Fučík und derjenige unter Kischs Freunden, der ihn als letzter kurz vor dem Tode sprach.

Maria Osten – Maria Osten (1908-?), mit bürgerlichem Namen Maria Greßhöner, Journalistin; weilte ab Sommer 1936 als Sonderkorrespondentin für die ‹Deutsche Zentral-Zeitung›, die in Moskau für die in der Sowjetunion lebenden Deutschen herausgegeben wurde, in Spanien. Maria Osten, deren Eltern in Westpreußen als Gutsbesitzer lebten, war 1933 in die Sowjetunion emigriert. Ihre berufliche Laufbahn hatte sie als Mitarbeiterin im Malik-Verlag begonnen und an zwei bedeutenden Anthologien deutscher Erzähler mitgearbeitet, die von Hermann Kesten bzw. Wieland Herzfelde herausgegeben worden sind. Aus Spanien ging sie zunächst nach Paris, von wo sie im Frühjahr 1939 nach Moskau zurückkehrte. Ihr letztes Lebenszeichen stammt vom Sommer 1941.

22. August 1937

‹Weltbühne› – ‹Die Weltbühne›, Wochenschrift für Politik, Kunst, Wirtschaft. 1905 von Siegfried Jacobsohn als ‹Schaubühne› (bis 1918) gegründet und von ihm bis zu seinem Tode (1926) geleitet; anschließend leitete Carl von Ossietzky die ‹Weltbühne› und entwickelte sie zu dem brillanten linksbürgerlichen pazifistischen, antimilitaristischen und antifaschistischen Blatt. 1933 in Deutschland verboten, erschien sie als ‹Neue Weltbühne› in Prag, Zürich und Paris; 1946 von Maud von Ossietzky und Hans Leonhard in Berlin wieder gegründet. Mit der Nummer 27 vom 6. Juli 1993 mußte ‹Die Weltbühne› im 88. Jahrgang ihr Erscheinen einstellen, weil der Erbe des Zeitschriftengründers die Titelrechte eingeklagt hat.

28. Januar 1938

Teruel – um Teruel, rund 300 km östlich von Madrid, tobte Ende 1937 ein schwerer Kampf. Als Kisch hörte, daß die Stadt von republikanischen Truppen erobert werde, fuhr er hin, um darüber zu berichten. Für die republikanische Armee war diese siegreiche Schlacht an der Nahtstelle der Fronten zwischen Zentralspanien und Katalonien von großer Bedeutung. Kisch hielt es für wichtig, im Ausland über diesen Sieg überzeugend zu berichten.

Komenský-Nummer – gemeint ist eine Ausgabe der Sanitätszeitschrift ‹Anei›, in der ausführlich über das Komenský-Hospital in Benicasim berichtet wird; das tschechische Hospital der Internationalen Brigaden wurde von Kischs Bruder Bedřich geleitet, der zugleich als Chirurg tätig war.

10. Juni 1938

bloody fool – (engl.) Vollidiot; mit Sicherheit hat Kisch diesen Ausdruck in Bezug auf seinen jungen australischen Berufskollegen John Fisher nicht mit der Schärfe gemeint, wie sie die deutsche Übersetzung ausdrückt. Überdies muß man in Betracht ziehen, daß das Adjektiv bloody (blutig) von vielen Australiern bei jeder sich bietenden Gelegenheit vor jedes sich bietende Wort eingefügt wird. Kisch hat das so beeindruckt, daß er eine spezielle Abhandlung über ‹Das australische Adjektiv› geschrieben hat. Sie beginnt mit dem Satz: ‹Das große australische Adjektiv lautet: bloody.› Diese Arbeit konnte er dann jedoch nicht mehr in sein Buch ‹Landung in Australien› aufnehmen. Sie ist in Band XII der Gesammelten Werke in Einzelausgaben enthalten, die 1993 im Aufbau-Verlag Berlin erschienen ist.

die Broschüre – gemeint ist die Reportage ‹Soldaten am Meeresstrand›, die als Broschüre herausgegeben worden ist. Es handelt sich um einen Bericht über das Hospital der Internationalen Brigaden in Benicasim. Dieser Küstenort bei Valencia bestand aus Luxusvillen begüterter Spanier, die hier ihren Sommersitz hatten; während des Krieges waren in Benicasim Verwundete untergebracht.

10. September 1938

Lenka Reiner – Lenka Reinerová (Jahrgang 1916), Journalistin und Schriftstellerin; gehörte zum engen Freundeskreis von Kisch. Ihre journalistische Laufbahn begann sie 1936 in Prag bei der ‹Arbeiter-Illustrierten Zeitung›, 1939 Flucht nach Frankreich und dann nach Mexiko. Dort heiratete sie den Schriftsteller Theodor Balk. Autorin mehrerer Erinnerungs- und Erzählbände, darunter ‹Es begann in der Melantrichgasse – Erinnerungen an Weiskopf, Kisch, Uhse und die Seghers› im Aufbau-Verlag und ‹Das Traumcafé einer Pragerin› im Aufbau Taschenbuch Verlag. Lenka Reinerová lebt in Prag.

12. September 1945

Herbert – Sohn von Kischs Bruder Arnold; der einzige männliche Nachkomme der fünf Kisch-Brüder. Herbert Kisch emigrierte in die USA.

Paul Merker – Paul Merker (1894-1969), Gewerkschafts- und Parteifunktionär; Abgeordneter der KPD im Preußischen Landtag (1924-1932), leitende Funktionen (Mitglied des ZK und des Politbüros) in der KPD, Mitglied der illegalen KPD-Landesleitung (1933-1934); Emigration nach Frankreich und 1942 nach Mexiko, dort Sekretär des Lateinamerika-Komitees der Bewegung ‹Freies Deutschland› und Herausgeber der gleichnamigen Zeitschrift. 1946 Rückkehr nach Deutschland, leitende Funktionen in Staat und Partei. Ausschluß aus der SED (August 1950) wegen Verbindungen zu dem Amerikaner Noel H. Field, der deutschen Antifaschisten bei der Flucht vor den Faschisten geholfen hat, 1955 widerrechtliche Verurteilung zu acht Jahren Zuchthaus, 1956 rehabilitiert.

Jungmann – Erich Jungmann (1907-1986), Journalist; Abgeordneter der KPD im Reichstag (ab Oktober 1932), Organisationsleiter des Kommunistischen Jugendverbandes (1932/33), illegale Arbeit in Deutschland, Emigration, von 1942-1946 in Mexiko, dort Sekretär der Bewegung ‹Freies Deutschland› und Mitherausgeber der gleichnamigen Zeitung. In der DDR verschiedene leitende journalistische Funktionen, unter anderem stellvertretender Chefredakteur der ‹Berliner Zeitung› und Intendant von Radio Berlin International. Erich Jungmann heiratete Gisl Kischs Schwester Rosl.

Übersetzungen

Postkarten:

[Kopenhagen, 17.4.1924]
Liebe Jarmilininko, tausendmal Dank für Deine Zigaretten und Deinen Brief, obwohl der leider bitter war.
Morgen fahren wir (Heller, Gisl und ich) zurück nach Berlin. Ich habe hier in der vergangenen Woche eine Vorlesung vor Studenten gehalten, das war schön, mir jedenfalls hat es gefallen. (Heller aber auch.) Heute habe ich mir auf die Schulter einen herrlichen Neger tätowieren lassen, damit ich eine ewige Erinnerung an Kopenhagen habe. Und wann wirst Du wieder in Berlin sein, Jarmilka? Mach's gut, mein Dummerchen! Dein Egonek. Viele Grüße! Gisl Liner
[Ewald Heller war der Sohn eines Dr. Heller aus Prag-Smichov, der Kisch eingeladen hatte, bei ihm zu wohnen.]

[Leipzig, 14.2.1925]
Ich grüße Dich herzlich, Jarmilinko. Ich bleibe hier noch etwa eine Woche (Prozeß Tscheka) und hoffe, daß Bornstein so schlau sein wird und mir Deine Übersetzungen schicken wird. Ich bin schrecklich neugierig, wie es um die Übersetzungen steht. Hast Du schon einen Vorschuß bekommen? Ich küsse Dich Egonek.

Peking, 9.7.32
Lieber Jarmiláčku, ich fahre heute nach Japan und denke herzlich an Dich. Dein alter Egonek.

Kyoto, 23. Juli 1932
Liebe Jarmiláči Jarmilovic, es ist nicht schlecht in Japan!
Ich küsse Dich, Dein alter Egonek.

Widmungen:

Tragedie Montmartska
Zur Erinnerung an Montmartre.

Aus Prager Gassen und Nächten
Jarmilince Haasovic, damit sie nicht vergißt, daß sie mit Egon in Prag war.

Der rasende Reporter
Liebe Jarmilinince!

Wagnisse in aller Welt
Glückliche Reise Jarmilka und komme bald zurück.

Berichte aus der Wirklichkeit
Liebes Äffchen (genannt «Jarmila Haasovic») hiemit überreiche ich Dir feierlich dieses dumme Buch zur Erinnerung an Deinen alten Freund, damit Du ihn nicht vergißt.

Abenteuer in fünf Kontinenten
Gewidmet von Egonèque.

Entdeckungen in Mexiko
Liebe Jarmiláče, dieses Buch kam soeben mit Kurier aus Berlin. Ich gebe es Dir mit höchster Anerkennung und in großer Liebe.

Entdeckungen in Mexiko
Jarmilce, Autorin des Ausdrucks «rasender Reporter», mit dem ich vollkommen einverstanden bin.

Literaturverzeichnis

Willy Haas: Die literarische Welt - Lebenserinnerungen. Fischer Taschenbuch Verlag April 1983.

Klaus Haupt/Harald Wessel: Kisch war hier - Reportagen über den „Rasenden Reporter". Verlag der Nation 1985.

Fritz Hofmann: Egon Erwin Kisch - Der rasende Reporter. Biografie. Verlag Neues Leben Berlin 1988.

Egon Erwin Kisch: Gesammelte Werke in Einzelausgaben. Aufbau-Verlag Berlin und Weimar 1960/1985 und 1993.

Egon Erwin Kisch: Briefe an den Bruder Paul und an die Mutter 1905-1936. Aufbau-Verlag Berlin und Weimar 1978.

Kisch Kalender. Aufbau-Verlag Berlin 1956.

Vincenz Nečas und Jarmila Nečasová: Prager Journalist - Egon Erwin Kisch. Vydatatelstvi a nakladatelstvi novinář, Praha 1980.

Dieter Schlenstedt: Egon Erwin Kisch - Leben und Werk; Reihe Schriftsteller der Gegenwart. Volk und Wissen Berlin 1985.

Ella Winter: And not to yield. Harcourt-Brade-World, Incorporated New York 1963.

Archiv für Geschichte des Buchwesens, Band XXI 1981. Buchhändler-Vereinigung GmbH Frankfurt am Main.

Kunst und Literatur im antifaschistischen Exil 1933-1945: Exil in Frankreich; Exil in den Niederlanden und Spanien. Verlag Philipp Reclam jun. Leipzig 1981.

Zitate aus den Texten von Egon Erwin Kisch, die in diesem Buch verwendet werden, entsprechen, wenn nicht anders vermerkt, den Textfassungen der im Aufbau-Verlag Berlin und Weimar erschienenen Ausgabe „Egon Erwin Kisch - Gesammelte Werke in Einzelausgaben", die zunächst von Gisela Kisch und Bodo Uhse herausgegeben und später von Fritz Hofmann und Josef Poláček fortgeführt wurden, bzw. dem im selben Verlag 1978 erschienenen Band „Egon Erwin Kisch - Briefe an den Bruder Paul und an die Mutter 1905-1936".

Bildnachweis

Archiv Haasová-Nečasová/Haupt (81)
Archiv Strahov Prag (12)
ČTK Prag (3)
Nicht in jedem Fall konnte ein Rechtsinhaber ermittelt werden.

Personenregister

Personen, die nur mit Vornamen, Beinamen und in belanglosen Zusammenhängen erwähnt wurden oder aber nicht recherchiert werden konnten, sind in das Personenregister nicht aufgenommen. Kursive Ziffern beziehen sich auf Marginalien- und Anhangtexte sowie auf die Bildseiten.
Kischs Frau, Gisl Lyner, selbst Briefschreiberin, wird nicht ausgewiesen.

Abusch, Alexander *261, 272*
Altenberg, Peter *273*
Altschul, Pavel 66
Artjom, Fjodor A. *180*
Artner 110, 175, 189

Bair, Max *231*
Balk, Theodor (auch: Duško oder Duschko) 162, 175f., 188, 196, 198, 201, 207, 211, 216, 218, 221, 223f., 241, *290f., 295*
Ballenberger, Maria 38, 194f.
Balzac, Honoré de 7
Bange, Hermann 40
Barbusse, Henry 115, 149, 154, *182f.*
Beaumarchais, Pierre-Augustin 190
Becher, Johannes R. 80f., 100, 149, 176, *280, 288*
Beethoven, Ludwig van *271*
Beneš, Edvard *286*
Benn, Gottfried 77f.
Bernhard, Stefa 55
Betz, E. P. 70
Blau, Dr. Siegmund 42, 45, 112, *274*
Bogs, Sonja 64
Bonck 64
Bornstein, Joseph (auch: Schornstein) *34*, 37f., 40f., 45f., 48, 54ff., 61, 64, 66, 76-80, 85f., 106, 111, 114, 123, 127, 129, 141, 148, 164, 190, *269*
Borový, František 44, 47, 233, *274, 280*
Brecht, Bertolt 24, 149, 190, 206, *272*
Bredel, Willi 217, *228, 293*
Breitscheid, Rudolf 212
Brod, Max 10, 12, 41, *270, 273f.*
Burian, Vlastimil (auch: Vlasta) 37, 46, 53, 63, 202, *269, 275, 278, 282*
Burke, Thomas *270*
Busch, Ernst *229*

Čacká, Anna 13
Čapek, Karel 42, 149
Chamberlain, Arthur Neville *238*
Chaplin, Charles Spencer 14, 72, 88, *95*, 164, *263, 279*
Cohen-Portheim 118
Cook, James 213
Cooper, Gary 208
Crawford, Francis Marion 37, *269*

Daladier, Edouard *238*
Diderot, Denis 7
Döblin, Alfred 88, *281*
Dreiser, Theodore 115
Duchesne 168
Dvořák, Dr. Arne 89
Dyck, Anthonis van 89
Dzierzynsky, Feliks Edmundowitsch 66, *278*

Edison, Thomas Alva *94, 258, 278*
Einstein, Albert *279*
Eisenstein, Sergej Michailowitsch 64
Eisler, Elli 100, *282*
Eisler, Gerhart 100, *282*
Eisler, Hanns *171*, 211
Eisler, Hilde *282*
Eisler, Lou 171, 189f., 192, 211

Eisner, Paul 161, 170, 189f.
Ettlinger, Gretl 88

Falk, Norbert 118
Feuchtwanger, Lion 131, 149, 206, 237
Feuerstein 170
Field, Noël H. *295*
Fisher, Andrew 8, *147, 285*
Fisher, John 8, *147*, 149f., 161f., 166f., 169, 172, 191ff., 195, 199, 202, 213, 225, 231, 233f., 242, *285, 294*
Fitzgerald, Kev 166, 193
Fitzgerald, Nell 161, 166, 193
Fitzgerald, Tom 161, 166, 169, 175, 187, 189, 192, 233, *288*
Forbath, Imre *34*, 51, 53, 55, 63
Forster, Edward Morgan 149
Franco, Francisco 27, *192*, 215, *289*
Frank, Leonhard 7, 23, *33*
Frankel, Dr. 81
Franz Joseph I. 9
Frey 151
Friedrich II. *261*
Friel 64
Frigo 75, 87
Frischauer, Paul 190
Fröschl, Dr. 42, 45, 48, 55f., 64, 78, 117, 224
Fröschl, Else 42, *45*, 48, 101, 118, 125, 224
Fučík, Julius 24, *287, 293*

Gabor, Andor *282*
Gerke, Hans 45
Geschonneck, Erwin 24
Gide, André 149, 206, 208, *291*
Glassner, Alice 242
Goethe, Johann Wolfgang 7, *271*
Gold, Michael 149, 285
Goll, Claire 7, *271*
Goll, Ivan 39, *271*
Goodway 46, 51, 100
Gorki, Maxim 7 f., 115, 175, 189, *261*
Gorkin, J. 149
Gottschalk, Elena 48
Gottwald, Klement 241, *272, 281*
Gräfenberg, Rosi 111, 114
Graf, Oskar Maria *284*
Griffith, Davis Wark 38, *270*
Grossmann 39, 64
Grosz, George *284*
Guttmann 131

Haas, Dr. Gustav *270*
Haas, Willy 7, 10ff., 22f., 38, 40f., 48, 53, 65, 81, 85, 164, 201, *270, 273*
Halpern, Olga 65, 176
Hašek, Jaroslav 12, 23, 43f., *63, 80, 117, 263, 272, 274, 278, 280f., 283, 286*
Hasenclever, Walter 21
Hauptmann, Gerhart *259*
Havel, Václav *270*
Havlak 139
Heartfield, John 25, 163, 172, 176, 184, *284, 287*
Heine, Heinrich 7
Heller, Ewald *296*
Henlein, Konrad 152, *273*
Hermann, Eva 237
Herzfelde, Wieland 127, *284, 287, 293*
Hicke 240
Hindenburg, Paul von Beneckendorff 48, 53
Hitler, Adolf 24, *120*, 197, 218, *238, 271ff., 276, 283, 289, 291*
Höllering, Franz 37, 62f., 78, 85, 139, *269*
Höllering, Lissy 62, 85
Hoelz, Max 56, 61, 64, *262, 277*
Hoffmann, Kamil 53
Hoffmeister, Adolf *271*
Holitscher, Arthur 23, 65
Hora, Josef 63
Horn 52

Horn, Camilla *136, 262*
Horthy von Nagybána 55, *276*
Hus, Jan 9
Husák, Gustáv *292*
Huxley, Aldous 149

Ibárruri, Dolores Gómez 215, *292*
Ihering, Herbert 21

Jacobsohn, Siegfried *294*
Jäger 42
Janda, B. 140f.
Jannings, Emil 72, *279*
Jasieński, Bruno 107
Jennings, Hilde 62
Jensen, Ruth 242
Jesenská, Milena 7, 10f., *41*, 52, 72, 201ff., *274*
Jouvenel, Renaud de 125
Jung, Grete 114, 192
Jungmann, Erich 242, *295*

Kafka, Franz 10f., 42, *270, 274*
Kalm, Ella 242
Kantorowicz, Alfred 209, 217, *291*
Kaplický, Václav 65, 72, 78f., 82, 85, 87f., *96, 280*
Katz, Ilse 185, 237, 242f.
Katz, Otto 40, 42, 45, 48 , 56, 64, 100, 106, 113, 139, 149f., 164, 185, 212, 234, 237, 242f., *272*
Kaus, Gina 53
Kaus, Otto 53
Kerr, Alfred 21, 66, *278*
Kersten, Kurt 151, 184, 190, *286*
Kesten, Hermann 189, 237, *288, 293*
Keun, Irmgard 187, 189, 204, *290*
Kirchberger 152
Kisch, Arnold *45, 57*, 66, 116, 132, 134, 168, *183*, 221, 234, *240, 257, 266f., 295*
Kisch, Bedřich (auch: Kaspar) 13f., 31, *57*, 99, 164, 166, 187, 192, 215-218, 222, 225, *230*, 232, *233*, 234, 236, *257, 266, 268, 294*
Kisch, Edith 78
Kisch, Ernestine *257*
Kisch, Fritzi 183, 187
Kisch, Herbert 240, *295*
Kisch, Hermann *257*
Kisch, Paul 12, 28, *57, 257, 266f.*
Kisch, Richard 196
Kisch, Wolfgang *57, 257, 259*
Klaar, Alfred 65
Kläber, Kurt *282*
Klein, Dora 242
Kleist, Heinrich von 23, *280, 288*
Klötzel, C. F. 41
Koestler, Arthur 189f., 211, 237, *289*
Kolzow, Michail Jefimowitsch 169, *288*
Knopf, Blanka *183, 288*
Knopf, Alfred A. *183, 288*
Krasa, Hans 38, *270*
Kreibich, Karl 12f., 241
Kratochvil, Jaroslav 215, 223, *224, 292*
Krupskaja, Nadeshda 198
Kühne, Felix 117
Kuh, Anton 21, 55
Kuh, Nina 193, 195
Kun, Béla 44, *274*
Kunitz, J. 107

Landau 48
Landauer, Walter 133f., 139, 153, 186, 205, 211
Landsberg, Dr. 91
Landshoff 139
Langer 202
Langhoff, Wolfgang *170*
Lania, Leo 40, 42, 45, 48, 64, 85, 127, 165, 193, 201, *292*
Lania, Lucie 40, 193, 195
Lasker-Schüler, Else 21

Laurin, Arne 12, 41f., 44f., 51, 85, 117, 133, 161, 207, 222, 226, 233, 236, *273, 280f.*
Laurin, Olga 42, 44, 226
Leonhard, Hans *294*
Leonhard, Rudolf *181, 275*
Lenin, Wladimir I. 64, 98, 184, *278*
Levi, Dr. Paul 53f., 276
Lewi, Jack 194
Lewinsohn, Dr. Moorus 48
Lex, Lotte 242
Liebknecht, Karl *275*
Lissauer 131
Löbel, Dr. Alfred 194
London, Jack 7
Longen, Emil Artur 40, 46, *47*, 51, 53, 79f., 190ff., *271, 275, 282*
Longenová, Xena 40, 46f., *271ff., 275, 282*
Lorek 37
Lozowick, Louis 107
Luin, Otto 107
Lunatscharski, Anatoli Wassiljewitsch 52
Luxemburg, Rosa *275f.*

Macek, Antonín 150, *286*
Mahler, Alma 7
Mahler, Gustav 52
Majakowski, Wladimir 175
Majerová, Marie (auch: Marka) 63, 139, *165, 284*
Malířová, Helena 170, 224
Malraux, André 149, 152
Mann, Erika 139
Mann, Heinrich 78, 149, *181, 265*
Mann, Klaus 139
Mann, Thomas 53
Marchwitza, Hans 209, 217, *228, 282, 291*
Marcuse, Ludwig 153, 237, *286*
Mares, Michal 139
Marx, Karl *268*
Masaryk, Thomás Garrique 222, 225, *273f., 286*
May 100
Mayer 43f.
Medina, Paul 53
Mehring, Franz *274*
Mehring, Walter 78
Menzies, Robert 184, *288*
Merin, Pierre 208
Merker, Paul 241, *295*
Mestek de Podskal, Ferda 44, *274f.*
Michaëlis, Karin 149
Münzenberg, Willi *46*, 56, 61, *133*, 212, *276f., 286, 289*
Mussolini, Benito *238*

Nečas, Vincenz (auch: Vincek) 7ff., 24ff., *35f.*, 65, 72, 74f., 79f., 88f., 99, 106, 113f., 116f., 119f., 123f., 126f., 129ff., 133f., 139, 141f., 151, 187, 200, 203, 205, 208, 217, 226, 232f., 238, 240, 242, 254, *268, 278, 287*
Neumannová, Božena 175, *261*
Nezval, Vítězlav 149, *271, 285*
Nielsen, Asta 62
Noll, Karel 47, *282*
Novomeský, Láco 215, *292*
Nuschke, Otto *274*

Olbracht, Ivan 7, *44*, 46, 51, 241, *271, 275*
Olden, Rudolf (auch: Karl Wurzbach) 80, *280*
Ossietzky, Carl von *280, 294*
Ossietzky, Maud von *294*
Ossipowna, Olga 64, 165
Osten, Maria (eigtl. Maria Greßhörner) 217, *293*
Ostrowski 169, 183
Otte, Irma 48, 70, 154, 186, *279*

Peroutka, Ferdinand 39
Petersen, Jan *284*
Piscator, Erwin 63ff., 78-81, 100, 199, *272, 277*
Pitcairn, Frank 231
Plivier, Theodor (auch: Plievier) 124
Polak, Ernst 10, 85, *273*
Polgar, Alfred 21, 48, 75, 127, *283*
Ponc, Miroslav 45
Popper, Ernst 40f., 48
Popper, Lilly 42
Procházková, Staša 10, 41
Prokop 123, 196
Proust, Marcel 39

Raabe, Heinz (Pseudonym von Ludwig Marcuse) 148
Rabold 56, 63
Radek, Karl Bernhardowitsch 115, *283*
Radó, Lene 161, 163, 169, 172, 174, 196, 204, 242, *290*
Radó, Sándor *196, 290*
Rainerová, Grete 201
Rauch, Käthe 170
Redl, Alfred *259, 269, 275*
Reed, John 64
Regler, Gustav 215, 217f., 223, 225, 234, *292*
Reimann 45
Reiner, Josef 7, 9, 11, *254, 274*
Reinerová, Lenka 237, 241, *290, 294*
Reinhardt, Max *272*
Reiss, Erich 48, 92, 105, 108, 110, 112, 119, *259, 276*
Renn, Ludwig 217, *282*
Richterová *245*
Rilke, Rainer Maria 44
Robitschek, Kurt 69
Rolland, Romain 115, *282*
Rosenbaum, Peter 98
Rosenberg, Alfred 65
Rosenthal, Karolina 12
Rosner 147, 202
Rost, Nico 69, 87f., 92, 97, 123, 125, 131, 154, 168, 172, 195, 237, *279, 281*
Rost, Tylie 87, 91f., 97, 131, *281*
Roth, Joseph 42, 124, 189
Rühle-Gerstl, Lisl 53
Ryland 148, *149f.*

Sachs, Leni 221
Sauer, František (auch: Franta) 194, 199, *289*
Schad, Christian 66
Schaffgotsch, Franz Xaver Graf 52
Schaffner, Jakob 80, *280*
Schiller, Friedrich 7
Schlesinger 40, 48
Schmidt, Johannes *279*
Schneider 234
Schneidermann 166
Schönberg, Inge 38
Schönemann, Hedwig 42
Schörpner 171, 183, 201, 203, 206
Schröder, Max 242
Schrötter 64
Schulz, Franz 40, 42, 48
Schwarzschild, Leopold 39, 62, 64, 127
Seghers, Anna 7, 23, 149, 164, 209, 237, 242, *267, 279, 284, 295*
Seidler 44, 55, 100
Seifert, Jaroslav *271*
Sejfullina, Lidja Nikolajewna 62, *277*
Shakespeare, William 7
Simone, André (Pseudonym von Otto Katz) 242, *268, 272*
Sinaiberger, Hogo (auch: Sinai) 72, 75, 116, 123ff., 171, 190, 192, *279*
Sinclair, Upton *82*, 88, *95, 263, 279*
Škrach 117
Slánský, Rudolf *272*
Slavíček, Antonín 9
Smeral, Bohumir 115, *282*

Smith, Julian (Pseudonym von Tom Fitzgerald) *288*
Spann 56, 78
Spira, Steffi 21
Stalin, Josef Wissarionowitsch *283, 289*
Stendhal 7
Stern, Jeanne *209*, 211, *291*
Stern, Kurt 209, *291*
Štoll, Ladislav 217, *228, 293*
Stransky, Fred 44, 55
Strich, Frida 115
Stricha 147
Stříbrný 118
Swift, Jonathan *286*
Sychrovsky 118
Synek, Karel 43ff., 47, *280*
Szabo 202

Taro, Gerda 216, *292*
Teige, Karel *271*
Thomas, (Frau) 38
Thomas, Rudolf 226
Tito, Josip 241
Toller, Ernst 21, 131
Tolstoi 7, 66
Toužimský 140f., 171
Tucholsky, Kurt *264, 291*

Uhse, Bodo 214, 217, 242, *273, 292, 295*
Ungar, Dr. 45

Vaillant-Courturier, Paul 106f.
Valentin, Karl 119
Vančura, Vladislav *271, 274*
Vigny, Benno 89
Viková, Anka 64
Villon, François *285*
Viollis, André 152
Voskovec, Jiří *271, 290*

Wachsmann, Konrad 22
Wagstein, Karl 114
Wagsteinová, Jarmila 115, 169
Waltner, Josef 13, 80, *280*
Weinert, Erich 125, 149, 217, *228, 282, 293*
Weiskopf, F. C. 79, 114, 152, 154, 161, 165, 175, 215, 218, *287, 295*
Werfel, Franz 10, 21, 237, *270, 273*
Weiss 53
Werich, Jan *290*
Werner, Ruth *290*
Wiegler, Paul 7, 39, 86, *270f., 280*
Wilde, Oscar 7
Wilder, Billy 22, 64, *278*
Winter, Ella 14
Wolf, Gustl 46
Wolker, Jiří *271*

Zápotocký, Antonín 81, 100, 241, *281*
Zápotocký, Ladislav *281*
Zetkin, Clara *201*
Zetkin, Kostja 201f.
Zimmering, Max 23
Zola, Emile 261
Zweig, Arnold 80, *280*
Zweig, Stefan 189

Inhalt

Vorwort 7

Briefe an Jarmila 37

Anhang

Zu dieser Ausgabe 256

Zeittafel 257

Anmerkungen 269

Übersetzungen der Postkarten und Widmungen 296

Literaturverzeichnis 297

Bildnachweis 297

Personenregister 298